BIENVENUE À GOMORRHE

Titre original : THIS IS GOMORRAH
© Tom Chatfield 2019
Publication originale : Hodder & Stoughton, 2019

Pour la traduction française :
© 2020, Hugo Thriller, département de Hugo Publishing
34-36, rue La Pérouse
75116 Paris

Collection Hugo Thriller et ouvrage dirigés par Bertrand Pirel
Graphisme de couverture : © Rémi Pépin
Visuel de couverture : © PM Images / DigitalVision / Getty Images
Conception graphique Hugo Thriller et mise en page : Emmanuel Pinchon

ISBN : 9782755643572
Dépôt légal : septembre 2020
Imprimé en France

TOM CHATFIELD

BIENVENUE À GOMORRHE

Traduit de l'anglais (Grande-Bretagne)
par Valéry Lameignère

Hugo Thriller

À ma femme, toujours.

Janvier 2014

Avant, ils étaient cousins. Maintenant, ils sont frères, unis dans ce moment de terreur et d'espoir. Dix-neuf ans, un mois d'écart entre eux, et pourtant ce sont des hommes à la conquête du monde.

Hamid regarde la vapeur s'échapper de sa bouche. Il fait froid dans ce pays, une chose qui hier encore lui semblait inconcevable. Avant de venir ici, il imaginait la Syrie comme l'Égypte dans les films d'Indiana Jones – déserts de sable brûlant, lumière aveuglante, villageois aux sourires reconnaissants. Aujourd'hui, cette vision naïve lui sert à briser la glace avec la frange la plus terrifiée de la population : il indique ses gants avec une mimique de surprise et prononce le mot qui veut dire froid, *barid,* en haussant les sourcils. Quand les gens sont certains qu'il ne les tient pas pour responsables de la température, ils se mettent toujours à rire. Nerveusement.

Son unité se bat pour s'assurer le contrôle complet de la ville. La victoire leur tend les bras. Les tirs d'armes lourdes – les armes de leur camp, acheminées depuis l'Irak et manœuvrées par de vrais soldats qui ont combattu dans l'armée de

Saddam – ébranlent régulièrement l'air, puis la terre. Hamid est vite passé à l'âge adulte. Il ferme les yeux et les revoilà : les membres épars coincés dans les décombres, le sang, le chaos explosé de la vie arrachée. Il avait cru que ça serait comme au cinéma, mais ça ne ressemble pas vraiment aux films qu'il avait en tête en venant ici.

Pourtant, sa vie quotidienne, la plupart du temps, lui plaît. La violence et l'esprit de camaraderie lui conviennent. Et puis il y a des récompenses, attendues ou non. De la drogue et des femmes à profusion, récréation limitée aux endroits autorisés : les stupéfiants dans les maisons utilisées par les troupes qui contrôlent les routes de la drogue ; le sexe dans les maisons où les femmes sont enfermées et réduites en esclavage à cet effet. Après y avoir été encouragé par des recrues plus endurcies, il s'est mis à fréquenter les unes et les autres. Contrairement à son cousin, Hamid est un véritable combattant. Kabir est plus à l'aise avec les claviers d'ordinateur qu'avec les armes à feu.

Cela dit, dans la guerre qu'ils mènent, l'Internet est autant une priorité qu'une aubaine. Hamid et les autres combattants étrangers ont droit à des séances de jeux en ligne et aux réseaux sociaux, à de la pâte à tartiner et à de bons vêtements d'hiver. Ils sont ceux qui sortent du lot : des publicités ambulantes pour rallier la planète entière à la bonne cause. Bientôt, lui et ses frères venus de tous les pays mangeront du fast-food, conduiront de puissantes voitures et tireront des rafales de kalachnikovs bien huilées entre deux prières. Ils vieilliront dans l'honneur et l'éclat de leurs victoires. Il ne reste qu'à finir le travail – s'emparer de cette ville froide et sale, mettre une raclée aux derniers foyers de résistance des forces rebelles et étendre la mainmise de l'État islamiste sur toute la région.

Aujourd'hui, il y a eu une crucifixion. C'était sa première. Hamid sonde sa conscience à la recherche de signes d'un choc émotionnel, mais il ne trouve rien. Même son estomac, qui a failli le trahir lorsqu'il a assisté à sa première décapitation, tient parfaitement le coup. C'est peut-être parce que la tête du supplicié n'a pas été plantée au bout d'une pique, cette fois-ci, mais il a quand même le sentiment de faire des progrès. Comme promis, l'expérience commence à porter ses fruits. Si seulement ça pouvait aussi fonctionner pour son envie de fumer des cigarettes, qui sont illégales. Les larmes n'ont vraiment noyé ses yeux qu'une seule fois depuis son arrivée en novembre, quand un jeune homme s'est vu infliger vingt coups de fouet dans la rue après avoir été contrôlé en possession d'un paquet d'Akhtamar Classic. C'était insupportable de voir tout ce précieux tabac gâché, dispersé dans la poussière.

Là, Hamid est nerveux, balançant son arme d'une main à l'autre sans trop savoir sur quoi il est censé tirer. Ils attendent un signal pour quitter l'immeuble de banlieue à demi effondré derrière lequel ils s'abritent, et gagner du terrain. Au-dessus de lui, des parpaings pendouillent comme des dents pourries. Son esprit rejoue une scène routinière qui le réconforte dans ces moments d'ennui et de peur. Il se voit allumer une Lucky Strike, en inhaler la fumée, puis la recracher par le nez pour masquer l'odeur de sang et de brûlé de cet endroit.

Puis, d'un seul coup, il est mort.

Plissé autour d'un trou à vif, le front d'Hamid plonge vers l'avant tandis que la balle du sniper sort par l'arrière du crâne. Son corps prend un temps étonnamment long pour s'affaisser de côté, affalé comme un ivrogne sur le béton poussiéreux de l'immeuble bombardé.

Les hommes qui l'entourent se jettent au sol avec une bordée de jurons, essayant sans succès de riposter. Seul Kabir reste immobile, les yeux rivés sur le corps sans vie de son cousin, sur son visage figé dans la surprise, sur son crâne qui pisse le sang. *Ça n'était pas censé se produire*, murmure en lui une voix enfantine. L'ennemi ne se rend-il pas compte qu'il joue les trouble-fête ?

Autour d'eux, d'autres balles à haute vélocité frappent le sol et la maçonnerie. Les hommes crient. Kabir finit par détacher les yeux du cadavre, s'accroupissant à l'abri des projectiles tout en brandissant son iPhone pour mitrailler Hamid. Avec un peu de chance, une des photos présentera la scène sous un angle avantageux qui marquera les esprits.

Sa formation a été très claire sur ce point : toute vie, toute mort, est désormais un message. Il ne reste plus qu'à le diffuser sur les réseaux sociaux et à attendre qu'il soit partagé.

1.

Un petit conseil : même quand vous n'êtes pas devant un écran, commencez toujours par la Foire Aux Questions. Ça vous évitera d'avoir l'air stupide plus tard.

Voici trois questions pertinentes pour en savoir plus sur Azi Bello. C'est qui, ce mec ? C'est quoi, un darknet ? Qu'est-ce qui ne tourne pas rond avec le monde moderne ?

Commençons par la dernière.

La plupart des fléaux qui affectent notre planète en cette année du Seigneur deux mille quatorze ne dépayseraient pas une famille paysanne du Moyen Âge soumise à la famine, aux viols et aux pillages. Grâce à quelques siècles d'ingéniosité humaine sans précédent, chacun peut aujourd'hui passer son temps à faire ce qui n'était autrefois accessible qu'à un nombre limité de personnes : lire, écrire, commercer, dénigrer les célébrités. La véritable nouveauté réside toutefois ailleurs : de la pédopornographie aux drogues en passant par les armes létales et les idéologies plus meurtrières encore, tout est désormais accessible à volonté depuis plusieurs milliards de bureaux et de poches.

C'est la raison d'être des darknets. Ce sont des espaces où vous pouvez vous procurer tout ce que la société vous refuse. Ce sont les zones sombres d'Internet, cachées juste sous vos yeux et accessibles à l'aide d'outils qui, pour peu que vous sachiez les manier, masquent commodément votre identité et votre position géographique, ainsi que ceux avec qui vous partagez toute cette désinformation pornographico-islamo-complotisto-nazie. Mauvaises fréquentations, bons moments.

Bien entendu, le logiciel le plus populaire pour s'adonner à ces réjouissances a été développé par l'US Navy. Comme on le murmure dans les milieux hackeurs, le gouvernement américain n'aime rien tant que foutre la merde dans les systèmes de surveillance globale de leurs rivaux. Qu'est-ce que les dissidents chinois, les Iraniens épris de liberté, les geeks néo-zélandais qui font passer des drogues douces à travers les océans et les Nord-Coréens en charge des dépenses discrétionnaires de l'État ont en commun ? Tous utilisent le « routeur en oignon », plus connu sous l'acronyme Tor[1] : un logiciel aisément téléchargeable capable d'enterrer chacun de vos clics sous des dizaines de « nœuds », des relais numériques qui font transiter les communications entre deux serveurs anonymes. Ces réseaux qui s'étendent sur le monde entier évoquent la structure de l'oignon : couche après couche de cryptage et de dissimulation. Tor l'oignon a aussi la réputation de faire couler quelques larmes.

L'anonymat est la théorie. En pratique, à moins de vraiment s'y connaître, l'utilisateur pourrait tout aussi bien créer

1 The Onion Router. (Toutes les notes sont du traducteur.)

un site web avec ses nom et adresse, ainsi qu'un message GIF clignotant de mille feux : *NSA*[2]*, s'il vous plaît, ciblez-moi !* Être anonyme ne garantit pas votre sécurité. Sur Internet, personne ne sait que vous êtes un chien, mais les biscuits en forme d'os que vous avez semés jusqu'à votre porte permettent de tirer des conclusions logiques.

Demandez donc à Azi. Bien que membre de la grande fraternité des hackeurs (très peu de femmes, sexisme rampant, lunette des toilettes toujours relevée), il s'abrite sous une variante de son prénom : AZ[3]. Les gens pensent naturellement qu'il s'agit d'un pseudonyme aussi éloigné que possible de sa véritable identité, parce qu'à moins d'avoir perdu la tête, un spécialiste soucieux de sa sécurité n'utilisera *jamais* un nom d'utilisateur lié d'une manière ou d'une autre à son état civil. Pourtant, il s'agit des deux tiers du prénom qu'on lui a donné il y a trente-quatre ans, lorsqu'il a vu le jour au sud de South London dans l'équivalent architectural d'un trou du cul, à savoir East Croydon.

Selon l'humeur dans laquelle vous surprenez Azi/AZ, ce choix d'un nom d'utilisateur si proche de son prénom peut être un double bluff d'une rare habileté, un péché d'orgueil, un signe de bêtise, ou un mélange des trois. Un branleur de première, voilà comment Azi se décrit généralement. Bon avec les grandes idées, mauvais avec les petites.

---

2 *National Security Agency*, organisme gouvernemental du département de la Défense des États-Unis, en charge de la sécurité des systèmes d'information (équivalent américain du GCHQ britannique mentionné plus loin).

3 La lettre « Z » se prononce « zi » en anglais.

C'est une bonne journée, aujourd'hui : assis face à son ordinateur, Azi engloutit un demi-poulet – tellement arrosé de sauce sriracha que la peau de son visage semble avoir perdu toute sensibilité – et sirote un café froid en se faisant passer pour un néo-nazi.

Plus précisément, il discute sur un forum privé où il se présente comme membre récent mais particulièrement actif d'un mouvement politique transnational appelé Defiance. Les membres de ce groupe de discussion se sont donné pour mission de protéger le mode de vie occidental de la menace grandissante de l'Islam. Et peut-être aussi, tant qu'à faire, de passer à tabac les gens pas suffisamment blancs de peau tout en mettant les maux de la société sur le dos d'une grande conspiration internationale dirigée contre l'identité occidentale.

L'hameçon Defiance est un projet parallèle sur lequel Azi travaille depuis déjà un bon moment. Si on le cuisinait un peu, il admettrait sans doute que c'est une obsession, mais puisque personne ne le cuisine, il fait comme si c'était un simple passe-temps. D'une manière générale, les néo-nazis sont des oiseaux de mauvais augure dans des habits de bonne facture. Les plus malins d'entre eux – ceux avec des ambitions à long terme qui passent par les urnes et une figure de proue charismatique affectueusement appelée Tomi – représentent une catégorie dont il faut particulièrement se méfier.

Selon Azi, il y a tout à craindre d'une personnalité politique que même ses ennemis désignent par un diminutif sympa, et cet Allemand est plus dangereux que n'importe quel snob britannique. Il y a de sérieuses chances pour que Tomi joue un rôle de premier plan dans le prochain gouvernement allemand. À moins, bien sûr, qu'un informateur anonyme ne dévoile des informations incroyablement compromettantes le concernant au cours des deux prochains mois. Voilà qui serait fâcheux, n'est-ce pas ?

Comme Azi l'admettrait lui-même, sa base opérationnelle n'est pas l'antre typique d'un brillant informaticien. De l'extérieur, on dirait un abri de jardin tout ce qu'il y a de banal. L'intérieur ressemble également à ce qu'on pourrait trouver derrière les murs en bois de n'importe quel abri de jardin – désordre de vieilleries entassées dans lequel quelqu'un serait parvenu à caser un énorme bureau IKEA et une paire de chaises pliantes, avant d'y déverser le contenu de plusieurs boutiques de matériel informatique d'occasion. Et c'est précisément ce qu'Azi a fait. Deux enceintes invisibles crachent du Van Halen. Reliés à trois grands écrans par des guirlandes de câbles, des laptops et des disques durs externes dépecés côtoient des tours éventrées. Seule concession au confort, une cafetière à dépression posée sur une minuscule table d'angle exhale les arômes d'un assemblage de chez Union, l'antidote d'Azi contre l'air vicié – poussière et ozone – d'un espace où des PC tournent en continu.

L'apparence d'Azi n'est guère plus pimpante, avec son sweat à capuche trop grand, ses baskets et son jean délavé, plus fatigué qu'à la mode. S'il rasait sa barbe d'au moins trois jours et ébouriffait plus savamment ses cheveux, il pourrait se rajeunir de dix ans et peut-être même entrer dans la catégorie beau gosse atypique. Mais ce n'est pas près d'arriver. Pour lui, le monde matériel est avant tout une regrettable série de hasards et de coïncidences. C'est ce qui se passe sur les écrans qui compte.

La première pièce à conviction qui trahit cette philosophie de vie est un lampadaire qu'Azi s'ingénie à ignorer depuis plus de quinze ans, le chintz lépreux de son abat-jour misérablement incliné vers le coin café. La pièce à conviction numéro deux est le fait que les deux personnes dont il se sent le plus proche – des hackeurs qui opèrent sous les pseudos de Milhon et Sigma – puissent être d'un sexe comme de l'autre, adolescents cyniques ou rejetons blasés de la génération X, et vivant n'importe où sur terre où l'on trouve des anglophones ayant accès à Internet. Quelque chose lui dit toutefois que ces confrères sont des consœurs, et son intuition lui murmure même que Sigma a un faible pour l'énigmatique AZ. Mais il est assez malin pour savoir que ça en dit beaucoup plus sur lui que sur la réalité des faits.

Dans l'ensemble, la vie est plutôt douce pour Azi, même si sa prétendue carrière d'expert en tests d'intrusion est reléguée au second plan par les sirènes néo-nazies. Trois mille e-mails en souffrance grouillent dans la boîte de réception de son compte professionnel ProtonMail, d'où émergent les objets impatients d'une série de courriers en provenance de son employeur principal. Azi s'est mis à leur porter un intérêt abstrait, comme s'il s'agissait d'un phénomène naturel d'accumulation qu'il serait regrettable de perturber.

Parce que nous sommes en 2014, et que les fanatiques de tout poil utilisaient déjà Internet alors que les navigateurs en étaient encore à leurs balbutiements, il est extrêmement difficile de faire admettre aux membres d'une organisation comme Defiance qu'ils brûlent de se débarrasser de tout individu trop bronzé à leur goût – ou trop juif tant qu'on y est – de la manière la plus brutale qui soit, et que toute personne combattant leurs idées mérite le même sort. Au lieu de quoi ils avancent masqués, s'encourageant mutuellement à paraître raisonnables, rassurants, à porter haut et fort sur la place publique l'idée que les élites ont perdu le contact avec le bon peuple et ses légitimes angoisses économiques ; s'encourageant de même à éviter le recours à la violence – à moins d'être certains que l'action sera aussi discrète que décisive.

Voilà pourquoi Azi a passé de nombreux mois à tisser des liens amicaux avec des abrutis utiles à son projet – des membres susceptibles de le tenir informé de ce qui se passe dans l'organisation et de le mener vers les sommets de la hiérarchie – en se faisant passer pour un idéologue enthousiaste qui ne peut s'empêcher de dire ce qu'il a sur le cœur lorsqu'il se sent en confiance. Pour parvenir à ses fins, il n'hésite pas à saupoudrer ses échanges du genre d'ingrédients propres à lui conférer la crédibilité requise auprès de ses nouveaux potes : armes à feu, drogues, contacts sur le Darknet. Ou, pour être précis, c'est la promesse habilement entretenue d'un accès à cette manne clandestine qu'il leur fait miroiter. Parce qu'il existe des limites qu'il est prudent de ne jamais franchir, surtout si ledit franchissement génère un substantiel revenu d'appoint.

Entre deux bouchées de poulet qui lui bousillent la langue, Azi s'emploie à présenter un large panel de biens illégaux à un jeune britannique de Blackpool, une recrue récente du nom de Gareth qui figure parmi les plus extrémistes de ses connaissances en ligne. Gareth affirme travailler dans un bureau de paris et enrager de voir des organisations sionistes acheter puis revendre toutes sortes de biens immobiliers dans la rue commerçante où il est employé. Gareth parle aussi de réseaux pédophiles internationaux qui prendraient le contrôle d'ordinateurs d'enfants et les espionneraient dans leur chambre à travers la webcam. Mais, parce qu'Azi a lui-même eu connaissance d'au moins un fait de cette nature, il a choisi de ranger cette préoccupation dans un coin de sa tête étiqueté « Trucs ignobles sur lesquels se pencher un de ces jours ». C'est un compartiment qui a une inquiétante tendance à se remplir, ces derniers temps.

Pour Gareth, le nazillon de Blackpool, Azi n'est pas Azi. Il s'appelle Jim – un Blanc au physique très avantageux. Derrière la façon dont Jim a vu le jour se trouvent les deux clefs de voûte de la philosophie d'Azi en matière de hacking. D'abord, il faut avoir tellement de coups d'avance sur son adversaire qu'on a pour ainsi dire gagné avant même qu'il ne se rende compte qu'une bataille a été engagée. Ensuite, quelles que soient les attentes de votre interlocuteur en ligne et ce qu'il croit savoir de vous, votre boulot est de l'emmener ailleurs, de le dérouter. Vous mentez, vous trompez, vous déguisez la vérité, vous détournez l'attention et vous couillonnez l'adversaire.

C'est dans l'ADN du hackeur : déconstruire les faits puis en redisposer à sa façon les morceaux. Il le fait pour le *lulz*[4], par simple curiosité ou parce que c'est une occasion de

4 Facette sombre du « Lol », le *lulz* désigne un éclat de rire virtuel et sardonique aux dépens d'autrui.

ridiculiser les autres tout en boostant son ego. Sans compter qu'un ramassis de néo-nazis occupés à faire de notre planète un endroit infréquentable méritent de voir s'abattre sur eux un hack de compétition. Une dose de vérité légitime et vengeresse, si massive et compromettante que même leurs mères les renieront.

2.

Voici comment Azi a planifié son coup.

Dix-huit mois plus tôt, début 2013, Azi a trouvé un enfant mort. Les meilleurs mensonges s'appuient sur la vérité, c'est une règle de base, et cette fois-ci la vérité a pris la forme d'une date de décès gravée dans la pierre tombale d'un très jeune garçon enterré à Tooting, au sud du Grand Londres.

James Denison a quitté ce monde le 8 juillet 1982, à l'âge de deux ans et deux jours. *À notre James adoré qui nous manque tant. Désormais, tu dors parmi les anges.* James est ressuscité le 27 janvier 2013, à temps pour fêter ses trente-trois ans, avec un nouveau visage et une nouvelle histoire racontée à rebours.

Comment faire sortir un homme de trente-deux ans de son chapeau ? Azi a commencé par demander les certificats de naissance et de décès par courrier. Un peu de recherches – passage au crible des vestiges de la vie de sa mère – et quelques lettres et e-mails très polis plus tard, le service de l'état civil lui a fait parvenir ce qu'il demandait. Une fois ces documents essentiels en possession d'Azi, le vrai travail a pu commencer.

Racontons une histoire. Nous sommes en avril 1982 et la guerre est déclarée sur un archipel de l'Atlantique Sud dont, quelques semaines plus tôt, personne en Grande-Bretagne n'avait entendu parler. L'invasion des îles Malouines par les Argentins se paie d'une réponse militaire brutale du gouvernement britannique, faite d'orgueil désespéré et d'opportunisme politique : au total, ce sont cent vingt-sept navires de guerre qui participent à la reconquête de ce bout de terre aride. Les Britanniques plantent leur drapeau sur les hauteurs de Port Stanley le 14 juin et Margaret Thatcher se frotte les mains, engrangeant les bénéfices politiques et bientôt électoraux du sentiment patriotique. Ces détails sont importants. Il faut faire preuve de précision quand on élabore des mensonges destinés à être racontés pendant des années.

Nous voilà fin juin de cette même année 1982. À Streatham, South London, un petit garçon est malade – très malade – et tout le monde a compris qu'il ne va pas s'en sortir. Son papa est absent depuis plus d'un an, s'abreuvant d'alcool quelque part dans la nature. Sa maman fait le ménage au St George's Hospital, brisée par le travail et le stress. Bien qu'elle puisse compter sur sa propre mère pour lui donner un coup de main occasionnel, la situation reste désespérée. Parce que ce genre de cancer ne laisse aucune chance aux petits garçons.

Sauf que, dans l'histoire revisitée par Azi, James déjoue les funestes pronostics. Et si un petit cercueil a été enseveli dans un cimetière de Tooting, rejoint neuf ans plus tard par un cercueil plus grand contenant la maman, il suffit d'ensevelir également cette information. La vie continue.

Les années 1980 battent leur plein, Gordon Gekko[5] prône une avidité décomplexée et James Denison va à l'école. Il déménage souvent, inscrit dans des établissements aujourd'hui fermés ou impossibles à reconnaître tant ils ont changé. L'adresse électronique flambant neuve d'un compte Gmail au nom de James s'est nichée dans de nombreux sites web et autres formulaires en ligne, dessinant un parcours qui serpente à travers les années d'école primaire, les examens du certificat général de fin d'études secondaires et les *A-levels* en arts plastiques, français et mathématiques, avant de conduire d'éventuels fouineurs jusqu'à un diplôme de l'université de Birmingham obtenu à la surprise générale : psychologie, mention assez bien, comme le prouve un document plus vrai que nature acheté en ligne.

Après la mort de son père en 1999 – à coup de mauvais alcools, le papa absent s'est creusé une tombe localisée à Coventry au terme de minutieuses recherches –, James est un orphelin aux portes de l'âge adulte. Sa vie d'étudiant est sans histoires. Le temps passe. La vague des Millennials déferle puis se retire, l'inquiétude du monde devient numérique, hantée par le terrorisme, bégayant sa peur en boucle. James se fait désormais appeler Jim, et Jim laisse de plus en plus de données traçables dans son sillage : anciens employeurs et domiciles, carrière qui fait du surplace dans une société de vente de fournitures de bureau. Il voyage beaucoup, mais seulement au Royaume-Uni : villes les plus importantes, assez grandes

5 Personnage des films *Wall Street* et *Wall Street : L'argent ne dort jamais*, réalisés par Oliver Stone et interprétés par Michael Douglas. « L'avidité décomplexée » fait référence à un célèbre monologue du film *Wall Street*.

pour garantir l'anonymat. C'est un type transparent, mais un type transparent sur lequel on peut trouver des informations.

Jim a mis du temps à rejoindre la révolution des réseaux sociaux, mais une fois dans le bain, c'est comme une renaissance pour lui. Avec sa chevelure blond platine légèrement dégarnie aux tempes, ses traits anguleux et son menton carré – éléments dénichés dans une banque d'images et assemblés avec minutie par Azi –, Jim a un visage taillé pour les médias. Il est vraiment beau mec pour son âge. En plissant un peu les yeux, les adolescents du début des années 2000 lui trouveront peut-être un air de Spike, le personnage de *Buffy contre les vampires*. Les gens beaux attirent davantage l'attention, mais ils inspirent aussi confiance et respect. L'homme blanc est coté au plus haut sur le marché humain, et Azi est ravi d'en tirer profit, pour une fois.

Sur Facebook, Jim a cent vingt-trois amis qui n'existent pas plus que lui. Ils parlent politique, football, recettes, musique. Ce sont des bots : des algorithmes qui interagissent avec d'autres algorithmes, des programmes informatiques autonomes qui suivent, qui *likent*, qui régurgitent des mots empruntés. En ligne, estime Azi, il n'existe qu'un seul moyen de reconnaître un bot d'un être humain : les bots prêtent vraiment attention à ce que disent les autres bots. En fait, l'insatiable appétit de ces logiciels pour les vannes ciblées est une stratégie gagnante à tout point de vue – réponse sans apprentissage, répétition sans compréhension ; la perfection d'une chambre d'écho dans laquelle tout est dit, et rien n'est écouté.

Quant à Jim, ses opinions politiques ont pris un tour nationaliste tendance libertaire. Il déteste les étrangers qui viennent s'incruster dans ce pays qui ne l'a pourtant pas toujours bien traité. Son attitude envers les femmes varie selon la catégorie dans laquelle il les place. En gros, il distingue trois types de femmes : celles qu'il a envie de protéger, celles à qui il a envie de donner une bonne leçon, et celles à qui il a envie de mettre un bon coup. Les frontières qui délimitent ces trois catégories ne sont ni parfaitement définies ni parfaitement étanches. Jim est en colère contre à peu près tous les gens qu'on peut désigner par « eux ». Il est taillé sur mesure pour Defiance.

Des personnes bien réelles se mettent à le suivre sur les réseaux sociaux, à le contacter : des gens qui se reconnaissent en lui. Le 6 juillet 2013, plus de soixante « amis » lui souhaitent un bon anniversaire, et un bon quart d'entre eux existent vraiment. En coulisse, Azi peaufine les détails bien au-delà du strict nécessaire. Du contenu inonde Facebook, Twitter, Instagram, Reddit, LinkedIn, de plus en plus écrit par Azi lui-même. Tandis que Jim lui devient une seconde peau, chaque jour davantage collée à la sienne, les bots sont moins sollicités.

En août 2013, Jim commence à acheter des bitcoins avec une carte de crédit anonyme. Il utilise un ordinateur portable qui tourne sous Kali Linux, le système d'exploitation préféré des hackeurs. Il dispose d'une fausse adresse postale, dans un immeuble inhabité dont il visite aléatoirement le hall désert pour récupérer son courrier. Il se rend sur Silk Road, un marché noir du darknet Tor, pour acheter les derniers éléments de son puzzle identitaire : permis de conduire et passeport, assez bien contrefaits pour tromper l'œil des experts (duper leurs machines est une autre affaire).

Jim existe. Les gens le cherchent sur Internet ? Le voilà. Armes, drogues ; tout est à sa disposition. Pour devenir celui dont Azi a besoin, Jim doit se sentir comme chez lui dans cet univers. C'est facile pour ceux qui savent se repérer dans les ténèbres du web, dans ces lieux virtuels où on peut se procurer tout ce qu'on veut, pourvu qu'on en ait les moyens. Une once de cannabis Caramelo : 215 $. Un gramme de cocaïne colombienne fishscale : 97 $. Un gramme de MDMA, Mitsubishi blanche : 37 $. OxyContin (boîte de dix) : 248 $. Une boîte d'Adderall : un modeste 6 $ qui ravira les petits budgets. Tous ces prix sont clairement affichés aux côtés du taux de change journalier du bitcoin, des évaluations du vendeur et des commentaires des clients sur la qualité de la marchandise et de leur expérience d'achat. Le capitalisme aime les plateformes de vente honnêtes et transparentes, et celle-ci est l'une des rares qu'Amazon n'est pas près de concurrencer.

D'autres internautes masqués discutent pendant des heures avec Jim ; d'armes, de hacks, de films, de politique, de la célébrité qu'ils aimeraient se taper et de la façon dont ils s'y prendraient, des accessoires qu'ils utiliseraient, du temps qu'ils y consacreraient. Azi endosse son personnage, et il n'en revient pas des trucs qu'on est capable de dire quand c'est censé sortir de la bouche d'un autre. Petites salopes et grosses tantouzes ; fourrer, défoncer, fister, se branler ; scénarios de viols et de meurtres. Avec leurs personnages d'animation qui balancent des vannes sur l'Holocauste, des *mèmes*[6] attirent un public plus jeune. Azi se trouvait plutôt cynique jusque-là, mais les conversations entre Jim et ses copains de Defiance lui font découvrir de nouveaux aspects bien crades de la nature humaine : de nouvelles raisons de se méfier des autres – et de lui-même.

Certains jours, Azi a le sentiment que l'immondice humaine s'est logée quelque part derrière ses yeux, le souillant d'une forme de crasse qu'aucune douche ne pourra jamais nettoyer. D'autres jours, les pires, c'est à peine s'il perçoit la différence entre ce qui se passe d'un côté ou de l'autre de l'écran.

Nous sommes en septembre 2013. Jim déclare ne plus vouloir se contenter d'acheter des marchandises. Désormais, il veut aussi vendre quelques produits. Sa réputation est devenue solide, étayée par tout un faisceau d'actions et de preuves. Il devient digne de confiance, et la confiance est l'application incontournable du XXIe siècle. N'importe quel morpion qui exécute des programmes clés en main peut hacker un ordinateur. Ces *script kiddies* se contentent de télécharger des logiciels malveillants type ransomware et lancent des attaques, armés d'un minimum de connaissances informatiques, d'un moteur de recherche et d'un sérieux mépris pour l'humanité. Azi, lui, pénètre les esprits et pirate les convictions, la confiance. Il manipule son petit monde, incitant habilement ses cibles à lui murmurer leurs secrets dans le creux de l'oreille.

Octobre, novembre, décembre, une nouvelle année voit le jour. Séduisant avec sa mâchoire bien dessinée, le visage

---

6 Idée, image, situation ou phrase qui se propage sur Internet à l'aide d'imitations, de détournements parodiques.

qui orne les faux passeports et le permis de conduire est plus crédible que celui d'Azi et plus simple à trouver sur Internet. Jim a des amis sur Facebook, des « J'aime » sur Instagram, des recommandations sur LinkedIn – autant d'endroits où Azi n'existe pas. Seule plane son ombre, bien au-dessus de la mêlée.

La plupart des gens sont d'une naïveté confondante : peu de choses leur inspirent davantage confiance que les apparences. Et c'est aussi bien comme ça, parce qu'Azi compte sur cette ignorance. Jim est grand, blanc et ivre du sentiment d'appartenir à une race supérieure. Azi est un homme mince à la peau brun clair qui, presque tous les soirs, arpente le pavé de son quartier jusqu'à ce que son esprit se détende suffisamment pour trouver le sommeil. Quand il déboule dans la rue à deux heures du matin, soit les gens changent de trottoir, soit ils lui demandent s'il a de la drogue à vendre. Quand Jim se pavane sur les réseaux sociaux, les honnêtes citoyens se bousculent pour applaudir des deux mains. Ces deux-là forment le duo parfait du XXIe siècle.

Ce que je veux, écrit poétiquement Gareth le nazillon de Blackpool, *c'est serrer une bonne grosse Asiate qui me laisse lui faire une éjac' faciale.* Jim est de tout cœur avec lui. Azi jure entre ses dents et mâche une dernière bouchée de poulet froid, avant d'orienter la conversation vers des questions plus pratiques. *T'as vu le truc que j'ai pondu ?*

Azi sait que Gareth l'a vu. Tout le monde l'a vu, parce que selon les standards du groupe, il s'agit d'un chef-d'œuvre qui mérite de figurer aux côtés d'ouvrages tels que *Don Quichotte*, *Guerre et Paix* et *Da Vinci Code* : une ode à la race blanche, un avenir radieux qui se mettra en marche dès que Defiance décidera de montrer les muscles.

Gareth devient brusquement sérieux. *T'es le meilleur, Jim. Faut se battre pour ce qui est juste.* C'est comme si Azi voyait des larmes de fierté patriotique rouler sur les joues de Gareth, et il opte pour une solennité de circonstance. *Faut bien que quelqu'un le dise, pas vrai ? Quelqu'un doit dire la vérité sur tous ces pédés de youpins.* Parcourant sa diatribe du regard, Azi se surprend à éprouver une certaine fierté qui lui soulève le cœur. Il a rédigé un texte violent, quatre cents mots de haine fasciste vomis dans un langage à peine codé – inspiration puisée dans un illustre guide à l'intention des suprémacistes en herbe dans lequel on trouve des perles telles que « S'en prendre à un large éventail d'ennemis peut être déroutant, il vaut donc mieux faire simple et tout mettre sur le dos des juifs » ou encore « Vous pouvez dire qu'il faut violer toutes ces salopes de féministes juives, tant que vous ne menacez pas de le faire vous-même ». Les dernières réflexions de Jim sur les valeurs traditionnelles chrétiennes trouvent un écho particulièrement fort auprès du noyau dur britannique de Defiance.

Azi inspire profondément, prend congé d'une formule affectueuse – *À +, branleur lol* – et se déconnecte. Le moment est bientôt venu. Gareth et d'autres ont parlé de lui aux instances supérieures – discrètes recommandations. Jim coche toutes les bonnes cases sur le papier, et les membres plus confirmés de l'organisation savent désormais qu'il a des compétences en informatique, des moyens de se procurer toutes sortes de choses, et un tas de griefs qu'il ne compte pas résoudre à l'amiable. Il est réglo.

Encore quelques semaines. C'est tout ce dont Azi a besoin. Quelques semaines dans la peau très blanche de Jim.

3.

À la manière des alpinistes, les hackeurs veulent relever des défis pour la simple raison qu'ils se présentent à eux. Plus la façade est abrupte, mieux c'est, avec des lauriers supplémentaires si on est le premier à planter son drapeau au sommet. Azi en a lui-même défloré quelques-uns, l'un de ses meilleurs souvenirs restant le casino qu'il a cracké dans les grandes largeurs avec Milhon, grâce à un aquarium.

Milhon s'intéresse particulièrement à la technologie des jeux d'argent et de hasard : combien de fois a-t-elle rebattu les oreilles d'Azi avec les vicissitudes de cette industrie ? Mais si elle a proposé la cible, c'est Azi qui a identifié l'ouverture par laquelle se glisser, une vulnérabilité issue non pas des vecteurs habituels – logiciels dépassés, personnel mécontent, réseautique bâclée –, mais du penchant des casinos pour les joujoux qui en mettent plein la vue.

Avec ses cinq mille litres d'eau qui accueillaient près de cinq cents poissons tropicaux – dont deux requins-marteaux –, une profusion de coraux soigneusement élevés en cuve et l'épave d'un bateau pirate coulé au combat, l'aquarium en question en mettait vraiment plein la vue. L'océan de poche trônait dans l'entrée du casino, énorme rectangle d'un bleu aveuglant conçu pour provoquer le genre d'émerveillement enfantin capable de transformer une journée à perdre de l'argent en activité drôle et distrayante. L'aquarium était également équipé de capteurs de température à la pointe de l'innovation ; des thermomètres connectés qui, pour le plus grand bonheur d'Azi, se sont aussi révélés être terriblement à la traîne en matière de sécurité.

Bien entendu, pas plus les fabricants que les acheteurs de ce monumental aquarium affreusement bling-bling n'avaient imaginé que cette horreur aquatique puisse permettre à quelqu'un de s'introduire dans le système informatique de son heureux propriétaire, ni que piloter ses capteurs de température à partir d'un ordinateur connecté au réseau principal du casino était une très mauvaise idée. C'était une porte mal fermée, qui ne demandait qu'à être bien ouverte.

Tranquillement installé dans son abri de jardin, Azi s'était d'abord faufilé dans les minuscules cerveaux des capteurs sous l'apparence d'un problème d'oxygénation de l'eau, puis une fois dans la place, il s'était promené toute la nuit dans le reste du système avec Milhon, cherchant un châtiment adapté pour le casino, mais refusant comme toujours de verser dans la vulgarité d'une action criminelle. Le lendemain matin, les écrans de l'établissement informaient les joueurs qu'ils se verraient offrir un remboursement intégral en cas de perte, ainsi que deux poissons tropicaux. Dans le monde entier, le dernier triomphe en date d'AZ avait enflammé les forums et les groupes de discussions pendant des semaines.

C'était en 2012, aux premiers temps de l'Internet des objets[7], avant que des tripotées d'escrocs ne se mettent à pirater les appareils vulnérables. De nos jours, parce que connecter tout et n'importe quoi à Internet est unanimement considéré comme une bonne idée, le monde est devenu un terrain vague où s'entassent des objets dits « intelligents » et pourtant ouverts à tous les vents, parmi lesquels des télévisions, des douches, des réfrigérateurs, des lave-linge, des imprimantes, des prises ou encore des jouets. Sur la question d'un avenir où le moindre objet serait connecté, Azi a sa façon de voir les choses : si quelqu'un lui décrit un frigo intelligent autrement que comme une absurdité qui fait tache dans le paysage technologique, c'est forcément un trouduc qui ne sait pas de quoi il parle.

Azi ignore s'il est vraiment devenu plus cynique au cours des dernières années, ou simplement plus au clair sur ce qui lui fout les boules : les forts qui abusent des faibles, les multinationales qui exploitent tout ce qu'elles peuvent exploiter, ou le fait que la ruineuse boboïsation de Londres ne s'accompagne d'aucune amélioration du sinistre centre-ville de Croydon, au-delà d'un choix entre Starbucks et Costa Coffee. Ce qu'il sait, en revanche, c'est qu'il aime relever les défis, et qu'un défi qui offre en bonus le plaisir de sauter à pieds joints sur une fourmilière raciste constitue une tentation quasi irrésistible.

Ces enfoirés semblent prêts à l'accueillir dans leur communauté, mais en attendant, rien de nouveau sous le soleil

7 L'Internet des objets (en anglais *Internet of Things* ou IoT) désigne l'extension d'Internet aux objets connectés.

nazi – à l'exception des messages plus ou moins légers que son alter ego doit poster plusieurs fois par semaine pour entretenir la flamme.

Soudain, un pseudo et quelques mots s'affichent sur l'écran. Quelqu'un le sollicite. Quelqu'un qu'il connaît bien.

Salut AZ, besoin d'aide. T partant pour un défi ?

Un sourire se forme sur ses lèvres. Une distraction est forcément la bienvenue si c'est Sigma qui la propose.

Tjrs partant quand c pour toi, Sigma. L'heure est venue d'enfiler nos capes, DDoS[8] *contre l'injustice ?*

Pas cette fois. Besoin d'un gros service. Je ne veux pas te prendre en traître : c du lourd, du sale, du bien sombre. Si tu préfères passer ton tour, je comprendrai.

Ça fait un an qu'AZ et Sigma s'apprécient, se respectent et se rendent des services mutuels, mais il a l'impression que ça fait plus longtemps. La perception du temps est différente, en ligne. L'intensité de la relation compte plus que sa durée, et ils ont vécu pas mal de moments forts ensemble. Attaques par déni de service distribuées, menées ou repoussées. Spammeurs et *bot-herders*[9] terrassés. Troubles sociaux facilités. Pédopornographes exposés. Plaisanteries nourries de culture pop échangées. Dans les limites de la confiance qu'il est capable d'accorder, Azi a confiance en Sigma. Confiance en ce que ses actions disent d'elle : compétente, fiable, animée par un idéalisme qui confine au fanatisme. Et elle n'est pas du genre à dire qu'elle est dans

---

8 Acronyme de *Distributed Denial of Service* (attaque par déni de service distribuée).

9 Pirates informatiques contrôlant un vaste réseau d'ordinateurs infectés (appelés « machines zombies ») et utilisés à des fins malveillantes.

le pétrin, à moins d'y être jusqu'à la racine des cheveux. Il attend deux ou trois secondes avant de répondre, juste assez pour montrer qu'il prend l'affaire au sérieux.

Avec plaisir, parce que c toi. Vas-y, balance. Ça peut pas être si terrible que ça, pas vrai ?

Il y a de la fanfaronnade dans cette question, parce qu'ils savent l'un comme l'autre qu'on ne peut lui apporter qu'une seule réponse honnête. Quelles que soient les horreurs qu'on puisse imaginer, il y a toujours pire. Quand les gens pensent toujours pouvoir retomber sur leurs pieds, ils sautent toujours de plus haut. C'est la règle.

Tu pourras pas dire que tt pas prévenu. Ça pue pour le monde et ça pue encore + pour moi. Dis-moi ce que t'en penses DQP.

Azi prend une bonne respiration, se verse une tasse de café bien chaud et place le curseur sur le lien que Sigma vient tout juste de lui envoyer. Derrière l'unique fenêtre de son abri de jardin, la nuit engloutit les derniers feux du jour.

Pour mener l'enquête en toute sécurité sur les informations communiquées par Sigma, Azi opère depuis une machine virtuelle – un ordinateur qui fonctionne à l'intérieur du véritable ordinateur, identique sous l'aspect logiciel mais dépourvu d'accès à tout ce qui pourrait être attaqué ou corrompu. Pour Azi, c'est comme si on profitait du sommeil de quelqu'un pour le transférer dans une prison de haute sécurité qui aurait exactement la même apparence que sa maison : tant que le type n'a pas essayé d'ouvrir la porte d'entrée ou une des fenêtres, il n'a aucun moyen de savoir qu'il n'est plus chez lui.

Azi regarde une douzaine de fichiers qui se décompressent, surpris qu'il y en ait si peu. Ses yeux se posent d'abord sur le fichier texte créé par Sigma – sans doute ses conclusions – et il décide qu'il le lira en dernier : il veut se forger une première opinion sans être influencé.

Le fichier suivant est le PDF d'un magazine de propagande de l'État islamique, édition spéciale ramadan. Rien de bien méchant, curieusement, vu la provenance. Mise en page banale et prosélytisme radical sur papier glacé. Les articles alternent entre arguments scripturaires justifiant le jihad, descriptions héroïques des « guerriers de l'Islam » et images idylliques de la vie quotidienne des citoyens de l'État en question. Tout ce verbiage assommant de naïveté ferait presque sourire, si on oubliait les incitations aux meurtres disséminées ici et là.

Les cinq fichiers suivants sont bien plus divertissants : des e-mails et des logs de messagerie contenant les échanges tendus entre le rédacteur en chef du magazine et ses supérieurs. Alors qu'il a déjà parcouru la moitié des messages d'un débat plurilingue particulièrement houleux sur le niveau d'éducation du lectorat (*Il faut simplifier*, semble être le mot d'ordre des responsables, *parce que beaucoup de nos frères étrangers sont stupides*), Azi comprend ce qu'il a entre les mains.

Ces fichiers sont issus d'une série bien connue de documents fuités appartenant à l'État islamique, datés du milieu de l'année 2013. L'hypothèse qui prévalait à l'époque étant qu'ils avaient été publiés par un membre de l'organisation désireux, pour une raison ou une autre, de se venger. Divers services de sécurité (sans compter les spécialistes intrigués travaillant à leur compte) les avaient examinés en détail dans l'espoir d'y découvrir d'importantes révélations, avant de les ranger unanimement dans la catégorie du simple fait divers, tout juste bons à inspirer la création de *mèmes* sarcastiques raillant les querelles intestines d'une bande de fondamentalistes. Azi s'était lui-même penché sur quelques-uns de ces documents, fasciné par ce que les informations glanées sur l'historique des différentes versions d'un fichier Word permettent de déduire. Puis il était passé à autre chose – Jim, les néo-nazis et l'abandon progressif de tout travail rémunéré.

Mais les derniers fichiers que vient de lui confier Sigma sont d'une autre nature. Dans un premier temps, Azi ne voit pas qui ces documents pourraient bien intéresser. Son écran n'affiche qu'un fatras incompréhensible, probablement chiffré, suivi d'une courte liste de noms et de nombres séparés par une virgule. Sardar Kerr, 475000. Mahmud Harrison, 850000. Ziad Hussein, 1255000. Et ainsi de suite. Pourquoi certains de ces noms lui disent quelque chose ?

Une minute à se creuser la tête, et ça lui revient. Ces types sont tous mentionnés dans le magazine qu'il vient de parcourir du regard : soldats morts, snipers, kamikazes cités en exemples pour leur bravoure. Au total, cinquante noms accolés à une suite de chiffres constituent cette liste. Il revérifie, passant à toute vitesse d'un champ de recherche à l'autre. Tous ces hommes sont morts au cours de l'année précédente, et tous sont associés à un nombre à six – voire parfois sept – chiffres.

Conscient que le temps pourrait être compté, Azi accélère le mouvement et ouvre les derniers fichiers. Encore différents. Ils ont l'aspect de documents officiels, réunis à partir de sources différentes : listes électorales, répertoires téléphoniques, administrations diverses. Un travail sans doute effectué par Sigma elle-même, et qui a dû lui prendre des semaines. Pourquoi s'est-elle donné cette peine ?

Azi ouvre un nouveau champ de recherche et se met à pianoter sur son clavier. Sardar Kerr. Mahmud Harrison. Il y a de nombreux résultats pour chacun de ces noms, associés à des pages et des pages de documentation officielle : images, coordonnées personnelles, liens à jour. Sigma a mis la main sur le genre de documents scannés qu'on ne laisse pas traîner n'importe où, puis elle a méticuleusement croisé ces informations avec le contenu de ses précédentes recherches. Passeports français et allemands, noms, adresses. Les noms sont différents sur les documents officiels, mais les visages sont les mêmes. Et quand Azi s'éloigne brusquement de l'écran après s'être plongé quelques minutes de plus dans les données compilées par Sigma, il pense savoir ce qu'il a sous les yeux.

Cinquante martyrs islamistes sont ressuscités d'entre les morts. À chaque fois, leur décès a fait l'objet d'un grand tapage médiatique. Et pourtant, les recherches de Sigma amènent Azi à conclure que tout ça n'était qu'un leurre, et que ces hommes se sont discrètement infiltrés au cœur de l'Europe. C'est absurde. Sauf qu'elle fournit les liens qui mènent aux preuves nichées dans les bases de données gouvernementales, les listes électorales – le genre d'infos auxquelles même Jim, son alter ego si minutieusement modelé, n'a pas accès. Azi tape quelques-uns des nouveaux noms dans un panel de sites administratifs, l'un après l'autre. Ils existent bien.

Ses mains quittent le clavier, se rejoignent un instant derrière sa nuque. Il est possible que Sigma, d'une manière ou d'une autre, soit parvenue à falsifier ce qu'il a sous les yeux. Mais pourquoi aurait-elle fait une chose pareille ? Et à quoi correspondent ces nombres qui accompagnent chacun des noms de la liste ? Une seule réponse plausible à cette question : du fric. Pourtant, même de qualité irréprochable, les faux passeports et les fausses identités s'achètent à coup de dizaines et non de centaines de milliers de dollars. Quel genre de service un État terroriste serait-il prêt à payer jusqu'à plus d'un million de dollars par personne ? Et comment des faux papiers, aussi habilement imités soient-ils, auraient-ils pu passer le test de la comparaison biométrique, maintenant que cette technologie est devenue la norme pour les pièces d'identité ?

Si ce que Sigma lui a envoyé est bien ce que ça semble être, les cinquante fausses identités sont aussi authentiques qu'elles peuvent l'être, parfaitement indétectables. L'État islamique ne devrait pas avoir accès à ce genre de compétences. Personne ne devrait y avoir accès, parce que si c'était le cas, ça signifierait que certains des systèmes informatiques les plus sécurisés du monde auraient été piratés, et leurs données ultra sensibles vendues sur le plus noir des marchés noirs du Darknet. Et que personne n'aurait rien remarqué.

Azi ouvre le dernier fichier, un document que Sigma a rédigé elle-même. Quelques lignes seulement, mais ça suffit à le faire bondir sur son siège.

Les noms, l'argent, l'idéologie. Tu vois ce que je vois? Ils sont à mes trousses. Je sais pas en qui je peux avoir confiance, AZ. Ils se rapprochent. C'est Gomorrhe, je le sais.

Gomorrhe. Un nom murmuré dans les recoins les plus sombres des forums les plus tordus. Un endroit que la lie du Darknet rêve de visiter. Un mot prononcé sur un ton ironique, quand on plaisante sur ce qu'aucun darknet ne vous vendra jamais. Tout le monde sait comment on se divertissait à Sodome, mais de quelle nature étaient les mœurs de Gomorrhe pour mériter, elle aussi, d'être détruite par une « pluie de soufre et de feu » ? *Abraham vit monter de la terre une fumée, semblable à celle d'une fournaise.* Ce sont les derniers mots de la Bible sur le sujet, mais là, dans les ténèbres du Net, la suite continue de s'écrire. Un marché pour les âmes torturées, où chaque transaction peut coûter son lot de vies humaines. Sigma le sait aussi bien que lui : il n'y a que là qu'on a pu vendre ce qu'elle a découvert à un État terroriste.

Ça fait maintenant une heure qu'Azi consulte les fichiers de Sigma. Son café est froid, la nuit porte la rumeur tamisée du vacarme de la ville – voitures, trains, éclats de voix, sirènes. L'écran attend sa réponse.

D'accord, je vois. Je vois où tu veux en venir. Comment tu peux en être sûre? Où t'as déniché cette liste – le lien avec les autres documents? Comment être certain que c pas de la fiction, de la désinformation, une sorte de blague tordue?

Sigma répond immédiatement, à la vitesse de la parole.

Je sais pas si je dois te le dire. Pas encore, pas tant que tu ignores à quoi tu vas devoir faire face. Je suis en cavale, AZ.

Oh merde. T sérieuse ?

À découvert. Repérée. Là, je me suis connectée sur le Wi-Fi d'un particulier.

Ça craint à ce point-là ?

Puisque je suis toujours en vie, c'est qu'ils m'ont pas encore localisée. Je voulais que tu voies ces documents, AZ. La question est : est-ce que je peux te faire confiance ?

Tu sais que j'assure.

Je sais, AZ. Sauf que là, c'est ma vie qui est en jeu. La vie du vrai "moi". Alors, est-ce que je peux faire confiance au vrai "toi" ? Parce que je vais pas tarder à avoir besoin d'un véritable ami. En chair et en os, tu comprends ? Pas juste un pseudo derrière un écran. Je voudrais qu'on se rencontre.

Azi ne répond pas tout de suite. Ce n'est pas le genre de conversation qu'il devrait avoir – pas s'il tient au plaisir de respirer. Au-delà d'une certaine limite, on ne peut plus se permettre de faire confiance. Et cette limite vient précisément d'être atteinte. Il pense savoir que Sigma est une femme britannique, de même qu'elle semble savoir qu'il est un homme britannique, mais Azi n'est pas assez stupide pour exclure la possibilité qu'elle soit en réalité un gros lard suant en slip kangourou qui s'amuse à le manipuler, la bouche remplie de Doritos au fromage – et ce n'est qu'une possibilité parmi dix mille autres possibilités impossibles à écarter. La vraie vie n'a pas sa place ici.

Il baisse les yeux vers ses mains qui hésitent au-dessus du clavier, puis tape et corrige plusieurs fois sa réponse. Il s'efforce de ne pas imaginer ce qui est peut-être sur le point d'arriver à Sigma.

Si je peux t'aider, je le ferai. Mais pas de noms, pas d'infos personnelles, pas de rencontre. Je perds tous mes pouvoirs quand je ne suis plus derrière mon écran.

Au tour de Sigma de prendre quelques secondes pour répondre.

C'est cool, AZ. Je ne peux pas t'en demander plus. Merci et fais attention à toi. Tu sais comment me joindre si tu changes d'avis. Je te laisse, faut que je plie bagage. Littéralement.

Azi laisse échapper un soupir. Il pourrait creuser un peu… Il brûle d'envie de fourrer son nez là où il n'est pas censé le fourrer. Sigma a fait ses preuves et il a envie de lui faire confiance – de lui tendre la main et de voir où cette relation pourrait le mener. Mais il s'est fixé des règles simples dont dépend sa sécurité. Les suivre est la seule façon de ne pas se mettre en danger. Rester à couvert en toute circonstance, ne faire confiance à personne. Et, au besoin, regarder quelques vieux épisodes de *X-Files* pour se mettre dans l'ambiance.

Qu'elle soit vraie, inventée de toutes pièces ou qu'elle se situe quelque part entre les deux, l'histoire que racontent ces fichiers pue les embrouilles à plein nez – voire le risque non négligeable de subir des violences physiques. Le doigt d'Azi Bello flotte au-dessus du clavier, se fige un instant, puis s'abat sur la touche. Les messages disparaissent.

Cinq minutes passent. Il remet une dose de mélange d'arabicas dans la cafetière, ajoute de l'eau fraîche et laisse la magie opérer tandis qu'il se connecte en tant que Jim et réfléchit à ce qu'il pourrait écrire aujourd'hui – une diatribe homophobe, peut-être, pour changer.

C'est alors que quelqu'un frappe trois coups secs sur la porte de son abri de jardin.

4.

Azi referme sèchement l'un des nombreux ordinateurs portables qui fonctionnent parallèlement à ses autres systèmes. Ce laptop fait office de *kill switch* – un des nombreux interrupteurs de blocage bidouillés par Azi pour verrouiller et chiffrer immédiatement tous les dispositifs de son réseau. Sur son bureau, l'écran devient noir. Quelques téléphones et tablettes disséminés dans la pièce vibrent et bourdonnent avant de s'éteindre, brusquement silencieux. Même la musique se tait.

Avec nettement moins d'efficacité, Azi pivote en même temps sur son fauteuil, tasse à la main, assez vivement pour arroser l'intérieur de son abri d'une vague centrifuge de café froid. La cabane ne fait que six mètres carrés environ, et en dehors de la table d'angle dédiée au rituel du café, le moindre espace de cette modeste surface croule sous un désordre de matériel informatique plus ou moins désossé. Sa précipitation va lui coûter quelques centaines de livres de circuits électroniques exposés à l'air libre, mais ça l'agacera plus tard. Pour le moment, il est trop occupé à dévisager la femme élégante qui vient d'apparaître sur le seuil de la porte, désormais ouverte, de son abri de jardin. Bras croisés, elle l'observe avec une curiosité amusée, comme s'il était le pensionnaire maladroit d'une ferme pédagogique.

– Je leur avais dit que tu allais renverser ton café, Azi. Mais là, c'est une inondation.

Elle a le genre d'accent saccadé et de coupe au carré qu'Azi associe aux présentatrices du journal télévisé, si tant est que les femmes-troncs du 20 heures dégagent cette sorte de force tranquille qui semble vous mettre en garde sur un mode vaguement menaçant : « Tu veux te mesurer à moi ? N'y songe même pas. » À l'évidence, c'est le moment ou jamais de montrer qu'il est prêt à affronter ce genre de situation et de reprendre le dessus. Sauf qu'à l'évidence, il n'a ni les moyens ni la volonté de le faire.

– Qui êtes-vous ? Qu'est-ce que vous foutez dans ma maison ? Enfin, dans mon abri de… Enfin, je veux dire…

Azi entreprend de se lever de son fauteuil, mais les quelques mots supplémentaires qu'il arrache au brouillard de sa pensée s'étranglent dans sa gorge, broyés en une bouillie de grognements inintelligibles, et il décide de se rasseoir, fermant les yeux dans l'espoir que la vie reprendra son cours normal si le monde disparaît un moment de sa vue. Malheureusement, il peut encore entendre.

– Ravie de faire enfin ta connaissance, Azi Bello. On adore ce que tu fais, sincèrement. Le coup de l'aquarium, ta récente infiltration chez les nazillons… Mais là, on est obligés d'intervenir, parce que l'appel à l'aide qui vient d'atterrir sur ton écran nous intéresse tout particulièrement, mes collègues et moi.

Azi se passe la main dans les cheveux et déglutit, la bouche sèche.

– Et vous travaillez pour qui, au juste ?

Il pense avoir la réponse à sa question, qu'il ne pose que par acquit de conscience. Il n'y a pas beaucoup de choses qui peuvent valoir à un hackeur ce niveau d'attention de la part des autorités, et Azi est toujours resté à distance desdites choses. Sauf si on considère qu'il s'intéresse d'un peu trop près, depuis une petite heure, à une affaire de terrorisme.

Son système est parfaitement sécurisé, il n'a aucun doute là-dessus. Ce qui veut dire qu'ils ont utilisé un autre moyen pour le surveiller. Et vu que le hack du casino ne date pas d'hier, ça doit faire un moment qu'ils sont sur son dos. Pourtant, il ne s'était jamais intéressé à quoi que ce soit ayant trait au terrorisme avant aujourd'hui et les fichiers de Sigma. C'est donc parce qu'ils la surveillent, *elle*, depuis longtemps, qu'ils se sont mis à le surveiller, *lui*. Une hypothèse des plus crédibles qui ouvre la porte aux pires scénarios.

Les pensées se télescopent sous le crâne d'Azi. Le message de Sigma ne laissait-il pas entendre qu'elle fuyait des gens violents ? Une bande de types sans pitié qui en voulaient sans doute à sa vie ? Et si cette intrusion dans son repère solitaire n'avait rien à voir avec une mission officielle, et tout avec des nervis versés dans l'art de l'interrogatoire, de la torture et de la disparition des corps ? À cette pensée, quelques mots mesurés semblent impatients de quitter sa bouche.

– Oh, putain, oh putain, oh putain, s'il vous plaît ne me tuez pas. Je ne sais rien du tout, je vous le jure ! Enfin, presque rien, d'accord ? Et je vous dirai le peu que je sais. Oh merde. Je vais mourir, c'est ça ? Là, dans mon abri de jardin !

– Pas vraiment, non.
– Mais vous diriez ça même si vous étiez sur le point de me tuer, pas vrai ?
La femme lâche un soupir las et s'avance dans la pièce, dépliant avec dextérité l'autre chaise avant de s'asseoir face à lui, jambes croisées aux chevilles telle la duchesse de Cambridge assistant à un défilé d'anciens combattants. Son visage est très proche de celui d'Azi, mais vu l'espace disponible, ça peut aussi bien être par nécessité qu'à dessein.
– Azi Bello, tu vas devoir te taire et écouter. Tu as merdé, et je suis là pour te dire ce qui va se passer maintenant. N'envisage surtout pas de protester, d'essayer de foutre le camp ou de faire quoi que ce soit à part ouvrir docilement tes oreilles.
Puisqu'il n'a pas le choix, Azi fait ce qu'on lui demande. La femme sourit. Ce n'est pas un sourire aimable, mais pas non plus un rictus franchement meurtrier. Il lui rend son sourire, conscient de l'odeur du café froid qui imprègne ses vêtements. *Pourquoi l'odeur du café est-elle si agréable dans une cafetière, et si répugnante sur un T-shirt ? Est-ce qu'elle le sent, elle aussi ? Est-ce que ça la dégoûte autant que moi ? Je devrais lui proposer une tasse de café, non ?* C'est à se demander s'il ne fait pas de gros efforts – de très gros efforts – pour éviter de penser à ce qui est en train de se passer.
– Je m'appelle Anna. Maintenant qu'on est assis tranquillement, les gens qui nous observent depuis une camionnette garée à proximité vont se détendre un peu. Tant que tu restes sagement assis et que tu hoches la tête de temps à autre en m'écoutant, ils vont rester là où ils sont. Tu comprends ce que je te dis ?

Azi écoute, hoche la tête et reste sagement assis. *Réfléchis*, marmonne son cerveau. *Réfléchis. Réfléchis. Tu es sous le choc, tu paniques. Ne panique pas. Respire, prends un peu de distance. Essaie de croiser son regard. Dis quelque chose, putain.* Il porte le mug à ses lèvres pour se donner une contenance, et se souvient au dernier moment qu'il vient d'en renverser le contenu sur tout ce qui l'entoure. Trop tard, il est déjà en train de siroter le rebord de la tasse avec un bruit de succion. *Classe.*

– Je comprends, dit Anna. Tu te demandes ce que je sais, pourquoi je suis là. Quels mots tu vas pouvoir prononcer sans te creuser une tombe encore plus profonde qu'elle ne l'est déjà.

Il fait la grimace, tête rentrée dans les épaules, et elle soupire à nouveau.

– Formulation maladroite. Personne ne va mourir – du moins pas tant que c'est de mon ressort. Tu n'imagines pas la chance que tu as de me rencontrer dans des conditions aussi détendues. Je ne suis même pas venue t'arrêter. Je suis là parce que tu vas me rendre un service.

– D'accord. Pas de problème. Vous voulez du café ? Je venais juste d'en refaire quand vous avez… frappé.

– Comme c'est aimable. Ne te lève pas, je vais me servir comme une grande.

C'est ce qu'elle fait, pivotant sans se lever de sa chaise. Ses mouvements sont fluides, naturels, comme si l'intérieur de l'abri n'avait plus de secrets pour elle. Ce qui est sans doute le cas. Azi le sait : avec cette femme, des révélations qui vont bouleverser sa vie ont franchi le seuil de son antre. D'une voix mal assurée, il tente de déchirer le voile de mystère qui les entoure encore.

– Comment vous m'avez trouvé ?

– C'est ce qu'ils demandent tous en premier. Et la réponse est toujours la même : tu peux toujours courir pour que je te le dise. Ça fait des années qu'on connaît AZ, mais ce qui nous intéressait, c'était de trouver des connexions. Entre AZ et Sigma. Entre AZ et Azi Bello. Je reconnais que ce dernier lien n'a pas été simple à établir, du fait de ton admirable professionnalisme, mais…

– Mais ?

– Les gens intelligents sont toujours stupides à leur manière, dit-elle. Ton attachement sentimental à ces lieux t'a perdu. La maison, le jardin, la cabane… Nous nous sommes laissés tenter par une surveillance à l'ancienne. Dans la mesure où tu es aussi peu doué en matière de sécurité physique que tu es compétent pour te protéger en ligne, nous avons opté pour de minuscules caméras haute résolution braquées sur ton écran. Il a suffi de percer le toit de ta cabane. Ça a marché comme sur des roulettes.

Encore ce sourire.

– Là, dans mon plafond, dit Azi en levant les yeux, comme si identifier l'endroit qu'elle vient de lui indiquer allait lui valoir un bon point.

– Oui, dans ton plafond. Juste au-dessus du bureau. À quoi bon perdre du temps et de l'énergie à essayer de pénétrer un système bien protégé quand on peut filmer le clavier du type qui est aux commandes, ainsi que la moindre touche qu'il enfonce ? dit-elle avec un haussement d'épaules.

– Eh bien, je regrette de ne pas avoir pensé à ça.

– Sans blague. Tout a été enregistré, classé, inventorié, répertorié, dupliqué. Tous tes petits secrets, Azi.

Il y a un rire à peine contenu dans la voix d'Anna et le cerveau d'Azi plonge dans les nœuds de son estomac, lui soufflant *Là, tu l'as vraiment dans l'os, mon vieux, mais ne t'en fais pas, je vais trouver un truc malin pour te sortir de ce bourbier dès que je me serai assuré que tu ne vas pas faire sous toi.*

– Nous savons tout de toi, reprend Anna. Ou du moins, tout ce que nous avons besoin de savoir. Tes faits d'armes sont impressionnants pour la plupart, un peu inquiétants pour une bonne part. Quelques-uns – je suis persuadée que tu vois ceux auxquels je fais allusion – sont si remarquables que nous ne pourrions pas te livrer aux bras vengeurs de la justice, même si nous le souhaitions. Et pourtant, Dieu sait que ça ferait plaisir aux amis que nous avons d'un côté comme de l'autre de l'Atlantique.

Le cerveau d'Azi reprend du service plus tôt qu'il ne s'y attendait, alimentant sa bouche en phrases cohérentes.

– D'accord. Voyons si je comprends bien. Vous n'allez pas me coffrer. Vous êtes là à boire du café, alors que vous auriez pu me passer les menottes et me saucissonner à l'arrière d'une camionnette sans vitres. Du coup, j'imagine qu'il s'agit d'une affaire assez sérieuse.

Il prononce ces derniers mots à voix basse, comme s'il s'adressait à lui-même. Finalement, savoir ce que cette femme ne va pas faire ne lui apprend pas grand-chose sur la suite des événements.

– Pourquoi avez-vous besoin de moi ? Pourquoi Sigma vous intéresse-t-elle tellement ?

– Il y a des choses que je peux te dire, et d'autres non. Sois gentil de ne pas me faire perdre mon temps en essayant d'en savoir plus sur la deuxième catégorie. Oui, la personne qui se fait appeler Sigma nous intéresse. Nous avons patienté pendant des mois en espérant qu'elle allait te demander de l'aide et te proposer une rencontre en chair et en os. Et quand enfin elle se décide, toi tu lui réponds que tu n'es pas prêt à traverser l'écran pour faire sa connaissance. Mais ne t'en fais pas, nous allons arranger ça.

– Je vous demande pardon ?

– Tu vas envoyer un message à Sigma. Maintenant. Tu vas lui dire que tout compte fait, tu veux bien la rencontrer.

C'est tellement éloigné de ce à quoi Azi s'attendait qu'il en oublie temporairement sa peur.

– Pourquoi je ferais une chose pareille ? Pourquoi vous voudriez que je fasse une chose pareille ?

– Tu te souviens de ce que je t'ai dit à propos des questions ? Je vais faire simple, Azi. Cette jeune femme – oui, oui, c'est bien une femme – est extrêmement importante pour nous, et nous avons l'intention de nous servir de toi pour la connaître un peu mieux. Tu es un atout précieux pour nous. Alors, fier d'aider son pays ?

– Gomorrhe. C'est de ça qu'il s'agit.

– Je ne veux plus t'entendre dire ça à voix haute. Plus jamais. Tu ne sais pas à qui tu as affaire. Si c'étaient eux qui étaient là au lieu de moi, il ne te resterait que quelques minutes à vivre. Et crois-moi, tu les trouverais bien longues. Munira Khan. C'est son nom. Elle t'en parlera mieux que moi, j'en suis certaine. Elle est aux abois, et tu es à peu près la seule chose positive qui lui soit arrivée depuis très longtemps. C'est tout ce que tu as besoin de savoir, pour le moment.

– Non. Pas d'accord. Je ne piège pas quelqu'un que je respecte.

Il a fallu qu'il entende ces mots sortir de sa bouche pour réaliser à quel point l'idée de tromper Sigma lui était insupportable. Qui que soit cette fille, elle mérite un meilleur ami que lui – même s'il n'a jamais prétendu être un champion de la morale. Anna le regarde tranquillement, puis s'adresse à lui d'un ton différent, presque de conspiratrice.

– Azi, nous sommes du même bord, toi et moi. Les gens que nous essayons de mettre hors d'état de nuire sont bien plus dangereux que les suprémacistes en culottes courtes qui sont en train de mordre à ton hameçon depuis leur chambre d'enfant. Les gens dont je te parle sont ceux dont tes nazis rêvent d'être les élèves. Nous essayons de sauver Munira – et je serai bientôt en mesure de t'en dire plus sur ce qui se cache derrière ce « nous ». Franchement, te demander de nous aider est une grande marque de confiance de ma part. Je sais que ça t'importe, d'être quelqu'un de bien. C'est l'occasion de mériter ce titre. Tiens, ajoute-elle sans façon, plongeant la main dans une poche de sa veste.

Sur la première feuille de la liasse de papiers imprimés qu'elle lui tend, Azi lit *Victoria Station, demain, 10 heures.* Il ouvre la bouche et la referme sans avoir produit le moindre son. Rien de ce qu'il pourrait dire n'arrangera les choses. En revanche, il a le sentiment que ça pourrait considérablement les dégrader.

Du bout des doigts, Anna tapote le rebord du bureau.

– Ce sont les lieu, date et heure du rendez-vous que tu vas organiser. Nous ne savons pas où elle se trouve exactement, mais nous pensons qu'elle acceptera de te rejoindre à l'endroit que tu lui indiqueras. De nos jours, nous devons combattre les convictions par les convictions. Les informations les plus précieuses sont dans la tête des gens. Et, comme tu ne le sais que trop bien, les messages les plus sécurisés sont ceux transmis sans l'aide d'aucune technologie : paroles et regards, poignées de main et espaces publics bondés.

Une dernière gorgée d'air aspirée sur le rebord de son mug vide, et Azi rassemble son courage.

– Et alors ? Vos caméras ont récolté assez de preuves pour m'envoyer en prison si je refuse de vous aider. Et vous trouveriez tout naturel que j'applaudisse des deux mains parce que vous me donnez l'opportunité de rejoindre les services secrets de Sa Majesté, ou Dieu sait quelle officine de barbouzes, au lieu de m'envoyer croupir dans les geôles britanniques ? Comment je sais que vous n'allez pas tuer Sigma dès qu'elle sera dans le viseur d'un de vos sbires ? Comment je sais qu'on ne va pas y passer tous les deux ? Que vous n'allez pas faire coup double dès qu'on sera ensemble, elle et moi ?

Anna hausse les épaules.

– Tu n'as aucun moyen de le savoir. Et ça n'a pas d'importance, parce que je ne te donne pas le choix. Tu vas écouter attentivement tout ce qu'on te dit et faire tout ce qui est en ton pouvoir pour nous aider. Tu as vu ce que Sigma t'a envoyé. Cette menace est bien réelle, Azi, et nous sommes ceux qui la combattons. Tout compte fait, tu devrais me remercier. Ne serait-ce que pour avoir demandé qu'on laisse un petit quelque chose sur ton compte en banque.

Azi relève brusquement la tête.

– Hein ? Quoi ?

– Ils voulaient le vider jusqu'au dernier centime, mais j'ai dit qu'on pouvait suffisamment te faire confiance pour ne pas te mettre sur la paille. On remboursera ce qu'on t'a pris en temps voulu, mais pour le moment on préfère limiter tes ressources. Considère ça comme la preuve qu'on ne plaisante pas, et songe à tous les autres moyens qu'on aurait pu employer pour te le faire comprendre.

Le silence se fait tandis qu'Azi parcourt du regard la pièce qui a été au centre de sa vie pendant plus de deux décennies. Les posters défraîchis de ses groupes préférés. Les vieux *mèmes* dont il a fait des cartes postales. Le Gandalf en Lego, gardien de la baie de brassage. Tout ça doit sembler assez pathétique, vu de l'extérieur. C'est le problème, quand on finit par ne plus regarder les choses qui nous entourent : ça n'empêche pas les autres de les voir telles qu'elles sont.

– Et si je refuse ? demande-t-il. Si j'explique à Munira – si tant est qu'elle accepte de me rencontrer et qu'elle s'appelle vraiment comme ça – qu'on est tous les deux dans une merde noire et que le mieux à faire est de foutre le camp aussi loin que possible et de nous planquer jusqu'à ce que ça se tasse ?

La femme qui peut porter n'importe quel prénom à l'exception d'Anna lui adresse un grand sourire et se lève, main tendue.

– Tu sais aussi bien que moi que tu ne feras pas une chose pareille. J'ai été ravie de faire ta connaissance, Azi, ajoute-t-elle après la poignée de main. Mon collègue ne va pas tarder à venir te voir, et je ne saurais trop te conseiller de prendre une douche après son départ. L'odeur du café sur les vêtements est franchement déplaisante.

Et sur ces mots, elle s'en va.

5.

C'est comme si le cerveau de Kabir avait filmé ce qui s'est passé et ne cessait de le projeter malgré lui. Une chaîne YouTube intime qui ne diffuserait qu'une seule vidéo en boucle : le visage de son cousin dont les traits s'affaissent, soudain méconnaissables, et son corps qui bascule, tombe et tombe encore, lentement s'écrase dans la poussière. Nuit et jour, Kabir voit la tête d'Hamid, en gros plan dans la lunette d'un fusil de précision, et le sniper qui ne lâche plus sa proie, son doigt caressant la détente. Un sifflement métallique fend l'air, ouvre le front et traverse la boîte crânienne dont il ressort par l'arrière, juste au-dessus de la nuque. En un clin d'œil, la vie quitte le visage d'Hamid. Et le film recommence. Son supérieur lui a donné des cachets pour dormir, et c'est vrai que ça l'aide un peu, même s'il a parfois du mal à se réveiller pour la prière de l'aube.

Avant cette balle, ils avaient tout fait ensemble. Partis d'Angleterre à destination de la Syrie via la Turquie, ils ont joué les touristes en voyage organisé jusqu'à ce qu'un autobus, puis des taxis, puis des passeurs les conduisent jusqu'à la frontière et les fassent traverser. Rejoindre l'armée sainte a comblé tous leurs espoirs, ainsi que quelques lacunes sur les conditions réelles de recrutement : l'épuisement physique et mental du camp d'entraînement, le dogmatisme d'une doctrine incontestable sinon au prix de la mort, la peur intimement mêlée aux actions de la vie quotidienne. Face à cette nouvelle vie, ils se sont faits courageux, savourant les privilèges du pouvoir et formant des projets dans lesquels entraient des autorisations de mariage et des vierges à peau claire.

Puis l'un des deux est mort et l'autre a survécu, et tout a changé.

Pourtant, la mort de son cousin lui a aussi donné une nouvelle stature au sein de l'organisation. Alors qu'il n'était pas équipé de matériel professionnel, Kabir a eu la présence d'esprit de saisir toute la scène avec son iPhone, une initiative qui a beaucoup plu à ses chefs. Ça avait quelque chose de très personnel – authentique et d'un réalisme cru. C'est passé sur la BBC News. La mort vaut bien la vie, quand elle est en martyr et qu'elle devient virale. Elle vaut parfois même plus, quand elle gagne la bataille des cœurs et des esprits et attire une nouvelle fournée de recrues.

Lorsqu'il vivait en Angleterre, Kabir songeait vaguement à devenir technicien audiovisuel et il s'était occupé de la sonorisation et de la mise en lumière de boîtes de nuit tenues par des connaissances. Ici, il est désormais membre établi – et remarquablement bien rémunéré – d'une unité vidéo mobile, affublé d'un titre qui n'évoque pas vraiment l'activité d'un djihadiste. Raqqa à présent sécurisée, il sillonne les alentours de la ville conquise, en quête d'histoires à portée humaine et s'échinant à atteindre les objectifs de son indicateur clé de performance.

L'unité de production mobile et autonome que Kabir a intégrée en tant que producteur junior – l'État islamique adore les titres ronflants – est censée accoucher chaque jour de trente à cinquante éléments de contenu média qui vont du film d'endoctrinement aux dernières nouvelles pour alimenter les réseaux sociaux, en passant par les brochures de propagande et les podcasts. Les morts héroïques de combattants et les exécutions dignes d'un film gore font toujours leur petit effet, mais brandir des armes et dénoncer les mécréants ne suffit pas à faire passer le message principal, qui est que l'EI « se maintient et s'étend »[10]. Et tant pis si cette ambition est tenue en grande partie grâce aux ressources tirées d'enlèvements, de pillages, du commerce et de l'exploitation d'êtres humains, du trafic de stupéfiants et du racket.

Des nécessités économiques qui ne perturbent pas Kabir. Les jeunes musulmans dont il s'efforce de toucher l'esprit apprécient les triomphes guerriers et les montages d'entraînements militaires, mais avec le temps il a compris qu'il existe aussi un large public pour d'autres sujets : réparations d'infrastructures, initiatives entrepreneuriales, moments pieux de bonheur familial et ardente campagne de culpabilisation au service du sauvetage des sunnites, menacés de massacre. Tout et n'importe quoi qui évoque un empire né sur les cendres de l'hypocrisie occidentale.

---

10 « *Baqiya wa tatamaddad* », devise de l'État islamique.

Ce qui impressionne le plus Kabir, c'est la sophistication de l'écosystème qu'il nourrit (son vocabulaire est désormais émaillé de termes tels qu'*écosystème média*, *cyber djihadisme*, *plateforme agnostique*). Le contenu produit par sa petite équipe passera entre les mains d'une nuée sans cesse renouvelée de loyaux partisans disséminés aux quatre coins du globe, remodelé selon la population à laquelle il s'adresse et diffusé de sorte à avoir un maximum d'impact. Un cocktail d'émotions puissantes et limpides assemblées sur mesure, comme celles qui sont à l'origine de sa venue ici. *Ta vie peut avoir du sens, ta foi peut être source de gloire.* Qui a besoin d'Hollywood ? Kabir a de l'argent plein les poches, le respect craintif des citoyens de Raqqa soumis à l'autorité des nouveaux maîtres des lieux, et un appartement douillet près du marché de la ville (qu'il partage avec quelques frères d'armes de bonne composition, toujours prêts à traduire ses listes de courses).

Bien sûr, les habitants doivent encore s'habituer à certains aspects de leur nouvelle vie, mais Kabir se réjouit de voir la ville s'acclimater petit à petit à son nouveau statut. La piété publique est en progression, avec des milliers de citoyens qui s'agenouillent spontanément dans les rues quand retentit l'appel à la prière. Les femmes ne sortent quasiment plus qu'en compagnie d'un homme. Les exécutions publiques sont annoncées par haut-parleur, et il lui a fallu un peu de temps pour perfectionner l'expression du visage qui convient à ces moments : quelque chose entre l'enthousiasme et l'indifférence du guerrier, accompagné d'un silence résolu. Tout ce que l'on dit en public est strictement surveillé, et il est interdit de jurer. Le dernier Britannique qui a grommelé *Sacré putain de merde* alors qu'il regardait la tête d'un apostat se faire charcuter, maladroitement arrachée à son corps, a eu de la chance de s'en tirer avec vingt coups de fouet.

Parmi les autres interdictions, on trouve, sans ordre particulier : une liste de rassemblements proscrits ; écouter de la musique enregistrée ; enseigner ou apprendre toute chose susceptible d'être assimilée à une vision occidentale du monde ; se raser ; élever des pigeons. Kabir n'a jamais aimé les pigeons et sa barbe est une luxuriante preuve de sa virilité, mais la parano qu'il ressent quand il écoute Pharrell Williams dans son appartement commence à devenir pesante. Les choses vont forcément devenir plus simples à un moment ou un autre, et il pourra pleinement savourer les fruits de son ascension au sein de l'organisation. Tôt ou tard, son talent sera reconnu à sa juste valeur, et avec un peu de chance ça viendra plus tôt que tard.

Demain, par exemple.

Demain, Kabir va participer au tournage d'un film de guerre aux scènes non simulées – un nouvel épisode du *Cliquetis des épées*, une série qui rencontre un incroyable succès. Il va se mêler aux combattants pour la première fois depuis la mort de son cousin, cette fois-ci en tant que membre d'une équipe de tournage, étroitement supervisée par l'agence de production audiovisuelle Al-Itisam. C'est sa chance de se faire remarquer des pontes en charge des productions à gros budget – les seigneurs de la propagande à qui l'on doit la série *Windows on the Land of Epic Battles* –, et il compte bien leur en mettre plein la vue, quitte à oublier les subtilités qui d'ordinaire ont sa préférence.

Si Kabir ne leur fait pas bonne impression, ils risquent de décider qu'il serait plus à sa place derrière un bureau, à télécharger d'interminables discours religieux. Voilà pourquoi il vient de se lancer dans une alternance de pompes et de squats sur le sol carrelé de son appartement. Quand la sensation de brûlure dans les cuisses et la poitrine devient insupportable après deux séries de dix, il attrape sa lourde caméra Sony et l'utilise comme un haltère. Douze tractions plus tard, son épaule et son bras tremblent déjà, et sa main peine à retenir la caméra. Il faut dire que l'entraînement subi à son arrivée remonte déjà à un bon moment. Sans compter qu'à l'époque, l'intérêt qu'il portait aux médias dans sa vie pré-jihad lui avait permis d'éviter les tourments de ces séances d'endurcissement très poussées dont Hamid, lui, se délectait. Le sport n'a jamais été sa tasse de thé.

Lesté de sueur, Kabir se laisse tomber sur le canapé et se met à consulter les comptes d'un assortiment de réseaux sociaux officiellement prohibés : une distraction toujours bienvenue. Il n'y a quasiment rien à faire, maintenant qu'Hamid n'est plus là, sinon prendre garde à ne commettre aucun péché passible de démembrement. Ses yeux parcourent la pièce. Tous les livres, magazines, journaux, photographies, ainsi qu'une bonne partie des meubles, ont été brûlés dans la cour arrière de l'immeuble avant son arrivée. Mais sur les murs, des zones de peinture plus vive en forme de croix l'amènent à penser que les occupants des lieux étaient chrétiens. À l'aide d'un effort considérable pour discipliner son imagination, Kabir parvient à ne rien visualiser de ce qui leur est sans doute arrivé.

Demain, ses chefs pourront compter sur lui. Il sera là, aux côtés des guerriers d'Allah, ses pas dans leurs pas jusqu'à la fin des combats. Pas question d'hésiter ou de flancher. Pas question de laisser l'œil d'un sniper prononcer une sentence de mort. Il frissonne. Encore quelques heures de récupération, quelques cachets pour que la nuit passe plus vite, et rien ne pourra plus se mettre en travers de sa route.

6.

Azi fixe ses baskets du regard. Il est 9 h 55 et la gare est noire de banlieusards et de touristes. Essayer de suivre des yeux ne serait-ce qu'une fraction de ces inconnus qui arpentent Victoria Station lui donne le tournis. Avec son sac à dos fermement arrimé à son sweat à capuche, il tourne en rond depuis quinze insoutenables minutes aux abords de l'endroit convenu avec Sigma/Munira. Il ne donne pas dix minutes supplémentaires aux agents de sécurité pour s'intéresser à son cas. Mains enfoncées dans les poches de son sweat, l'esprit occupé à envisager toutes sortes de scénarios défavorables, il ne remarque pas la jeune femme qui s'approche de lui d'un pas tranquille.

– AZ ? demande-t-elle quand elle est à portée de voix.

Elle a le ton hésitant d'une femme qui a accepté un rendez-vous sur un site de rencontres.

– Tu es là. Tu es vraiment venu.

– Ouais, je suis venu, dit-il en souriant.

Ça faisait bien longtemps qu'il n'avait pas souri spontanément à quelqu'un, mais elle a un de ces visages qui suscite une immédiate sympathie. Et puis elle semble si jeune, si craintive. D'un seul coup, il n'est plus la victime. Il est celui qui maîtrise la situation et qui doit la rassurer.

– Ne t'inquiète pas, dit-il, je n'ai pas l'intention de te kidnapper et de prélever tes organes. Promis.

Merde. Qu'est-ce qui m'a pris de dire un truc pareil? Mais elle lui rend son sourire.

– Super, c'est bon à savoir. Merci beaucoup d'être là, AZ. Je t'en suis infiniment reconnaissante, tu sais. Au fait, bonjour, je m'appelle Munira.

Azi ne répond pas tout de suite, occupé à composer une expression qui inspire confiance. Ça ressemble beaucoup trop à un rancard. Il faut qu'il trouve l'attitude adéquate, et vite, avant qu'il n'invite cette femme qu'il est censé piéger à canoter sur les eaux calmes de Regent's Park.

Et ça n'aide pas qu'elle soit beaucoup trop jolie pour le mettre à l'aise.

– Bonjour Munira. Je m'appelle Azi. Allons faire un tour et discuter. Essaie de garder les yeux baissés autant que possible.

Ils traversent le grand hall, marchant au même pas qu'un groupe de Néerlandais auquel ils se mêlent. La lenteur de ces touristes leur vaut la haine indéfectible des usagers londoniens, mais Azi trouve que c'est aussi bien comme ça: mieux vaut qu'ils n'aient pas l'air trop pressés. Munira l'observe attentivement.

– Et ton vrai prénom, c'est quoi? À moins que tu préfères ne pas me le donner, bien sûr.

– Heu… Ben en fait, c'est Azi. AZ, Azi, tu piges? Une sorte de double bluff, quoi. Pourquoi les trucs qui ont l'air si malins sur Internet paraissent toujours tellement débiles quand on les explique de vive voix ?

– Carrément audacieux, dit-elle avec une pointe d'admiration dans la voix. Puisqu'on parle de ça, je préfère que tu m'appelles Munira. Sigma, c'est pour les forums.

– D'accord, pas de problème, Munira. D'autant que ça te va bien, comme prénom.

Elle lève les yeux, le dévisage un instant avec un petit haussement de sourcils, puis baisse à nouveau le regard.

– Tu ne ressembles pas à l'idée que je me faisais de toi, dit-elle. Mais alors pas du tout. Je t'imaginais, heu… enfin, tu vois, quoi.

– Un Blanc crado et renfrogné qui s'est peaufiné un look à mi-chemin entre Kurt Cobain et Julian Assange ?

– Peut-être plus le genre Snowden, avec des lunettes et un gros pull torsadé. Enfin, bref. Je suis heureuse que tu sois là. Tellement heureuse.

Et là-dessus elle fond en larmes au milieu de la gare.

Azi ne sait absolument pas ce qu'il est censé faire des larmes d'un autre, et encore moins de celles qui roulent sur les joues d'une mystérieuse jeune femme dont le prénom et le visage lui étaient encore inconnus la semaine dernière.

Larmes mises à part, Munira ressemble en tout point à la photo qu'elle a jointe à leur second échange de messages, mené cette fois-ci sous la ferme houlette d'un collègue d'Anna. Elle est mince, modestement vêtue d'un jean, d'un pull et du foulard rouge qu'elle a proposé de nouer autour de ses cheveux pour qu'il puisse mieux l'identifier. Le sac qu'elle tient en bandoulière est volumineux, mais elle le porte avec aisance. Elle a beau sangloter, tout son être dégage une énergie nerveuse, et son visage expressif n'exprime pas la défaite. Joue-t-elle la comédie ? Joue-t-il la comédie ? Ce qui est certain, c'est qu'Anna et ses sbires lui ont confié un rôle, et qu'il va devoir le réciter avec finesse pour être convaincant.

D'un geste gauche, Azi passe un bras derrière Munira, la main à deux ou trois centimètres de son dos, l'invitant à conserver la même allure. Elle semble ravaler ses larmes et se reprendre. Il décide de puiser dans sa nature britannique et d'en exacerber les traits – de faire comme s'il n'avait pas remarqué qu'elle pleurait.

– Écoute, Munira, je préfère te parler sans ambages.

Un sourire revient éclairer le visage de la jeune femme et il croise son regard un peu rougi par les larmes. Comme lui, semble-t-il, son instinct la pousse à combattre la panique avec des mots.

– Sans ambages ? dit-elle. J'ai dû lire ça dans un ou deux bouquins, mais je crois que c'est la première fois que j'entends quelqu'un le dire.

– Alors disons que je préfère aller droit au but, ça te va ? Un peu d'indulgence, d'accord ? Tout ça, c'est nouveau pour moi. Bon, écoute, j'ai étudié les documents que tu as réunis, attentivement, et ce que tu as trouvé recoupe certains trucs que j'avais déjà vus. Des trucs vraiment pas cool.

Il baisse encore davantage la voix.

– Gomorrhe, les itinéraires de trafics, l'extrême droite, l'État islamique, et tout ce qui gravite autour. C'est du lourd.

Azi s'interrompt un instant pour balayer les alentours du regard. Sont-ils sous surveillance ? Bien sûr qu'ils le sont. Il reprend :

– Mais je ne t'apprends rien. Par contre, toi tu as des choses à m'apprendre, parce que je ne sais rien de ce qui t'est arrivé. Mais dans tous les cas, c'est le genre de situation qu'on ne peut pas affronter seuls, d'accord ? On a besoin d'aide et de protection. Et pas question de continuer à creuser cette histoire tant qu'on n'aura pas l'une et l'autre.

– Attends une seconde. Tu es en train de me dire que tu me crois, là ? Tu crois que tout ça est authentique ?

– Ouais, j'y crois. Et pas qu'un peu. Munira, qui que soient ceux qui sont à tes trousses… il faut que tu saches que je suis aussi en danger que toi, maintenant. Mauvaise nouvelle, je sais.

Elle s'arrête et se tourne vers lui, les yeux plissés par une curiosité mâtinée de méfiance. Il inspire profondément, amorçant son coup de poker.

– Ils ont failli m'avoir. Hier, quelques heures seulement après que tu m'as envoyé ces fichiers. J'ai des affaires de rechange et un peu de matos dans mon sac à dos. J'ai failli ne pas venir au rendez-vous… Je suis désolé. J'aurais voulu te le dire avant, mais il faut que je disparaisse. Et vite.

C'est le moment. La base du mensonge est posée et le reste devrait suivre naturellement, d'autant que le sac qui forme une bosse noire sur son dos contient vraiment de quoi survivre en cavale – tout ce qu'il a été autorisé à emporter. Et s'il est à peu près certain d'avoir l'air aussi aux abois et à la rue qu'il est censé l'être pour coller à son histoire, c'est que la réalité de sa situation présente de sérieuses similitudes avec la fiction élaborée pour Munira.

Douze heures ont passé depuis la visite surprise d'Anna. Quelques secondes après son départ, un homme d'une cinquantaine d'années s'était présenté dans l'abri de jardin. Avec ses manières brusques et ses traits imperturbables, on aurait dit qu'il était là pour réparer le chauffage central, seulement armé d'une boîte à outils, l'air compétent du type qui pourrait être votre père. Sauf qu'il suintait la menace – manifestement prêt à briser le corps d'Azi comme une brindille, si d'aventure il opposait la moindre résistance.

Azi avait d'abord reçu l'ordre de récupérer les messages supprimés de Sigma, de prétendre qu'il avait changé d'avis et de lui proposer un rendez-vous. Ça avait été horriblement facile de la tromper, et elle s'était montrée horriblement reconnaissante. Elle lui avait donné son nom et une photo récente, lui avait assuré qu'elle se débrouillerait pour être à Londres en temps et en heure, puis lui avait expliqué que deux de ses cousins avaient été recrutés par l'État islamique et qu'elle était en possession de renseignements dont les fondamentalistes voulaient à tout prix s'emparer. Quelque chose à propos des informations nécessaires pour accéder à Gomorrhe, uniquement stockées dans le logiciel logé entre ses oreilles. Le ventre noué par un sentiment de culpabilité, Azi avait fait de son mieux pour la rassurer.

Une fois cette première opération menée à bien, l'homme lui avait fait signer tout un tas de papiers laissés par Anna – sans doute le support le plus sécurisé en la circonstance. Puis, après avoir réclamé un thé et trois morceaux de sucre, il avait entrepris de lui bourrer le crâne avec ce qu'il allait maintenant devoir faire et dire. Azi avait ensuite pu prendre une douche et s'était endormi, tant bien que mal, vers une heure du matin, avant d'être réveillé six heures plus tard et contraint de répéter son rôle encore et encore entre deux gorgées de thé bien fort. Après quoi, on lui avait donné l'ordre de faire ses bagages – en l'occurrence un simple sac à dos – et on l'avait jeté hors de chez lui, muni d'un téléphone d'apparence banale qu'il devait conserver en permanence à portée de main pour prendre connaissance des prochaines instructions. Ses propres appareils avaient tous été confisqués.

À présent, tandis qu'il s'efforce de soutenir le regard de Munira, Azi songe aux deux éléments primordiaux dans toute entreprise de manipulation : l'urgence et la contrainte. D'où son histoire de départ précipité. Créer un sentiment d'urgence élimine les autres choix d'action et engendre une situation où votre interlocuteur n'a d'autre option que de faire ce que vous voulez qu'il fasse, même s'il a l'illusion d'avoir lui-même pris la décision.

– Comment ils ont fait pour te trouver ? murmure Munira, ramenant l'esprit d'Azi dans le hall bondé.

L'air est imprégné d'une odeur de café et de désinfectant.

Il manque de pousser un soupir de soulagement qu'il déguise au dernier moment en soupir épuisé.

– En fait, ils ne m'ont pas trouvé, pas tout à fait. Ce n'est évidemment pas une coïncidence s'ils sont venus juste après que tu m'as contacté. D'une manière ou d'une autre, ils surveillaient l'activité en ligne d'AZ – je pense que ça fait un moment que ça dure. Je préfère ne pas imaginer ce qui se serait passé s'ils m'avaient trouvé derrière mon écran, mais heureusement tout était contrôlé à distance et j'avais spoofé[11] ma localisation : bureau inoccupé, machines factices.

11 *Spoofing*: usurpation d'identité électronique.

Deux types ont saccagé l'abri de jardin où mes coordonnées falsifiées les ont conduits – j'ai pu voir les dégâts avant qu'ils ne débranchent mes caméras. Mais c'est bien moi qu'ils cherchaient, et ça veut dire qu'ils sont tout près de mettre la main sur toi. Vraiment tout près.

– Oh, non… Nos échanges, les derniers messages et leurs fichiers joints… Pitié, dis-moi que c'était sécurisé. Ils ne sont pas en train de nous espionner en ce moment même, pas vrai ?

Elle le fixe droit dans les yeux, et c'est à présent de la terreur qu'il voit dans le regard de Munira. Il refoule une grosse bouffée de culpabilité. C'est juste un boulot. Pas différent des duperies en ligne qu'il pratique au quotidien. Ça fait des années qu'il gagne sa croûte en trompant les autres : là, il est juste passé au niveau supérieur.

– Quoi ? Non, honnêtement, ne t'inquiète pas. C'était sécurisé. Carrément hermétique. Tout ce qu'ils ont vu, c'est Sigma qui contacte AZ. Et quelle que soit la piste qu'ils ont suivie, ça les a conduits au mauvais endroit : rien que des métadonnées. Cette fois-ci, en tout cas.

– Je suis tellement désolée, Azi. Si j'avais su – si j'avais pensé que ça pouvait arriver –, jamais je ne t'aurais entraîné dans cette histoire. Je n'arrive pas à croire qu'ils ont failli t'avoir. C'est parce que je me suis renseignée. Pour savoir comment te trouver. Je t'ai toujours considéré comme le meilleur – un vrai fantôme ! Je veux dire, s'ils sont assez forts pour parvenir jusqu'à toi, on est cuits. C'est comme si on était déjà morts.

Ils parlent à mi-voix, à peine plus qu'un murmure, leurs mots s'évaporant dans un océan de bruits de pas, de salutations, d'excuses pressées, d'exclamations et de conversations téléphoniques ridiculement sonores.

Azi se tourne vers Munira et se met à marcher plus énergiquement, l'incitant à faire de même d'un signe de tête. Ils parviennent au pied d'une série d'escalators et se laissent transporter jusqu'aux entrailles fluorescentes d'une galerie marchande aveugle et grouillante de monde. *Tout ce dont vous avez besoin réuni dans un même endroit au centre de Londres,* proclame un slogan en néons colorés, sans doute parce que rien ne peut mieux combler les aspirations humaines que la malbouffe, les cartes d'anniversaire musicales et les fringues standardisées.

Azi s'arrête devant la première boutique qu'ils croisent et achète une demi-douzaine de mini cupcakes, attiré par le monticule polychrome qu'ils forment sur le comptoir. Il a besoin de s'occuper les mains avec autre chose que les bretelles de son sac à dos qu'il ne cesse de tordre, dans un sens puis dans l'autre. Sans compter que le sucre est l'ami des codeurs et des hackeurs : mauvais pour le corps, excellent pour le cerveau.

Il engloutit deux cupcakes avant de songer à en proposer un à Munira. Elle le regarde avec quelque chose dans les yeux qui lui donne envie de tout avouer. Et s'il traçait un message secret dans le glaçage rose ? *Fuis !* Mais il n'y a même pas assez de place pour quatre lettres, sans parler du point d'exclamation. Le fait qu'il songe à ce genre de chose indique clairement qu'il n'est pas dans l'état d'esprit adéquat pour improviser. Mieux vaut s'en tenir au plan.

– Écoute, dit-il, je ne sais pas comment tu pensais que je pourrais t'aider – ce que tu pensais qu'on pourrait faire ensemble –, mais il faut que je prenne le large. Je suis désolé de n'avoir que des mauvaises nouvelles à t'annoncer, mais... je suis content de t'avoir rencontrée. J'aurais aimé pouvoir en faire plus.

– Qu'est-ce que je suis censée faire, maintenant ? Je commence à être à court d'endroits où me planquer. Ça craint, putain.

Elle marche vite, à présent, en direction de la sortie. Si Azi veut accomplir sa mission, c'est le moment ou jamais de faire tapis. De bluffer comme un pro. *L'idée doit venir d'elle, pas de toi.*

– Tu as des amis en qui tu as vraiment confiance ? demande-t-il. Des gens dont ils ne peuvent absolument pas connaître l'existence et chez qui tu pourrais te réfugier ?

– Pas ici. Pas tout de suite. Azi, attends. Si tu as un plan pour fuir le pays, tu pourrais sûrement... enfin, peut-être... m'emmener avec toi. Ça ne serait pas pour longtemps, et puis j'ai de l'argent sur moi. Je peux payer ma part.

Azi a l'impression d'entendre les secondes s'égrener une par une tandis qu'il la regarde dans le blanc des yeux, mordillant sa lèvre inférieure comme s'il hésitait face à quelqu'un qu'il ne connaît pas si bien que ça, après tout.

– Tu as ton passeport sur toi ? demande-t-il finalement.

Elle hoche la tête, indiquant son sac de la pointe du menton.

– Et personne ne sait que tu es à Londres ?

– Impossible qu'ils le sachent. Le contenu de nos messages était sécurisé, n'est-ce pas ? Si les types qui ont saccagé ton abri de jardin avaient la possibilité de suivre mes faits et gestes, je serais morte depuis un bail. Je ne pense pas qu'ils connaissent mon vrai nom et mon visage. Et toi, tu crois qu'ils peuvent te retrouver ?

– On peut raisonnablement penser qu'ils en savent beaucoup trop pour que je puisse avoir l'esprit tranquille. Mais je n'ai rien sur moi qui permette de me pister, et je n'ai rien laissé derrière moi qu'ils puissent utiliser. Quant aux aéroports, c'est extrêmement compliqué de surveiller ce qui s'y passe à moins d'être, tu vois, de la police ou de travailler pour le gouvernement. Je pars tout de suite, Munira. Un ami de très longue date a accepté de me rendre service. Si je me porte garant de toi, si je dis que tu es avec moi, je pense qu'il acceptera de nous aider tous les deux… Mais il faut que tu te décides, et vite.

Elle hoche aussitôt la tête avec un mouvement vif, avant de plonger les yeux dans ceux d'Azi, fouillant son regard comme si elle y avait perdu quelque chose. Jusqu'à maintenant, réalise-t-il, il n'avait pas vraiment cru à l'histoire qu'il avait été contraint de répéter, encore et encore, dans sa cuisine. Dans la vraie vie, ce genre de choses n'arrive pas à deux personnes qui ne s'étaient jamais rencontrées, des gens sensés qui ont une vie bien organisée, un logement, des idées et un certain talent dans leur domaine. Sauf quand ces personnes découvrent qu'en réalité, leurs choix ont été faits par d'autres.

– Il ne s'agit pas que de mes cousins, tu sais, dit Munira après un moment de silence. Même si c'est à cause d'eux que j'ai commencé à fourrer mon nez là-dedans. Au fond, ils ne nous manquent pas, depuis leur départ pour la Syrie. Bon débarras. Mais ce que j'ai découvert… Les fichiers que tu as vus n'en constituent qu'une petite partie, tu sais. Quoi que tu puisses imaginer, c'est pire.

Azi s'arrête devant une pharmacie.

– Tu veux entrer là-dedans et t'acheter une brosse à dents ou je ne sais quoi ? On se retrouve au même endroit dans cinq minutes, et ensuite il faudra qu'on prenne la navette jusqu'à l'aéroport. On aura le temps de parler de tout ça plus tard.

– Alors je peux venir ? Tu crois que ton ami sera d'accord ? dit-elle en ouvrant de grands yeux.

Cette façon qu'elle a de le regarder lui donne encore plus envie d'en finir.

– Ouais, ça ne devrait pas poser de problème. Et puis l'union fait la force, pas vrai ? Je contacterai mon pote quand on sera dans le train. Allez, vas-y, et surtout ne traîne pas.

Il la regarde disparaître dans la pharmacie et sort le téléphone qu'il a reçu avant d'être mis à la porte de chez lui. *C'est fait*, écrit-il.

Ils partent pour Berlin.

7.

Depuis qu'elle est née à la frontière ouest des États-Unis, la culture hackeur s'est nourrie de fantasmes : rêves de bandits masqués et de justiciers ; de héros et de méchants en guerre pour gagner la bataille de la « destinée manifeste »[12]. En d'autres termes, elle a toujours été gangrénée par les illusions.

Les *White Hats*[13] sont les gentils de l'histoire. Ils prospèrent dans le milieu de la sécurité informatique, grassement payés lorsqu'ils identifient une faille dans un logiciel et qu'ils en informent l'entreprise qui le commercialise. Peut-être avez-vous repéré un moyen de contourner le processus d'identification du site web d'une compagnie aérienne ? En échange de cette information, l'entreprise vous offrira une carte de fidélité créditée de suffisamment de miles pour faire plusieurs fois le tour de la planète à ses frais.

---

12 Expression née en 1845 sous la plume d'un journaliste, la « destinée manifeste » est devenue une idéologie selon laquelle la nation américaine se donnait pour mission son expansion sur le continent nord-américain.

13 Hackeurs considérés comme bienveillants et n'utilisant leurs intrusions que pour alerter d'une faille et améliorer un système. Littéralement : les « chapeaux blancs ».

À moins que vous ne vous soyez introduit dans le système d'une application de messagerie en venant à bout de son chiffrement réputé infranchissable ? Certes, seule la crème des hackeurs peut réussir un coup pareil, mais là on se rapproche du demi-million de dollars. Tout ça, bien entendu, en supposant que vous ayez été dûment autorisé à conduire ces tests d'intrusion et que vous préveniez les créateurs de l'application de votre prouesse, plutôt que de vous tourner vers la communauté criminelle pour voir ce qu'elle est prête à débourser.

Si c'est dans cette dernière direction que vous vous dirigez, il vous faudra troquer votre chapeau blanc contre un noir. Mettre ce genre d'information entre de mauvaises mains fait de vous un *Black Hat* et vous place *de facto* dans le camp des méchants et même des hors-la-loi : la nouvelle couleur de votre chapeau vous vaudra donc une attention toute particulière des autorités, ainsi que de grandes chances de faire l'objet d'un avis de recherche. Si vous êtes chanceux, il peut se passer des années avant que vos forfaits ne soient découverts. Si vous êtes prévoyant, vous aurez déjà plusieurs nouveaux *exploits*[14] prêts à l'emploi. Pour chaque vulnérabilité réparée, une demi-douzaine de nouvelles failles sont exploitées : pour chaque porte qui se ferme, une demi-douzaine d'autres s'ouvrent. Quelque part dans le rétroviseur, presque hors de vue, les gouvernements légifèrent sur les méfaits de la décennie passée, créant au passage de nouvelles opportunités pour les cybercriminels.

---

14 Emprunté de l'anglais *exploit* (exploiter). Méthode utilisée par les pirates informatiques pour exploiter une faille dans un programme.

À croire qu'ils souhaitent maintenir un niveau d'insécurité constant pour la moindre activité en ligne.

Et puis, comme dans tous les bons films, il y a le personnage ni tout blanc ni tout noir ; celui qui évolue dans cette zone grise à laquelle chacun d'entre nous peut s'identifier. Elle est peuplée par les *Grey Hats*, des hackeurs qui n'entrent ni tout à fait dans un camp ni tout à fait dans l'autre. Ils vendent indifféremment certains des secrets les plus sensibles du XXIe siècle aux gouvernements ou aux multinationales : des portes dérobées à usage unique qui donnent accès à des systèmes que tout le monde croit inviolables ; des techniques de *snooping*[15] dont même les agents secrets n'ont jamais entendu parler ; des logiciels malveillants capables de se propager et de rester tapis dans des millions de systèmes, dans l'attente d'un signal pour agir ; des vulnérabilités nichées dans les entrailles de satellites.

Azi a passé les dix dernières années de sa vie du côté pâle de cette zone grise, mais il s'est aussi peu à peu détaché de toute cette culture hackeur dans laquelle il ne se reconnaît plus. Elle a quelque chose de tellement ringard, de tellement rétro cyberpunk[16], avec en prime les sempiternelles références à ce foutu film des années 1990 : John Lee Miller qui pirate le Gibson[17] et la coupe à la garçonne d'Angelina Jolie.

---

15 Le *snooping* (furetage en français) désigne des procédés d'espionnage du trafic Internet.

16 Le cyberpunk est un sous-genre de la science-fiction né dans les années 1970 et qui met en scène un futur proche, au sein d'une société technologiquement avancée.

17 Nom de l'ordinateur central dans le film *Hackers : Les Pirates du cyberespace* (en hommage à William Gibson, auteur de science-fiction et l'un des leaders du mouvement cyberpunk).

Azi a fini par se voir autrement, comme un fin connaisseur des préjugés, des angles morts, des illusions et de la confusion, des perplexités, des aversions et des désirs ; des moments de faiblesse et de folie ; de ce qui est ignoré ou négligé ; du panurgisme et des pas de côté ; du fait que très peu de gens puissent rester concentrés du début à la fin d'une telle liste.

C'était en tout cas ce qu'il pensait jusqu'à hier, cette lointaine époque où il était encore le type qui maîtrise la situation. Maintenant, tout ce qu'il croyait savoir se désagrège dans les limbes de sa pensée. Courbé sans voix dans le Gatwick Express face à une jeune femme dont il vient de découvrir la beauté, Azi sent son passé qui remonte lentement à la surface. Vivre dans le mensonge n'est déjà pas simple, et se retrouver face à ses vérités enfouies risque de l'être encore moins.

South London, dans les années 1990 : il était une fois un garçon prénommé Azi qui rêvait d'être hackeur avec toute l'énergie désespérée de son corps adolescent. Pour lui, ça voulait dire s'échapper de la morne banlieue où s'enlisait sa jeunesse. Gare d'East Croydon, sinistre verrue de béton et d'acier. Filer tête baissée quand on croise d'autres ados qui traînent des heures entières à l'angle des rues, avoir juste de quoi se payer un menu chez McDo, de l'alcool bon marché et des cigarettes. Travailler le week-end et pendant les vacances dans l'entrepôt caverneux d'un magasin IKEA ouvert en fanfare en 1994 et qui s'élevait depuis au-dessus de la route la plus laide du sud de l'Angleterre, tel un demi-dieu jaune et bleu.

C'est là qu'il a commencé à construire son ailleurs : un écran et un modem, passage vers un monde parallèle que les questions de sa mère sur les aléas de sa vie scolaire ne pouvaient pas atteindre. Posé au bas de son lit, un exemplaire du *Samouraï virtuel*[18] et la *Hackerbibel*, photocopiée et traduite comme il avait pu de l'allemand, à l'aide d'un dictionnaire volé à l'école. « Chaos Computer Club », pouvait-on lire sur la couverture, trois mots qui exerçaient sur lui un pouvoir magique, comme la phrase d'ouverture de cette « Bible du hackeur » qu'un graphiste amateur avait fait sinuer dans le labyrinthe d'un circuit électronique : « Même les pires situations d'oppression ou d'addiction peuvent vous montrer le chemin. »

Si Azi se souvient de tout ça comme si c'était hier, c'est qu'il a continué à vivre dans la même maison qu'à l'époque et, jusqu'à aujourd'hui, à travailler dans le même abri de jardin, maladroitement rafistolé à l'âge de treize ans : il avait cloué du feutre de toit en couches superposées, juché en équilibre précaire sur une chaise de cuisine, ignorant qu'il aurait d'abord dû retirer les restes graisseux de l'ancienne couverture.

La nouvelle toiture s'était révélée étanche, ou presque, mais l'aggloméré était resté imprégné pendant des années d'une odeur fongique. Sombre et exigu, l'intérieur était dévoré par un bureau d'exposition MALM sous lequel un enfant perturbé s'était glissé pour gribouiller une scène de tuerie. Azi avait réussi à introduire deux chaises pliantes,

---

18 Également publié en France sous son titre original (*Snow Crash*), *Le Samouraï Virtuel* est un roman américain de Neal Stephenson.

une table d'appoint et ce vieux lampadaire dans ce qui restait d'espace au sol, avant d'enfiler deux gros pulls et une paire de mitaines pour se protéger du froid. Être contraint de se couvrir les mains le dérangeait d'autant moins qu'il se sentait encore plus dans la peau d'un hackeur avec ses mitaines.

Ces petits désagréments n'avaient aucune importance. C'est là où tout avait commencé, avec un câble blanc qui partait d'une prise de la cuisine, courait le long de la clôture et entrait par un trou dans l'abri de jardin, avant de se ficher à l'arrière d'un modem fax Sportster d'US Robotics doté d'une vitesse de transmission de 14400 bits. À travers ce câble, c'était le monde entier qui venait à lui (très lentement dans le meilleur des cas, c'est-à-dire quand sa mère n'utilisait pas le téléphone). Tout ce qu'avait promis son autre bible numérique, le plus ancien – et plus pratique – *UK Internet Book*, se réalisait enfin, y compris sa prédiction d'un Internet qui, de par sa nature même, ne tarderait pas à faire grincer quelques dents.

Il n'avait même pas suffi d'une semaine pour qu'Azi en fasse l'expérience.

– Eh, mec, t'as entendu parler du ricain qui a piraté son téléphone avec une sorte de sifflet tout pourri ? Tu veux que je te raconte ?

C'était Ad, le meilleur ami d'Azi, venu après l'école contempler le saint Abri pour la première fois, un lugubre vendredi de décembre 1994. Ad – pâle comme une feuille de papier, longue silhouette dont ni muscles ni graisse ne venaient briser la grâce effilée – se tenait renversé en arrière contre le mur en bois, autant que le permettait le maigre espace et l'équilibre de sa chaise IKEA, dans une pose d'indolence étudiée. Azi – brun de peau, trapu, quatorze ans et toujours en attente de sa poussée de croissance – hochait la tête, le fier sourire du nouveau propriétaire plaqué sur le visage.

Si le père d'Ad était tout aussi mystérieusement absent que celui d'Azi, le boulot important que sa mère exerçait chez Microsoft lui avait valu de posséder un PC IBM avec un processeur Intel 486, alors qu'Azi devait se débrouiller avec les vieux BBC Micro tout défoncés de l'école. Mais après qu'Ad avait reçu un ordinateur flambant neuf qui tournait sous Pentium, son vieil IBM 486 était venu rejoindre cette autre pièce maîtresse qu'était le modem dans l'abri de jardin. C'était un nouveau départ.

Pour tout ce qui touchait à l'informatique, le statut d'Ad dans la vie d'Azi était proche du divin : une créature avec au moins un pied dans le futur. Azi était son disciple, et ce que son ami venait de lui apprendre sur cette technique pour phreaker[19] des téléphones était la chose la plus importante qu'Azi eût jamais entendue. Alors qu'il exécutait un ultime hochement de tête approbateur, Azi avait senti que l'histoire de son ami avait besoin d'un assentiment plus verbal.

– C'est dingue, mec. Comment il a fait ça ?

– Tu ne vas pas me croire, mon gars, mais il a sifflé dans son téléphone avec une espèce de jouet en plastoc qu'il a trouvé dans un paquet de biscuits ou un truc dans le genre, et la note qu'il a produite a imité le signal qui attribue une ligne ou je ne sais quoi. Du coup, le mec a pu passer des appels gratuits, d'accord ? Autant d'appels qu'il voulait, vers n'importe quelle destination !

---

19 Le *phreaking* est un terme anglo-saxon qui désigne le piratage téléphonique.

– Tu dis qu'il pouvait appeler n'importe où grâce à son sifflet ?

– Carrément. Et ça s'est passé il y a une éternité, on n'était même pas nés, mais… Tu vois les bruits que fait le modem quand la ligne se connecte ?

– Ouais, le mien a une modulation V32 avec écho local activé, paramètres du port série fixes, connexion automatique, négociation de vitesse de liaison variable. L'offre de Demon[20] a l'air vraiment cool, et je pense que je vais avoir assez de débit pour le web et le reste.

Azi avait répété ce speech toute la journée. C'était important qu'Ad sache qu'il s'y connaissait, lui aussi – qu'il n'était pas un simple élève qui hochait bêtement la tête devant son maître. Il avait toujours eu de meilleures notes qu'Ad, à l'école, et il ne voyait pas pourquoi ça fonctionnerait différemment avec l'informatique. Vous y passez le temps qu'il faut et vous finissez tôt ou tard par en savoir plus que tout le monde.

– Ouais, donc ça entre en contact avec l'ordinateur à l'autre bout, d'accord ? Eh ben moi, comme ce mec aux States qui a trouvé comment siffler la bonne tonalité et s'en servir pour tromper le central téléphonique, j'ai quelque chose qui peut faire un truc dans le genre, mais encore mieux, comme dans *Wargames*, tu vois ?

Azi voyait. Ils connaissaient l'un comme l'autre la moindre scène et la moindre réplique de ce film, parce qu'au cours des six derniers mois, ils avaient regardé une bonne vingtaine

20 Demon Internet a été l'un des premiers fournisseurs britanniques d'accès à Internet.

de fois la VHS de ce classique de 1983. Azi passait la nuit chez Ad au moins un jour par semaine, et la mère de son ami ne surveillait ni l'heure à laquelle ils se couchaient ni ce qu'ils regardaient sur la télévision installée dans la chambre de son fils.

Un tel luxe avait presque quelque chose d'obscène pour Azi, tout comme leur grand jardin mal entretenu et leur cuisine flambant neuve qui avait la taille de son salon. Encore et encore, ils regardaient Matthew Broderick pirater un jeu vidéo appelé *Guerre Nucléaire Mondiale*, avant de comprendre qu'il s'agissait en fait d'un véritable superordinateur militaire des forces armées américaines. Après être passé à deux doigts de déclencher l'apocalypse, il sauvait le monde en apprenant au superordinateur le concept de la destruction mutuelle assurée. Ils adoraient ce film, même s'ils avaient pris un malin plaisir à dénombrer une bonne quinzaine d'erreurs techniques (« Jamais quelqu'un ne pourrait se connecter au système informatique du NORAD sans entrer à la fois un identifiant et un mot de passe », aimaient-ils grommeler).

– Donc, tu vois, au début de *Wargames*, hein, avait poursuivi Ad, quand il compose tous ces numéros à la recherche d'un système à pirater ? Eh ben, il se trouve que j'ai un truc qui peut faire ça sur cet ordi.

Après avoir laissé à Azi le temps de prendre toute la mesure de son annonce, Ad avait plongé la main dans une poche de sa veste kaki dont il avait extrait une disquette aussitôt exhibée d'un geste théâtral. Tracé au feutre d'une écriture extrêmement soignée, on pouvait lire TONELOC.EXE sur l'étiquette blanche.

Il avait glissé la disquette dans la fente de l'ordinateur.

– Pas possible… avait murmuré Azi.

– Possible, mec. C'est un composeur, mais tout le monde appelle ça un *war dialer*. À cause du film, tu piges ? Et on peut s'en servir pour scanner plein de numéros connectés à des serveurs, jusqu'à ce qu'on tombe sur un système qui veut bien dialoguer avec nous et qu'on tente alors de pirater.

– Comme Matthew Broderick.

Ad avait acquiescé de la tête.

– Ouais, mais… je veux dire, est-ce qu'on a le droit de faire ça ? Et si on se fait gauler ?

– Putain, Azi, fais-moi confiance. Il n'y a que les *lamers*[21] qui se font prendre. Est-ce qu'on est des *lamers* ?

– Jamais de la vie, mec.

– Parce qu'on est des bons, pas vrai ? On est des bons, nous. Allez, la partie commence.

– C'est quoi, le but du jeu ?

– Toujours le même, professeur Azi. Gagner.

Et ça avait fonctionné. Après avoir nerveusement installé Toneloc, le nouvel ordinateur d'Azi s'était mis à composer une séquence automatique de numéros, alignant échecs et tentatives prometteuses sur un fichier journal, au gré des modulations bourdonnantes du modem. Fascinés, les deux amis fixaient l'écran du regard. Azi n'avait jamais rien expérimenté de tel. Il se trouvait dans une cabane bringuebalante plantée dans un jardin de banlieue, et pourtant il rayonnait

---

21 Dans le langage des hackeurs, les *lamers* sont des hackeurs du dimanche, des seconds couteaux qui se prennent pour ce qu'ils ne sont pas.

de foyer en foyer, traçant une carte de son nouveau pouvoir avec les lignes invisibles qui les reliaient tous.

Il patientait, à l'affût comme une araignée au centre de sa toile, pendant que le programme scannait les numéros locaux commençant par les chiffres qu'ils avaient spécifiés. Entre deux gorgées de Um Bongo siroté à la paille, Ad commentait dans un murmure les résultats affichés par le *war dialer* : des dizaines de lignes téléphoniques sans modem qui étaient autant de voies sans issue, mais aussi quelques systèmes qui répondaient et pouvaient peut-être être bernés, détournés, contraints d'obéir aux deux adolescents.

La chasse avait été interrompue lorsque la mère d'Azi les avait prévenus que le goûter était prêt ; du thé servi avec les gaufres et les saucisses réclamées par Azi pour fêter la première visite d'Ad dans son repaire de hackeur. Sa mère venait tout juste de leur demander comment s'était passée leur journée d'école quand les appels téléphoniques s'étaient mis à pleuvoir.

C'est elle qui avait décroché la première fois, expliquant à la personne à l'autre du bout du fil qu'il devait s'agir d'une erreur, avant de raccrocher. Le téléphone s'était remis à sonner une minute plus tard et, perplexe, elle avait renouvelé l'opération. Quand après une trêve de deux minutes, la sonnerie avait de nouveau retenti, Azi avait bondi de sa chaise pour décrocher.

– Vous venez de m'appeler, avait lancé une voix masculine aussi chevrotante qu'irritée. J'ai rappelé et il y avait juste ce bruit bizarre. Vous essayez de me vendre quelque chose ? Vous enregistrez notre conversation ? C'est parce que je n'ai pas réglé la redevance télé, c'est ça ?

– C'est juste une erreur, monsieur, avait répondu Azi, l'estomac affreusement noué tandis qu'il mesurait la taille de leur erreur.

Les appels avaient été émis depuis la ligne de la maison. L'ordinateur avait reçu pour instruction de passer en revue un paquet de numéros locaux et de raccrocher si c'était un humain et non un modem qui répondait. Et maintenant que le modem était hors connexion, les gens rappelaient les uns après les autres, parce que c'était les années 1990 à South London, pas la Californie en 1983. Le *war dialer* avait composé plus de deux cents numéros de téléphone au cours des dernières heures. Ça faisait… quoi ? Une vingtaine de personnes, même si une sur dix savait rappeler le dernier numéro qui avait essayé de les joindre ?

Tandis qu'Azi se débattait dans un désordre de pensées, Ad se passionnait brusquement pour sa dernière saucisse, l'examinant sous tous les angles au bout de sa fourchette. Le téléphone avait encore sonné et la maîtresse de maison avait lancé un regard soupçonneux à son fils. Les rares membres de sa famille qu'il connaissait, tous du côté de sa mère, avaient une fâcheuse tendance à passer des cris aux hurlements lorsqu'ils étaient contrariés. Sa mère n'était pas comme ça. Elle était devenue soudain plus calme, mais avec une intensité dans le regard, comme si elle ravalait ses émotions. Un voile de tristesse avait brouillé ses traits, et il détestait ça.

– C'est toi qui as fait ça, Azi ? Tu as fait quelque chose sur cet ordinateur ?

– Oui, m'man. Mais ce n'était pas intentionnel !

– C'est grave ? On va avoir la visite de la police ?

– Non, m'man. On a juste essayé un truc. C'était stupide, on ne pensait même pas que ça fonctionnerait.

– Je vais recevoir des appels toute la soirée, c'est ça ?

– Non. Ou peut-être que si. Je ne sais pas trop, en fait.

– Je suis fatiguée, Azi. Tu sais que je pars travailler avant même que tu sois réveillé. Tu vas répondre au téléphone et t'expliquer avec ces gens. À toi de réparer tes bêtises. Et que ça ne se reproduise jamais, d'accord ? Réfléchis avant d'agir et conduis-toi bien. Tu es un bon garçon, Azi. Quoi que tu trafiques dans cet abri, je ne veux plus que des gens appellent chez nous – plus jamais. Tu comprends ce que je te dis ?

– C'est la dernière fois, je te promets. Je ne le ferai plus jamais.

Azi avait vu l'esquisse d'un sourire éclairer le regard de sa mère.

– Tu ne te feras plus jamais prendre, tu veux dire.

Les deux garçons avaient terminé leurs saucisses en silence, interrompus toutes les cinq minutes par un appel dont Azi devait se charger. Ça avait été sa première expérience de hackeur et, avait-il réalisé plus tard, une leçon essentielle pour la suite de son parcours. Ne jamais laisser de trace. Un hackeur n'est pas un prédateur qui parade avec sa proie dans la gueule. Un hackeur n'est personne : un fantôme dans la machine, mais dans celle d'un autre.

8.

Berlin suffoque dans la chaleur de son été. Une foule de tous âges serpente et se croise le long des quais de la Sprée, tandis que d'autres préfèrent s'abandonner au soleil, sur des chaises longues éparpillées sur une langue d'herbe qui plonge vers la rivière. C'est une image de diversité ; l'image d'un succès démocratique et multiculturel. La carte postale d'un avenir inconcevable il y a encore un demi-siècle.

Sous ses habits sombres, Azi est en nage. Il a passé trop de temps enfermé dans son abri de jardin pour supporter de telles températures. À ses côtés, Munira marche avec l'aisance d'une femme habituée aux vagues de chaleur. Comme les Berlinois, elle a opté pour des vêtements pratiques, c'est-à-dire qu'elle en porte le moins possible : short, tongs, débardeur vert olive et une petite étoile tatouée qui éclaire l'intérieur du poignet gauche. Sans foulard noué sur la tête – elle prétend n'en mettre que pour complaire à certains membres de sa famille ou pour des rendez-vous avec de mystérieux inconnus –, ses cheveux sombres cascadent au-delà de ses épaules, avec d'impudiques ondulations. Ça lui va bien.

Azi plisse les yeux dans la lumière du soleil et s'efforce de se mettre dans l'ambiance estivale, admirant l'interminable cortège de musées et de salles de concert, d'églises et de bâtiments publics, laissant les mots se fondre dans l'air brûlant :

– Je suis fait pour le monde virtuel, Munira. Pas pour le monde-barbaque. Tu sais, genre marcher et parler sous le cagnard. Plus vite un savant fou mettra mon cerveau dans un bocal et le reliera à un ordinateur, mieux ce sera.

– Le monde-barbaque ? Ouah. Tu viens juste de me sortir ça le plus tranquillement du monde, comme si c'était un truc normal qu'un être humain peut tout à fait dire au détour d'une phrase.

– J'ai le regret de t'informer que je connais quelqu'un qui utilise régulièrement ce terme.

Elle lui sourit.

– Attends, laisse-moi deviner. Un super pote ? Un ennemi juré ?

– Un peu des deux, même si les dernières fois qu'on s'est parlé, ça penchait plutôt du côté obscur de la force.. Ça fait un moment que je n'ai pas eu de ses nouvelles. À une époque, on passait notre vie sur les ordinateurs, tous les deux. C'était avant que ça devienne cool.

– Tu es tellement vieux. Tellement pré-millénaire ! Le côté à l'ancienne de notre petite escapade hors connexion me déstabilise un peu, mais toi, tu as grandi comme ça, non ? Avec rien que du monde-barbaque à perte de vue.

Azi lève les mains en signe de reddition.

– C'est bon, tu as gagné. C'est un mot affreux. Ça te dirait qu'on se pose dans un cybercafé ?

– Ouais, parce que bien évidemment, ça existe encore, ces endroits-là. Des ordinateurs publics, une connexion modem tarifée à la minute et Windows 98.

– J'ai pigé. En gros, je suis ton grand-père.

– Un grand-père, mais surtout pas le mien. Sale bonhomme, le papi. Il filait des trempes à mon père à coups de ceinturon.

Qu'elle se montre audacieuse ou réservée, qu'elle parle de choses gaies ou tristes, Munira décoche des punchlines avec une spontanéité déconcertante. Il ne se souvient pas d'avoir rencontré une fille avec ce genre de repartie naturelle, aussi pleine de vie et d'esprit. Difficile de reconnaître la jeune femme perdue qu'il a rencontrée dans ce hall de gare.

Le genre de parano qui vous file la chair de poule et le pressentiment d'un désastre aux contours encore flous ne les ont pas lâchés d'une semelle à l'aéroport de Gatwick. Ils ont fait des achats, bu des cafés, adressé des tonnes de sourires aux gens qu'ils croisaient, traversé un dédale de couloirs trop éclairés avant d'embarquer sur leur vol, lu et relu en silence les magazines de bord pendant que l'avion progressait mollement dans la file d'attente et, au bout d'une heure, se sont envolés pour cette vieille mocheté qu'est l'aéroport de Berlin-Schönefeld. Ils ont décollé d'Angleterre et se sont posés en Allemagne, ce qui en soi est déjà une victoire.

À présent, Munira rayonne d'un espoir nouveau. C'est la première fois depuis des mois, lui assure-t-elle, qu'elle ne regarde pas constamment par-dessus son épaule ; maintenant, c'est seulement toutes les dix minutes. Sa joie ronge les tripes d'Azi. Il marche et attend de nouvelles instructions sur le téléphone qui se tait au fond de sa poche. C'est tout ce qu'il sait, parce que c'est tout ce qu'il a besoin de savoir. Comme Jim, son double raciste, il n'est qu'un instrument au service d'une duperie dont d'autres font les frais. Alors il continue à parler.

– Enfance difficile ?

– Pour mon père, ouais. Moins pour moi. Papa détestait son vieux, la façon dont il traitait aussi ma grand-mère. Il ne m'a jamais dit une chose positive sur son père. Je suppose qu'il a voulu s'y prendre autrement avec ses propres enfants. Plus souple, plus ouvert, tu vois ? Études, Internet, pantalons et T-shirts – il voulait que j'aie tout ça. Ma mère, ça ne lui plaisait pas trop. La famille de ma mère, encore moins. Les grandes familles, ça a des bons côtés, mais pas que… Enfin bref, j'ai pu leur dire d'aller se faire voir la plupart du temps. Je me cassais dès que je le pouvais. J'allais m'asseoir sur un banc avec mon vieux laptop rafistolé et je piquais le Wi-Fi d'un Starbucks. C'était il y a cinq ou six ans, quand tu entrais dans l'âge mûr...

Azi sourit à Munira et se laisse porter par sa conversation, satisfait d'être celui qui écoute.

– D'une manière générale, j'étais plutôt sage. Mais j'en avais plus dans le ciboulot qu'ils ne l'imaginaient. À part mon père, ils voulaient tous que je rencontre un gentil garçon et que je fasse des gentils bébés. Papa m'a acheté ce laptop d'occasion et c'est devenu ma fenêtre sur la vie. J'ai décidé de me faire ma propre opinion sur le monde. Et il y a eu un garçon, bien sûr. Un garçon blanc qui n'entrait pas dans les projets que ma famille avait pour moi. Un amoureux avec des lunettes et une addiction à *World of Warcraft*.

– Veinarde.

– Sauf que mon beau lunetteux m'a trompée et que j'ai piraté son compte Battle.net. Adieu les pièces d'or et bonjour les larmes de l'amoureux infidèle. Mais toi, tu n'as jamais fait quelque chose d'aussi moche à une fille. Je suis sûre que tu étais un gentil garçon.

– Ouais, un truc dans le genre.

– Je le *savais*. Laisse-moi deviner. Est-ce que ta maman était fière de toi ? Photos du fils adoré le long de l'escalier, petits traits au crayon à papier sur l'encadrement d'une porte pour voir comme tu grandissais bien. La prunelle de ses yeux.

– Je ne voudrais pas plomber l'ambiance, mais… Elle est morte. Ma mère est morte avant que j'aie eu le temps de faire quoi que ce soit pour la rendre vraiment fière.

Des souvenirs s'agitent en lui, des images tentent de remonter à la surface. Azi les refoule. Une grimace horrifiée déforme les traits de Munira.

– Merde, merde, je suis désolée. Je ne voulais pas me foutre de la gueule de ta mère qui est morte. Je ferais mieux de tourner la langue sept fois dans ma bouche avant de parler. Au moins trois ou quatre fois, minimum.

Sur son visage, la honte le dispute à la compassion.

– Pas grave, Munira. Vraiment. J'aime… Ça me plaît bien, ta façon de me parler franchement. Je crois que j'ai juste besoin de manger un morceau.

– On est passé devant un resto végétarien, il y a cinq minutes. C'était blindé, mais tant mieux vu qu'on veut se fondre dans la foule. Cela dit, personne ne sait qu'on est ici en dehors de ton mystérieux ami, et tu m'as dit qu'il avait réservé nos billets d'avion via une agence de voyage non moins mystérieuse… Du coup, pourquoi s'inquiéter ?

– C'est une question ?

– Non. Si. Je crois que j'aimerais que tu m'expliques encore ce qu'on fait ici. Parce que je suis contente d'être à Berlin, bien sûr. Mais… Regarde dans quelle situation on se trouve. Ils ont failli t'avoir, tout ça parce que j'étais à ta recherche. Comment peux-tu être sûr qu'ils ne nous surveillent pas en ce moment même ?

Brusquement, Azi se sent très vieux et très las.

– Honnêtement ? Je n'ai aucun moyen d'en être sûr. Cette histoire est complètement tordue depuis le début.

Munira secoue la tête, comme pour chasser l'angoisse.

– Désolée, désolée. Je sais tout ça. Il fait chaud et j'ai le cerveau qui fume à force de réfléchir. Azi, je voudrais juste que ça s'arrête.

Toujours ce débit rapide, ce ton léger. Rien dans sa façon de parler ou dans l'expression de son visage n'alerte l'attention des gens qu'ils croisent. Juste un couple de touristes qui cherche un endroit où déjeuner.

Azi se demande laquelle de ces Munira est la plus authentique – la hackeuse qui parle plus vite que son ombre, la proie en fuite, la reine de la repartie, la fille rebelle –, et il semblerait qu'elle n'en sache rien non plus. Comment lui faire comprendre qu'elle aurait tout intérêt à s'éloigner de lui ? Tenter de l'embrasser serait peut-être un bon moyen de l'inciter à mettre les voiles. C'est une technique qui a déjà fait ses preuves.

Mais ceux qui lui donnent des directives par le biais de ce foutu téléphone sauraient forcément ce qui s'est passé, parce qu'ils savent tout. Ils ont déjà imaginé la moindre initiative qu'Azi pourrait être tenté de prendre pour desserrer l'étreinte. Après des années à croire qu'il était le type le plus intelligent dans la pièce, il prend conscience d'avoir passé le plus clair de ses journées en tête-à-tête avec lui-même. Au prix d'un grand effort, il offre à Munira sa plus belle imitation d'un homme sûr de lui.

– Écoute, ce n'est pas à cause de toi, d'accord ? C'est à cause d'eux. À cause de ces types qui sont à tes trousses. Ce sont eux et eux seuls, les responsables. Tout ce que tu as fait, c'est te tourner vers la personne que tu estimais la mieux placée pour te venir en aide. Tu n'y peux rien si cette personne s'est révélée, en y regardant de plus près, un peu merdique sur les bords. Rien de tout ça n'est de ta faute.

Elle étouffe un rire, balaie rapidement les alentours du regard, et lui donne une petite claque sur l'épaule – comme si toucher un autre être humain était la chose la plus simple du monde. Le silence qui s'ensuit n'est pas des plus confortables, mais la tension est retombée. C'est trop pour lui, de dire une chose et d'en penser une autre. D'ordinaire, les gens qui mènent une double vie bénéficient sûrement d'une formation financée par le gouvernement, non ?

Rejoignant, avec le sentiment de débarquer d'une autre planète, une file essentiellement composée de jeunes gens ridiculement beaux et à peine vêtus, Azi compte sur le falafel qu'il s'apprête à commander pour donner au reste de la journée une saveur moins amère.

Comme partout ailleurs dans l'univers du travail nomade, les technologies d'espionnage que les services secrets partagent aujourd'hui avec leurs agents civils de renseignement tournent autour des applications. De même, comme partout ailleurs dans l'univers du travail nomade, cela permet de réaliser de substantielles économies en matière de formation.

Le mystérieux téléphone qu'Azi a reçu en lieu et place de tous les appareils qu'il possédait ressemble à n'importe quel portable milieu de gamme, mais il dispose d'une version d'Android profondément remaniée, systématiquement expurgée du moindre point de vulnérabilité (dans le domaine de la sécurité informatique comme dans celui de la guerre conventionnelle, moins la surface exposée aux attaques est grande, mieux ça vaut). Par le biais de cette laisse high-tech, il a, depuis le rendez-vous de Victoria Station, bénéficié de la sollicitude d'une application nommée *New Action Directives Issued Remotely* (Nouvelles directives d'action transmises à distance), ou NADIR de son petit nom.

Faire fonctionner cette application est la seule chose dont est capable le téléphone d'Azi. Elle lui dit ce qu'il doit faire, et il le fait. NADIR est essentiellement un GPS, et ses effets psychologiques lui sont douloureusement familiers. Plus on encourage quelqu'un à dépendre d'instructions qui lui indiquent précisément la marche à suivre, plus il se comporte comme quelqu'un qui a besoin d'instructions détaillées pour faire quoi que ce soit : il devient passif, docile, capable de rouler en sens inverse sur l'autoroute si on lui en donne l'ordre. Azi connaît bien ce mécanisme psychologique pour l'avoir souvent utilisé à son avantage, et ça le perturbe de voir son propre cerveau s'engourdir en réponse aux sollicitations peu amènes de l'application.

Hormis entrer en contact avec son « ami », toute activité en ligne avec ce téléphone est prohibée. Azi a convaincu Munira qu'il s'agissait là d'une précaution nécessaire pour leur sécurité, mais c'est aussi un moyen redoutablement efficace de le couper de l'univers dans lequel il évolue d'ordinaire. Il n'a pas passé autant de temps hors ligne depuis ses quatorze ans. C'est comme si son cerveau avait rétréci. Des zones d'ordinaire remplies d'idées, de connaissances et de compétences ont été vidées et cadenassées, fenêtres et volets fermés. Cela dit, Azi admet que l'absence d'échanges constants avec des néo-nazis ne peut que l'aider à regagner un peu de foi en l'humanité.

Pour le moment, on lui a simplement demandé de flâner dans les espaces verts, les rues pittoresques et les musées – une sorte d'étrange imitation d'un couple de touristes. Ça fait maintenant quatre heures qu'ils ont atterri à Berlin et Azi commence à être au bout du rouleau. Pour couronner le tout, son falafel est à peu près aussi savoureux qu'une galette à la sciure de bois, et il donnerait n'importe quoi pour une barquette graisseuse de poulet frit. Quand une nouvelle instruction fait vibrer l'appareil dans sa poche, il est si impatient de la lire qu'il manque de faire tomber le téléphone.

Dis-lui que tu dois la laisser un moment pour retrouver ton ami. Marche trois pâtés de maisons en direction de l'est au départ de la porte de Brandebourg, le long d'Unter den Linden, et attends de nouvelles instructions. Demande-lui de te retrouver devant la guérite de Checkpoint Charlie dans deux heures.

Comment peuvent-ils être si certains qu'elle va faire ce qu'il lui demande ? Qu'elle ne va pas profiter de son absence pour se volatiliser dans la nature ? Ça lui fait mal de voir à quel point ils sont sûrs d'eux – à quel point il doit être difficile de prendre leur système de surveillance en défaut. Ce qu'il doit faire, songe-t-il, c'est rester calme. Attendre le moment propice pour regagner un peu de terrain. Il y a toujours une faille. Quelque chose qui n'a pas été prévu.

– Dis donc, Munira…

– Ouais ?

– Je viens d'avoir des nouvelles de mon ami. Il veut que je vienne le retrouver, seul. On va régler des détails pratiques, et on viendra ensuite te chercher devant la guérite de Checkpoint Charlie. Dans deux heures.

– Puisque je suis en plein roman d'espionnage, autant visiter un des anciens points névralgiques de la ville, c'est ça ?

– Quelque chose comme ça. Juste deux petites heures, et ensuite tu seras en sécurité.

Elle le regarde durement.

– En sécurité, hein ? Voilà qui est prometteur. Heureusement que ça ne me fait ni chaud ni froid d'être abandonnée dans une ville étrangère, à la merci d'un homme dont je viens juste de découvrir le visage. Je ne suis même pas un tout petit peu terrifiée, sache-le.

– Ça va bien se passer, Munira. Et je serai au rendez-vous dans deux heures, je te le promets.

Elle a un rire qui semble un peu lui échapper.

– Je suis contente de le savoir, dit-elle en hochant la tête, lèvres serrées. Super. C'est juste que… Je n'en peux plus d'avoir peur. Ça fait trop longtemps que je vis avec la trouille au ventre, tu comprends ? J'ai vraiment, vraiment envie de te faire confiance, Azi. Je… je peux te poser une question ?

– Bien sûr.

– Qu'est-ce qui est arrivé à ta mère ?

– Je te demande pardon ?

– J'ai envie que tu me parles d'une chose personnelle. De connaître quelque chose de réel sur ta vie. Je ne t'en ai pas parlé, mais j'ai perdu mon père, récemment. Crise cardiaque, il y a deux ans. Je crois que s'il était toujours en vie, rien de tout ça ne serait arrivé. Il aurait gardé un œil sur mes cousins, il aurait su trouver les mots pour les empêcher de partir en vrille. Ou bien il aurait signalé leur radicalisation au MI5[22]. Bon, à ton tour.

Azi la dévisage un instant. Soudain, seule la vérité peut être à la hauteur de la situation.

– J'étais à l'université, en seconde année. Une voiture l'a percutée, coup de malchance, et le conducteur a pris la fuite. Sauf qu'elle traversait tout le temps sans regarder, toujours à cet endroit, et que j'aurais sans doute dû insister pour qu'elle fasse attention. Encore aurait-il fallu qu'elle m'écoute quand je lui donnais ce genre de conseil. Ce jour-là, j'ai trouvé une note dans mon casier. Une petite feuille à en-tête de l'université, soigneusement pliée. Sous les belles armoiries, quelques mots me disaient qu'un de mes profs souhaitait me voir « de toute urgence au sujet d'un problème personnel grave ». J'ai tout de suite compris qu'il était arrivé quelque chose à ma mère. Parce que rien d'autre n'aurait été grave pour moi. Ma vie, c'était juste elle et moi – et puis ça a été juste moi. Seconde année d'université… Je n'en reviens pas que ça fasse déjà aussi longtemps.

---

22 Service de renseignement britannique.

Azi et Munira se font face en silence. Jamais il n'a autant parlé de la mort de sa mère à quelqu'un. Munira se contente de le dévisager, le regard inhabituellement impénétrable. Puis elle tend les bras et l'attire doucement contre sa poitrine, ses lèvres frôlant la tempe d'Azi dans un murmure :

– Ne me laisse pas tomber, Azi. S'il te plaît. N'oublie pas de venir me chercher.

Et avant qu'il n'ait trouvé quoi répondre, elle disparaît dans la foule.

9.

Azi marche à grands pas sur Unter den Linden, jouant des coudes pour se frayer un chemin parmi les hordes de piétons, plein du souvenir de Munira, de l'odeur fraîche de ses cheveux, de l'étreinte de ses bras. Il ne sait pas du tout quoi faire de l'écho vibrant de ces sensations, mais il est incapable de contraindre son corps et son esprit à les oublier.

Autour de la porte de Brandebourg, les larges trottoirs sont noirs de touristes en visites organisées : pour la plupart de jeunes Américains dont les regards fixes, caféinés, glissent sur son visage. Une fois parvenu là où ils lui ont demandé d'attendre de nouvelles instructions – et certain que Munira ne l'a pas suivi –, il ressort le téléphone de sa poche. Il doit admettre qu'à sa manière, cette appli est une excellente couverture ; serait-il crédible en touriste s'il ne passait pas le plus clair de son temps à fixer un écran du regard ?

NADIR lui indique une adresse, à quelques pas de là. C'est le genre d'endroit qu'il déteste : à mi-chemin entre le café branchouille et le *makerspace*[23] qui sert de vitrine

---

23 Lieu où des machines numériques d'ordinaire réservées aux professionnels sont mises à la disposition d'un plus large public.

publicitaire à des multinationales technologiques, le tout emballé dans un décor de briques apparentes, de phrases encadrées et prétendument inspirantes, de meubles prétentieux et d'aspirants mannequins qui servent des viennoiseries et des cafés aux noms alambiqués. Mais le pire, c'est le Wi-Fi haut débit dont tout le monde peut profiter, sauf lui.

Une fois qu'il a suffisamment détesté l'espace, il se met à détester tous les gens qui le peuplent, puis finalement à se détester lui-même. Avec un soupir, il se plie aux dernières exigences de l'application : commander un café et s'asseoir à une table pour deux. A-t-il le droit de s'offrir un panini ? Le simple fait qu'il se pose la question est infiniment déprimant. Il en achète un avec son café – en comparaison de Londres, les prix sont incroyablement raisonnables –, puis s'assoit et attend que le serveur barbu vienne lui apporter sa commande. À peine a-t-il eu le temps de boire une gorgée de café qu'un grand blond sensiblement du même âge que lui s'installe sur la chaise d'en face, s'adressant à lui avec un fort accent, mais dans un anglais impeccable.

– Azi ! lance-t-il d'un ton d'une alarmante familiarité. Ça me fait tellement plaisir de te voir, mon pote ! Je suis vraiment content que tu aies pu venir.

Le silence ne semble pas être une option. Azi va manifestement devoir s'habituer aux inconnus qui débarquent dans sa vie et se mettent à lui parler comme s'ils se connaissaient depuis toujours.

– Ouais, heu… Et toi, ça va ?

Le panini arrive à ce moment-là et Azi accueille cette diversion à bras ouverts, ravi de pouvoir porter son attention sur autre chose. Il s'en empare et mord avec reconnaissance dans le pain grillé, avant de mettre la main devant sa bouche que vient d'ouvrir un cri étouffé, tandis qu'une couche superficielle de peau se détache de son palais, victime du fromage brûlant. Le blond enchaîne comme si de rien n'était.

– Tu devrais consulter tes mails plus souvent, mec ! Et venir me donner une putain d'accolade, vieille fripouille ! Une vraie de vraie à l'espagnole ! D'homme à homme, d'ami à ami.

La bonhomie de l'inconnu est si naturelle que l'espace d'un instant, Azi se demande si tout compte fait il ne le connaît pas.

Il jette un coup d'œil à NADIR et les mots *Cet homme est une personne de confiance, fais ce qu'il te demande* apparaissent, atrocement synchrones, sur l'écran. Génial. Il se lève et serre maladroitement l'inconnu dans ses bras, grimaçant à chaque tape virile qu'il reçoit dans le dos. Mince mais tout en muscles, l'homme dégage une impression de puissance dans son T-shirt gris moulant. On dirait un de ces types qui font de l'escalade, ou un coureur de fond. Rien qui dépasse et prêt à l'action. À côté de lui, avec sa barbe naissante et ses baskets fatiguées, Azi se sent dans la peau d'un type que la race supérieure n'aurait aucun mal à assujettir.

– Laisse-toi guider, reste sage et calme, lui chuchote l'homme à l'oreille.

Puis il se laisse retomber sur sa chaise et sort une tablette qu'il tapote tout en poursuivant à voix basse, mais pas suffisamment basse pour attirer l'attention :

– On est ravis que tu aies accepté ce boulot. Les gens comme nous – comme toi et moi, je veux dire – sont des denrées rares. Ça doit être pour ça qu'on est de si bons amis ! Mais ce n'est pas l'endroit idéal pour parler boutique.

– D'accord. Donc, on est…

Un doigt levé, poliment mais fermement, rappelle Azi à l'ordre. Il soupire et tente de mordre à nouveau dans son panini. Ça ne se passe pas beaucoup mieux que la première fois.

– On est deux vieux amis qui se sont donné rendez-vous. On prend des nouvelles l'un de l'autre pendant cinq minutes environ, ce qui est le laps de temps que les gens consacrent généralement à ce genre de choses, à ce qu'il paraît. Et ensuite, il sera temps de partir et d'avoir une vraie conversation dans un endroit plus privé.

– D'accord. On s'est connus où, déjà ? À la fac ? Dans un camp d'entraînement pour espions ? Ça me fait tout drôle de ne pas réussir à m'en souvenir. Mais je suis sûr que tu vas me rafraîchir la mémoire.

– Azi, Azi, tu n'as besoin d'aucun alibi, d'aucun mensonge, parce que personne d'autre ne sait qui tu es, ici. La discrétion dont tu as fait preuve toute ta vie a fait tout le boulot en amont à notre place ! Mais on pourrait dire par exemple qu'on a étudié l'informatique sur les bancs de la même université, qu'on s'est tout de suite entendus comme larrons en foire, et que d'une manière générale on s'est éclatés ensemble pendant nos années d'études. Tu en sauras plus quand on sera arrivés à destination.

– Et c'est où, au juste, « à destination » ?

– Contente-toi de suivre le mouvement. Tu es expert en la matière, me semble-t-il : le mémorable et l'oubliable. On est une équipe, Azi Bello. On travaille main dans la main pour secourir la charmante Munira Khan – qui, si je ne m'abuse, est loin de t'être indifférente, n'est-ce pas ? Souris, détends-toi, et parle-moi un peu de ton voyage.

La partie inférieure du visage d'Azi opère un mouvement qui, même avec la meilleure volonté du monde, ne peut être qualifié de sourire.

– Il faut m'excuser, mais aujourd'hui j'ai une appli qui me tient lieu de cerveau et mon libre arbitre vient de me larguer comme une vieille chaussette. J'ai un peu de mal à improviser en mode spirituel, là.

Déjà très convaincant dans son rôle d'espion affable et décontracté, l'homme semble vouloir monter encore d'un cran dans sa démonstration, se renversant mollement sur le dossier de sa chaise et promenant ses doigts avec une dextérité désinvolte sur l'écran de la tablette. C'est comme être face à un mélange de James Bond et de l'employé du mois de chez Orange. Les agents secrets ne sont-ils pas censés ressembler à des citoyens lambdas plutôt qu'à des images d'Épinal sorties de la page « Art de vivre » d'un magazine chic ?

– Eh bien, il te reste une minute pour mieux faire, mon ami. Par expérience, je te conseille de rester aussi proche que possible de la vérité. Essayons encore une fois, histoire de s'entraîner un peu. Raconte-moi donc ton voyage.

Azi tente le ton cordial :

– Un pur bonheur, si l'on oublie que c'étaient les trois heures les plus terrifiantes de ma vie. Cela dit, je sens que les réjouissances ne font que commencer. C'est marrant, mais depuis que ta copine Anna a fait un saut chez moi pour partager une tasse de café, quelque chose me dit que ça va aller crescendo dans le désagréable. Laisse-moi te trouver une image qui te parle : le marteau, l'enclume et ma pomme au milieu.

– Allons, allons. Tu es un garçon intelligent, Azi. Et pour le moment, tu t'en sors bien sous la pression. Je peux te donner un petit conseil ?

– Je t'en prie, fais donc.

Azi a brusquement l'impression d'être deux, et qu'un Azi regarde tristement l'autre s'écrouler comme une merde. Que veux-tu, pense Azi numéro un, on finit toujours par s'effondrer à un moment ou un autre. Alors pourquoi pas en sirotant un *Kaffe mit Milch* en compagnie d'un teuton qui a dû briser quelques nuques.

– Tu as subi une grosse pression. Le genre de pression dont tu n'as pas l'habitude. C'est dur. Alors, tu devrais essayer de te détendre, maintenant. De considérer cette escapade berlinoise comme des vacances très bien organisées. Ton séjour est pris en main dans les moindres détails. *Willkommen in Berlin*, Azi ! Ton ami te déroule le tapis rouge ! Crois-moi, c'est un choix tellement plus judicieux que les alternatives qui s'offraient à toi.

– D'accord. Donc…

Au prix d'un effort de volonté, Azi donne les rênes à la version la plus mesurée de lui-même. Il peut le faire. Juste une journée normale, juste un rendez-vous normal dans un café normal. Il est capable d'enrayer la mécanique qui semble le faire plonger chaque seconde un peu plus vers il ne sait quel gouffre.

– On s'est rencontrés à Londres, toi et moi. À l'université. Après ça, on a gardé le contact pour des projets de boulot, mais on se parlait toujours en ligne. Ça faisait des années qu'on ne s'était pas revus en chair et en os, mais on doit tenir l'un à l'autre, puisque tu acceptes de nous héberger, Munira et moi. Vu ta dégaine, je dirais qu'on n'a pas trop de passe-temps en commun.

L'homme qui lui fait face se frappe les mains – une sorte d'applaudissement sec.

– C'est exactement ça ! Et mes lacunes concernant ta vie personnelle s'expliquent aisément par ton absence totale de présence sur les réseaux sociaux. C'est parfait, vraiment, que tu ne sois pas sur Facebook. Mais tu vas devoir apprendre certaines infos qui ne peuvent pas s'improviser. À commencer par mon nom, qui pour toi sera Odi Wolff. Et maintenant, il est temps de quitter cet endroit. Comme le feraient deux bons amis, bien sûr.

– Est-ce que je peux au moins terminer mon panini ? Je n'ai rien avalé de la journée à part des cupcakes et un falafel dégueulasse.

– Si tu veux. Mais ce truc graisseux ne t'a pas trop réussi, jusque-là. Et il y a de l'excellente nourriture là où on va.

L'homme qui se fait appeler Odi se lève sur ses mots et entraîne Azi hors du café.

10.

Kabir a le sentiment d'avoir enfin été touché par une de ces révélations dont il rêvait quand il a décidé de quitter sa famille et son pays, il y a déjà de longs mois – un de ces feux qui vous consument le cœur et illuminent le monde. Malheureusement, cette révélation a pris la forme d'une peur, d'une haine de soi, de nausées, d'insomnies et d'un terrible sentiment de culpabilité – un profond mal-être accompagné de la certitude d'être exécuté s'il s'avisait de s'en ouvrir à quiconque.

Du côté positif, il n'a pas encore été immolé par le feu dans une cage, ce qui lui donne un certain avantage sur les sujets du récent travail de montage qui lui a été confié : des séquences de combattants ennemis brûlés vifs, auxquelles il a dû ajouter des ralentis afin de rendre l'expérience visuelle plus cinématographique. Du côté négatif, il s'est mis à parler dans son sommeil, ses marmottages le réveillant au milieu de la nuit, et il s'est mis à craindre que ses propos diurnes n'échappent aussi bientôt à son contrôle.

Passer presque tout le tournage du *Cliquetis des épées* pelotonné contre sa caméra en position fœtale, suppliant d'invisibles snipers de ne pas le tuer, a valu à Kabir de se retrouver temporairement dans un box de travail, à optimiser les films de propagande de différentes unités de production. Et ce sont ces images tournées par d'autres qui ont peu à peu sapé sa foi en l'État islamique.

Quand vous assistez à une lapidation ou à une décapitation en compagnie des frères, songe Kabir, il n'est pas trop difficile de rester dans le bon état d'esprit – d'avoir des pensées orthodoxes –, aidé par la montée d'adrénaline et l'esprit de camaraderie qui électrise l'air. En revanche, quand vous regardez la même scène, encore et encore, sur l'écran d'un ordinateur, à la recherche du montage qui puisse le mieux frapper les esprits de futures recrues, tout ça semble brusquement appartenir à un monde de… de quoi, exactement ?

Kabir n'aime pas mettre des mots sur ce qu'il ressent dans ces moments-là. *Un monde de dingues ? De psychopathes ? De déséquilibrés ? De malades mentaux ? De cinglés ? Un monde où quelque chose ne tourne pas rond. Un monde où l'on fait le mal.* Ces derniers temps, des mots de ce genre ont une dangereuse tendance à s'insinuer dans les lobes frontaux de son cerveau et à ramper vers le bout de sa langue. Il les ravale et continue à travailler. Il commence à souffrir de bruxisme, ce qui n'est pas une bonne nouvelle dans la mesure où les soins dentaires sont réduits au strict minimum, ici. Une couronne s'est déchaussée au fond de sa bouche et le nerf exposé lui envoie une petite secousse électrique à chaque respiration. Il prend toujours autant de cachets, mais ils n'ont plus d'effet sur la voix qui murmure jour et nuit dans son cerveau.

Tiens, la voilà qui se manifeste tandis que des hommes fous de terreur et de douleur vivent leurs derniers instants sur l'écran : *Ce que tu vois là*, susurre la voix dont le timbre lui rappelle celle de son cousin mort au combat, *n'a rien de grand, de glorieux, de sacré ou de cool. C'est juste une bande de crétins qui se vantent d'aimer tuer des gens. En gros, c'est ton père en train de gueuler devant sa télé. Mais avec des couteaux et des kalachnikovs.* Kabir dit à son cousin de la fermer et songe qu'il doit cesser de parler avec les morts, avant de se pencher résolument sur son ordinateur portable et de se remettre à jouer avec les fondus enchaînés et la police des bandeaux qui défilent au bas de l'écran.

Sous ses yeux désenchantés, la scène suit sa progression ou défile à rebours au rythme de son doigt qui glisse sur le pavé tactile, passant de la vie à mort, de la mort à la vie. Pour ceux à qui elles sont destinées, ces images doivent provoquer une fascination faite d'effroi et d'admiration, mélange subtil dont les proportions varient selon qu'elles seront vues par les citoyens civils de l'État islamique (auquel cas la sensation de peur doit l'emporter) ou par la diaspora des recrues potentielles (auquel cas il est préférable de susciter l'envie de faire peur).

Kabir n'a pas élaboré de plan, du moins pas encore, mais il se murmure que d'autres combattants étrangers ont commencé à exprimer secrètement le souhait de ne pas passer le restant de leurs jours ici. Voilà qui explique peut-être pourquoi le temps alloué aux jeux vidéo, aux parties de jambes en l'air et aux divertissements en général a été réduit depuis quelque temps. Un frère d'armes allemand avec qui il s'entend très bien – un idéaliste avec une préférence marquée pour l'aspect « aider nos frères sunnites » de leur mission et une répugnance masquée pour l'aspect « tuer tous ceux qui ne pensent pas comme nous » – entretient depuis quelque temps un contact quotidien avec sa sœur berlinoise. Sauf que Kabir a quelques raisons de penser que cette sœur n'existe tout simplement pas.

Mohammed l'Allemand, comme on l'appelle ici, exhorte presque chaque jour sa sœur à se convertir via Facebook, et il affirme qu'il touche au but. Qu'elle viendra bientôt le rejoindre en Syrie. Mais il prend aussi garde de taper ses messages à l'abri des regards, et toujours en l'absence de ses chefs. Si la prétendue sœur de Mohammed doit un jour être récupérée à la frontière turque, et que ses supérieurs lui font assez confiance pour qu'il aille seul l'accueillir et la faire passer en Syrie, Kabir soupçonne qu'il ne reverra plus jamais son ami. À moins, bien entendu, qu'il ne parvienne lui-même à se joindre à la prétendue mission de récupération.

Dehors, dans le labyrinthe d'une Raqqa conquise par les armes, l'hiver n'est plus qu'un souvenir. Gorgés de soleil brûlant, le béton et la brique restituent une chaleur cuisante qui jette les enfants dans des cours ombragées où ils forment de petits troupeaux joueurs et craintifs. La fermeture d'un grand nombre d'écoles dont l'enseignement religieux a été jugé laxiste a créé une ambiance étrange, quelque part entre vacances scolaires et camp de prisonniers. Quand il n'est pas tapi sous terre devant des images gore, Kabir a reçu pour mission de distribuer des friandises et de la menue monnaie aux gamins de Raqqa, une technique éprouvée pour attirer de jeunes volontaires dans les camps d'entraînement. Kabir a d'ailleurs travaillé au montage de quelques vidéos tournées dans ces camps : une scène particulièrement touchante de pré-adolescents s'exerçant à la décapitation sur un mouton a marqué son esprit.

Le manque de formation des troupes de l'État islamique est l'un des multiples points noirs que Kabir aurait préféré ne jamais identifier. Pour commencer, l'infrastructure du djihad international souffre d'un embarrassant problème d'incompétence. Parmi ceux qui rêvent de porter le fer dans de grandes capitales infidèles comme Paris, Londres, New York ou Berlin, bien trop nombreux sont ceux dont l'enthousiasme l'emporte sur la précision : fabricants de bombes dont les engins explosent prématurément et envoient tant de frères rejoindre les rangs des martyrs absurdes ; conspirateurs mal préparés et incapables de coordonner le minutage de leurs actions, chimistes amateurs qui ne réussissent qu'à attenter à leurs propres mains ; chauffeurs qui se perdent dans les rues des villes qu'ils sont censés terroriser. Sans compter que les bons formateurs et les vrais professionnels sont régulièrement ciblés et tués par les nations ennemies (en gros, le reste du monde), ce qui revient à mettre à prix la tête de tout combattant ayant survécu assez longtemps pour savoir à peu près ce qu'il fait.

Kabir a également connu une expérience franchement déplaisante à propos d'un message dont il avait la charge. Au début du mois, calife Ibrahim a prononcé un discours sur le site de la plus glorieuse de leurs conquêtes, Mossoul, annonçant un califat planétaire auquel l'humanité toute entière allait devoir se joindre, par conviction ou sujétion. Tout musulman de sexe masculin, s'il ne voulait pas appartenir à la seconde catégorie, était prié de faire acte d'allégeance.

Aidé par Mohammed l'Allemand, deux Pakistanais renfrognés et Google Traduction, Kabir a participé à la transcription, à la traduction, à la mise en forme et à la distribution du message lumineux de calife Ibrahim aux quatre coins du globe. Malheureusement, c'est aussi à lui qu'est revenue la tâche ingrate d'informer ses supérieurs des réactions fort peu enthousiastes de certaines organisations rivales, ce genre de nouvelles n'étant jamais bien reçues. L'Armée de l'islam, par exemple, une méprisable organisation rivale, a eu le culot de qualifier le message universel d'Ibrahim de « discours délirant », tandis que d'autres insurgés sunnites ont maugréé des propos peu constructifs dans lesquels il était question de mégalomanie, d'aveuglement et d'une volonté de diviser. Kabir s'est abstenu de tout commentaire – il n'a qu'une envie modérée de se faire arracher la langue avec des tenailles –, mais selon lui le grand rassemblement prêché par calife Ibrahim n'est pas pour demain.

Sur l'écran de son laptop, il regarde un autre dignitaire religieux sunnite traiter calife Ibrahim de crétin présomptueux indigne des titres honorifiques qu'il s'est lui-même octroyés. Ce commentaire diffusé sur les chaînes qatariennes n'est qu'une des dizaines d'interventions qu'il est contraint de visionner, mais celle-ci est particulièrement haute en couleurs. Mieux vaut ne pas la signaler à ses chefs avant d'être certain qu'ils se sont levés du bon pied. Du bout de la langue, il examine la molaire qui le fait souffrir. Elle commence à pourrir.

11.

Odi a dit vrai pour la nourriture. Azi s'attendait, au mieux, à être logé dans l'équivalent allemand de son abri de jardin, et au pire à se faire bander les yeux et à recevoir une bonne correction préventive. Au lieu de quoi il empoche, au terme de cinq minutes de marche ostensiblement amicale, les clefs d'un petit appartement à trois pâtés de maison du café.

Ils grimpent jusqu'au dernier étage d'un bel immeuble à colonnade. À l'intérieur, ça respire le neuf, tout en lignes épurées et tons pâles. Le réfrigérateur a été approvisionné selon le goût européen : charcuterie, œufs, salade, fromages, et même une tablette de bon chocolat au lait ornée du dessin rassurant d'une vache bien nourrie. Il y a une miche de pain qui semble tout juste sortie du four, du beurre, une machine à café qui n'attend qu'une pression du doigt pour parfaire d'une touche d'arabica ce décor urbain chic. Azi ne devrait plus s'étonner de rien, et pourtant il ne s'attendait pas à ça.

– C'est drôlement cosy, comme appart', dit-il. Surtout pour une salle d'interrogatoire amélioré[24].

---

24 « L'interrogatoire amélioré » est un euphémisme utilisé par les services secrets américains pour désigner des techniques d'interrogatoire pouvant être considérées comme de la torture.

– Écoute Azi, on peut arrêter ce petit jeu, maintenant. Tu bosses pour nous, et par « nous », j'entends Anna et moi, auxquels s'ajoute ce qu'on pourrait appeler le back office. Notre équipe d'appui, si tu préfères. Je sais que tu n'es pas venu ici de ton plein gré, mais j'attends que tu te comportes en professionnel. Qui sait, tu vas peut-être même y prendre goût. Ça, ajoute-t-il en désignant un ordinateur portable posé sur une table basse, c'est ton nouveau laptop. Tu y trouveras des fichiers qui, le moment venu, t'expliqueront en détail ce que tu dois savoir. Tu partiras chercher Munira dans un peu plus d'une heure, ce qui te laisse assez de temps pour prendre une douche, te changer, manger un morceau et écouter un petit briefing préparatoire. Des questions urgentes ?

Azi ouvre la bouche et la referme lentement, s'accordant quelques secondes pour sélectionner les questions les plus évidentes parmi toutes celles qu'il pourrait poser.

– C'est quoi, cet appart' ? Et tu es au service de qui, au juste ?

– Pour les besoins de notre histoire, c'est mon appartement. Pas dégueu, hein ? Je bénéficie d'une jolie vue sur le *Französischer Dom*, la cathédrale française. Même si, en fait, ça n'a jamais été une cathédrale.

– Et tu es ?

– Moi-même, c'est-à-dire ton super pote Odi, qui te tend la main dans une passe difficile. Pour Munira, je suis un type aisé, discret et loyal. Pour toi, je fais partie d'une unité opérationnelle spécialisée dans les liens entre technologie et terrorisme. On est une petite équipe, on est autonomes, et on connaît bien notre boulot. Regarde un peu autour de toi, mon ami. Je suis sérieux, quand je dis que tu devrais te détendre. Personne ne sait que tu es ici, à part nous.

Azi hoche la tête.

– Et ?

– Et rien. On dispose de moyens considérables, mais on fait face à des défis plus considérables encore. Tu devrais te sentir flatté de rejoindre notre petite organisation. Elle a excellente réputation, tu sais.

– Oh, je suis très honoré. Donc, comment dois-je vous appeler, en tant que structure ?

– Inutile de nous donner un nom. S'il te plaît, essaie de te concentrer un moment sur ce qui est désormais ta réalité : mon appartement, notre longue amitié. Comme tu peux le constater, je me suis bien débrouillé depuis que j'ai quitté Londres ! Je vous cède mon logement, à toi et à Munira. Vous allez travailler ici, dans de bonnes conditions, et on va surveiller tout ça de très près. Il faut absolument que tu la mettes à l'aise, en confiance. Ton infiltration parmi les membres de Defiance va aussi nous être utile.

Azi promène les yeux autour de lui. Le confort de cet appartement a quelque chose d'analgésique après les dernières vingt-quatre heures qu'il vient de vivre. Il a envie d'y croire. De l'eau chaude, de quoi boire et manger, du calme et du silence. Un bureau avec une vue agréable et un port Ethernet. Plus que tout, il brûle d'envie d'ouvrir l'ordinateur noir brillant qui trône sur la table basse, de l'allumer et de repeupler les zones désertées de son cerveau. C'est un piège. C'est une opportunité. C'est douloureusement étrange, parce qu'il n'a accès à aucune des informations qui donneraient un sens à ce scénario.

– Je vais prendre une douche, Odi. Et ensuite, je vais vider le frigo et boire le contenu de cette cafetière. Ne me demande pas d'être opérationnel avant ça, d'accord ?

– Mais bien sûr, mon ami, fais comme chez toi. Tant que tu restes dans les temps, bien sûr. Tu trouveras des vêtements propres et à ta taille dans la commode de la chambre principale.

– Des vêtements à ma taille, hein ? Là, ça devient carrément flippant.

– Que veux-tu, Azi, ton confort nous tient à cœur.

Dix minutes plus tard, revigoré par la douche et s'efforçant de choisir entre les vêtements de sport fripés de son sac à dos et les fringues impeccables et flippantes de la commode, Azi se surprend à songer à la prestidigitation.

La prestidigitation a joué un grand rôle dans l'imagination adolescente d'Azi et de son ami Ad, à la fois parce que c'était la seule chose qu'ils savaient faire pour impressionner les filles – du moins jusqu'à ce qu'Azi décide de pousser son avantage en faisant réapparaître les pièces de monnaie dans des endroits plus osés – et parce que l'art du prestidigitateur présente quelques similitudes avec l'art du hackeur. La magie était ce que voyait la personne qui subissait une intrusion dans son système, parce qu'Azi et Ad remettaient en cause ce qu'elle pensait avoir compris et tenait pour acquis. Ce n'était pas seulement une intrusion dans le système informatique de la victime, mais aussi dans les rouages de sa pensée dont ils contournaient les explications logiques. Arthur C. Clarke avait tout faux[25] : les technologies de pointe ne sont pas indiscernables de la magie. Au fond, il n'y a que deux sortes de personnes : celles qui comprennent comment quelque chose se produit, et celles qui ne le comprennent pas.

Assurément, il y a beaucoup de choses importantes qu'Azi ignore encore. Mais où chercher pour les trouver ? À quel point sa nouvelle vie est-elle cadenassée ? Les questions bourdonnent en lui comme des insectes, formes laides et floues qui rampent aux marges du visible, en périphérie du champ visuel. Quelque part, quelque chose a forcément été négligé d'une manière ou d'une autre ; une faille à travers laquelle la magie va pouvoir opérer. Le problème, c'est qu'ils ont de nombreux mois d'avance sur lui, des ressources sans commune mesure avec les siennes, une connaissance approfondie de son passé et le contrôle total de son confort physique et économique. Sans parler d'un Allemand impénétrablement dangereux dans le rôle de son meilleur ami.

Comme s'il suffisait de penser à lui pour qu'il apparaisse, Odi pénètre dans la chambre et promène un regard exagérément décontracté sur la gêne d'Azi.

– Le café sera bientôt prêt, et le frigo n'attend que toi. Il nous reste quarante-cinq minutes pour passer en revue le contenu du laptop et parler de deux ou trois choses. Après, ce sera le moment d'aller chercher ta copine. Et ce soir, ajoute-t-il d'un ton réjoui, on dîne ensemble, tous les trois.

Azi hoche la tête et attend le départ d'Odi pour enfiler ses propres habits, avant de quitter la chambre pour rejoindre

25 « Toute technologie suffisamment avancée est indiscernable de la magie » est l'une des trois « lois de Clarke » ; lois formulées par Arthur C. Clarke, écrivain de science-fiction anglais (1917-2008).

le salon. Odi l'y attend, assis devant le verre immaculé de la table basse sur laquelle sont posés l'ordinateur ouvert et deux tasses de café noir. D'un geste de la main, il invite Azi à prendre place à côté de lui, puis tourne l'écran de sorte qu'ils puissent en partager la vue.

– Commençons par le commencement. Tu vas conserver le téléphone NADIR sur toi en permanence. Aucun autre appareil de communication n'entre ou ne sort de cet appartement. Je m'occuperai de l'ordinateur que Munira a emporté avec elle. On utilise des réseaux satellite et des hyperfréquences de type militaire, donc merci de ne pas songer à faire le con. Et maintenant, regarde un peu ça.

Odi pointe le curseur sur l'icône d'un navigateur et clique. Une sélection de pages web surgissent sur l'écran. À la grande surprise d'Azi, toutes sont des variations sur un même thème : les forums de Defiance fréquentés par Jim, son double d'extrême droite. Non seulement Jim est connecté, mais il semble aussi avoir été particulièrement actif au cours des dernières vingt-quatre heures. Ce qui ne peut vouloir dire qu'une chose : en l'absence d'Azi, quelqu'un d'autre a tiré les ficelles de sa marionnette. Et son remplaçant a assuré le spectacle comme un vrai professionnel de l'illusion.

– C'est mon… C'est le personnage que j'utilise pour infiltrer cette organisation. Vous vous êtes connectés en tant que Jim ?

Odi acquiesce d'un signe de tête.

– En effet. Munira sait comment accéder à Gomorrhe. On en est sûrs, même si cette info n'est stockée que dans sa tête : pour quelle autre raison les djihadistes seraient-ils si impatients de lui régler définitivement son compte ?

Elle connaît le chemin qui mène aux entrailles les plus putrides du Darknet, mais Gomorrhe ne laisserait jamais entrer quelqu'un comme elle. Ils ne permettent l'accès qu'à des gens triés sur le volet. Une catégorie de gens vraiment très spéciale : les représentants authentifiés de gouvernements totalitaires, d'entreprises criminelles discrètes et pleines aux as, d'organisations qui défendent certaines idées politiques nauséabondes et violentes. Tu vois où je veux en venir ?

Azi pense qu'il voit, en effet, mais il veut entendre Odi le dire. Il répond d'un haussement d'épaules qui n'impressionne guère l'Allemand.

– Tu n'es tout simplement pas crédible quand tu fais l'idiot, Azi. Jim va nous permettre d'accéder à Gomorrhe. Munira te confiera les informations dont elle dispose et Defiance fournira à Jim la légitimité nécessaire pour que les portes s'ouvrent devant lui et qu'il devienne notre cheval de Troie. Tant qu'elle aura suffisamment confiance en toi pour partager ses secrets, tout se passera bien.

Présenté comme ça, l'affaire semble merveilleusement simple. Ce qui signifie, conclut Azi, que tout ou presque dans cette histoire est certainement d'une affreuse complexité.

– Et ensuite ? demande-t-il.

– Ensuite, rien. En dehors de nous, seule Munira connaît ton identité. Alors, peut-être éprouveras-tu l'envie de rentrer chez toi ? Elle aura besoin de notre protection, mais toi tu pourras reprendre une vie normale. Un agent dormant, libre, quoique sous étroite surveillance.

Azi sirote son café, déterminé à ne pas montrer le choc qu'a provoqué en lui la perspective de pouvoir un jour rentrer chez lui – le fait même que ce soit une éventualité. Il ne peut pas se permettre de se laisser aller à y croire. Lèvres pincées, Odi fait glisser la souris, surlignant des blocs entiers de texte.

– Voici les messages les plus récents que j'ai postés, portant Jim volontaire pour une importante action de propagande en ligne. Ce Jim est une superbe construction, Azi, et tout autant que toi un véritable atout pour nous. L'anonymat en ligne est réservé aux amateurs, de nos jours. Trafic d'armes ou de stupéfiants, terrorisme… Dans ces milieux, les gens se connaissent et s'appellent par leurs prénoms.

Il s'interrompt un instant, l'air songeur.

– C'est vraiment dommage… Contrairement aux Russes et aux Chinois, on ne dispose pas de toute une armée de faux citoyens prêts à servir leur pays. Il va falloir convaincre ta copine que forcer la porte de Gomorrhe est le seul moyen d'en savoir plus sur ceux qui sont à ses trousses – le seul moyen de trouver quelque chose qui ressemble à des pièces à conviction ; quelque chose dont on puisse se servir comme monnaie d'échange.

– Mais pourquoi Munira n'a-t-elle pas prévenu les autorités ? demande Azi. Pourquoi a-t-elle préféré prendre la fuite et me contacter plutôt que de s'adresser directement à vous ou à…

Odi lève un doigt autoritaire qui lui coupe la parole.

– C'est assez touchant que tu ne puisses pas répondre toi-même à cette question. Comment se fait-il que la cousine de deux terroristes fichés ne souhaite pas contacter son gouvernement pour lui présenter de vagues preuves d'attentats en préparation, glanées en piochant dans des données qu'elle a dérobées à un membre important de l'État islamique ? Comment se fait-il qu'elle puisse être terrifiée, aux abois et se méfier de tout le monde, à l'exception de quelques collègues hackeurs ?

Il lance un regard dur à Azi.

– Si on n'était pas entrés dans la danse, le fameux AZ aurait certainement abandonné Sigma à son triste sort. La confiance avait atteint ses limites, hein ? Heureusement qu'on était là pour vous rabibocher. C'est pour ça qu'on surveille les gens comme vous. Et c'est pour ça que tu vas suivre mes instructions à la lettre.

Azi sent son estomac se nouer. Il n'aime pas qu'on lui rappelle qu'il était prêt à laisser tomber Munira. Ni que toute la prudence dont il a fait preuve n'a pas suffi à le protéger. Cela dit, Odi lui en a appris bien plus en quelques minutes que Munira depuis leur rencontre à Victoria Station : il sait désormais qu'elle a volé des informations à un membre important de l'État islamique et qu'elle connaît sans doute le moyen d'accéder à Gomorrhe. Rassemblant le peu de courage dont il dispose, Azi décide de voir jusqu'où il peut pousser Odi.

– Munira n'est pas idiote, tu sais. Elle va trouver ça louche.

– Tu ne me fais pas confiance ?

– Pourquoi je te ferais confiance ? Te craindre, ça oui. Mais te faire confiance, j'en suis encore loin. Comment avez-vous réussi à me trouver, au départ ?

– Je t'ai dit ce que tu dois savoir. Ce n'est pas le moment d'avoir ce genre de conversation.

– Ouais, je vois ça. Mais je vois aussi des tas de problèmes se profiler à l'horizon. Il y a des choses qu'il faut que je sache.

Odi se lève, sourire soudain figé.

– Ce n'est pas ton boulot, de voir les problèmes. Tu n'en sais pas assez pour être en position de voir quoi que ce soit. Ton boulot, c'est d'écouter attentivement ce que je te dis et de jouer ton rôle aussi bien que possible.

Ne sachant trop que faire ou quelle suite donner à cette conversation, Azi se lève à son tour.

– Allez, tu peux m'en dire un peu plus, non ? Entre nous, Odi, tu…

Avec un mouvement nonchalant du menton, Odi regarde Azi de la tête aux pieds, puis le frappe avec le plat de la main – un coup sec et incroyablement rapide qui le cueille au centre de la poitrine.

Azi recule sous le choc et s'effondre au sol. Il a l'impression qu'un sumo s'est assis sur sa cage thoracique. Il se recroqueville, le visage pressé contre les poils longs du tapis, le corps pris de soubresauts sous l'effet d'une inutile décharge d'adrénaline. Une odeur chimique lui emplit les narines, comme si une tache venait tout juste d'être nettoyée. La diction d'Odi est devenue encore plus précise, chaque mot aiguisé comme un rasoir.

– Tu as posé tes questions, et ça c'était ta réponse. Tu fais ce que je te dis, parce que je t'emmerde. Tu lis tes notes et tu joues ton rôle, parce que je t'emmerde. Quand je te dis de faire quelque chose, tu t'exécutes sans discuter. Parce que je t'emmerde. Relève-toi.

– Je… peux pas, crachote Azi.

Après des années de vie en ligne, il avait presque oublié à quel point les conséquences de ses actes pouvaient faire mal, dans la vraie vie.

– Debout. Inspire par le nez, expire par la bouche.

Odi soulève Azi sans effort et le remet debout avec un bref soupir d'ennui, comme s'il était content d'en avoir fini avec une corvée.

– N'en fais pas toute une histoire, Azi. Il est très important que tu saches que je ne plaisante pas, c'est tout. Bois du café, éclaircis-toi l'esprit, mange quelque chose. Et ensuite ramène Munira ici.

12.

Munira l'attendait à l'endroit prévu : elle était là, devant Checkpoint Charlie, pas du tout l'air d'une fille qu'Azi oserait aborder avant de poser un baiser désinvolte sur sa joue. Et pourtant, ça s'était passé comme ça – hormis le baiser désinvolte qui s'était transformé en poignée de main maladroite. Il n'empêche qu'elle l'avait attendu à l'endroit prévu, qu'il n'avait pas été en retard, et qu'ils étaient repartis ensemble en direction de l'appartement.

À partir de là, les choses n'ont fait que se dégrader. Pas seulement parce qu'Azi est encore contusionné et plein d'une inutile colère ; pas seulement non plus parce qu'il a l'esprit parasité par ce qu'il vient d'apprendre ; mais aussi et surtout parce que, comme il lui a été signifié sans ménagement, son objectif de la soirée est de progresser sur le terrain de l'intimité avec Munira. Pas vraiment son domaine de prédilection.

Le regard rivé sur les assiettes carrées et les verres à pied qu'Odi vient de disposer sur la table, Azi laisse Munira faire la conversation.

– Donc, dit-elle finalement en se tournant vers Odi, vous vous êtes rencontrés à l'université, Azi et toi ?

– Absolument. À l'association des étudiants, en 1998. Sauf qu'on n'y mettait jamais les pieds.

– Comment ça ?

– On n'y mettait jamais les pieds, parce qu'on était tout le temps fourrés au labo d'informatique. On bossait tard presque tous les soirs, jusqu'à ce qu'on se fasse jeter à l'heure de la fermeture.

Odi salue ses propos d'un petit ricanement satisfait. Maintenant que Munira est là, son comportement est plus relâché – avec une touche de cette suffisance propre aux gens fortunés. Le personnage qu'il joue a bien mieux réussi dans la vie que son ami Azi, et il n'hésite pas à faire étalage de son succès. Perchée sur le bras d'un fauteuil visiblement hors de prix – il a l'air de sortir du magasin, comme tout ce qui se trouve dans l'appartement –, Munira ne se décourage pas :

– J'aurais dû m'en douter. Vous avez tout de suite accroché, tous les deux ?

– Au bout d'un moment. On s'est d'abord regardés en chiens de faïence.

– Je comprends. Il faut du temps pour s'apprivoiser.

– Au début, il me trouvait plutôt insupportable, dans mon genre. J'ai remarqué que j'ai souvent cet effet sur les gens.

Nouveau ricanement étouffé. Le charme ne semble pas opérer sur Munira.

– Mais vous avez quand même fini par devenir amis…

– On peut le dire comme ça. On était très peu impliqués dans la vie étudiante, lui et moi, mais on partageait un goût pour les ordinateurs et l'alcool bon marché.

– Et maintenant, tu fais quoi ? demande-t-elle.

– J'ai écrit un logiciel pour lequel on m'a proposé une très grosse somme d'argent. Et ce fric m'a servi à acheter plein d'autres choses.

Odi conclut sa phrase d'un geste large, désinvolte, qui embrasse la pièce et contracte la mâchoire d'Azi. Ce type est incroyablement convaincant dans son rôle de bienfaiteur shooté à la provocation : hautain, amoral sur les bords, habitué à réguler le flot des parasites avec une distance amusée et teintée de mépris. Azi s'aperçoit que Munira fait de son mieux pour arborer une expression de gratitude, mais ça ne marche pas vraiment. Au mieux, on dirait qu'elle combat une indigestion.

– Et donc, cet appart', c'est… ?

– Un endroit où je loge mes invités de marque. C'est discret et ça s'est avéré utile en plus d'une occasion. Je vous sers quelque chose à manger ?

Munira hoche la tête, visiblement soulagée qu'il lui pose une question à laquelle elle puisse enfin répondre sans faire semblant. Odi a posé une grande salade sur la table basse – céréales, copeaux de parmesan, graines de grenade –, accompagnée d'un pain à la mie sombre et dense et d'un vin blanc bien frais. Qui que soient les employeurs d'Odi (Azi ne peut s'empêcher d'avoir des visions d'hommes chauves et bedonnants qui tirent les ficelles depuis les entrailles d'un volcan), ils ont manifestement tout compris au type de cuisine à laquelle aspire la génération X. Odi se sert après Munira, puis remplit l'assiette d'Azi, continuant à parler en mâchant une bouchée de pain.

– Azi m'a dit quelques mots de tes ennuis, Munira. Je n'ai pas besoin d'en savoir plus – et je dirais même que je ne veux pas en savoir plus –, hormis deux choses : de quoi as-tu besoin, et que se passera-t-il si tu ne parviens pas à te procurer ce dont tu as besoin ?

Munira se tourne vers Azi. À lui de jouer. Un demi-verre de vin a légèrement entamé sa concentration, mais il a appris par cœur ce qu'il doit dire. Il avale une dernière gorgée dans l'espoir que l'alcool donnera un semblant de naturel à sa prestation d'acteur, puis s'éclaircit la voix.

– On a besoin d'en savoir autant que possible sur les gens qui ont bousillé nos vies en nous obligeant à prendre la fuite, sur ce qu'ils font, et sur la manière dont on peut les empêcher de nous retrouver et de... de nous créer des ennuis. La problématique est assez claire, il me semble. Sécurité, protection et technologie requises. Conséquences fâcheuses redoutées.

Malgré le vin, Azi se sent fébrile une fois ces mots prononcés. Crispée autour du pied de son verre, sa main tremble un peu. Même nées d'une fiction, les choses deviennent réelles lorsqu'elles sont énoncées à voix haute. C'est le pouvoir de la parole. Sa maison, son histoire personnelle : tout ce qui l'ancrait dans la réalité s'est volatilisé dans une sorte d'abstraction. Ce sont des choses qui ont existé un jour, à une époque, autrefois. Depuis combien de temps Munira se sent-elle ainsi, coupée de ce qui constituait sa vie, sa réalité ? Combien d'autres êtres humains vivent de cette manière en ce moment même – fuyant quelque chose, les frontières de leur passé brusquement refermées derrière eux ?

Se lançant dans une démonstration formidablement irritante d'hédonisme décomplexé, Odi fait rouler une gorgée de vin dans sa bouche, ses lèvres pincées aspirant un mince filet d'air avec un bruit de succion.

– Bon, j'ai bien l'impression que mes deux SDF britanniques ont grand besoin de se reposer et de goûter aux menus plaisirs de la vie pour se remettre de leurs émotions. Tu ne bois pas, Munira ?

– Non merci.

– Très raisonnable de ta part. Le corps est un temple !

Devant ses sourcils qui se lèvent malgré elle, il ajoute :

– Je ne me fiche pas de toi, tu sais. Tu m'as l'air bien plus sensée qu'Azi sur la question, lui que j'ai vu plus d'une fois se mettre dans des états que je qualifierais d'assez pitoyables. C'était quoi, déjà, le nom de ce pub ?

– Le Crown, improvise Azi en songeant à l'époque où il passait des soirées dans des pubs avec des gens en chair et en os.

Ces sorties n'avaient jamais été nombreuses, mais à une époque il y en avait eu quelques-unes. Puis de moins en moins. Puis plus du tout.

– Ouais, c'est ça, c'est bien le Crown, poursuit Azi. J'ai fini par m'endormir, affalé sur la machine à sous. Odi m'a dit qu'un gars avait joué en utilisant ma main inerte pour actionner le manche, conclut-il en s'efforçant d'avoir l'air d'un type qui pose un regard attendri sur d'hilarantes frasques de jeunesse.

Odi hoche la tête, comme transporté à son tour dans les joyeux dédales d'un passé festif, avant d'adopter un ton plus sérieux.

– Bon, manifestement, vous êtes tombés sur du sérieux, tous les deux. Et c'est pour ce genre de choses qu'on vit, vous et moi – se battre pour la liberté, quitte à prendre des risques. C'est pour ça que les gens manifestent dans les rues, se planquent dans des placards d'ambassade, piratent le Pentagone. Le monde part en couille et tout est enregistré, quelque part, sous forme de données. Si on ne se bat pas pour la vérité et la justice, qui le fera à notre place ? Allez, les gars ! Je suis sincère, là ! Trinquons à votre sécurité et à votre succès.

Odi brandit son vin dans leur direction. Tandis que les verres s'entrechoquent, Azi pose discrètement la main sur sa poitrine, le souvenir de la douleur et de la sensation d'étouffement encore vivace dans un coin de sa tête.

S'il y a une quelconque liberté à conquérir ici, songe-t-il, ce ne sera pas sous la surveillance d'Odi.

Deux heures plus tard, Munira et Azi sont toujours assis côte à côte devant la table basse, sur laquelle l'ordinateur côtoie les restes du repas. Odi a pris congé d'eux cinq minutes plus tôt, apparemment éméché – même si Azi a remarqué qu'en réalité il ne buvait pas grand-chose des rasades qu'il se versait –, laissant Azi dévoiler tranquillement « son » plan à Munira. Un plan qui consiste à lui présenter Jim.

Azi se lance, un brin théâtral : un synopsis de ses propres escapades, quelques allusions sur l'accès à Gomorrhe savamment distillées au fil de sa présentation, l'histoire de Jim – sa ressuscitation, sa vie, son œuvre. Le vin donne un sérieux coup de pouce. Les yeux de Munira s'agrandissent au fur et à mesure qu'il lui dévoile les détails. Pendant les cinq premières minutes, elle se contente d'écouter, les traits impénétrables. Puis, elle laisse brusquement échapper un cri ravi :

– Azi, espèce d'escroc ! Petit malin qui se déguise en cygne blanc pour barboter dans un étang plein de nazis ! C'est trop cool, vraiment. *Ownage*[26] complet des fachos ! Ça fait combien de temps que tu bosses là-dessus ?

Il joue les modestes, sans y parvenir tout à fait.

– Une bonne année. Dix-huit mois, peut-être.

– Ouah, mec ! Et qu'est-ce que Jim manigance, en ce moment ? Mon petit doigt me dit que tu as encore une belle surprise pour moi.

Cette fois-ci, il ne songe même pas à jouer la carte de la modestie. Revigoré par l'enthousiasme de Munira, il lui expose sommairement la nature de l'opportunité qui se présente à eux, dessinant les contours des plans concoctés par Odi et peaufinés, se plaît-il à penser, par les propres finesses de son talent de petit maître de la supercherie.

Selon Azi, les activités électroniques de Defiance se répartissent en trois grands volets : mobiliser leur base, forger des liens fructueux avec des organisations aux idées similaires, préparer l'accession au pouvoir. Un grand nombre d'honnêtes citoyens se sentent menacés de toutes parts – par l'Islam, par les élites qui songent d'abord à leurs propres intérêts, par le chômage et la délocalisation, par la perte de certitudes qui bien souvent n'en ont jamais été. Defiance pense que l'ultranationalisme xénophobe est la réponse tant attendue à leurs prières.

Le parti politique ne présente pas tout à fait les choses de cette façon-là. Mais il faut dire que ce n'est pas nécessaire.

---

26 Dans le langage des hackeurs et des gameurs, prise de contrôle totale (teintée d'humiliation) d'un adversaire.

Dans la mesure où sa base est en majorité constituée d'hommes blancs en colère, stimuler l'orgueil blessé de ces braves gens est à peu près aussi complexe que de griller une tranche de pain de mie. Il suffit pour ça de faire circuler une histoire à propos de quelqu'un qui n'est pas comme eux (pas de la même couleur de peau, pas du même pays, pas du même sexe) et qui jouit de quelque chose dont ces autochtones se sentent souvent privés (travail, appartement, considération), mais auquel ils estiment avoir droit. Une fois l'histoire diffusée, il ne reste qu'à attendre qu'elle produise son effet. Pour les vieux et les moins jeunes, elle est racontée avec des mots imprimés et des photos. Pour les plus jeunes, à l'aide de vidéos, de *mèmes* et de commentaires sarcastiques.

Ce que Jim a proposé de faire, c'est de puiser dans le dernier discours électoral de Tomi, le leader allemand du parti (il vient conclure une impressionnante tournée des plateaux de télévision), pour alimenter une vaste campagne de publipostage ciblant, à travers les États-Unis et le Royaume-Uni, le public sensible aux idées de Defiance. Des membres du noyau dur du mouvement prennent en charge la partie européenne de l'opération, mais Jim est désormais considéré en haut lieu comme une recrue de valeur, mue par un enthousiasme exemplaire. Autant d'informations qui, tandis qu'elle se met à passer elle-même les onglets ouverts en revue, plongent Munira dans un état d'excitation ravie.

– J'adore ce que tu as fait avec ces croix gammées dans ce GIF ! Très contemporain !

Azi pointe le doigt sur l'écran, avec un geste que la conscience aiguë de sa proximité physique avec Munira rend un peu gauche.

– Ça a un faux air de croix gammées, mais ce n'en sont pas. La distinction est importante, surtout en Allemagne. Ce sont des croix patriotiques, un truc de teutons. Ces gens ne se qualifient jamais de néo-nazis, il ne faut surtout pas l'oublier. En public, nazi est un mot qui ne se chuchote même pas. Ils ne puisent qu'aux sources les plus anciennes de la chrétienté et d'un imaginaire racialement pur.

Elle hoche la tête, balayant du regard les temps forts du discours de Tomi.

– Azi, c'est fantastique. J'avais conscience que tu assurais, mais là, tu es monté d'un cran. Mais tu sais ce que je trouve vraiment flippant ?

– Heu… le fait que tu sois poursuivie par des assassins islamistes ? Que tu risques de te retrouver tout en haut de la liste noire d'une bande de néo-nazis ? Que tu vas sans doute te mettre à dos les gardiens d'un marché du Darknet ultrasécurisé ? L'accumulation de tous ces menus ennuis ?

– En dehors de ça.

– En dehors de ça, non.

– Le fait que la plupart des propos que tient ce type dans son discours soient…

– Tomi.

– Ouais, Tomi… Ce qui me fout la chair de poule, c'est qu'on en viendrait presque à trouver son discours raisonnable. Résistance au fanatisme religieux. Respect et fierté de sa communauté. Retour du bon sens en politique. Il est drôle, à la manière d'un oncle un peu grande gueule. Ça serait tellement plus simple s'ils avaient tous l'air de crétins racistes. Mais ce n'est pas le cas.

Azi inspire profondément. Enfin quelque chose dont il peut parler honnêtement.

– En Angleterre, les gens me demandent parfois d'où je viens. Et quand je réponds que je suis de Croydon, ils disent…

– *Oui, d'accord, mais d'où tu viens vraiment?* termine Munira. Je connais ça par cœur. Qu'est-ce que tu leur réponds ?

– Que je suis d'East Croydon. Et ensuite je leur dis d'aller se faire foutre.

– Tu parles.

– En pensée, à chaque fois. Beaucoup moins souvent en paroles.

– Parce que tu n'as pas envie de te prendre un pain dans la gueule.

– Entre autres. La plupart du temps, je fais profil bas. C'est quand je suis devant mon écran que je deviens combatif. C'est là que j'arrive à faire bouger les lignes. Le problème, c'est que c'est pareil pour eux. De nos jours, les haineux de tout poil ne sont plus seuls dans leur sous-sol, à se raconter des histoires violentes. Ils ne sont qu'à un clic de quelqu'un qui pense comme eux. De quelqu'un qui fréquente les mêmes sites, les mêmes groupes de discussions – quelqu'un qui a déjà acheté le T-shirt du parti et qui apprend à fabriquer une bombe artisanale. Je déteste ces gens, Munira. Je déteste ce qu'ils sont et je déteste ce qu'ils font. Mais plus que tout, je déteste la façon dont ils se présentent, les déguisements qu'ils endossent pour convaincre les autres.

Entre eux, le silence se fait – et se défait presque aussitôt. Parce qu'Azi a dans sa manche une carte remarquable.

Comment Jim va-t-il parvenir, en un temps record, à impressionner suffisamment le bureau politique de Defiance ? Il s'agit là d'une question cruciale, parce que si Jim ne parvient pas à gagner la confiance des néo-nazis de sorte que Defiance lui serve de caution pour approcher Gomorrhe, tout le reste tombe à l'eau. À cette fin, Odi et son équipe lui ont fourni une botte secrète assez imparable : une vidéo que Jim est censé avoir obtenue grâce à ses contacts sur le Darknet et qui offre un aperçu des richesses disponibles, dans un tout autre ordre de grandeur, sur les étals de Gomorrhe. C'est un travail d'une qualité exceptionnelle, et ça donne quelque chose comme ça :

Depuis le bureau ovale, le président Barack Obama regarde droit dans la caméra et, avec le ton posé d'un véritable homme d'État, déclare que les États-Unis d'Amérique sont une nation fondée sur les principes de l'exceptionnalisme blanc et chrétien, que les patriotes ont le devoir sacré de chasser ceux qui n'entrent pas dans le cadre de cette vision, et qu'ils doivent le faire par tous les moyens. Sur ces mots, il regarde sobrement l'objectif pendant quelques secondes, exécute un impeccable salut fasciste, puis plonge la main gauche sous le plateau en bois du *Resolute desk* dont il extrait un pistolet qu'il enfonce aussitôt dans sa bouche, avalant le canon de l'arme avant de se faire sauter la cervelle.

C'est une preuve de concept[27] technologique, une démonstration de manipulation algorithmique d'une vidéo haute définition. C'est aussi très impressionnant. Le logiciel qui

27 Réalisation à échelle réduite destinée à démontrer la faisabilité d'une méthode ou d'une idée.

a permis de fabriquer cette illusion parfaite a traité des milliers de vidéos bien réelles, sélectionnant des instants qui, arrangés avec un soin et une précision diaboliques, ont permis de créer un Obama virtuel parfaitement convaincant; un président capable de faire et de dire tout ce que souhaitent ceux qui le contrôlent.

Azi avait entendu parler de ce type de logiciels, mais il pensait que cette technologie n'en était encore qu'au stade du développement. Jamais il n'aurait pu imaginer que ça avait atteint un tel niveau d'avancement. Clairement, l'organisation d'Anna et Odi possède une réserve d'appâts suffisamment appétissants pour piéger les piranhas nazis, avec en prime un peu de poison sur la pointe acérée de l'hameçon: quelques lignes de code malveillant intégrées dans les sous-titres et capables d'offrir un accès permanent à la mémoire de l'ordinateur de quiconque regardera la vidéo via un système non sécurisé. Et vu le potentiel d'attraction d'une telle séquence, nul doute que cela se produira. Azi lui-même était un jour parvenu à infecter la moitié des ordinateurs d'une équipe de hackeurs d'élite en imitant les images granuleuses du raid des forces spéciales américaines contre Ben Laden. Il avait usurpé l'identité d'un de leurs contacts sûrs et envoyé la séquence infectée sous l'apparence d'un e-mail dont ils n'avaient rien à craindre. C'est la règle d'or du phishing[28] : quasiment personne n'est à l'abri d'une sollicitation rendue suffisamment alléchante par le savoir-faire d'un expert.

---

28 Le *phishing* ou hameçonnage est une technique illégale de piratage d'informations en ligne dont le but est de récupérer des informations personnelles et confidentielles en usurpant l'identité d'un tiers de confiance.

Munira fixe l'écran du regard, puis le visage d'Azi, puis à nouveau l'écran.

– C'est juste incroyable, Azi. Je suis carrément sur le cul, là.

Une dernière fois, il essaie de jouer la carte de la modestie.

– Ça fait un moment que j'ai cette vidéo. Elle a été taillée sur mesure pour séduire les fachos… Ça faisait partie de mon ancien plan. Conçue spécialement pour ferrer ces enfoirés. Et il y a un petit bonus dans les sous-titres, pour tous ceux qui seront assez cons pour cliquer et regarder.

– Cool. Intrusion en douceur. Donc l'idée, c'est que Jim devienne notre cheval de Troie, et ensuite…

Ses derniers mots restent en suspens. Le moment est crucial. Toute ouverte qu'elle paraisse avec lui, Munira ne lui a pas dit grand-chose sur ce qu'elle sait ou ne sait pas sur Gomorrhe – ou sur ceux qui sont à ses trousses. Mais Odi et Anna ont été clairs : elle représente sans doute leur unique chance d'accéder à Gomorrhe, et seule la confiance qu'elle place en son sauveur AZ/Azi pourra leur permettre de profiter des informations qu'elle conserve au secret, dans un coin de son cerveau. Azi fait de son mieux pour paraître rassurant ; pour lui inspirer cette confiance sans laquelle rien ne sera possible.

– Ensuite, dit-il, Jim conçoit la campagne de propagande en ligne, montre son savoir-faire aux responsables de Defiance, se vante subtilement d'avoir des contacts sur le Darknet, fait deux ou trois tours de passe-passe technologique au service du mouvement, puis évoque Gomorrhe. Et eux se disent : pourquoi ne pas essayer ? Voyons si ce n'est pas que de la gueule, s'il peut vraiment le faire. Et c'est là que tu entres en scène avec tes infos. Parce qu'il n'y a aucune chance que les gens qui se cachent derrière Gomorrhe laissent quelqu'un comme toi, moi ou toute autre personne lambda s'approcher de leur marché. En revanche, un célèbre suprémaciste blanc appuyé par le mouvement néo-nazi le plus influent de la planète… Il serait accueilli à bras ouverts. Va savoir, ils le laisseraient peut-être même vendre des *warez*[29].

Munira laisse passer quelques secondes avant de répondre.

– Et tu es certain que ça va fonctionner ? dit-elle finalement.

– Bien sûr que non. Mais ce dont je suis certain, c'est que cette vidéo est un pur attrape-nazis : un président noir qui se fait exploser la tronche au nom de la suprématie blanche. Et puis c'est une sacrée pub pour les services très spécialisés que Jim est capable d'offrir. Quel facho mégalo serait capable de résister à ça ?

Munira sourit et pose les coudes sur la table basse.

– J'aimerais te demander un truc…

Sa voix est douce, hésitante.

– Ne le prends pas mal, mais… c'était un peu bizarre entre toi et Odi, tout à l'heure. J'ai eu un drôle de feeling. Je veux dire, vous étiez ensemble, à une époque ? Genre, en couple ? Enfin, tu vois ce que je veux dire.

Azi fait un bond en arrière.

– Hein ? Quoi ? Mon Dieu, non. On était proches, mais ce n'est pas mon truc de… Tu vois ? C'est un mec, donc, non. Je n'ai rien contre ceux qui aiment, heu… enfin, je veux dire… pourquoi pas, hein ? Mais ce n'est pas mon trip.

---

29 Copie pirate de logiciels (ou de tout contenu numérique) qui fait l'objet d'un commerce illicite de petite envergure.

Il reprend sa respiration, se passe la main dans les cheveux.

– Qu'est-ce qui a pu te faire penser ça ?

– Je n'en sais rien, dit-elle. Il nous rend un grand service, et pourtant tu avais l'air tellement... Je me suis juste demandé s'il s'était passé un truc entre vous.

Azi laisse échapper un petit rire nasal.

– Non, c'est juste moi et mon côté asocial. C'est à peine si j'arrive à échanger deux mots avec le facteur, si tant est que ça se fasse encore, de tailler le bout de gras avec son facteur... Je suppose que je me sens un peu coupable d'avoir attendu d'être dans cette situation pour lui rendre visite. Ça fait un bon moment que je vis cloîtré chez moi, sans compter que je n'ai jamais été très doué avec les gens.

– J'avais remarqué, dit-elle avec un sourire. Je dirais que tu devrais peut-être sortir un peu plus, même si le moment n'est pas vraiment bien choisi. À moins que tu ne sois partant pour une petite virée en ville... Ça te dirait d'aller danser ?

– Tu plaisantes, là ? Je veux dire, si on pouvait, je... Mais là, tu me fais marcher, hein ? Parce que ce n'est pas vraiment... Ouais, tu me fais marcher. Évidemment.

Munira le dévisage quelques instants.

– Je ne suis pas très douée pour les relations humaines, moi non plus. Surtout avec les mecs. Je suppose qu'on peut appeler ça un problème de confiance. Dans ma famille, on accordait beaucoup de place à la tradition – à une certaine idée de la morale qui va avec. Ils attendaient que les femmes se conduisent d'une certaine façon, et moi je ne me retrouvais pas trop là-dedans. Tu vois ce que je veux dire ?

– Heu... Ouais, je crois. Moi, j'ai grandi seul avec ma mère. On avait très peu de relations avec le reste de la famille.

Elle avait coupé presque tous les ponts avec son passé. Du coup, je faisais ma vie de mon côté, sans pression particulière. J'avais un bon ami. Et un bon modem.

Munira lui adresse un grand sourire. Une force émane d'elle, jamais plus évidente que dans ces moments de confidence. Ils sont tous les deux courbés vers l'avant et Azi sent la chaleur de ce corps féminin qui dialogue avec son désir. Munira est de loin la femme la plus attirante – ne serait-ce que sur le plan physique – avec qui il ait jamais parlé plus de cinq minutes. Depuis quand ne s'est-il plus trouvé aussi proche de quelqu'un qu'il apprécie, sans parler de quelqu'un qu'il aime ?

Des moments de proximité avec sa mère, tant dans la vie que dans la mort, lui reviennent douloureusement en mémoire. Il revoit les bras de sa maman se refermer sur lui, le jour de la rentrée au collège. Il revoit ses bras se refermer sur sa maman, penché sur son corps inerte dans une salle aveugle, au terme du processus d'identification. Pas la moindre marque visible, et pourtant la vie s'en était allée. Ça n'avait aucun sens. Ça n'en a toujours pas. À la maison, parfois, il continue à lui parler – à demander l'avis de ces pièces remplies des affaires d'une morte. Le canapé se montre très à l'écoute.

Azi, regard perdu dans le vague, se rend compte que Munira s'adresse à lui.

– Azi ? Ne me dis pas que tu piques du nez. Concentre-toi. J'ai besoin d'en savoir plus sur toi, maintenant qu'on a commencé. J'estime que j'ai droit à quelques précisions. C'est quoi, ton genre de filles ? Tu as un glorieux passé de conquêtes ?

Il sent qu'il rougit.

– Pas de genre en particulier, et palmarès des plus modestes. J'ai toujours été attiré par les filles intelligentes. Pas juste malignes, hein. Vraiment intelligentes.

– Je vois, une femme spirituelle. Et Sage ? Sagace ? Tu penses à un autre mot qui commence par un « S » ?

– Subtile.

– Sérieusement ?

– Stop. Je suis à court d'idées. Sommeil, silence. Ce sont des mots que j'aime aussi.

– Oh que non ! On est dans la même galère, toi et moi. On a besoin de café et de chocolat. Des stimulants à l'ancienne. L'Allemand est parti, la soirée ne fait que commencer. On va faire ce qu'on sait faire. On va se mettre au boulot.

Elle sourit à nouveau. Sait-on jamais, se dit Azi sans trop y croire, le pire n'est peut-être pas certain.

Elle se penche vers lui et l'embrasse sur une joue, puis sur l'autre, et – furtivement, impulsivement – entre les deux.

Stupéfait, il laisse filer un doigt le long de la traînée brûlante laissée par les lèvres de Munira. Il vient de comprendre deux choses : d'une part que ses ennuis ne font que commencer, et d'autre part que le moment où il ne pourra plus lui mentir approche à grands pas.

13.

Azi se réveille tôt le lendemain matin, au terme d'une nuit agitée et de rêves oubliés. L'appartement est silencieux. L'ordinateur et les mugs vides se regardent de biais sur la table basse où Munira et Azi les ont abandonnés la veille au soir avant d'aller s'écrouler, ivres de fatigue, dans leurs chambres respectives. La lumière du jour s'invite à travers les carreaux limpides des fenêtres. C'est d'une effroyable normalité, et il veut s'en éloigner au plus vite. Il enfile sa tenue de jogging, griffonne un mot pour Munira – *Parti courir. Je vais être prudent, à tout de suite* – et franchit la succession de portes discrètement sécurisées qui mènent à la rue. Il a besoin de mettre de la distance entre lui et cet appartement. Besoin de s'aérer l'esprit, de le réinitialiser pour le débarrasser des sentiments que la soirée d'hier a fait naître en lui.

Très vite, ses jambes l'entraînent vers une tour dont le dard immense semble vouloir piquer le ciel sans nuage, à deux kilomètres environ au nord-est de l'appartement. Sans Google Maps pour le guider ni Wikipédia pour l'informer, courir à travers une ville inconnue donne à chacune de ses foulées un savoureux parfum d'aventure. Les gens vivaient-ils vraiment ainsi, au siècle dernier ? Lui-même, a-t-il jamais vécu de cette façon ?

Berlin est pour lui un espace étranger, une organisation qu'il peine à appréhender. C'est une ville prospère, aux trottoirs déjà noirs d'une foule qui déambule dans les premiers rayons de soleil, et pourtant il ressent quelque chose de plus décontracté qu'à Londres, d'un peu moins bousculé. Et puis il y a tous ces espaces, toutes ces constructions qui semblent n'avoir d'autre fonction que d'exister. Cette tour, par exemple, si singulière dans le paysage. Il n'y a rien de ressemblant alentour : pas de gratte-ciel qui s'élèvent au-dessus de la ville, pas d'autres bâtiments rétro-futuristes. Juste une succession apparemment sans fin de musées, d'églises et d'édifices institutionnels à colonnade, entourés d'espaces vierges.

Si l'absence d'Internet à volonté le tenaille comme un manque, elle alimente également son imagination en distrayantes conjectures : cette tour surmontée d'un mât rouge et blanc est peut-être un vestige de la guerre froide, construite pour affirmer la suprématie de l'Ouest sur l'Est – ou vice-versa. À moins qu'elle n'ait été une tour de télécommunication qui émettait des signaux de radio ou de télévision, diffusant de la propagande capitaliste ou communiste. Et si c'était une réalisation plus récente ? Un symbole de la réunification qui ne représente rien de plus que l'enthousiasme de se retrouver pour construire ensemble un bâtiment qui s'élance haut dans le ciel ? Vraiment très haut : Azi sera déçu s'il n'y a pas de plateforme d'observation accessible au public, quelque part au sommet de cette tour.

Selon toute vraisemblance, il est constamment surveillé à l'aide de ce téléphone tapi au fond de sa poche, sans parler d'une probable filature et d'il ne sait quelle technologie militaire ultra-sophistiquée à laquelle Odi doit avoir accès. Son nouvel ami allemand lui a laissé une généreuse réserve d'euros et n'a montré aucun signe de nervosité à l'idée qu'il parte seul explorer la ville, ce qui plombe davantage le moral d'Azi que s'il lui avait ordonné de rester sagement dans l'appartement. Cela fait longtemps que le GCHQ[30] britannique et la NSA américaine ont trouvé le moyen de transformer tous les téléphones portables, tablettes et autres ordinateurs en dispositif de surveillance, et une fois les informations obtenues croisées avec l'intelligence artificielle et la reconnaissance faciale, on peut plus ou moins dire adieu à l'idée même de vie privée. Qui se soucie de la surveillance de masse, quand chaque citoyen du XXIe siècle, aussitôt qu'il en a les moyens, s'empresse d'acheter son panoptique personnel ?

Si Azi veut avoir la moindre chance de reprendre le contrôle de la situation, il va devoir se procurer un instrument sur lequel jouer sa partition technologique. Mais comment mettre la main sur l'appareil aisément dissimulable dont il a besoin ? Quelque chose de petit, autonome et qu'il puisse facilement rendre inactif. Un appareil connecté à Internet et pourtant capable de déjouer l'inspection décontractée mais néanmoins méticuleuse qu'Odi fait subir à sa personne et à ses affaires.

---

30 Acronyme de *Government Communications Headquarters* (Quartier général des communications du gouvernement).

Ça fait maintenant un quart d'heure qu'il court, et il sent son esprit s'éclaircir doucement sous l'effet des endorphines – le confort d'une machine biochimique qui fait ce que l'évolution a souhaité qu'elle fasse. Par-dessus la flèche de briques et de métal d'une belle église se dresse l'immense tour, toute proche à présent, sa silhouette élancée butant aux deux tiers sur une sphère dans laquelle est planté le mât bicolore. On dirait une vision passée du futur. Une joyeuse flopée de corps estivaux croisent sa course. La foule et son anonymat sont rassurants, dans sa situation. Il balaie les alentours du regard, salue d'un sourire la marée humaine qui monte et recouvre les trottoirs, puis se dirige vers l'endroit le plus fréquenté qu'il puisse trouver – un établissement du nom de Balzac Coffee, à l'angle arrondi d'un immeuble mastoc.

À l'intérieur, disséminés dans ce décor d'une modernité consensuelle commune à toutes ces chaînes de cafés, des clients jeunes pour la plupart font ce que la plupart des jeunes aiment faire : se prélasser dans des fauteuils et des canapés en tissu, au milieu de gens qui leur ressemblent et qu'ils ignorent superbement au profit d'un écran. Azi a un gros faible pour ce type de solitude conviviale. En temps normal, il serait ravi de passer des heures dans un endroit comme celui-là, à ne pas adresser un regard à des gens qui ne lui adressent pas un regard. Sauf que rien n'est normal aujourd'hui et que, poussé par le besoin de retrouver un peu de normalité, le voilà qui engage la conversation avec le barista aux cheveux roses, chose qu'il n'aurait jamais faite en temps normal.

– Un café glacé à consommer sur place, *bitte*, dit-il en s'installant au comptoir.

Puis, alors que le barista se retourne vers lui pour encaisser après avoir transmis la commande :

– Au fait, vous pouvez m'en dire plus sur cette tour ?

– Quoi, la Fernsehturm ? Ça veut dire « Tour de télévision ». Elle est très connue, vous savez, explique le barista du ton enjoué mais un peu mécanique du type à qui on pose la question des dizaines de fois chaque jour. Si ça vous tente, un ascenseur vous emmènera là-haut. La vue est spectaculaire. Il y a même un restaurant qui tourne sur lui-même.

– Vous y êtes déjà monté ?

– Non, répond le jeune homme avant d'ajouter, en guise d'explication : C'est que je suis né à Berlin, moi.

Il pose la boisson et la monnaie sur le comptoir avec un grand sourire.

– Et voilà votre café glacé ! Bonne dégustation !

Je pourrais m'y faire, songe Azi en promenant les yeux sur la salle entre deux gorgées froides. La dernière fois qu'un type lui a souri dans un café de Croydon, c'était pour le distraire pendant que son pote essayait de lui piquer son téléphone. À propos de téléphone, Azi remarque quelques clients qui pianotent sur des modèles identiques à son portable NADIR. Voilà l'opportunité qu'il espérait. Un petit tour de prestidigitation, un peu de chance, et peut-être parviendra-t-il à berner des gens très malins avec une astuce très simple.

Parmi les clients qui possèdent le téléphone en question se trouve une jeune maman. Le bébé qu'elle tient sur ses genoux lui frappe sans répit le visage avec une licorne en peluche pendant qu'elle s'efforce de boire son jus de fruit. Elle semble épuisée. Son portable est posé devant elle, sur la table, à côté d'un paquet de couches éventré. Azi s'approche d'elle, croise son regard, et avec un sourire d'excuse pointe du doigt le petit écriteau sur lequel est inscrit le mot de passe du Wi-Fi. Il s'en empare dans un même mouvement, adressant au passage une mimique attendrie au bébé qui lui lance aussitôt un regard fielleux suivi de cris perçants. D'un geste rapide, Azi repose l'écriteau de sorte qu'il masque le téléphone à la jeune femme, puis d'une pichenette fait glisser l'appareil jusqu'au bord de la table où il le récupère. Il le glisse aussitôt dans sa poche et se dirige vers la sortie d'un pas résolu.

Il a presque atteint la porte lorsque quelque chose attire son attention. Il s'agit d'une femme, assise seule sur un canapé. Elle lui fait un signe de la main avec le visage radieux de quelqu'un qui reconnaît un ami dans l'anonymat d'une grande ville. Levant plus haut le bras, comme si elle hélait un invisible taxi, elle l'interpelle d'une voix sonore :

– Azi, quelle bonne surprise ! Viens t'asseoir avec moi !

À travers la pluie d'éclats coupants que projettent ses espoirs brisés, Azi distingue un visage familier : c'est Anna, la femme qui s'est invitée dans son abri de jardin. Ses cheveux sont coupés différemment, sa tenue moins élégante, mais pas de doute, c'est bien elle. La poitrine dans un étau, il traverse la salle pour la rejoindre.

– Ça par exemple ! C'est dingue de se rencontrer ici, non ? Le téléphone, et vite, ajoute-t-elle à voix basse, main tendue.

Azi lui remet le portable volé.

– Bien joué. Et maintenant, attends ici.

Il la suit du regard tandis qu'elle navigue avec aisance entre les tables, en direction de la console sur laquelle sont disposés les sachets de sucre et les serviettes en papier. En chemin, elle se cogne contre la table de la jeune maman qui ne s'est rendu compte de rien, s'excuse d'un mot et replace discrètement le téléphone tout en offrant son plus beau sourire gâteux au bébé toujours en larmes. Puis elle va faire une provision de serviettes en papier et revient s'asseoir auprès d'Azi.

– Je ne me risquerais plus à faire ce genre de coup d'éclat, si j'étais toi. Tu n'as pas l'intelligence qui convient pour ça et je n'ai aucun plaisir à t'humilier. Pas quand tu me rends la tâche aussi simple, en tout cas, dit-elle en se levant. Tu m'accompagnes jusqu'à la Fernsehturm ?

– Ai-je le choix ? marmonne Azi.

Il se lève à son tour, café à la main. Constellé de gouttelettes de condensation, son gobelet est bien moins attrayant que sur la photo affichée au-dessus du comptoir. Azi la suit dans le soleil matinal et ils se mettent à marcher en direction de la tour. Entre la réprimande qu'il vient de subir et le short qu'il a enfilé pour courir, Azi se sent dans la peau d'un gamin de huit ans. Mais Anna compense sa bouderie d'une humeur enjouée qui ne semble pas forcée.

– Je suis satisfaite de tes débuts, vol à la tire mis à part. Vous vous entendez très bien, Munira et toi. C'est touchant, vraiment, sans compter que ça va dans le sens de notre scénario idéal.

Elle lui jette un coup d'œil, sourcil levé :

– Je vais être directe avec toi, Azi. Si on oublie ce premier faux pas, les promesses sont tenues. Si quelque chose te préoccupe, tu peux m'en parler. Je serai ravie de répondre à tes questions, à partir du moment où tu adoptes une attitude plus productive que le recours à de pitoyables larcins. Tu as déjà une vague notion du combat que nous menons, et il est normal que tu souhaites en savoir davantage.

Elle s'interrompt et promène tranquillement le regard autour d'elle, comme une touriste qui découvre la ville.

– Je suis là pour ça, ajoute-t-elle finalement.

Azi plisse les yeux dans la lumière du soleil encore bas, puis se tourne vers Anna, la main en visière.

– Odi est d'un abord plutôt difficile, non ? Pas vraiment du genre à se confier.

– Ça, c'est certain. Belle ville, n'est-ce pas ? demande-t-elle avec un imperceptible mouvement du menton. Il a grandi près d'ici. Bien sûr, il ne s'appelle pas vraiment Odi, mais il est bien Allemand – de l'Est. Odi est né dans un univers que tu as dû côtoyer dans tes livres d'école, et il est d'une efficacité redoutable pour faire ce qui doit être fait.

Azi déglutit. Il lui semble percevoir un non-dit, quelque chose entre Anna et Odi qui sort du cadre du travail.

– Je voudrais savoir comment vous m'avez trouvé.

Anna se remet à marcher à grandes foulées, forçant Azi à trottiner dans son sillage.

– Je te propose un marché : Munira et toi, vous nous ouvrez les portes de Gomorrhe par l'intermédiaire de Jim, et j'envisagerai de te dévoiler cette information. Si c'est ce qui t'inquiète, ils n'ont rien contre toi, tu sais. Ils ignorent où tu te trouves, et même que tu existes. Tu n'es là que pour des questions pratiques. Et maintenant, pour te prouver qu'on est des hôtes attentionnés…

Ils sont presque arrivés au pied de la tour, qui émerge d'un bâtiment aux airs de centre commercial décrépit des années 1980. Anna brandit un document imprimé sur une feuille A4 en haut duquel on peut lire Billets d'accès rapide.

– Regarde, ce sont des coupe-file. Je vais te montrer la plus belle vue de la ville. Après quoi, tu rentreras directement à l'appartement au pas de course, ce qui ne devrait pas poser de problème dans ta tenue. D'intéressantes conversations se déroulent en ton absence.

14

Le temps de rentrer à l'appartement, Azi ne sait plus que penser de rien. Anna s'est montrée charmante, cultivée et pas effrayante pour un sou. Quant à la vue du haut de cette étrange tour, elle était magnifique : rivière qui serpente, quartiers mouchetés de verdure, petits immeubles gris au coude à coude avec des tuiles rouges et des toits en coupole, murs blancs et rues anthracite qui semblent s'être étendues au hasard d'on ne sait quelle inspiration, sans schéma directeur.

Ce qu'Anna entendait par « d'intéressantes conversations » devient clair aussitôt qu'il passe la porte, haletant au terme d'une nouvelle course dans les rues de Berlin, conclue par un sprint dans l'escalier. Munira est assise devant l'ordinateur allumé, au milieu d'un désordre de stylos, de bouts de papier et de pâtisseries à demi entamées, le visage rosi par l'excitation. Elle fait signe à Azi de la rejoindre aussitôt qu'elle a conscience de sa présence ; un simple mouvement de la main accompagné d'un bref regard qui suffisent à le faire frissonner. Odi est affalé sur le canapé, sirotant du café et mimant une gueule de bois, un bras plié sur les yeux.

Il interpelle Azi sans même le regarder, et cette fois-ci ce n'est pas un frisson qui le traverse, mais une bouffée d'hostilité.

– J'ai apporté des *Berliner Pfannkuchen*, les meilleurs de la ville, et je vais nous faire un café. On a accompli de grandes choses en ton absence, mais je me sens affreusement mal.

Azi ne se donne pas la peine de répondre, absorbé par ce qu'il voit sur l'écran : le forum sur lequel ils ont publié la vidéo, la veille au soir. Sous leur post, les fils de discussion et les commentaires se comptent déjà par centaines, et ça ne cesse d'enfler : en anglais, en allemand, en français... Azi distingue même quelques messages dans une langue qui pourrait bien être du polonais ou du tchèque. Des membres importants de Defiance et des invités disposant de privilèges étendus d'accès se bousculent pour féliciter Jim, profitant de l'occasion pour se lancer gaiement dans un festival de commentaires racistes et rivaliser d'ignominie. Même si un dixième d'entre eux a regardé la vidéo sur un navigateur ordinaire, leurs ordinateurs ont été irrémédiablement infectés par le code dissimulé dans les sous-titres.

Et ce n'est pas tout. Passant à un nouvel onglet, Munira fait apparaître les messages privés de Jim. Azi y découvre une avalanche de félicitations pour sa première version du mailing – le ton est parfait, le taux de clics promet d'être excellent –, suivies d'autres félicitations, plus chaleureuses encore, pour les contacts qu'il a su nouer et qui lui ont permis de mettre la main sur cette vidéo. Viennent ensuite des questions, chargées d'un intime mélange d'enthousiasme et de menaces explicites, sur ce qu'il sait, ce qu'il peut se procurer, la nature de ses sources et la façon d'y accéder, sa bonne foi, son casier judiciaire, ses profils publics sur les réseaux sociaux, son passé. S'il s'avisait de leur cacher quoi que ce soit, les conséquences seraient terribles. Ces avertissements sans frais mis à part, Jim est leur héros, et ils aimeraient suivre aussi vite que possible la piste du darknet qu'il vient d'ouvrir pour eux.

C'est remarquable : un succès qui va au-delà de leurs espérances les plus folles. Ce n'est que lorsqu'il détache enfin le regard de l'écran et se tourne vers elle, une fois digéré tout ce qu'il vient de découvrir, que Munira se décide à parler :

– On est dans la place, Azi ! Enfin, en gros. J'ai tout expliqué à Odi. On a un plan.

Azi marque un temps d'arrêt.

– Tu as tout raconté à Odi, vous avez un plan… Tu… tu as fait *quoi*, au juste ?

Avant que Munira ne puisse répondre, une voix s'élève du canapé.

– C'est une maligne, celle-là. Elle ne m'a pas tout dit…

À ces mots, Munira adresse un discret signe de tête à Azi, comme pour le rassurer.

– … mais elle m'a fait comprendre que vous êtes sur le point de faire un gros coup. Et que vous risquez d'avoir besoin de l'aide de quelqu'un qui parle allemand pour… Comment as-tu formulé ça, ma chère ?

– Accélérer un processus de candidature, répond Munira avec un nouveau geste rassurant à l'intention d'Azi, cette fois-ci une brève pression sur son bras.

– Oui, ce sont précisément les mots qu'elle a employés. Je vais vous fournir quelques recommandations bien tournées et destinées à mes compatriotes nostalgiques du Troisième Reich ; de belles bafouilles rédigées par des personnes inventées de toutes pièces par mes soins. Rien de comparable à la qualité de ton personnage de fiction, mon ami, mais ça devrait faire l'affaire, à ce qu'on m'a dit ! Après tout, je n'évolue pas dans le commerce trouble des informations qu'il vaut mieux ignorer. Viens, Azi, tu dois avoir envie d'une bonne tasse de café. Moi oui, en tout cas. Tu me rejoins dans la cuisine ?

S'éloignant à regret de Munira, Azi se dirige vers la cuisine immaculée. C'est une symphonie d'inox et d'éclairage tamisé. Odi y pénètre en titubant, met en marche une imposante machine à café Miele, puis approche son visage à deux ou trois centimètres de l'oreille d'Azi tandis que l'engin commence à broyer les grains qui l'alimentent. Sa voix est un murmure coupant comme un éclat de verre.

– Tout progresse dans le bon sens. Je fabrique une flopée de documents destinés à mettre Jim dans les petits papiers des nazillons, selon les instructions très obligeamment fournies par Munira. Je vais te confier d'autres tâches. Tu vas commencer à t'en occuper, à mettre ce que tu peux en route, et ensuite tu emmèneras la petite faire un tour dehors et tu attendras les instructions. Nous sommes bien plus proches de nos objectifs que je ne l'avais prévu. Fais-lui du charme et élabore la méthode définitive qui va permettre à Jim d'accéder à Gomorrhe. Rapproche-toi d'elle autant que possible, mais reste professionnel. Quand je dis « rapproche-toi », je veux dire physiquement, pas émotionnellement, c'est vu ?

Azi ne répond rien. Odi dispose deux tasses sous la double buse d'extraction qui se met à cracher un liquide noir et dense, puis se tourne en direction du salon.

– Allez, lance-t-il d'une voix sonore et vibrante d'autosatisfaction, je bois ce café et je gobe une dernière pâtisserie – pour entretenir ma santé, tu comprends –, et ensuite je mets les bouts pour aller accomplir la mission que m'a confiée ta copine. C'est une belle journée, mon pote. Je sais comment vous joindre, tous les deux. Amusez-vous bien.

Une demi-heure plus tard, après l'avoir convaincue qu'une petite sortie ne comportait pas de risque, Azi entraîne Munira au-dehors.

Soucieux de pratiquer une activité ostensiblement normale, ils atterrissent rapidement aux abords d'un musée voisin consacré à l'histoire allemande. Des morceaux du mur de Berlin et des reconstitutions de grandes manifestations politiques y côtoient le récit des années nazies. L'épisode des élections libres qui ont amené Hitler au pouvoir en 1933 retient particulièrement l'attention d'Azi. Jamais il n'a visité un musée qui retrace un passé aussi proche. Les cendres de l'histoire dont ces lieux sont le gardien lui semblent encore si chaudes, si dangereuses… L'établissement est également équipé de toilettes de grand luxe.

Après avoir avalé des sandwiches à la va-vite, ils passent la Fernsehturm sans s'y arrêter (d'un ton docte, Azi livre à Munira ce qu'il vient d'apprendre sur la tour, mais ne récolte en retour qu'une mimique impatiente) et prennent la direction de la porte de Brandebourg, traversant le Tiergarten, un immense espace vert scindé en deux par une route et si densément boisé qu'il en devient presque oppressant. Les termes d'un accord tacite les conduisent sur un axe aussi droit que possible : dans la direction diamétralement opposée à l'appartement, vers la silhouette lointaine d'une colonne qui s'élève au centre d'un rond-point.

De temps à autre, leurs mains s'effleurent comme par accident. Azi se surprend à concentrer presque toute son attention sur ces contacts furtifs, dont il s'efforce d'évaluer le degré d'intimité. Au train où vont les choses, les émotions qu'il ressent au contact de cette fille risquent bientôt d'échapper à son contrôle. Il a l'impression de sentir l'endroit précis où les lèvres de Munira ont touché les siennes, la veille au soir ; l'endroit où elle a posé la main sur son bras nu, plus tôt dans l'appartement ; l'endroit où leurs doigts viennent tout juste de se frôler. Il finit par se reprendre, juste assez pour se souvenir qu'il est temps de poser les questions importantes.

– Munira ?

– Azi ?

– Tu te sens prête à me dire comment tout ça a commencé ? Comment ils t'ont trouvée ? Comment *tu* les as trouvés ?

Elle le regarde, et ses yeux s'agrandissent un instant.

– Heu… Ouais, je suppose. Mais… Alors, c'est pour ça que tu voulais qu'on aille se promener ?

Azi hausse les épaules.

– J'ai l'impression que mes pensées circulent mieux quand mon corps est en mouvement. Ça me permet souvent d'avoir les idées plus claires.

Munira aspire une grande goulée d'air.

– C'était agréable de faire comme si on était des gens normaux. Mais je suppose qu'on n'a pas grand-chose de normal, tous les deux.

Elle fait une courte pause, semble hésiter un instant, puis reprend avec un imperceptible soupir.

– En fait, c'est arrivé par hasard. D'une façon débile, vraiment. Je n'aurais jamais rien su s'il n'y avait pas eu un concours de circonstances, quand mon cousin a été recruté. Un type est venu spécialement pour lui, un représentant de l'État islamique – personnage important, super méfiant, très pro. Sauf qu'il a fait l'erreur d'utiliser une clef USB sur un laptop que j'avais prêté à mon cousin.

Azi sourit en connaisseur.

– J'imagine que tu l'avais configuré à ta sauce.

– Sans blague. Ça fait plus de cinq ans que je hacke dans ma piaule. L'ordi enregistrait tout sur des logs : touches frappées, caméra, fichiers. Mon cousin a fait des trucs bien crades, le genre de choses qu'on préférerait ne jamais savoir sur les gens de sa famille. Et puis le recruteur a branché une clef USB et a essayé – maladroitement – d'effacer ses traces, mais quand mon cousin m'a rendu le laptop, les journaux d'événements avaient fait une moisson de trucs top secret.

Azi intervient d'une voix douce :

– Tout ce que tu m'as envoyé, c'est ça ? Les noms, les infos ?

– Ça et d'autres trucs que je ne t'ai pas envoyés. C'est tellement simple, c'est ça qui est dingue. C'est pour ça que j'ai demandé de l'aide à Odi. Les documents qu'il va produire vont rassurer Defiance, et une fois que Jim aura la confiance des nazis, il aura aussi celle de Gomorrhe. C'est le dernier morceau du puzzle, Azi. J'avais envie de tout te dire, mais j'ai vu ce qu'ils sont capables de faire. J'ai vu jusqu'où ils peuvent aller, j'ai vu…

Elle s'arrête de marcher, passe la main dans ses cheveux, puis entoure brusquement Azi de ses bras et presse le visage contre sa poitrine, comme si un vent mauvais voulait l'emporter et qu'il était la seule chose à laquelle s'accrocher. D'une voix lessivée de larmes et de lassitude, elle reprend :

– Ce n'est pas un simple marché. Il y a un darknet dédié, avec un logiciel spécifique. Mais c'est *individuel*. Tu te présentes sous ton nom, ils t'invitent à entrer, et ensuite tu leur appartiens. Le recruteur de l'État islamique, la grosse huile qui est venue pour mon cousin, il avait un accès privilégié. Sauf qu'il est mort, maintenant. J'ai retrouvé sa trace. Ceux qui sont derrière Gomorrhe ont découvert ce qui s'est passé, et maintenant c'est moi qu'ils cherchent à éliminer. Je ne suis même pas certaine de savoir à qui j'ai affaire, mais…

Tandis que les mots s'étranglent dans la gorge de Munira, les bras ballants d'Azi trouvent enfin le courage d'entourer la jeune femme pour lui faire comprendre qu'il ne la laissera pas tomber, le cœur affreusement serré à l'idée qu'il ne parviendra peut-être pas à tenir cette promesse silencieuse.

Ils sont comme une île sur le trottoir bondé, le flot des passants s'écoulant autour d'eux, rendus plus immobiles encore par les masses fuyantes des voitures qui se croisent sur la route. C'est à la fois banal et étrange, comme si le monde entier était en mouvement, sauf eux. Dans la poche d'Azi, le téléphone NADIR n'a jamais paru aussi encombrant – à croire qu'il a triplé de volume. La moindre de leurs paroles est écoutée, le moindre de leurs silences. La seule façon de ne pas la mettre en danger, songe Azi, est de se remettre à parler. De se remettre à jouer le jeu.

– Ça va aller, Munira, ça va aller. On va les avoir. On va forcer la porte de Gomorrhe et mettre la main sur tout ce dont on a besoin. C'est nous qui allons prendre le contrôle. Tu dis qu'il faut attendre qu'ils t'invitent à entrer et qu'Odi va étoffer le CV de Jim pour rassurer Defiance. Qu'est-ce que ça veut dire, concrètement ? Qu'est-ce que Jim va devoir faire pour montrer patte blanche ?

La voix de Munira murmure contre la poitrine d'Azi, audible pour lui seul.

– Tu sais, ces histoires où quelqu'un passe un accord avec le diable ? Et que le diable apparaît quand le type prononce trois fois son nom ? Eh bien, c'est comme ça que ça fonctionne. Il y a un nom d'utilisateur pour les messages, sur Signal[31]. Gomorrhe. Tellement simple ! Tu envoies un message sécurisé, tu donnes la preuve qu'ils attendent. Après ça, ils te font parvenir un lien à usage unique, rien que pour toi. Tout est sur mesure. À partir de là, il suffit de demander. Tu as accès à tout ce qui peut te faire envie.

Azi ressent soudain le besoin impérieux de tout lui avouer – d'exposer sans filtre l'intérieur de son crâne sous lequel cogne le besoin de se confesser. Au lieu de quoi, il oriente ses paroles vers une autre forme de sincérité.

– Je… Je me souviens de ce qui s'est passé après la mort de ma mère. Il y avait cette avalanche de paperasses, tellement de trucs dont il fallait s'occuper. Je me suis retrouvé très entouré – plein d'inconnus qui se montraient super gentils avec moi. Tout le monde voulait m'aider. L'université, par exemple. Ils étaient déterminés à me garder. Et je

31 Application chiffrée permettant de communiquer de façon sécurisée.

leur en ai voulu de ça. Un mec comme moi, une histoire comme la mienne… Ils se sont mis en quatre pour m'aider. De l'argent pour me permettre de poursuivre mes études dans de bonnes conditions, la possibilité de prendre un congé si j'en ressentais le besoin, des cours particuliers pour que je puisse ensuite rattraper mon retard. Du chagrin et de la gratitude, c'est tout ce que j'étais censé éprouver. C'était comme si j'étais leur chose, tu comprends ? Et je trouve qu'il n'y a rien de pire que le sentiment de dépendre d'autres gens, comme si tu leur appartenais.

Silence. Il essayait de dire quelque chose de vrai, d'honnête. Mais maintenant que ces mots sont sortis de sa bouche, il ne peut s'empêcher de songer qu'il existe des choses bien pires que le sentiment d'appartenir à quelqu'un – celles que les poursuivants de Munira brûlent d'envie de lui faire subir, par exemple. Au bout d'un moment, elle délaisse le murmure, dénouant son étreinte et relevant le visage pour parler d'une voix claire :

– Est-ce qu'Odi t'a aidé, à l'époque ?

Azi doit ravaler une horrible envie d'éclater de rire.

– Ouais. J'avais besoin d'un ami. Et mon meilleur ami, ou du moins celui que je considérais comme tel, m'a laissé tomber. Alors je me suis tourné vers ce bon vieil Odi.

Elle lui prend la main, la presse fort. Puis, sans la lâcher, se remet à marcher d'un pas plus léger.

– Ça va aller, Azi. Je crois sincèrement qu'on va s'en sortir. On a un plan qu'on va appliquer et qui va fonctionner. Nous deux et ce bon vieil Odi… Quoi qu'il trafique de son côté.

Ils continuent à marcher en silence pendant une minute et voilà que le téléphone vibre dans la poche d'Azi, comme si Odi ne supportait pas qu'on parle de lui sans s'inviter dans la conversation. Il sort l'appareil avec une nonchalance feinte et jette un coup d'œil à l'écran. Son regard se fige. Ce n'est pas ce à quoi il s'attendait. Mais alors pas du tout.

On a un problème. J'envoie quelqu'un te chercher, tout de suite. Reste calme et obtempère. Moins d'une minute.

Azi fait encore quelques pas et se tourne vers Munira, les lèvres prêtes à s'ouvrir pour une phrase, un baiser, une mise en garde, il ne sait pas trop. Avant qu'il ne puisse agir, quelqu'un leur bloque le passage : un homme en tenue décontractée, d'un gabarit similaire à celui d'Odi, qui tend la main vers eux d'un geste on ne peut moins accueillant.

– Azi, Munira, dit l'homme d'une voix juste assez haute pour être entendue. Votre véhicule sera là d'un instant à l'autre.

Le timbre est chaud, un peu nasillard, avec un soupçon d'accent transatlantique. Avant qu'ils n'aient le temps de comprendre ce qui se passe, une Prius rouge s'arrête à leur hauteur. Ils sont presque arrivés au vaste rond-point au centre duquel s'élève la colonne, et les voitures déboîtent pour se doubler dans un joyeux concert de klaxons. L'homme reprend :

– Tout va bien, c'est Odi qui a organisé ça. Munira, montez dans la voiture.

Avec un geste qui commence comme une invitation mais se termine par une pression brutale dans son dos, il propulse Munira sur le siège avant et referme la portière. Ça fait moins de trente secondes que ce type est sorti de nulle part. Azi tente de reprendre ses esprits, amorce un mouvement vers la voiture, mais il est trop tard. L'homme se glisse sur la banquette arrière et claque déjà sa portière.

Puis, avec un vrombissement doux, la voiture se fond dans la circulation.

Azi fait quelques pas, hagard, sort à nouveau le téléphone NADIR de sa poche et patiente, l'œil rivé sur l'écran. Au bout de quelques insoutenables minutes d'attente, un nouveau message apparaît :

Munira est emmenée dans un endroit sûr. Tu vas rentrer à l'appartement. Les explications viendront plus tard. Pour le moment, fais ce qu'on te dit.

Puis l'écran redevient noir. Azi n'a pas de plan d'action, pas d'idées, pas d'informations. Il ne sait rien. La perspective de retourner à l'appartement est au-dessus de ses forces. Alors il marche, vite. Bientôt il court, passe le rond-point, l'œil aux aguets, maudissant l'interminable concentration d'arbres. Il alterne marche et course, sans savoir où il va. Il atteint les limites du parc et s'engage sur un large pont où se croisent un nombre impressionnant de voitures. Il continue à marcher, à mettre de la distance entre lui et l'endroit où Munira a été… quoi ? Enlevée ? Soustraite à on ne sait quel danger ? La peur, la culpabilité et autre chose qu'il ne sait pas nommer lui vrillent le cerveau – des souvenirs fantômes qui cherchent à l'entraîner vers le fond.

Azi a traversé des rivières et des parcs, a longé de larges avenues et des immeubles massifs semblables à des Lego géants, et la longue journée d'été entame son déclin. Il est épuisé, mais pas suffisamment à son goût.

Dans sa poche, une vibration le ramène à la réalité. NADIR vient de se réveiller, affichant un message bref :

Si tu veux la revoir vivante : pas un mot à quiconque, viens seul, tout de suite.

Une adresse apparaît. Azi tâte ses poches pour s'assurer qu'il a de l'argent, hèle un taxi, donne le nom et le numéro de la rue au chauffeur et se renverse sur le siège, respirant profondément jusqu'à ce qu'il parvienne à entendre autre chose que les battements de son cœur.

Une fois de plus, d'autres décident à sa place.

15.

Le fanatisme des serviteurs de l'État islamique peut revêtir bien des visages, mais si Kabir en croit son expérience, le Dr Tal est unique en son genre. Déjà, il a cette habitude de se jeter au sol pour exécuter une série de cinquante pompes au milieu d'une conversation, une démonstration de force immanquablement suivie d'une inspection attentive des triceps qui forment de respectables protubérances à l'arrière de ses bras. La tenue ample et les armes brandies vers d'invisibles ennemis qu'affectionnent la plupart des combattants, lorsqu'ils posent pour une photographie de propagande, n'est pas pour lui. Non, le Dr Tal est un homme taillé pour Instagram, fin connaisseur des angles de prise de vue les plus flatteurs, amateur de casaques et blouses chirurgicales moulant le moindre de ses avantages. Son charme, lorsqu'il décide d'y laisser libre cours, n'a rien à envier à la puissance de son parfum à l'odeur musquée.

Ils ont fait connaissance une semaine plus tôt, quand Kabir a commis l'erreur de témoigner quelque commisération à l'égard d'un chien errant – une pauvre bête échappée de la cohorte famélique qui hante la ville. Ému par l'expression particulièrement mélancolique du labrador à trois pattes, il s'était courbé pour placer un petit morceau de viande tout près de la langue haletante de l'animal. Et quand il s'était redressé, il avait vu le Dr Tal lui faire signe de l'autre côté de la rue.

Ils avaient discuté. Le Dr Tal était Britannique, intelligent, et se voyait manifestement octroyer une grande liberté d'action grâce à ses connaissances médicales (chirurgien en traumatologie) et une confiance en soi à toute épreuve. Le Dr Tal avait également un faible pour les animaux, ou du moins s'autorisait-il à éprouver pour eux une compassion qu'il ne manifestait pas pour l'espèce humaine. Il pouvait se montrer sans pitié avec les gens, mais la souffrance animale le chagrinait. En dehors de sa propre magnificence, c'était l'un des deux sujets qui semblaient l'intéresser ; l'autre étant l'incroyable amateurisme de l'organisation des soins médicaux à Raqqa.

Lui qui avait rejoint l'État islamique avec son brillant parcours de chirurgien, son mépris pour les simples mortels et les traits délicieusement symétriques de son visage, comment aurait-il pu ne pas être dans un état plus ou moins permanent de rage face à l'ignorance crasse des hautes instances en matière d'art médical ? Face à leur incapacité à prendre toute la mesure de son talent ? À la fin de leur conversation, il était apparu clairement que le Dr Tal considérait Kabir comme son nouvel ami, son allié du moment, son factotum aisément remplaçable.

Depuis lors, la situation n'a fait qu'empirer, passant de simplement pénible à franchement invivable. Parce que le Dr Tal n'accepte pas le moindre refus – à croire que le simple fait d'entendre quelqu'un dire « non » lui est insupportable –, il a décidé que Kabir et Mohammed l'Allemand (qu'il a exigé de rencontrer) seront désormais au service de ses ambitions à la manière d'une sorte de garde d'honneur.

Les deux hommes restent officiellement attachés à leur unité de production vidéo, et Kabir est toujours censé travailler dans son box, mais cinq minutes de persuasion charismatique ont suffi au Dr Tal pour les faire transférer au service exclusif de sa personne, en charge de la tâche sacrée d'immortaliser le moindre de ses exploits photogéniques. Ceux-ci comprennent des opérations de chirurgie vitale et des master class de techniques fatales ; prouesses médicales et démonstrations de torture conduites avec le même détachement halluciné d'un pianiste virtuose qui jouerait de mémoire une partition complexe.

Heureusement, tout ça n'aura qu'un temps si les projets de Mohammed se concrétisent. Son anglais est suffisant pour partager l'essentiel avec Kabir, et les deux hommes ont échangé assez de paroles à double sens sur l'âme noire et impie des déserteurs pour établir qu'ils veulent l'un comme l'autre foutre le camp d'ici dès que possible en traversant la frontière turque. À cette fin, le recrutement fictif de la sœur de Mohammed l'Allemand avance bien, avec des messages Facebook fabriqués de toutes pièces qui circulent jusqu'au sommet de la chaîne de commandement. Libérée des contraintes de la réalité, la sœur imaginaire se voit diplômée en génie chimique, parle quatre langues, et méprise passionnément la décadence occidentale.

Mais comme Kabir et Mohammed l'ont également compris, même les gouvernements occidentaux les plus larges d'esprit ne risquent pas d'accueillir à bras ouverts des combattants repentis de l'État islamique, à moins qu'ils ne se présentent les mains chargées d'offrandes. La plus évidente et la plus appréciée s'appelle « informations confidentielles » : noms des membres influents de l'organisation, emplacement des camps d'entraînement et des quartiers généraux dissimulés dans les villes occupées, éléments vitaux relatifs à l'administration et aux infrastructures que Kabir et Mohammed peuvent glaner dans la propagande qui transite par leurs bureaux. Et pourtant Kabir songe à offrir quelque chose d'encore plus exceptionnel : un catalogue des recruteurs, fixeurs et intermédiaires de tout poil les plus actifs dans l'art de faire passer les frontières aux combattants, dans un sens comme dans l'autre, ainsi qu'une carte des lucratifs itinéraires de contrebande qui soutiennent les secteurs de leur économie qui ne sont pas déjà alimentés par les impôts, le pétrole ou le pillage d'antiquités.

Voilà qui pourrait leur valoir une certaine gratitude occidentale, et peut-être même de l'argent, s'ils abattent leurs cartes avec suffisamment d'habileté. L'accès aux systèmes informatiques dont dispose Kabir devrait lui permettre d'obtenir cette monnaie d'échange. Il va simplement falloir faire preuve d'une très grande prudence… et se débrouiller pour tourner à leur avantage les contraintes d'une vie au service du Dr Tal.

Le fait que le recrutement du chirurgien ait été une prise majeure pour l'État islamique complique singulièrement les choses, parce que la visibilité de Kabir et de Mohammed s'en trouve automatiquement augmentée. Sans compter que le Dr Tal se ferait un plaisir de les découper en rondelles et de les donner à manger aux chiens affamés s'il avait vent de leurs intentions. Le pire dans tout ça, c'est que Kabir et Mohammed passent désormais une bonne partie de leurs journées en concurrence l'un avec l'autre pour entrer dans les bonnes grâces du tyran au scalpel.

Ce matin, après que Mohammed est allé faire les courses pour le Dr Tal et que Kabir a joué les hommes de ménage dans la maison du chirurgien, ils lui présentent le premier montage de leur dernier chef-d'œuvre : une vidéo du grand homme opérant une fillette de six ans, blessée lors d'un bombardement aérien. Mohammed a clairement les faveurs du Dr Tal, aujourd'hui, et c'est à lui seul que le maître livrera ses impressions sur leur travail.

– Frère, j'admire ce que tu as accompli. La première partie et la dernière partie fonctionnent bien, tu peux couper entre les deux. La gamine est magnifique, très expressive, très photogénique. J'imagine qu'on a la séquence où elle rentre chez elle et qu'elle tombe dans les bras de sa famille ? Ah, la septicémie… C'est vraiment du gâchis, après une si belle opération. Mais on a ce qu'il nous faut. *Jazak allah kheiran*, mon frère.

Kabir serre les dents en silence et les desserre un peu moins silencieusement quand sa dent pourrie lui envoie une méchante décharge électrique dans toute la mâchoire. Le Dr Tal ne lui a même pas adressé un regard depuis qu'il est entré dans la pièce, et Kabir pense savoir pourquoi. Les efforts de Mohammed pour faire venir sa sœur fictive sont arrivés aux oreilles du chirurgien, et sur la foi de sa photographie et de son curriculum vitae, il a sûrement décidé qu'elle était la seule recrue potentielle de tout l'État islamique à la hauteur de ses critères d'exigence. La tendresse de Kabir pour l'espèce canine appartient au passé.

La bonne nouvelle, c'est que la protection dont ils bénéficient tous les deux sous le joug du Dr Tal et de sa folie glacée peut être porteuse d'espoir lorsqu'elle est liée à une sœur aussi brillante qu'imaginaire. Étant donné l'influence du chirurgien narcissique au sein de l'organisation et sa soif de rencontrer cette vision du fanatisme au féminin, obtenir la permission et le véhicule nécessaires pour se rendre à la frontière turque ne devrait pas poser de problème. Après avoir abordé le sujet dans les toilettes à coups de chuchotements furieux – à peu près le seul endroit où Kabir et Mohammed sont certains de ne pas être écoutés –, ils ont fini par tomber d'accord : c'est l'opportunité qu'ils attendaient et ils vont la saisir.

D'un pas traînant, Kabir quitte le luxe absurde de la maison du Dr Tal, passant mentalement en revue les grandes lignes de leur projet d'évasion. Il est à deux doigts de mettre la main sur des données intéressantes (ou du moins qui ont l'air de données sur lesquelles il n'est pas censé mettre la main), les Américains semblent prêts à tenir leur promesse d'un déluge de feu qui s'abattra des cieux, et le Dr Tal frétille comme un gardon lubrique à la perspective d'accrocher une conquête de premier plan à son tableau de chasse. Tous les signaux sont au vert. Ou, pour être plus précis, tous les signaux sont au rouge foncé pour ceux qui vont rester ici.

Alors qu'il est sur le point de passer la porte, la voix du Dr Tal le retient par le collet, amplifiée par le carrelage aux motifs délicats qui décore les murs.

– Frère Kabir, tu as oublié mon Red Bull. Ainsi que la nourriture pour les chiens.

Bien entendu, il faudra aussi songer à se venger.

16.

Le taxi le dépose dans une rue calme et sombre. Un instant ébloui par l'écran du téléphone qu'il vient de sortir de sa poche, Azi lit un nouveau message : *Passe le portail, suis l'allée.* Il n'y a qu'un seul portail, en fer forgé, qui ouvre sur un terrain abandonné. Avec le sentiment d'envoyer à distance des instructions à son corps, Azi se glisse derrière la peinture écaillée des battants entrouverts.

Tandis que ses yeux s'acclimatent à l'obscurité, il distingue deux maisons en briques et un grand entrepôt – ou peut-être une ancienne usine –, en briques également. Le terrain est envahi d'arbustes sauvages et de mauvaises herbes, à l'exception des vestiges d'une allée. Azi avance le long du béton fissuré, effrité par endroits, des souvenirs fragmentés émergeant du désordre de son esprit : le crissement des pneus de la Prius, les arbres qui l'oppressent, le corps de Munira contre le sien, la soudaineté de son absence. C'est agréable, cet air frais sur sa peau.

Devant lui, à côté de la masse noire d'une grande verrière qui troue la façade en briques de l'entrepôt, il aperçoit une porte en métal entrebâillée. Azi attend de nouvelles directives, mais l'appareil reste muet. En dehors du bruit de sa respiration et de ses pas, il n'a pas entendu le moindre son depuis qu'il a franchi le portail. Téléphone en main, la lumière de l'écran éclairant vaguement son chemin, il pénètre à l'intérieur du bâtiment.

Le couloir dans lequel il s'engage est suffisamment étrange, voire inquiétant, pour le dégriser de toute rêverie. Ses murs, sol et plafond sont faits d'un même béton parfaitement lisse qui semble se prolonger à l'infini. C'est aussi épuré et impeccable que l'extérieur est brouillon, dégradé, et Azi a la sensation de rester immobile pendant que le bâtiment glisse autour de lui. Au loin retentit le bruit étouffé d'un impact, suivi de sons faibles et confus, comme si quelqu'un essayait d'escalader en vain le mur lisse du couloir.

Azi se fige. Quelque part à proximité, une lourde porte s'ouvre à la volée puis se referme avec un claquement. Un éclat de lumière blanche l'aveugle un bref instant, et aussitôt après des bras puissants le collent au mur, projetant son visage contre le béton et réunissant ses poignets dans son dos. Le téléphone lui tombe des mains et heurte violemment le sol. Une voix explose dans son oreille.

– Qu'est-ce que tu fous ici, putain ?

Il faut quelques secondes à Azi pour reconnaître l'accent d'Odi. Ou plutôt de l'homme qu'il appelle Odi, mais qui à cet instant précis est manifestement un tout autre personnage. Il a une respiration saccadée et ses mains tremblent tandis qu'elles broient les poignets d'Azi l'un contre l'autre. Une odeur de métal chaud empuantit l'air.

– C'est vous qui m'avez demandé de venir ! hurle Azi, la joue plaquée contre le mur froid et humide.

Les muscles de son cou crient grâce.

L'Allemand desserre un peu son étreinte.

– Tourne-toi, lentement.

Azi s'exécute. D'autres bruits étouffés lui parviennent, trop proches à son goût. La voix d'Ozi est un murmure féroce.

– Je t'ai demandé ce que tu fous ici. Qui t'a donné l'adresse ?

Azi est à la fois terrifié et révolté par ce qui se passe.

– Écoute, mec, c'est un message de l'appli qui m'a donné l'adresse, d'accord ? *Votre* putain d'appli. Ça me disait de venir ici, seul, si je voulais la revoir vivante. Après que *vous* l'avez enlevée en pleine rue ! Je me suis dit que…

Il s'interrompt. Que s'était-il dit ? Que quelqu'un s'amusait à jouer avec ses nerfs ou que quelque chose avait très mal tourné. Ou bien les deux. Il fait un effort pour chasser la panique qui commence à lui obstruer la gorge.

– On ne t'a pas envoyé ce message, dit Ozi d'une voix blanche. On subit une attaque. Tu dois partir tout de suite et te rendre directement à l'appartement. Tu attendras que je vienne t'y rejoindre. Moi et personne d'autre.

Odi a peur, réalise Azi. C'est de lui qu'émane cette odeur métallique, comme si la trouille avait vicié sa transpiration. Avec un grognement, l'Allemand le libère, recule de quelques pas moins assurés qu'à l'ordinaire et pousse la main contre le mur jusqu'à ce qu'un bloc de béton de la taille d'une petite porte se découpe lentement sous la pression, dévoilant une ouverture. Avant d'y pénétrer, il se tourne et plante le regard dans celui d'Azi.

– Je ne suis pas ton ennemi, tu sais. *Nous* ne sommes pas tes ennemis. Allez, pars.

Resté seul dans l'obscurité, Azi rajuste son sac à dos, resserre les lacets de ses chaussures de course et se couvre la tête avec la capuche de son sweat noir. Se félicitant de son goût pour les fringues de couleur sombre, il passe la manche sur sa lèvre supérieure pour en essuyer la sueur. C'est le moment de prendre une décision. Il n'est qu'un gars d'East Croydon, rien qu'un fantôme de plus dans la machine. Mais il sait repérer une opportunité et il connaît la valeur des promesses que l'on fait. Il ne peut pas aller se terrer dans l'appartement. Il ne peut pas abandonner Munira.

Avant de vraiment prendre conscience de ce qu'il fait, Azi s'avance vers la partie du mur à travers laquelle Odi a disparu.

– Toutes votre base sont appartiennent à nous[32], marmonne-t-il en appuyant des deux mains sur le mur.

Sa petite phrase ne lui donne pas l'air aussi cool qu'il l'avait espéré.

Une fois que ses efforts lui ont permis de dégager quelques centimètres d'ouverture, Azi se force à attendre et à écouter. Bien sûr, un civil ni armé ni entraîné pour se battre n'a, a priori, aucune chance de donner du fil à retordre à Jack Bauer, mais Azi a suffisamment joué à *Metal Gear Solid* et *Splinter Cell* pour connaître les avantages de la furtivité.

Le son qu'il a déjà entendu à plusieurs reprises reste étouffé – un mélange de détonations et de bruits confus, comme des coups de marteau –, et ni Odi ni aucun malabar

32 Cette traduction très approximative d'une réplique d'un ancien jeu vidéo japonais, *Zero Wing*, est devenue légendaire dans le milieu gameur. La traduction correcte aurait dû être : « Toutes vos bases sont sous notre contrôle ».

agressif ne surgit pour lui mettre une raclée. Il attend encore quelques longues minutes, contractant bêtement ses muscles et s'efforçant de se préparer mentalement au combat, puis ouvre suffisamment le passage pour s'y glisser entièrement.

Devant lui s'étend un immense espace nu, à l'exception de rares meubles de bureau posés dans un coin de la salle, sur un sol en béton et sous une lumière crue. Autour des quelques chaises, armoires métalliques et bureaux, un désordre de matériel informatique de pointe, comme jeté à terre, dessine des ombres aux formes tranchantes. À l'autre bout de la pièce, Azi aperçoit une porte similaire à celle qu'il vient de franchir, juste assez entrouverte pour en distinguer le contour. Quoi qu'il se passe ici, c'est derrière cette porte qu'il le découvrira.

D'un pas aussi léger que possible sur le sol qui résonne, Azi se précipite vers le matériel informatique. Des câbles d'alimentation et de connexion s'échappent de larges fentes creusées à même le sol. Rien de superfétatoire dans ce matériel sérieux, efficace. Trois petites baies à serveurs et deux stations de travail, des ordinateurs portables, des tablettes, des dizaines d'écrans identiques brisés et renversés ; des pare-feu physiques et des parasurtenseurs ; des boîtes éparpillées remplies de dispositifs portables qui vont de l'enregistreur de frappe USB aux routeurs Wi-Fi Pineapple[33].

Accroupi derrière un bureau renversé, il se met à passer en revue les objets électroniques les moins encombrants, les triant et les inspectant minutieusement. Il a besoin

33 Routeurs sans fil capables de fournir une connexion n'importe où. S'utilisent pour pirater des ordinateurs ou pour effectuer des tests d'intrusion sur son propre système.

de quelque chose qui ressemble à ce qu'Anna l'a empêché de voler au Balzac Coffee : un téléphone, une tablette, un appareil qu'il puisse personnaliser et s'approprier. Le bureau IKEA est du même modèle que celui de son abri de jardin, et une curieuse sensation parcourt Azi tandis qu'il trie le contenu des boîtes, blotti contre sa structure familière. Mais ce sentiment vaguement réconfortant ne survit pas à l'apparition intempestive de deux silhouettes noires qui surgissent de la porte du fond et se mettent à lui tirer dessus.

N'ayant jamais essuyé de coups de feu, le premier réflexe d'Azi est de fuir à toutes jambes. Réalisant juste à temps qu'il n'a aucune chance d'en réchapper en détalant comme un lapin dans ce type d'espace, il se recroqueville, aussi petit que possible, derrière le plateau du bureau. Il se trouve au milieu d'un arsenal technologique qui vaut une fortune – du matériel capable d'infiltrer des systèmes gouvernementaux à des milliers de kilomètres d'ici –, et pourtant le seul objet qui lui soit un peu utile à cet instant est un panneau d'aggloméré MALM de 145 par 65 centimètres, ainsi que, potentiellement, le piètement métallique en étoile d'une chaise FLITAN, s'il parvient à le balancer avec assez de force sur ses assaillants. En d'autres termes, il va bientôt mourir.

Le temps semble ralentir tandis qu'Azi regarde une balle ricocher sur le béton, beaucoup trop près de sa jambe gauche. Une autre pénètre ensuite dans une table toute proche, réduisant un morceau gros comme le poing en sciure de bois. Il essaie de se reprendre, mais il n'y a vraiment rien de rassurant à quoi se raccrocher. Le sang lui bat aux tempes et il n'entend plus rien, sinon les détonations des armes et son cœur qui tambourine avec d'ultimes roulements désespérés qui semblent annoncer son imminent décès. Il y a quelque chose de cruellement logique à ce qu'il vive ses derniers instants au milieu d'un amas de meubles de bureau bon marché.

Son œil se pose soudain sur plusieurs petits boîtiers en métal qui pourraient bien être, si la chance lui sourit, les cousins militaires du Mosquito, un dispositif de harcèlement acoustique qu'il connaît bien. L'appareil produit des sons à très hautes fréquences potentiellement invalidants.

Bras tendu, Azi parvient à ramener quelques boîtiers jusqu'à lui. À l'aide du bouton dissimulé sur la façade arrière, il les règle tous sur une fréquence différente, puis les met en marche l'un après l'autre avant de les lancer aux quatre coins de la pièce, doigts aussitôt plantés dans les oreilles.

Même à distance et à travers ses oreilles bouchées, le résultat est impressionnant : une sensation de brûlure qui pénètre loin dans son cerveau, comme si quelqu'un lui ponçait le crâne sans se presser. Les coups de feu cessent. Combattant des vagues de nausée, Azi parvient tant bien que mal à s'accroupir. Cette vrille acoustique va durer encore une trentaine de secondes, et même s'il n'est pas certain de pouvoir atteindre la porte avant que ces hommes ne retrouvent leurs esprits, c'est sa seule chance de rester en vie.

Mais au moment où il est sur le point de s'élancer, une nouvelle salve de détonations retentit, d'une tonalité différente et en provenance d'une autre direction, suivie d'un grand silence. Il se fige. Trente interminables secondes s'écoulent, puis un visage maculé de sang apparaît à l'angle du bureau derrière lequel il se cache. Azi le regarde fixement.

Les yeux qui émergent du visage ensanglanté regardent fixement Azi. Puis l'homme parle.

– Oh, putain de merde.

C'est Odi, apparemment blessé et dans une colère noire. Il se laisse glisser contre le bureau et fait un geste en direction de la porte qu'Azi n'a jamais pu atteindre. Au sol gisent deux hommes qui, encore tout récemment, lui tiraient dessus. Azi se relève péniblement et découvre que ses jambes ne font pas bien leur boulot lorsque ses yeux sont posés sur des cadavres encore chauds. Le goût amer de la bile lui remonte dans la gorge et, après avoir réussi à se retenir pendant un moment, il finit par vomir. C'est presque un soulagement. Ce n'est qu'après avoir retiré sa capuche et rendu tripes et boyaux sur le sol en béton qu'il remarque à quel point Odi perd son sang.

– Odi ! Oh merde, mec. Je vais aller chercher de l'aide.

Il crache les derniers restes de vomi, puis indique d'un mouvement du menton la porte au fond de la salle.

– Personne ne va me tirer dessus si je sors par ici ?

Odi grogne entre ses dents, s'efforçant de juguler le saignement avec ses mains. Sans perdre une seconde, Azi s'élance à travers la pièce et franchit la porte. Elle donne sur un couloir identique à celui par lequel il est arrivé, au détail près qu'un énorme trou éventre sa paroi de béton, sans doute causé par un engin explosif. De l'autre côté de la brèche béante, les herbes folles du terrain qui entoure l'entrepôt se balancent mollement dans la nuit.

À l'intérieur, le rouge d'un éclairage d'urgence inonde un spectacle d'horreur. Trois hommes en habits civils sont étendus à un ou deux mètres de lui, face contre terre, un trou bien net à l'arrière du crâne. Deux autres sont affalés un peu plus loin. L'un d'eux est le type qui avait surgi sur le trottoir du Tiergarten. Munira n'est pas là.

La scène est d'une telle violence qu'Azi se trouve momentanément privé de réaction. Est-ce qu'Odi a tué tous ces gens ? Se sont-ils entre-tués ? Qu'est-ce qui se passe ?

– Azi ? lance une voix incrédule derrière lui.

C'est Anna, vêtue d'une tenue de combat qui en impose. Elle tient un pistolet à la main avec l'aisance détachée d'une barbouze chevronnée. Elle s'avance vers lui, le rictus sur son visage évoquant davantage des problèmes intestinaux que le sourire qu'elle tente visiblement d'imiter.

– Qu'est-ce que tu fais là ? demande-t-elle.

Le canon de son arme, note Azi, est pointé pile entre ses yeux.

– Ne tirez pas ! lance-t-il dans un moment de panique, avant de désigner le cadavre de l'homme du Tiergarten, sans vraiment oser le regarder. Lui… Il a emmené Munira, et ensuite j'ai reçu un message sur le téléphone. Vous m'avez demandé de venir ici, et je suis tombé sur ce carnage. Odi est là, dans la grande salle. Il est blessé et il a besoin d'aide.

– Les secours sont en route. Mon Dieu, quel putain de chaos.

Anna enjambe les corps, vérifiant un par un qu'ils sont vraiment sans vie, l'arme toujours prête à faire feu.

– Un raid comme celui-là n'aurait jamais dû être possible, pas même vaguement, dit-elle, et je ne serais pas surprise que ça ait un lien avec toi.

– Ils sont venus chercher Munira ? demande-t-il, bien qu'il connaisse déjà la réponse.

– Ils l'ont emmenée avec eux, ce n'est pas la même chose. Ils sont également repartis avec une bonne partie de notre matériel. C'est le chaos complet, et la dernière chose dont j'ai besoin en ce moment, c'est qu'un type qui a vécu les dix dernières années de sa vie dans un abri de jardin me colle aux basques comme un toutou. On s'occupera de ton cas plus tard.

Elle commence à s'éloigner vers la porte par laquelle Azi est entré, sans cesser de pointer son arme dans sa direction.

Azi lui emboîte le pas.

– Attendez, Anna...

D'un geste et d'une mimique, il lui demande l'autorisation de retirer son sac à dos dont il sort l'une des plus petites et des plus étranges trouvailles qu'il ait dénichées en fouillant parmi le matériel informatique. C'est une fois et demi plus grand que les clefs USB qu'on trouve dans le commerce mais, pense-t-il deviner, mille fois plus intéressant. Pour commencer, l'objet dispose de fonctions GPS, micro, caméra et réseau sans fil, et quelque chose lui dit que des trésors plus surprenants nichent dans le logiciel embarqué. Ne serait-ce que par la nature de sa fabrication, cet appareil se démarque de tout le matériel qu'il a pu voir dans cette salle.

– J'ai trouvé ça, dit-il, ouvrant la main et dévoilant l'objet posé sur sa paume.

– Qu'est-ce que c'est ?

– Je vous retourne la question. Ça ne fait pas partie de votre arsenal, n'est-ce pas ? Et pourtant je l'ai trouvé parmi votre matos vandalisé. Ce qui veut sans doute dire que le dispositif était actif avant l'attaque. Ce qui veut sans doute dire que vous avez encore plus de problèmes que vous ne le pensiez.

Les yeux d'Anna s'agrandissent brièvement, et elle s'empare de l'appareil.

– Et toi, tu es tombé sur ce machin par le plus grand des hasards, c'est ça ?

– Fouiller dans les déchets informatiques est un de mes hobbies.

Anna serre la mâchoire, pose le regard sur lui, sur l'objet qu'elle vient de lui arracher des mains, puis prend une décision.

– Aucune des paroles que je suis sur le point de prononcer n'aura jamais été prononcée, c'est bien compris ? Je ne t'ai jamais dit que tu pouvais quitter ce bâtiment sans être inquiété, pas plus que je ne t'ai dit de trouver un putain de moyen de foutre le camp d'ici et de te faire oublier. Je ne t'ai jamais dit qu'on a été infiltrés, que j'ai perdu certains de mes meilleurs éléments et que ce qui vient de se passer est le plus grand fiasco d'un service de renseignements depuis que quelqu'un s'est mis en tête que Saddam Hussein accumulait des armes chimiques. Je ne t'ai rien dit de tout ça, et tu ne vas pas rester en contact avec nous à travers notre ami commun.

Elle s'interrompt un instant.

– Cela dit, je te tirerai une balle en pleine tête, juste pour me détendre un peu, si tu es encore là dans dix secondes. On s'est compris, Azi Bello ?

Il a déjà à moitié disparu à travers le trou.

17.

Les meilleurs plans d'évasions, songe Azi, doivent ressembler aux meilleures attaques informatiques, parce que les uns comme les autres exigent d'agir vite et de prendre tout le monde à contre-pied. Chargé d'adrénaline, les pieds martelant le macadam, il accroît, rue après rue, la distance qui le sépare de l'entrepôt des horreurs, avant de héler un taxi et de faire le point sur la banquette arrière.

Le temps commence déjà à manquer, pour lui et pour Munira. Il a son passeport, de quoi se changer, un tas de petits appareils électroniques très facilement pistables, quelques centaines d'euros en espèces et le sentiment de n'avoir rien compris à ce qui vient de lui arriver. Mais il a également sa liberté et la consigne de s'éloigner autant que possible de ce décor de briques, de béton et de sang.

Commençons par le commencement, songe-t-il : les apparences. Il demande au chauffeur de taxi de le conduire à une pharmacie où il achète des rasoirs, de la crème à raser, du déodorant et des pansements. Puis il revient, le pas chancelant, s'installer à l'arrière de la voiture.

L'étape suivante est un fast-food de poulet suffisamment lugubre pour qu'il se sente comme dans sa chère banlieue, les écriteaux au néon annonçant des saveurs à la hauteur desquelles aucune salade ne saurait se hisser. Azi paie la course, règle son compte à un seau d'ailes de poulet assez imposant pour anesthésier ses tremblements post-fusillade, puis avale plusieurs cannettes de boisson énergisante d'une marque improbable, en s'efforçant de ne pas se mettre à hurler sur des inconnus ou à fondre en larmes dans leurs bras.

Lorsque ses mains ont retrouvé un semblant de stabilité, il se glisse derrière une toute petite table à proximité des toilettes et dissèque le dispositif électronique le plus intéressant qu'il ait en magasin. Un *burner phone*[34] sous Android qui, avec un peu de persuasion, finit par se connecter à un réseau Wi-Fi ouvert. Il est tard le soir selon l'heure normale d'Europe centrale, ce qui signifie que l'après-midi ne fait que commencer sur la côte ouest des États-Unis et qu'il peut donc raisonnablement espérer que son amie Milhon répondra à ses messages.

S'il songe à Milhon, c'est parce qu'il est à peu près certain qu'elle vit en Californie et qu'il ne voit pas qui d'autre au monde serait à la fois capable et d'accord pour l'aider à obtenir ce dont il a besoin dans les deux heures qui viennent : de l'argent, plein d'argent. Ah oui, et aussi de l'argent.

Comme elle le lui a expliqué en détail à l'occasion de leurs prouesses à quatre mains, Milhon est une reine au royaume des nombres pseudo-aléatoires (PRN pour les intimes), ces

---

34 Téléphone portable sans abonnement et destiné à n'être utilisé que temporairement, de sorte à échapper au pistage.

séquences de nombres réputés imprévisibles dans le monde des machines. Concevoir un générateur de nombres pseudo-aléatoires de tout premier ordre est un art complexe, et Milhon était l'une des meilleures dans ce domaine, du moins jusqu'à ce qu'elle découvre que l'« institut de recherches » qui l'employait était financé par la mafia russe dans le seul but de rétro-concevoir[35] des machines à sous volées.

Hackeuse aux compétences remarquables doublée d'une idéaliste, elle fait profil bas depuis lors, à l'exception d'infiltrations sporadiques en compagnie d'AZ. Aujourd'hui, Azi est à la recherche de cette même chose que convoitaient les anciens employeurs de Milhon : une appli capable de prédire quand n'importe quelle machine à sous d'un modèle particulier est sur le point de lâcher le jackpot. Et, à en croire Milhon, c'est précisément ce que ses brillants neurones sont parvenus à produire.

Tout ce dont a besoin une telle application, c'est qu'on l'alimente avec suffisamment d'informations pour qu'elle puisse évaluer l'état du générateur de nombres pseudo-aléatoires de la machine à sous, et qu'elle se mette à jouer au moment précis où les chances de remporter le jackpot sont les plus fortes. Et là… abracadabra ! On est sûr de lui faire cracher son argent. Ce qui, dans la situation d'Azi, est la seule possibilité acceptable. Le seul problème, c'est qu'on reste à la merci du hasard ; le jackpot vient quand il vient, ou ne vient tout simplement pas, et il n'y a rien qu'on puisse faire pour changer ça.

---

35 La rétro-ingénierie ou rétroconception est l'activité qui consiste à étudier un objet pour en déterminer le fonctionnement interne ou la méthode de fabrication.

Azi est certain qu'elle a conservé une copie de son appli, ne serait-ce que parce que tout être doué de raison refuserait de jeter un logiciel aussi brillant. La question est de savoir s'il existe une chance pour qu'un être doué de raison accepte d'en faire profiter quelqu'un d'autre. Après avoir nettoyé d'un coup de langue les derniers vestiges de sauce qui maculent le contour de sa bouche, il se connecte à l'un de ses comptes sécurisés et regarde ses doigts gras frapper l'écran du *burner phone.*

Salut Milhon, c'est AZ ! Situation d'urgence, besoin d'un service aussi énorme que le tas de merde dans lequel je me suis embourbé.

Dieu merci, la réponse ne se fait pas attendre plus de cinq minutes.

Je t'écoute.

C'est le moment d'être à la hauteur. Refusant de laisser la nervosité chasser la lucidité indispensable à la réussite de son projet, Azi se remémore le jour où Sigma lui a demandé de l'aide. C'était il y a une éternité, quand son univers physique se résumait encore à un abri de jardin et un écran. Il avait rejeté sa demande de rencontre, avant de l'attirer dans un piège. Croisant les doigts pour que sa lâcheté n'ait pas créé une sorte de précédent karmique, il se remet à taper sur l'écran.

Besoin d'une copie de ton appli pour bandits manchots, version la plus récente, à faire tourner sous Android. Urgent.

Milhon peut-elle sentir la panique dans ses mots comme on l'entend dans le timbre d'une voix ? Y a-t-il quoi que ce soit de vrai dans ce qu'il pense savoir de la personne qui lit son message, de l'autre côté de l'écran et de l'océan ? Cinq minutes passent à nouveau, encore bien plus longues que les précédentes, avant que la réponse ne s'affiche sur le téléphone.

Tu vas m'être redevable sur ce coup-là. Et pas qu'un peu. Endetté jusqu'au cou.

Absolument. La dette du siècle. Mais c'est une question de vie ou de mort, littéralement. J'essaie de sauver une amie.

Le message qui lui répond est une question. Celle qu'il redoutait.

Quelque chose à me donner en échange ?

Azi fait la grimace. Il pourrait lui mentir, lui faire des promesses creuses. Ou, pire, lui infliger la vérité. Mais toutes les vérités ne sont pas bonnes à dire.

Couverture grillée, je n'ai plus que ce téléphone. Mais si je m'en sors, tout ce que tu veux.

Quelques secondes s'écoulent, interminables.

Marché conclu. Mais c'est bien parce que c'est toi, AZ. C'est bien parce que c'est toi. À plus.

Il se retient de lancer le poing en l'air, se contentant de marteler joyeusement la table avec ses genoux.

AZ est de retour.

Tandis que le poulet frit se fait une place dans son estomac et que l'application de Milhon se télécharge sur son *burner phone*, Azi rassemble ses affaires et va s'enfermer dans les toilettes du fast-food, le temps de se raser et de placer un pansement au bout de chaque doigt, afin de masquer ses empreintes digitales. Une fois cette opération effectuée, il a presque l'air respectable (ses critères de respectabilité ont beaucoup évolué en quelques jours) et devrait être un tout petit peu plus difficile à pister.

Aussi vite que lui permet l'exiguïté de cet espace, il retire ses vêtements à l'exception du caleçon, puis passe minutieusement deux des petits appareils électroniques trouvés dans l'entrepôt sur toute la surface de son corps. Il lui faut un peu moins de cinq minutes pour découvrir, sur chacun de ses avant-bras, de minuscules balises GPS qu'Odi a vraisemblablement réussi à glisser sous ses manches sous prétexte de l'immobiliser contre le mur en béton : des pastilles de silicone ultra adhésives et réalisées avec une telle finesse qu'elles sont presque indiscernables de ses taches de rousseur. Avec un peu de chance, Munira en aura de semblables quelque part sur le corps.

Finalement, Azi enfile les vêtements les moins sales parmi ceux que contient son sac à dos, compte l'argent qu'il lui reste, arrête le premier taxi libre qui passe devant le fast-food et file en direction du casino le plus proche.

Situé sur la Potsdamer Platz, le Spielbank Casino est un établissement suffisamment moderne pour s'intéresser davantage à l'argent d'Azi qu'à sa présentation. Son passeport lui est tout de même réclamé. Mi-ours, mi-machine à sous, la statue d'une créature hybride accueille le visiteur, l'animal fabuleux levant les bras en une étrange posture qui hésite entre un geste de triomphe et de bienvenue. À l'intérieur, un espace tentaculaire déploie ses teintes kitsch sous un éclairage tamisé pour un mélange de jeunes touristes et de Berlinois qui s'égaillent sur quatre niveaux, selon leur appétit du risque : machines à sous au rez-de-chaussée, puis montée crescendo vers les salles de poker, de blackjack et de roulette. Les habitués sont faciles à repérer avec leurs yeux vitreux et leurs épaules tombantes, déjà à la recherche, en ce début d'après-midi, de leur prochaine dose de dopamine.

Azi trottine devant les rangées de machines à sous, conscient qu'il doit prendre l'air inoffensif d'un touriste lambda s'il ne veut pas se faire suivre par les caméras, voire les agents de sécurité. L'immense silhouette en néon d'une cow-girl blonde s'allonge sur un mur, des arches en acier brossé soutiennent le plafond, et l'air conditionné est un bonheur qu'il n'a pas l'intention de bouder. Azi est soulagé de voir une jeune Américaine sortir son iPhone et filmer les symboles alignés sur une machine, puis le gain sonnant et trébuchant que cette combinaison vient de lui rapporter : aucune règle ne semble interdire l'utilisation des téléphones portables, du moins à cet étage. Il sort son *burner phone* sous Android, ouvre l'appli de Milhon et part à la recherche du bon modèle de machine à sous.

Plus de trois cents machines peuplent les lieux, la plupart flambant neuves. Azi commence à désespérer de trouver un modèle doté d'un générateur de nombres pseudo-aléatoires à la merci de l'appli, lorsqu'il repère un bouquet de machines sous la tête chapeautée de la cow-girl en néons. Entre sa poitrine opulente et la forme agressivement phallique du cactus lumineux qui se dresse devant son visage se trouve un groupe de huit modèles WinBig, la machine indiquée par Milhon. Quatre d'entre elles sont aux mains impatientes de clients, les grimaces fascinées de leurs visages illuminées par l'éclat du néon. S'efforçant de prendre un air aussi stupidement touristique que possible, Azi se met à enregistrer l'état de chacune des machines en action.

Comme il s'en rend vite compte, l'opération va demander de la patience. Le problème, c'est que les gros gains ne se présentent pas très souvent, et que calibrer l'application pour chacune des machines demande pas mal d'observations. Ça signifie que les chances de trouver une combinaison gagnante avant la fermeture du casino, à cinq heures du matin, ne sont pas aussi bonnes qu'il l'avait espéré. Et pendant tout ce temps, il va devoir donner le change : dépenser juste ce qu'il faut pour être considéré comme un client profitable, et surtout se débrouiller pour ne pas avoir l'air louche tout en tripotant sans arrêt son téléphone. *Allez, Azi*, s'encourage-t-il, *tu as passé presque toute ta vie d'adulte à te préparer à faire un truc comme ça.*

Lorsque l'horloge du casino indique 3 heures, Azi a déjà cédé depuis un bon moment à la nervosité. Il a trouvé six autres machines qui conviennent à l'autre bout de l'étage, et il est parvenu à évaluer le cycle de combinaisons de quatre d'entre elles, en plus des huit premières. Aucune n'est proche de vomir une partie significative de son butin. Les agents de sécurité font de fréquents passages et, vu le contenu de son sac à dos, la perspective de subir une fouille lui donne quelques sueurs froides.

Pour dissiper d'éventuels soupçons, Azi monte au niveau supérieur, s'installe au bar – miroirs, laiton, rouges intenses et chromes ; une version hygiéniste de la décadence fin de siècle –, et commande un express qu'il arrose d'une pluie de sucre roux. Lorsqu'il repose le dernier sachet vide sur le comptoir en verre, il se retrouve avec une tasse de sucre saveur café, mais ça lui convient comme ça. Sa vision périphérique commence à trembloter sous l'effet de la fatigue.

C'est pourtant elle qui lui fait découvrir une nouvelle machine à sous WinBig, dans un recoin du bar. Elle est malmenée par un type en costume-cravate qui semble avoir quelques comptes à régler avec la vie. Azi attrape la carafe d'eau fraîche posée sur le comptoir et se verse un grand verre, puis saute de la chaise de bar et dérive lentement vers la machine, jusqu'à être suffisamment proche pour enregistrer les combinaisons sur son téléphone. Un tour de bobines, deux, trois, quatre, cinq, six… L'application de Milhon termine son calibrage et le cœur d'Azi fait un bond : encore dix combinaisons et le plus gros gain va tomber. Vingt mille euros.

Il inspire profondément, le cerveau en ébullition. L'homme d'affaires va-t-il abattre encore dix fois son doigt potelé sur le gros bouton bleu ? C'est plus que probable : il a déjà jeté quelques regards hostiles en direction d'Azi, comme pour lui signifier que la place était prise et qu'il ne comptait pas la lâcher de sitôt. Que faire ? Azi hésite quelques secondes, mais il faut agir vite. Faisant mine de se diriger vers l'escalier, il trébuche à hauteur du joueur et renverse comme par mégarde le verre d'eau glacée sur sa bedaine considérable.

Sans surprise, la réaction est violente. Le type pousse des jurons, postillonne, éructe une bordée d'insultes en allemand au visage de l'offenseur. Mimant les manières consternées du maladroit de service, Azi s'empare d'une serviette en papier et se met à tamponner l'entrejambe trempée de la brute, ne cessant cette manœuvre indécente que lorsque deux mains poilues lui saisissent les poignets. L'air perplexe, il tombe assis au sol et appelle à l'aide, hurlant comme s'il voyait sa dernière heure arriver. L'Allemand l'allonge d'un coup de poing au visage, l'accable d'une nouvelle salve d'injures et lui assène un coup de pied vicieux dans les côtes. Il arme déjà son pied pour un rappel quand les agents de sécurité interviennent ; deux armoires à glace qui maîtrisent l'atrabilaire et le conduisent manu militari vers la sortie, loin du gain substantiel qu'il s'apprêtait à empocher.

Azi se relève aussitôt et, puisant dans la panoplie de gestes et de mimiques universels, indique au personnel qu'il va bien, vraiment ; que ce genre de choses arrive, hélas, et qu'au fond tout ça n'est pas bien grave. Il retourne au bar et attend, vingt secondes, trente, sirotant les dernières gouttes de café que le sucre n'a pas encore solidifiées. Puis il va s'installer tranquillement sur le siège rembourré, face à l'écran coloré de la machine à sous, et introduit tous les jetons qui lui restent avant de se mettre à jouer. Avec un peu de chance, Milhon est vraiment aussi talentueuse qu'il le croit.

Quelques minutes plus tard, des cloches et des sifflets numériques annoncent en fanfare qu'il vient de remporter le jackpot. Encore cinq minutes et il encaisse son gain au guichet le plus proche, acceptant sans manières une liasse soigneusement empaquetée de quatre cents billets de cinquante euros.

Dix autres minutes passent, et le voilà dans la rue, songeant au pire des scénarios dans lequel il s'apprête pourtant à s'engouffrer : faire de Gomorrhe sa stratégie de retrait.

18.

Après avoir vu cet entrepôt se transformer en cimetière, s'approcher de Gomorrhe lui aurait normalement semblé une des pires idées jamais émises de mémoire d'homme. Et c'est précisément à cause de ça qu'Azi pense avoir trouvé la seule stratégie que personne n'anticipera. S'efforçant de se remémorer sa dernière conversation avec Munira, il se repasse mentalement ce qu'elle a dit sur la façon d'obtenir le client[36] du darknet.

Il y a un nom d'utilisateur pour les messages, sur Signal. Gomorrhe. Tellement simple ! Tu envoies un message sécurisé, tu donnes la preuve qu'ils attendent…

Aussitôt connecté sur le compte Signal requis à l'aide de son *burner phone*, Jim Denison demande à Gomorrhe de l'ajouter en tant que contact.

Azi retient son souffle dans l'obscurité, touchant avec précaution sa lèvre supérieure et sa mâchoire endolories par le coup de poing de l'Allemand furibard. Dix minutes durant,

36 Logiciel installé sur le poste de travail qui permet d'accéder à un serveur du même type.

il patiente dans le calme d'une ruelle proche de l'artère principale sur laquelle se dresse le casino. Des balayeurs de rue et des livreurs s'affairent dans les premières lueurs du matin. Tout prend trop de temps. Même s'il pouvait se servir des espèces dont il vient de délester le Spielbank Casino, même si ses prières désespérées étaient exaucées, il est peut-être déjà trop tard. Il fait les cent pas dans la ruelle, en proie à un sentiment d'impuissance.

Et brusquement, un miracle : sa demande a été acceptée. Quelques instants plus tard, un message s'affiche sur l'écran du portable :

Veuillez envoyer la vérification requise.

Bien sûr : la preuve. Si la chance lui sourit à pleines dents, les instructions que Munira a fournies à Odi auront permis de cocher toutes les cases sur le CV de Jim. Azi se dépêche d'envoyer des liens vers les profils de son double, les forums de Defiance, tout ce qu'il peut trouver. Puis il attend.

Les minutes traînent, atrocement lentes, jusqu'à ce qu'enfin arrive un nouveau message :

Veuillez envoyer la vérification requise.

La même chose.

Il s'agit de messages automatisés, bien entendu. Pas de gens, pas de risques, pas d'erreurs. Et Azi n'a pas fourni ce qu'il fallait. Fébrilement, il passe en revue toutes les informations sur Jim auxquelles il a accès, ses doigts engourdis se déplaçant aussi vite que possible sur la surface glissante de l'écran. Dehors, la confidentialité de la nuit s'évapore : il y a désormais trop d'agitation pour qu'Azi s'attarde dans cette ruelle. Que va-t-il faire si son plan ne fonctionne pas ?

C'est alors qu'il trouve quelque chose, sur les forums : des échanges publics entre certains des membres les plus importants de Defiance et quelques nouveaux noms ; une collection de phrases apparemment formelles à propos de Jim, répétées à l'identique en anglais et en allemand : un code caché au vu et au su de tous. Azi vérifie à nouveau, copie les liens, les colle dans l'e-mail et attend, croisant les doigts pour qu'ils contiennent la bonne combinaison de mots.

Une minute passe, et un nouveau message apparaît :

Bienvenue, Jim Denison. Veuillez préciser votre client OS.

Il touche au but : les portes de Gomorrhe sont sur le point de s'ouvrir. Après avoir inspiré profondément et regardé par-dessus son épaule la rue lentement révélée par la lumière du jour, Azi tape un seul mot en guise de réponse :

Android.

Encore quelques minutes, et un lien s'affiche. Il clique, télécharge, installe, et attend que s'établisse une connexion sécurisée aux serveurs privés du darknet. Tout est sur mesure. Seul un utilisateur vérifié du logiciel client peut entrer dans Gomorrhe, inaccessible et même indétectable pour toute autre personne.

Établir une connexion sécurisée semble durer une éternité. Azi s'inquiète, se masse la nuque, arpente la ruelle de long en large, se passant le téléphone d'une main à l'autre. Puis, alors qu'il jette un énième coup d'œil à l'écran, une simple phrase se détache en lettres blanches sur fond noir :

Bienvenue à Gomorrhe.

Il est entré.

Osant à peine respirer, il tapote le téléphone. L'écran semble figé pendant quelques instants, puis une fenêtre plus petite s'ouvre. Il s'agit d'une sorte d'accord utilisateur.

Moi, Jim Denison, appuyé par le parti Defiance, séjournant actuellement à Berlin, Allemagne, et domicilié à Thrale Road, South London, Angleterre, accepte de respecter le code de conduite de ce service ; d'être surveillé par le biais de ce dispositif; de fournir tous les biens et services que je me suis engagé à fournir ; de régler mes achats en avance et en intégralité, de garder une discrétion absolue, et d'obéir à tous les points mentionnés ci-dessus sous peine de mort. Je me soumets à vie aux termes de cet accord.

Et dire que les gens se plaignent de l'accord utilisateur de Facebook, songe Azi en pressant l'écran pour accepter. Le téléphone ne lui a pas réclamé une goutte de sang, c'est déjà ça. Une nouvelle pression du doigt et le marché clandestin se dévoile.

Comme c'est le cas de presque tous les sites qu'il a visités au fil du temps sur le Darknet, ce qu'il a maintenant sous les yeux est tellement ordinaire que c'en est déstabilisant. Visuellement, Gomorrhe fait songer à une feuille de calcul : chargé de colonnes et de texte qu'on peut sélectionner en cochant la case correspondante, et pas évident à faire défiler sur un portable. Ça ressemble aux balbutiements d'eBay, en version malfaisante.

Azi se met à naviguer sur le site. Ceux qui viennent y faire leurs emplettes peuvent soit enchérir sur des offres à durée limitée (un chronomètre affiche le compte à rebours), soit soumettre une demande particulière, associée à une échéance temporelle et un budget envisagé. L'interface est d'une impressionnante sobriété, et la visite d'un client Android apporte une touche insolite, mais en dehors de ça le site a cette fadeur contre-intuitive qui est la marque de fabrique des authentiques marchés illicites.

Toutefois, il existe aussi quelques différences majeures avec les places de marché clandestines accessibles sur Tor. Pour commencer, il n'y a pas de drogue à vendre, ici. D'ordinaire, les stupéfiants sont de loin les produits les plus proposés sur les darknets, parce qu'à la fois très demandés, rentables et simples à transporter. Sur les étalages de Gomorrhe, la marchandise semble se répartir entre les services, les logiciels malveillants et du matériel informatique difficile à se procurer. Et les tarifs sont astronomiques.

Les enchères pour s'offrir un réseau de cinq cent mille machines zombies commencent à trois millions de dollars. Pour un lot de dispositifs d'écoutes hyperfréquences dernière génération de la NSA, il faut compter quelques centaines de milliers de dollars. Des *exploits* capables de tirer profit à distance des failles de la version la plus récente du logiciel embarqué d'un drone Predator sont mis à prix à dix millions, et ça grimpe vite. En dehors de la drogue, Gomorrhe ne semble pratiquement rien s'interdire, pas même les données et les logiciels les plus sensibles de plusieurs services de renseignement. Si ne serait-ce que la moitié de ce qu'il a sous les yeux est bien réel, le monde entier a besoin de repenser la notion même de cybersécurité.

Et pourtant, Azi est encore plus choqué par la façon dont sont gérés les paiements, les réclamations et les litiges. Un état d'esprit profondément paranoïaque est requis pour administrer toute plateforme commerciale sur le Darknet.

Les clefs de cryptage y sont omniprésentes, tout comme les cryptomonnaies ; de fausses identités sont créées, abandonnées puis renouvelées selon des horaires réguliers ; il est entendu que les représentants de la loi finiront, à un moment ou un autre, par avoir la peau de presque tous les sites qui grouillent dans les ténèbres du Net.

Ici, cependant, le nouveau venu perçoit les signes d'une atmosphère calme et professionnelle où règne la confiance de l'entre-soi. Pour les règlements, une large variété de monnaies sont autorisées. Les véritables noms des acheteurs comme des vendeurs sont connus du système. Comme il l'avait espéré – sans toutefois y croire –, les espèces sont volontiers acceptées, acheminées par coursier ou versées à un intermédiaire, et toutes sortes de rencontres en chair et en os sont envisageables et facilitées par Gomorrhe (paiements, trafic, meurtres). Le sentiment qui prédomine est celui d'un club où tout est mis en œuvre pour favoriser la bonne conduite des transactions. Une ambiance presque raffinée où des affaires se traitent entre gens de mauvaise compagnie. On est à mille lieues de ces forums sur le Darknet où neuf tueurs à gages sur dix sont soit des agents du FBI soit des maîtres chanteurs, voire les deux. À Gomorrhe, l'ordre et la fiabilité sont garantis, parce que les gens qui se cachent derrière cette place de marché des plus discrètes ont le regard rivé sur chacun de ses utilisateurs, ainsi que la capacité de punir tout manquement aux obligations de la façon la plus radicale qui soit.

Au cours de ces deux dernières décennies passées à observer discrètement le monde moderne à travers le trou des serrures qu'il a appris à crocheter avec son clavier, Azi n'a jamais visité un lieu qui présente l'impensable sous un aspect aussi trivial. Une collection monnayable de hacks, de manipulations et de failles d'une telle ampleur qu'une vie entière ne suffirait pas, en temps normal, à les repérer. On dirait l'affiche d'une vente aux enchères expressément organisée pour précipiter la fin de la civilisation. Ce qui, maintenant qu'il y pense, ne peut pas mieux servir ses intentions.

Ouvrant une fenêtre dédiée aux services locaux urgents et rémunérés en espèces, Azi expose dans les grandes lignes ce dont il a besoin dans les plus brefs délais.

Transport urgent de Berlin vers autre pays européen demandé. Quinze mille euros en espèces, départ du colis dans une heure, point de rendez-vous central et discret.

Le sentiment de triomphe mêlé de peur qui bouillonne dans sa poitrine est bientôt engourdi par une sensation naissante d'épuisement. Il est en cavale, il n'a personne sur qui compter et il n'a pas la moindre idée de ce qui l'attend.

Il est temps de tracer la route.

19.

Le Dr Tal ne tient pas les dentistes en haute estime, comme le découvre Kabir lorsque les souffrances que lui fait endurer sa molaire pourrissante le poussent à demander de l'aide au chirurgien. Selon la grille d'évaluation de l'éminent praticien, les dentistes sont toutefois au-dessus des infirmières, rarement à la hauteur de leur image idéalisée. Quant aux infirmières dentaires[37], elles sont pires que les infirmières tout court. Et plus bas encore sur cette échelle de l'humanité se trouvent le genre de personnes qui s'imaginent qu'un chirurgien de premier plan va perdre une minute de son précieux temps pour jeter un coup d'œil dans leurs bouches puantes.

Ils roulent à bord d'un véhicule tout-terrain, Mohammed l'Allemand au volant, le Dr Tal sur le siège passager et Kabir refoulé à l'arrière, coincé entre du matériel médical et des armes à feu. Depuis la proclamation du califat, les combattants continuent d'affluer de partout vers l'État islamique – à Mossoul, le nouveau ministre de l'Éducation

37 Équivalent britannique de l'assistante dentaire française.

est lui-même un ancien trafiquant allemand –, ce qui veut dire que la sœur imaginaire de Mohammed emprunte un itinéraire très fréquenté pour venir jusqu'à eux. Et ce qui, par voie de conséquence, augmente les chances qu'ils se retrouvent dans une merde noire, un grand nombre de recruteurs comme de recrutés risquant de déclarer n'avoir jamais eu vent de l'existence de cette jeune femme.

Pour couronner le tout, Kabir a planqué une clef USB dans les tréfonds de son intimité, délicatement enveloppée dans un sac en plastique qui contenait auparavant un des masques chirurgicaux du Dr Tal. Toutefois, l'idée que le Dr Tal se retrouve métaphoriquement le nez dans son fondement apporte à Kabir un certain réconfort psychologique tandis qu'il est secoué dans tous les sens, les yeux tournés vers la poussière qui se soulève en tourbillons bruns dans leur sillage.

Il ne sait pas exactement quelles données contient la clef USB, mais il est à peu près sûr que certaines d'entre elles sont confidentielles, et donc monnayables. C'est à peine s'il lui a fallu une heure pour chercher les *exploits* nécessaires sur Google et les télécharger à l'aide d'un compte d'administrateur emprunté à l'un de ses supérieurs qui, chaque jour depuis un mois, tape identifiant et mot de passe devant lui d'un majeur hésitant. À la recherche d'une police d'assurance efficace, Kabir a également téléchargé une généreuse sélection de malwares qu'il a aussitôt activés. Avec un peu de chance, ils mettront ça sur le compte d'une cyberattaque étrangère.

Le Dr Tal et Mohammed ont l'air comme cul et chemise à l'avant du 4x4, et ça fait une semaine que ça dure. Mais ça ne veut pas dire grand-chose. Kabir pense avoir suffisamment observé le Dr Tal pour comprendre qu'un homme comme lui n'a pas d'amis, seulement des connaissances plus ou moins utiles selon les circonstances. Et pour le moment, Mohammed lui est bien plus utile que Kabir. À l'avant, le Dr Tal frappe chaleureusement l'épaule de Mohammed, plaisantant à propos des trafiquants ralentis par le trafic. Ils ont doublé quelques 4x4 militaires et civils, mais dans le sens inverse l'essentiel de la circulation se compose d'une succession hétéroclite de négociants indépendants qui transportent du pétrole à travers l'État dans les plus gros camions-citernes qu'ils sont parvenus à dégoter.

Les négociants achètent du pétrole sous licence et encore brut, directement au puits de forage. Cette stratégie permet aux autorités de faire supporter à d'autres la plupart des risques et des coûts, mais ça engorge abominablement les routes. Une fois que les Américains se mettront à bombarder sérieusement la région, songe Kabir, de jolies colonnes de flammes vont embraser le ciel.

Alors qu'ils roulent sur une bosse particulièrement vicieuse et que Mohammed donne un grand coup de volant pour éviter d'être percuté par un camion-citerne, Kabir observe les mains du Dr Tal se transformer un court instant en poings contre le tableau de bord. Cet homme est redoutable, avec sa force physique toujours menaçante, ses gestes toujours à la frontière de la violence. Pas étonnant qu'il se sente à sa place, ici. Le Dr Tal est peut-être l'homme le plus sensé que Kabir ait jamais rencontré, parce que ses névroses et ses obsessions, loin de le pénaliser, ne font que le rendre plus efficace. Il n'y a pas un gramme d'hésitation ou de pitié en lui. Balloté comme un sac de riz dans l'air saturé de poussière et de chaleur, Kabir prend une décision : il doit se mettre à penser comme le Dr Tal s'il veut s'en sortir vivant.

Brusquement, le chirurgien annonce qu'il est temps de s'arrêter. À travers la vitre sale, Kabir distingue les silhouettes élancées des cheminées bicolores d'une centrale électrique qui frissonnent dans la chaleur. C'est élégant, presque comme une mosquée, la lumière ricochant sur la surface lisse de ce qu'il suppose être une piscine de refroidissement. Kabir imagine des bombes qui dégringolent du ciel, les belles tours rouges et blanches fracassées, l'onde de choc brisant net tous les os de son corps. Il faut qu'il foute le camp d'ici. Il faut qu'il retourne vivre dans une ville où on peut prendre rendez-vous chez le dentiste.

Mohammed quitte la route et range le 4x4 sur une bande d'herbe pelée, à l'ombre d'une saillie rocheuse. Kabir prend quelques photos destinées à parfaire la présence glorieuse du Dr Tal sur les réseaux sociaux, puis laisse ses yeux absorber autant de lumière qu'ils peuvent en supporter. Le ciel s'étend, presque blanc à force d'être bleu, au-dessus d'un paysage plat que brûle un soleil implacable. Mohammed l'Allemand et le Dr Tal vident consciencieusement leurs bouteilles d'eau. Kabir attend la permission de les imiter (elle finit par venir sous la forme d'un hochement de tête dédaigneux), s'efforçant d'évaluer la situation. Il se pose tant de questions qui attendent leurs réponses.

Quand pourra-t-il les tuer tous les deux ? Le plus tôt sera le mieux.

20.

Après s'être attendu à l'inattendu, Azi éprouve une forme de déception en découvrant qu'être transporté secrètement à travers l'Europe à l'arrière d'un camion est aussi déplaisant, désorientant, effrayant, suffocant, débilitant, ennuyant et constipant qu'il se l'était imaginé.

Il est assis dans une caisse en bois de modestes proportions, qui correspond en tout point aux indications qu'il a données avec une précision paranoïaque : déposer à l'endroit indiqué un réceptacle juste assez large pour contenir un homme, y laisser de quoi boire et se nourrir pendant une journée (ainsi qu'un récipient pour se soulager – l'unique suggestion, au cours de leur échange succinct, de la personne qui lui fournit le service demandé), puis venir récupérer la caisse et l'expédier par voie terrestre dans un lieu isolé de la banlieue d'Athènes.

Il lui reste cinq mille euros en poche, une fois réglé le transport clandestin de sa propre personne. La somme due est restée à l'extérieur de la caisse en bois, fourrée dans un sac en plastique : un montant certes élevé pour une exfiltration qui ne nécessite pas de faux papiers, mais qu'Azi considère comme le prix inestimable de la discrétion.

Anna lui a demandé de se faire oublier et il prend ses instructions très au sérieux. Pour éviter d'être pisté, il a expédié d'un lancer précis son téléphone NADIR dans la remorque d'un camion croate, renonçant au confort des connexions Wi-Fi berlinoises et retirant les batteries du moindre appareil volé encore en sa possession. Maintenant qu'il est enfermé dans cette caisse, plus impuissant que jamais, les mérites de son plan lui semblent beaucoup moins évidents. A-t-il bien fait de fuir si loin ? Aurait-il dû trouver une planque à proximité de Berlin ? Et Odi ? Est-il toujours en vie ? Frissonnant au souvenir des balles traversant l'aggloméré des meubles suédois, Azi refoule ses doutes.

Vivre hors d'atteinte des pistages électroniques, songe-t-il, est devenu l'un des grands privilèges du vingt et unième siècle. Seuls les plus riches et les plus immoraux (deux classes qui se confondent parfois) ont un accès illimité aux luxes que sont la vie privée, le silence, l'air pur, les bons soins médicaux et le sommeil réparateur. Bien qu'elle n'ait pas grand-chose à offrir en pâture aux fouineurs, même la pauvreté n'est plus un moyen sûr d'échapper à la voracité de ceux qui surveillent nos activités.

Cela dit, personne en Grèce n'est l'objet d'une surveillance très poussée, ces temps-ci – une des raisons pour lesquelles Azi se félicite du choix de cette destination. C'est une nation secouée par des tremblements de terre géopolitiques : chômage, demandes d'asile, immigration ; les répliques de la crise de sa dette publique creusant d'autres failles annonciatrices de nouveaux désastres. C'est la porte mal verrouillée de l'Europe, avec ses prêts pourris, sa classe politique corrompue, sa police armée et dangereusement sous-payée. Même les réfugiés ne pensent qu'à foutre le camp.

Si Munira est encore en vie – et Azi fait de son mieux pour chasser de son esprit toute autre possibilité –, la face cachée de cette capitale bancale devrait être l'endroit idéal pour glaner des renseignements, poser des questions et se mettre en quête d'une aide discrète. De toute façon, il est bien trop tard pour changer de stratégie, même s'il a encore tout le loisir de remettre ses choix en cause et de ressasser ses peurs.

Mais plus que tout, ce sont les cadavres qui lui reviennent à l'esprit. Enfermé dans des ténèbres moites, il ne cesse de se revoir dans l'entrepôt, enjambant des corps sans vie. Parfois, une balle l'atteint et le couche parmi les morts. Parfois, un des macchabées a le visage de Munira.

Il lui reste encore une vingtaine d'heures de torture avant d'arriver au bout de ce voyage hasardeux et cahotant, si tant est qu'on ne vienne pas le sortir de cette caisse à mi-chemin pour abréger ses souffrances d'une balle dans la nuque. Cherchant à tout prix à mettre de la distance entre ses pensées et la réalité du moment, Azi finit par se perdre dans son passé.

Juillet 1998. Le temps de l'école révolu, Azi et Ad avaient stabilisé leur amitié en une routine presque parfaite : des heures de silence complice consacrées au piratage informatique et aux forums IRC[38] ; à *Doom II* et *Diablo* en mode

38 Acronyme de *Internet Relay Chat*, protocole de communication qui permet de dialoguer en temps réel avec d'autres utilisateurs.

multijoueur ; à de longues plongées dans les arcanes de ces activités dont ils décortiquaient les mystères ; à boire autant de bières tièdes qu'ils parvenaient à en avaler, aucun des deux n'étant prêt à admettre qu'il trouvait ça plutôt infect.

Ils avaient également fini par endosser des rôles complémentaires, Azi s'occupant de la stratégie et de la parano nécessaire pour se protéger, tandis qu'Ad fournissait l'ambition bravache et le mépris que les esprits supérieurs se doivent d'éprouver pour le commun des mortels. Ils avaient trouvé une formule gagnante et, comme tout succès dont peuvent se prévaloir des adolescents, c'était plein de fanfaronnades et d'une forme d'auto-sabotage.

S'appuyant sur des informations glanées par Azi, l'imposture préférée d'Ad consistait à appeler une innocente société de taille moyenne et à commencer par leur poser quelques questions rassurantes sur leur parc informatique avant de demander à être mis en relation avec la personne qui en avait la charge, se présentant à elle comme un cadre de l'entreprise qui en assurait la maintenance. *J'ai le regret de vous contacter au sujet d'un bug sérieux qui nécessite une action urgente. Votre système est corrompu et il se peut que vous ayez déjà perdu des données. Mais je peux appliquer un correctif à distance si vous me fournissez quelques renseignements…*

Ce que l'on pouvait obtenir des gens en leur administrant la bonne dose de peur et d'espoir ne manquait jamais de stupéfier Azi. Après quelques questions destinées à le mettre en confiance (qu'Ad entrelaçait de jargon et d'une dose de mépris aux accents conviviaux), l'administrateur système finissait presque immanquablement par lui fournir les informations nécessaires pour disposer des privilèges d'administrateur, puis restait tranquillement au téléphone, plein de reconnaissance, pendant qu'Ad introduisait dans le système une porte dérobée grâce à laquelle il allait pouvoir accéder à l'intégralité de la base de données. À la suite de quoi, à moins que la société visée ne soit particulièrement douée en analyse du trafic réseau et surveillance des flux, ses responsables ne décelaient rien d'étrange jusqu'à ce que leur système de messagerie ne se mette à inviter spontanément leurs clients à pratiquer des acrobaties sexuelles les uns avec les autres.

À la recherche de techniques d'ingénierie sociale – cette science de la manipulation psychologique à des fins criminelles – plus efficaces, Azi avait fini par écrire lui-même les phrases qu'Ad devait prononcer au téléphone. Azi aimait trouver le mot juste, et il avait le goût du détail : si l'entreprise visée ne mordait pas à l'hameçon, raccrocher immédiatement aurait suscité la suspicion. Au lieu de quoi, Ad devait promettre d'un ton chaleureux d'envoyer un correctif sur disquette, avant de raccrocher avec des mots polis. Si l'imposture fonctionnait, il avait pour consigne de rester en ligne quelques minutes après avoir infecté le système, le temps d'échanger des civilités et de demander s'il pouvait faire autre chose pour son interlocuteur.

Au fil de leur collaboration, Azi-l'apprenti avait commencé à se sentir dans la peau d'Azi-le-cerveau-de-l'opération. Mais Ad usait de moyens subtils pour préserver sa couronne. Parfois, il jouait à l'imbécile avant de remettre le prétendant au trône à sa place, à l'aide de connaissances qu'Azi n'avait pas eu le temps d'acquérir. Parfois, il traitait les apports d'Azi comme de simples détails indignes de sa personne. Parfois – et c'étaient les meilleurs moments –, ils se contentaient de vivre intensément l'instant présent, aspirés par leur passion, excités comme des puces quand ils découvraient une nouvelle stratégie pour s'introduire dans les systèmes.

Et puis il y avait les pires moments, quand Ad passait à l'offensive.

– Mec, tes renseignements sont à chier. Je fais le taf, je me casse le cul à baratiner, sauf que toi tu me files le mauvais fournisseur IT, le nom d'un administrateur système qui ne bosse plus là depuis mille ans… Putain, mec, c'est du boulot d'amateur, là.

Azi avait appris à ses dépens que s'opposer frontalement à son ami n'était jamais une bonne idée. Et pourtant, il ne pouvait s'empêcher de se défendre.

– Ce n'est pas de ma faute si leur site web n'est pas à jour ! Je ne sais même pas pourquoi ils se donnent la peine d'en avoir un, si c'est pour le laisser à l'abandon. Et puis tu n'aurais jamais dû dire à ce type d'aller se faire mettre chez les Grecs.

– C'était pour son bien, avait répondu Ad avec un sourire composé avec soin dans le seul but de mettre Azi hors de lui. Une « expérience riche d'enseignements », avait-il ajouté en se laissant aller à son impardonnable habitude de mimer les guillemets avec ses doigts. J'ai cru que ce con allait se mettre à chialer.

Avec un soupir, Azi avait essayé de convoquer tout le sérieux que lui conféraient les dix-huit bougies qu'il venait de souffler.

– Tu sais, Ad, on ne peut pas se permettre de faire rager les gens comme ça. C'est trop dangereux. Qu'est-ce qu'il y a écrit sur ton autocollant ?

Collé sur toute la largeur du capot de son ordinateur chéri (un ThinkPad 770 avec lecteur DVD-ROM intégré que lui avait offert sa mère), un sticker rectangulaire proclamait « LIBÉREZ KEVIN » en lettres capitales noires sur fond jaune. Pour s'offrir une machine comme celle-là, il aurait fallu qu'Azi travaille jour et nuit chez IKEA pendant au moins une décennie.

Imprimé dans le cadre d'une campagne menée par *2600: The Hacker Quarterly*, un magazine américain dont Ad était l'un des rares abonnés britanniques, cet autocollant faisait référence au hackeur californien Kevin Mitnick, alias le hackeur le plus connu du monde, alias la personne à qui Ad voulait le plus ressembler au monde, alias l'homme dont Ad s'imaginait parfois être devenu l'égal.

Arrêté au terme d'une longue traque conduite par le FBI, Mitnick était en détention provisoire et faisait face à des centaines d'années de prison. Pour Azi, il était devenu l'exemple de ce qui risquait de leur arriver s'ils ne redoublaient pas de prudence. Pour Ad, il était devenu un héros qui justifiait qu'on prenne le contrôle d'autant de sites web que possible pour les transformer en banderoles numériques « LIBÉREZ KEVIN » – et qu'on punisse tous les gens dépourvus de compétence informatique pour délit d'ignorance. Puisant un air innocent parmi ses expressions les plus savamment élaborées, Ad avait fixé Azi avec un petit sourire.

– Le sticker était déjà collé sur le laptop quand je l'ai acheté. Ils ont dû le mettre pour masquer un défaut sur le capot.

– Arrête de jouer au con, Ad. Tu sais très bien ce que je veux dire. Ce sticker nous rappelle qu'on n'est jamais trop prudent. Qu'on ne peut faire confiance à personne et que si on ne prend pas les choses au sérieux, on a vite fait de se retrouver derrière les barreaux.

– Tu te fourres le doigt dans l'œil, mon pote. Ils ne nous coinceront jamais. On est trop doués.

Ad avait tapoté son ThinkPad 770.

– J'ai quelques trucs là-dedans, des trucs que tu n'as pas encore vus, et qui vont te faire halluciner. Injection SQL, ça te dit quelque chose ? Tu n'as pas lu le dernier *Phrack*[39], je parie ? J'ai un coup d'avance, mon gars.

Azi s'était contenté de hocher la tête, inquiet que sa voix ne trahisse le brusque sursaut de conscience qui venait de l'ébranler : il savait déjà ce que contenait l'ordinateur d'Ad, parce qu'il l'avait piraté, la semaine précédente, pendant que son ami piquait un sprint jusqu'à l'épicerie la plus proche pour les ravitailler en bières.

Azi avait perpétré cette trahison ultime à l'aide de Back Orifice, un programme développé par les excellents hackeurs de Cult of the Dead Cow qui permettait de prendre le contrôle à distance de toute machine tournant sous Windows. Il avait plus ou moins réussi à se convaincre qu'il faisait ça pour la propre sécurité d'Ad. Le simple fait que son ami utilise Windows prouvait qu'il ne prenait pas les choses suffisamment au sérieux. Tous les administrateurs système n'étaient pas des imbéciles. Tous les hackeurs n'étaient pas des alliés. On ne

39 Magazine édité par et pour des hackeurs depuis 1985.

pouvait faire confiance à personne, c'était déjà la règle à l'époque.

– Ça va, mec ? Tu as envie de me dire quelque chose ?

Il y avait beaucoup trop de sollicitude dans le ton d'Ad.

– Non ! Enfin, si. Genre, rien de spécial. Écoute, mec, j'aimerais juste que tu fasses un peu plus gaffe, d'accord ? Et j'ai carrément envie de voir les nouveaux trucs que tu as dans ta bécane. Injection SQL, ça a l'air plutôt cool.

– Ouais. Sauf que tu l'as déjà vu.

– Quoi ?

Quelque chose de dur avait crispé le visage d'Ad. Quelque chose qu'Azi n'avait encore jamais vu.

– J'ai dit que tu l'as déjà vu. À moins que ce soit ma mère qui m'espionne ? C'est vrai que je dois l'aider pour trouver le correcteur d'orthographe, mais va savoir, c'est peut-être une couverture… Peut-être que ma mère est un faux derche de première, une putain de menteuse encore pire que toi. Mais si par extraordinaire ce n'était pas elle, je ne vois qu'une autre personne qui ait pu installer Back Orifice sur mon ordinateur.

– Oh, non… Écoute, Ad.

Une affreuse chaleur s'était répandue dans le corps d'Azi.

– Je sais que je n'aurais pas dû, vieux, mais... J'étais inquiet, c'est tout. Il faut que tu me croies, d'accord ? Toute cette histoire avec Mitnick… Les hackeurs sont en train de devenir les gens à abattre. Je voulais simplement te protéger.

– Demande-moi comment je l'ai su.

Azi avait balayé son abri de jardin d'un regard affolé, sans trouver la moindre échappatoire à cette conversation.

– Comment tu l'as su ?

– Je peux accéder à ton PC à distance. Depuis mon ordinateur de bureau. Tu te souviens que ton ordi était à moi, avant ? J'ai pensé qu'il serait sage de te garder à l'œil, mon pote. J'ai ajouté un petit truc à ton OS Linux pendant que tu étais occupé ailleurs. Alors, qui a une machine ouverte à tous les vents, maintenant ? Ça te fait quoi, espèce de connard suffisant ?

D'ordinaire le plus pondéré des deux, d'ordinaire celui qui savait garder son calme en toutes circonstances, Azi s'était projeté vers Ad, tentant de lui assener quelque chose qui hésitait entre la gifle et le coup de poing ; un mouvement maladroit qui, faute de place entre leurs chaises pliantes, l'avait vu s'affaler lamentablement sur les cuisses de son ami, se cognant au passage la tête sur le bureau. Ad l'avait contemplé avec un mépris dégoûté.

– Je t'ai observé devenir trop sûr de toi. Piquer mes trucs, penser que tu savais tout mieux. T'autoproclamer le boss. Et ouais, je t'ai vu télécharger mes fichiers pornos. Au fait, ça t'a plu ? Tu t'es bien tiré sur l'élastique ?

Humilié et irradiant la honte, Azi s'était rassis tant bien que mal sur sa chaise pliante.

– Arrête, Ad ! Moi, j'ai fait ça parce que je m'inquiétais pour toi. Pour nous. J'avais peur qu'on se fasse gauler. Toi, ce que tu as fait, c'est… de la triche.

Azi s'était écouté prononcer ces mots, conscient d'être pitoyable.

– J'ai fait ce que j'estimais nécessaire et j'ai eu raison. Écoute-toi un peu ! De la triche ? C'est quoi, ces conneries ? Entre nous, tout est possible, rien n'est interdit. Je te rendais service. Réfléchis une seconde. Je suis ton meilleur ami.

Je suis le seul qui peut accepter ce genre de saloperie de ta part, le seul qui peut te rendre la pareille et tout te raconter. On n'est plus des gamins. Dans un mois, c'est la fin de l'été, et ensuite quoi ? Je vais te le dire : tu viens aux États-Unis avec moi. Grosse erreur de ta part si tu ne venais pas.

Alors voilà ce qu'il avait en tête. Une vieille dispute dans des habits tout neufs.

– Pitié… avait dit Azi avec un petit rire qu'il voulait apaisant. Tu peux toujours rêver, mec. Toi, tu as le fric pour faire ça, mais moi tout ce que j'ai, ce sont quelques propositions d'universités, des tonnes de formulaires pour obtenir des bourses d'étude et un putain d'abri de jardin. J'ai à peine de quoi me payer une Travelcard[40] une zone.

Ad était resté implacable.

– L'université ? Une perte de temps et d'argent. C'est *nous* qui devrions leur donner des cours ! L'Amérique, c'est la terre des opportunités, mon pote, et tu as ce qu'il faut pour tout déchirer là-bas. Rien à foutre de ta proposition de… comment déjà ? L'université des vioques qui ont un train de retard. L'Internet, mec, tous ces trucs qui nous intéressent, c'est ça le monde de demain ! L'avenir, c'est *nous*. L'avenir nous appartient. Je suis ton meilleur ami, et je veux que tu m'accompagnes chez les ricains. Tu sais que j'ai raison. Et puis tu me le *dois*.

Azi avait soupiré.

– Écoute… Je m'excuse d'avoir hacké ton ordi. Je suis vraiment désolé pour tout, mais… Ad, ne m'en veux pas… Je vais rester ici.

---

40 Titre de transport en usage à Londres.

Le mois suivant, Ad était à bord d'un vol pour San Francisco et Azi acceptait la proposition du département informatique d'une université londonienne.

Ils étaient restés en contact, discutant en privé sur IRC, mais ce n'était plus pareil. Ad semblait attendre qu'Azi exprime des regrets, peut-être même des excuses. Qu'il fasse volte-face et admette qu'il avait eu tort sur toute la ligne. Azi ne savait pas au juste ce qu'il espérait de ces échanges, mais il était à peu près certain qu'Ad était à ranger dans la catégorie des amis merdiques.

Autant qu'il le pouvait, Azi se tenait au courant des faits d'armes d'Ad, conscient que leurs aspirations se rejoignaient de moins en moins souvent. Ad était brillant, persévérant et créatif. Mais il avait aussi un pénible mépris pour toute personne qu'il considérait comme indigne de son talent – une très large portion de l'espèce humaine qui semblait inclure les responsables de toutes les start-up pour lesquelles il travaillait.

Les qualités remarquables d'Ad étaient sans cesse à la merci de son tempérament instable. Il avait décroché une bourse pour étudier à Stanford, mais avait laissé tomber au dernier moment. Au beau milieu de la nuit, il envoyait à Azi des messages gorgés de colère et d'humour amer : qu'est-ce qu'il foutait encore dans la vieille Angleterre quand San Francisco tendait les bras aux informaticiens qui sortaient du lot ? Pourquoi personne ne trouvait drôle que toutes les images de son profil Friendster[41] aient été remplacées par des parties génitales anthropomorphes ?

---

41 Site web de réseau social axé sur le gaming. Créé en 2002, il comptait plus de cent millions d'abonnés en 2011, mais a définitivement cessé ses activités en 2015.

Aujourd'hui, à seize années de distance, assis dans la nuit d'encre d'une caisse en bois à côté d'un seau rempli de sa propre urine, Azi trouve tout ça absurde. Absurde que la plus grande amitié de sa vie ait pris fin si facilement, en un claquement de doigts. Et en même temps, force est de constater que c'est souvent comme ça. Quelqu'un est là, quelqu'un qui fait partie de vous, et l'instant d'après cette personne a disparu, et ne revient jamais.

Azi songe à Munira, puis à sa mère, puis au fait qu'il doit cesser de réunir Munira et sa mère, presque dans une même pensée. Ne serait-ce que parce qu'il a besoin de croire, plus que tout, qu'une seule de ces deux femmes est morte.

Finalement, sans avoir conscience de la moindre transition entre ses réflexions et ses rêves, Azi sombre dans un sommeil de plomb. Tout au long de la journée puis de la nuit, le camion bringuebale sur des routes de moins en moins bien entretenues, malmenant ses membres endoloris.

Une heure avant l'aube, le véhicule s'arrête, moteur coupé. Une série de secousses et de coups réveillent Azi en sursaut, le corps si raide qu'il peut à peine tourner la tête. Autour de lui, la qualité de l'air et de la lumière change. Soudain, la sensation d'un mouvement, une nouvelle secousse et une minute plus tard un moteur qui démarre et s'éloigne. Puis le silence.

21.

Une fois Azi tout à fait réveillé, sa plus désagréable surprise est de découvrir que l'atroce inconfort d'un séjour de vingt-quatre heures dans une caisse en bois n'est au fond pas si terrible en comparaison des souffrances que procurent les efforts pour en sortir.

Il s'étire et ranime ses terminaisons nerveuses engourdies avec la sensation que ses bras et ses jambes ont été nappés d'une couche de métal fondu. Azi se mord l'intérieur des joues, refoule des larmes indésirables et masse ses muscles qui hurlent sous la friction, s'efforçant de contenir les vagues d'hystérie qui accompagnent le moindre de ses mouvements. Après un moment, il se sent capable d'ouvrir d'un coup de pied le flanc de la caisse et de mettre fin à la séance de torture. Le panneau cède au bout de cinq tentatives, avec un bruit terrible.

Il cligne des yeux dans la lumière. La douleur s'estompe, mais la peur vient aussitôt la remplacer. A-t-il été trahi ? A-t-il vraiment été transporté dans la ville indiquée ? Il fait encore nuit, mais il y a un peu plus de lumière hors de sa caisse, tout de même.

Prenant soin de ne pas renverser le seau rempli d'urine, Azi quitte sa cachette à quatre pattes, progressant comme un animal blessé jusqu'à l'air libre où l'accueille une brise tiède parfumée d'un mélange de résine et de gaz d'échappement. Des phares de voiture dessinent des cercles sporadiques dans le lointain. Il semblerait qu'il ait été déposé au bas d'une pente boisée, à proximité d'une route. Il semblerait également qu'il ait soif, faim et qu'il soit secoué de sanglots, même si tout se calme lorsqu'il consomme ses dernières réserves d'eau et de nourriture (chips, sandwich au fromage, jus de fruit, pomme – le genre d'en-cas que sa mère lui préparait lorsqu'il faisait une sortie scolaire).

S'il est bien à Athènes, une sacrée trotte l'attend pour rejoindre la ville, si tant est qu'il trouve la bonne direction. Il n'a pour tout bagage que des vêtements de rechange fatigués et quelques appareils électroniques volés à une organisation gouvernementale, et il ne parle pas un mot de grec. Le bon côté des choses, c'est qu'il est encore en vie. Sans compter qu'il a un rouleau de billets de banque en poche et une destination en tête.

Avec un frisson, il se dirige d'un pas mal assuré vers le pan de ciel nocturne le moins sombre.

Au bout de quatre heures et d'une marche de près de vingt kilomètres, Azi se met à douter de la pertinence d'une randonnée post-incarcération à travers la poussière estivale d'une énorme ville qui s'éveille.

Le moins qu'on puisse dire, c'est qu'il ne se sent pas au mieux de sa forme. À l'aide d'une combinaison de chance et de supplications monolingues, il est parvenu à traîner sa carcasse épuisée jusqu'aux abords de la destination qu'il espérait atteindre. Mais il est à court de nourriture et d'eau, et il n'a pas encore trouvé le courage de se réapprovisionner.

Il en résulte un état presque hallucinatoire : un léger vertige qui lui donne le sentiment d'être à distance de son corps douloureux et électrise le paysage urbain de petits mouvements brusques, à la manière d'une animation image par image. Il faut dire que depuis la visite d'Anna dans son abri de jardin, il évolue dans un univers qui a tout d'une hallucination.

Dans les rues, la moindre surface libre est un psychodrame de slogans définitifs et de graffitis ; une bouillie de déclarations publiques enflammées et de doléances personnelles. Il y a des images de protestation, des pyromanes aux visages de démons, des nazis écrasés par des bottes antifascistes, des politiciens caricaturés en animaux et des philosophes antiques affublés de masques à gaz. À côté d'un grand *Fuck the police*, un bout de papier enflammé lance un ironique *Welcome to Athens*. Sur un mur lézardé, le nom du quartier s'étale en lettres capitales rouge sang : ΕΞΑΡΧΕΙΑ. Exárcheia, dernier refuge de ceux qui en ont quelque chose à foutre. La zone cible d'Azi.

Selon les guides touristiques les plus populaires, Exárcheia est un coupe-gorge lépreux infesté d'anarchistes et de toxicomanes, qui souvent ne font qu'un. Selon ses habitants, c'est un bastion international de la pensée libre, un phare de la résistance aux débauches du capitalisme et à la montée croissante de la menace fasciste. Selon le magazine *Vice*, il convient d'aller faire un tour dans un nouveau spot du nom de Warehouse, le genre d'endroit fait pour ceux qui détestent le terme « mixologue », mais qui aiment bien prendre une bonne cuite en échangeant toutes sortes de conneries sur Marx avec des types en blouson de cuir.

Plus important, Exárcheia permet de se mettre à l'abri de presque tout ce qui rend la technologie moderne si efficace pour garder le contrôle sur les populations : surveillance, société du spectacle et de la consommation, analytique des médias sociaux. Engourdi de chaleur et d'épuisement, Azi promène un regard hébété sur les rues, hume de proches odeurs de cuisine, et finit par trouver la force de se diriger vers la source de ces alléchantes senteurs avec un empressement affamé.

Malheureusement, la fatigue lui joue des tours, faussant sa capacité à évaluer la hauteur entre le rebord du trottoir et la rue qu'il s'apprête à traverser : au terme d'une vaine tentative pour recouvrer son équilibre et sa dignité, il s'affale tête la première sur le bitume.

Tout devient d'abord très lumineux, puis très sombre, puis quelque part entre les deux. Surviennent des mains amicales – ou du moins pas ouvertement hostiles – qui l'attrapent aux épaules et à la taille. Il respire ensuite une odeur qui n'a plus rien d'appétissant et qu'il associe aux hôpitaux et à la salle d'attente d'un médecin. Petit à petit, il apparaît de plus en plus clairement à Azi qu'il se trouve en effet dans une salle d'attente. Quelqu'un lui propose un verre d'eau dont l'effet lui est indéniablement bénéfique.

La pièce où il est assis est petite et bondée, mais aussi fraîche et propre, avec un sol de carreaux pâles et des photos d'animaux aux murs, sans doute pour distraire les enfants. Ça lui plaît. On s'occupe de lui. Au terme d'une attente considérable, au cours de laquelle les carreaux et les animaux perdent par intermittence de leur netteté, on le conduit dans un petit cabinet où il découvre une femme aux cheveux sombres, assise derrière un bureau. Son air de compétence, comme l'assurance tranquille que véhiculent sa posture et son regard, lui rappelle Anna. Mais lorsqu'elle se met à parler, la chaleur de sa voix s'élève de plusieurs degrés au-dessus de celle de l'espionne britannique. Cependant, tout chaleureux qu'ils soient, les sons qui sortent de sa bouche sont parfaitement incompréhensibles. Azi la regarde un instant d'un air constipé, avant de marmonner :

– Anglais ?

Elle hoche la tête, et change de langue avec un naturel déconcertant.

– Vous avez de la chance que j'aie étudié à Londres. Je suis le Dr Eleni. Soyez le bienvenu. Et puis-je connaître votre nom et votre nationalité ?

Azi s'était vaguement préparé à ces questions pendant qu'il patientait.

– Heu… Ad. Adam. Britannique.

– M. Adam Britannique ?

Il a le sentiment que cette femme se moque gentiment de lui.

– Non, désolé. Je m'appelle Adam et je suis Britannique. Mon nom est Adam Walker.

– Et vous avez une pièce d'identité sur vous ?

Au grand soulagement d'Azi, son sac à dos était toujours accroché à ses épaules quand il avait repris conscience, mais il n'a pas l'intention d'en extraire le moindre document.

Il se contente donc de secouer la tête avec une mimique d'excuse, puis s'agrippe quelques secondes au bras de son fauteuil, le temps que la pièce cesse de tanguer.

– Très bien, pas de problème, Adam. Je vais quand même vous examiner, dit-elle en venant le rejoindre de l'autre côté du bureau. Suivez la lumière, s'il vous plaît. Juste avec vos yeux, pas avec toute la tête ! Voilà, c'est mieux. Vous ne parlez pas du tout le grec ? Ne vous en faites pas, personne ne parle le grec. Je crois bien que vous avez une commotion cérébrale, ainsi qu'une belle entaille au front. Vous êtes tombé ?

Azi s'efforce de prendre un ton digne, comme si cela pouvait atténuer le ridicule de sa chute.

– D'un trottoir, oui. Sur la route.

Le Dr Eleni hoche vigoureusement la tête, ses doigts gantés de latex se poursuivant les uns les autres sur le crâne d'Azi.

– Ce sont des choses qui arrivent. S'il vous plaît, essayez de rester aussi immobile que possible pendant que je nettoie la plaie et que je vous pose quelques questions.

Elle l'interroge sur la date d'aujourd'hui, l'heure, l'identité du président des États-Unis, et lui demande des précisions sur la façon dont il a trébuché. Il lui raconte ce dont il se souvient, gagnant en retour un bandage autour de la tête et une bonne dose de chaleur humaine.

– Et voilà, dit-elle. C'est mieux. Au fait, vous êtes ici dans mon cabinet médical, et c'est gratuit pour ceux qui n'ont pas les moyens de payer, même si je préférerais que vous me donniez une carte européenne d'assurance maladie pour que je puisse facturer le gouvernement. Qui n'a d'ailleurs pas les moyens de payer, lui non plus. Mais c'est de sa faute.

Je suppose que vous n'avez aucun document prouvant votre nationalité ?

Elle est un peu plus âgée que lui, estime Azi, et beaucoup plus adulte. Elle a des cheveux aux boucles serrées, une peau sombre sous un T-shirt de coton bleu. Elle mérite toute l'honnêteté dont il est capable de faire preuve, mais il n'est pas question qu'il exhibe une liasse de billets de cinquante euros et qu'il en déroule un pour la rémunérer.

– Je suis vraiment désolé, docteur, mais je n'ai aucun document sur moi.

Le regard du médecin devient plus attentif, plus intense.

– Alors vous n'êtes pas un touriste, si je comprends bien ?

– Heu… non. Non, pas vraiment. Je n'ai pas beaucoup de goût pour les sites touristiques.

– Vous devriez quand même voir l'Acropole. Tout le monde devrait voir l'Acropole.

– Bien sûr. C'est un cas à part. Il va de soi que j'adorerais voir l'Acropole.

Avec un sourire bienveillant, le Dr Eleni ouvre un laptop extra-plat et se met à pianoter sur le clavier. Ce faisant, comme si ces deux activités n'allaient pas l'une sans l'autre, elle s'embarque dans un monologue bien rôdé.

– Le problème, c'est qu'on doit débourser douze euros pour voir l'Acropole. Tout le monde devrait voir l'Acropole, sauf que le gouvernement ne le permet pas. C'est criminel. Avant, les rues de ce quartier étaient vivantes ; pleines d'étals, de boutiques, de monde. Mais les politiciens ont accablé les commerçants de taxes, leur ont infligé des amendes, et ils ont fini par les contraindre à mettre la clef sous la porte ! Comme s'ils voulaient les punir d'exister. Parce que les gens qui ont vraiment de l'argent ne paient rien, dans ce pays ! Seuls les pauvres sont mis à contribution. C'est pour ça que je n'ai aucun scrupule à facturer mes consultations au gouvernement, malgré les difficultés qu'il connaît. Alors, qu'est-ce que vous faites à Athènes ?

Azi s'aventure dans le demi-mensonge qu'il a élaboré dans la salle d'attente.

– Je travaille dans l'informatique. Web-designer. Je milite aussi un peu, et je travaille sur quelque chose qui m'a attiré des ennuis. Il y a des gens qui me recherchent et je suis venu ici parce que…

Le Dr Eleni n'a pas besoin d'en entendre davantage.

– Ah ! À cause de ce que vous avez lu en ligne sur le quartier, c'est ça ? Je comprends. Je les connais, les gens comme vous. Les accros à Internet, assis derrière leur écran, qui espèrent changer le monde à coups d'e-mails et de messages postés sur les réseaux sociaux. Jusqu'à ce que quelqu'un vienne frapper à votre porte pour vous demander des comptes. Et là, réveil brutal dans le monde réel ! C'est votre histoire, non ? Bon, maintenant, je vais vous dire quelles sont les choses bien tangibles dont vous avez besoin. Nourriture, eau, repos. Vous êtes déshydraté, jeune homme. J'imagine que vous ne connaissez personne, ici ? Que vous êtes complètement démuni ?

– C'est plus ou moins ça, marmonne Azi, conscient qu'avoir l'air paumé incitera sans doute le Dr Eleni à lui venir en aide.

– C'est bien ce qu'il me semblait ! Je peux vous donner un coup de pouce si vous êtes prêt à y mettre du vôtre. Si vous êtes vraiment calé en informatique, vous pouvez vous rendre utile. Et si vous vous rendez utile, vous trouverez un endroit où loger. C'est comme ça que ça fonctionne, ici.

Elle finit de taper sur son clavier avec un geste théâtral, levant une main gracieuse à la manière d'une pianiste qui vient de produire la dernière note d'une symphonie.

– Je vais vous écrire un mot de recommandation. Ils vont vous nourrir si vous dites que vous venez de la part d'Eleni. On vous donnera même des boissons fraîches, si vous demandez gentiment.

Azi s'efforce de composer son sourire le plus désarmant.

– Je demande toujours gentiment. C'est dans ma nature.

22

Le lendemain matin, Azi est officiellement devenu un squatteur.

Ou du moins il a rejoint un mouvement protestataire et solidaire ; une tentative d'autonomie collective pour résister aux structures dominantes, ce qui, lui explique-t-on, implique le rejet de toute autorité étatique et de tout recours administratif. Voilà qui lui convient parfaitement. Depuis la crise financière, près d'un tiers des logements sont inhabités à Athènes, et certains des appartements et des boutiques qui n'ont pas été convertis en repaires de hipsters sont devenus des sortes de filets de sécurité, gérés par des organisations anarchistes et destinés à ceux que la société a fini par exclure. Une personne soucieuse d'échapper à la surveillance officielle comme à l'indiscrétion officieuse ne pourrait trouver meilleur environnement pour reprendre à la fois son souffle et un peu de prise sur sa vie.

Bien qu'« organisé par des anarchistes » puisse sembler contradictoire en soi, Azi a rarement vu des gens aussi disciplinés ni une structure où tout le monde est à ce point respectueux des procédures prédéfinies : chaque voix compte à part égale dans le processus de décision, lequel passe nécessairement par un débat. Toutefois, malheur à qui se lance dans la bataille des idées sans avoir lu au moins une des FAQ incroyablement denses qui exposent les grandes lignes du protocole international de « délibération collective et de prise de décision au consensus », tel qu'édicté par la Bibliothèque Anarchiste. La seule section « ressources en ligne » contient une vertigineuse sélection d'organigrammes et nécessite pas moins de quarante mille mots pour traiter d'épineuses questions telles que « Quelle est la cause des problèmes écologiques selon les anarchistes ? » La veille au soir, après les deux heures de débat nécessaires pour l'admettre à l'essai dans le bâtiment, Azi a déjà réfléchi à des moyens d'améliorer leur taxinomie.

Au terme d'une courte nuit de sommeil, Azi promène le regard sur le dortoir dans lequel il a fini par s'effondrer. Les dizaines de matelas alignés. Les fenêtres hautes, protégées du jour par des volets dont les lattes laissent passer des rais de soleil qui se couchent en travers des corps endormis. Quelques meubles et affaires personnelles délimitent ce qui fut autrefois un salon en zones individuelles dont les frontières semblent assez bien respectées. Un réfugié afghan et deux Syriens, tous trois âgés d'une vingtaine d'années, sont allongés aux côtés de huit Grecs dont le plus jeune doit avoir dix-huit ans et le doyen la soixantaine bien sonnée. Azi a été le premier à s'endormir, la veille au soir, et il est le premier à se réveiller. Du moins dans cette pièce. Parce qu'au-dessus de sa tête, les chambres familiales résonnent déjà de cris stridents.

Après avoir rejoint la salle de bain commune sur la pointe des pieds, Azi s'efforce d'oublier le carrelage douteux tandis qu'il complète le processus de transformation physique entamé dans le fast-food berlinois. Il commence par enfiler les fringues achetées la veille dans une friperie et censées lui donner un look vaguement anarchiste : noires, amples, et bardées de slogans écrits en grec. Il chausse ensuite une paire de rangers tout aussi sinistres, puis grimace de douleur tandis qu'il se perce les oreilles avec une aiguille, avant de les parer d'un anneau argenté. Enfin, il se rase entièrement les cheveux.

Dans les films, cette dernière opération bénéficie invariablement d'un montage photogénique, au cours duquel le spectateur voit des touffes étonnamment soyeuses recouvrir le sol au son d'une musique syncopée. Dans ce qu'il est convenu d'appeler la vraie vie – en tout cas la vie bien trop réelle dans laquelle Azi se débat en ce moment –, il s'avère que la manœuvre ressemble davantage au débroussaillement d'un bouquet de ronces à l'aide d'un couteau à beurre. Il pousse des jurons, se fait une coupure au doigt et s'arrache le cuir chevelu tandis qu'avec une lenteur épuisante des touffes pleines de nœuds quittent son crâne sous l'action cisaillante du rasoir électrique.

L'avantage de cette automutilation est qu'elle va renforcer son anonymat. Moins plaisant, le reflet qui contemple Azi dans le miroir ébréché lui fait aussitôt songer à un danseur de hip-hop qui aurait connu des heures difficiles, peut-être échappé d'un tournage vidéo particulièrement éprouvant. C'est un look assez merdique, mais qui peut contribuer à le protéger.

Le temps d'en finir avec cette transformation, Azi est tenaillé par l'inconfort de sa nouvelle apparence, mais aussi par la faim, cette dernière excitée par une odeur de légumes grillés, de thé doux et de café fort qui flotte jusqu'à lui. Ça a un côté familial, réconfortant, à l'image de ce vieil immeuble sérieusement défraîchi qui donne pourtant le sentiment d'être encore robuste. Des graffitis en constellent la façade, aux côtés de deux grandes banderoles découpées dans des draps qui proclament en anglais *Home* et *Welcome*. À l'intérieur, la décoration se résume à des affiches, quelques photographies, et aux horaires des différentes tâches partagées sur la base du volontariat ; ménage, cuisine et rondes de surveillance.

En dépit de sa fatigue et de sa dégaine assez calamiteuse, Azi se sent plutôt bien ici. La veille, inaugurant sans attendre la période probatoire au cours de laquelle il convient de prouver son utilité au reste de la communauté, il a spectaculairement amélioré l'accès Internet des résidents, ainsi que la sécurité du réseau. Après quoi, il s'est timidement porté volontaire pour donner, ce matin, une causerie sur le thème « Heu… Salut, content d'être là parmi vous… Je… enfin, si ça vous intéresse, je peux vous donner quelques astuces informatiques. »

Tant qu'il pense à émailler ses propos de concepts et de notions tels que « hégémonie culturelle » et « intersectionnalité », tout devrait bien se passer.

Il est surpris de constater que sa causerie attire pas mal de monde. Tout de suite, des traductions simultanées sont proposées et l'un des interprètes, un jeune Syrien dont l'anglais écorche les oreilles, lui explique bientôt la raison d'une telle attention.

Pour ceux qui fuient la violence ou tentent de survivre avec de maigres ressources, apprend Azi, disposer d'un accès à Internet est au sommet des considérations. C'est là que réside leur communauté de savoir : informations mises à jour sur les itinéraires les plus sûrs, les transports disponibles, les fonctionnaires corruptibles, les dangers et les traîtrises, les moyens de subsistance et la liste des refuges. Le simple fait d'aider ces personnes à optimiser la durée de vie de leur batterie téléphonique et à minimiser les risques de se faire pister peut leur sauver la vie. Presque toutes les paroles d'Azi sont instantanément relayées par bouche-à-oreille numérique. Demain, peut-être, il commencera la création d'un wiki destiné aux réfugiés.

Comme il l'apprend également, le quartier d'Exárcheia traverse une période relativement calme, loin de l'agitation qui en fit, pendant plus d'un demi-siècle, un foyer d'insurrection et de radicalisme politique. Selon ses nouveaux amis – dont certains, il doit le reconnaître, portent des blousons en cuir et disent toutes sortes de conneries sur Marx –, l'atmosphère y est désormais d'une tranquillité qui confine à l'ennui et les émeutes d'aujourd'hui peinent à s'élever à la hauteur plus ou moins légendaire des grandes heures d'hier. Des anarchistes locaux sont parfois aperçus cavalant pour attaquer ou échapper à un groupe de policiers en tenue anti-émeute, selon la force des convictions respectives, le nombre des adversaires et le courage du jour. Mais la plupart du temps, les autorités restent à distance, bien qu'il se murmure que la police favorise l'implantation de dealers dans le quartier pour faire chuter les prix de l'immobilier. À en juger par le nombre de touristes branchés à l'affût des spots dont *Vice* chante les louanges, cette tactique est un échec.

Azi passe les quelques heures qui suivent sa causerie dans une semi-tranquillité, inspectant divers téléphones mobiles, tablettes et appareils électriques bricolés avec les moyens du bord, dont une borne de recharge solaire assemblée par un Grec qui fourmille d'idées.

Finalement, se sentant bien mieux à la fois dans sa tête et son corps, il prend congé et marche jusqu'à un morceau de mur, à l'angle des rues Tzavella et Mesologgiou, auquel il lui a été expressément recommandé de rendre visite. Il y trouve une plaque commémorative d'une propreté incongrue, sur laquelle apparaît en noir et blanc le visage d'un garçon de quinze ans. *Ça pourrait être moi*, ne peut-il s'empêcher de songer, l'image de Munira traversant son esprit comme un frisson glacé.

Comme on le lui a expliqué au cours du petit déjeuner, l'adolescent auquel cette plaque rend hommage est un lycéen du nom d'Alexandros Grigoropoulos, tué par balles lors d'un face-à-face avec deux policiers, en décembre 2008. Alexandros n'était pas armé. Ce meurtre avait alors provoqué une vague de protestations et d'émeutes à travers le pays, mais nulle part l'impact n'a été aussi puissant qu'ici même. Six ans plus tard, la rage et la tristesse sont toujours à vif. Tout autour de la plaque s'étalent des mots furieux et indignés au pochoir, des couches de peintures délavées, des slogans incrustés dans le crépi crasseux, des affiches pelées dont les lambeaux volent au vent. Une porte condamnée forme une niche à l'abri de laquelle une couronne de fleurs jaunes a été déposée, d'autres bouquets se côtoyant sur le trottoir brûlant.

Entre deux respirations lourdes, Azi rassemble ses forces : il ne peut pas repousser plus longtemps la prochaine phase de son plan. Il a besoin d'un accès à Internet et d'une connexion sécurisée. Le temps est venu de reprendre la main. Et cela signifie faire ce qu'il redoute depuis l'instant où il s'est traîné hors de sa caisse en bois : rue Stournari, Big Sur… et solliciter quelques faveurs, quitte à supplier.

23.

La rue Stournari s'étire vers l'ouest au départ de la place d'Exárcheia, coupant à travers huit cents mètres d'arbres et de boutiques closes aux rideaux métalliques couverts de graffitis. Malgré les apparences, cette rue fut pendant au moins deux décennies le centre névralgique des nouvelles technologies en Grèce, et se fait encore surnommer la Silicon Valley grecque par quasiment toute personne qu'Azi a rencontrée. Et si c'est toujours dit avec un petit sourire, il ne sait pas trop si l'ironie vise la Grèce ou la Silicon Valley. À moins que cela n'exprime simplement le fait que la plupart des gens ne peuvent nommer qu'un seul endroit associé à l'informatique. L'adresse où il se rend n'est qu'à une centaine de mètres du pan de rue dédié à la mémoire du jeune Alexandros, et Azi les franchit en courant à travers cette alternance d'ombre et de brusques rayons de soleil caractéristique des rues hippodamiennes, répétant les mots qui devraient, espère-t-il, lui ouvrir des portes au sens propre comme au figuré.

Lorsqu'Azi était encore adolescent, à une époque où le partage de code source passait par le recopiage ligne par ligne d'un document imprimé, la rue Stournari avait déjà une réputation suffisante auprès des hackeurs pour figurer dans les magazines qu'il dévorait alors, et c'est en partie ce souvenir de jeunesse qui l'a mené jusqu'à Athènes. En ces temps pas si reculés de l'ère pré-web, pendant que les bars d'Exárcheia grouillaient de marxistes tenant le genre de propos que les marxistes tiennent au comptoir depuis au moins 1917, les technophiles avertis convergeaient vers la rue Stournari pour revendre des logiciels achetés dans le commerce, puis crackés par leurs soins. Des hackeurs locaux distribuaient leur carte de visite, puis retrouvaient un employeur potentiel à l'étage d'une boutique informatique, vantant leurs prouesses illégales autour d'un café dans l'espoir qu'elles leur ouvriraient le chemin d'une carrière légale. À cette époque, tous les chapeaux étaient gris pâle. Le côté sombre de la créativité informatique n'avait pas encore étendu son ombre sur l'ensemble de la planète.

Azi espère sincèrement qu'une part de cet idéalisme d'hier perdure dans l'une des boutiques indépendantes les plus sulfureusement réputées de la rue : une échoppe du nom de Kremvax, dont le propriétaire a acquis le doux sobriquet de Mr Fuck the Government après avoir joué un rôle déterminant dans une campagne en ligne particulièrement grossière. Azi n'a jamais rencontré Mr Fuck the Government, mais il a correspondu et collaboré pendant six ans avec son double Big Sur, un pseudonyme qui évoque une fameuse côte sauvage de Californie, mais pas vraiment un Athénien d'âge mûr avec une barbe grise emmêlée et un penchant pour les T-shirts rock des années 1980.

Le fait qu'Azi soit parvenu depuis longtemps à suivre la trace de Big Sur jusqu'à cette boutique devrait lui permettre – avec ce qu'il pourra lui raconter des faits d'armes qu'ils ont partagés – de rassurer cet homme sur son identité. Toutefois, il pourrait aussi bien être reçu avec toute l'hostilité réservée à ceux qui commettent le crime de se présenter sans crier gare à la porte d'un confrère. On ne peut jamais savoir avec ces geeks de la vieille école – surtout quand leur réputation se nourrit de quelques actes de sabotage aussi spectaculaires que vindicatifs.

De l'extérieur, la boutique semble davantage barricadée contre une intervention militaire que simplement fermée. Deux rideaux métalliques superposés masquent sa vitrine, et la porte a droit à un traitement similaire. Azi y colle brièvement l'oreille, mais aucun signe de vie ne lui parvient de l'intérieur. Décidé à ne pas se laisser décourager, il presse le bouton de l'interphone à trois reprises avant d'attendre. Et d'attendre encore. Au bout d'un long moment, une voix impatiente lance :

– *Yassou ?*

– *Yassou.* Heu… vous parlez anglais ? Je suis un vieil ami, du moins je crois. On a collaboré sur le botnet[42] Confiker. Aide requise, situation d'urgence.

– *Fiye !*

Azi hésite. Le ton n'a rien d'hospitalier.

– Je peux entrer, s'il vous plaît ? Vous me connaissez sous le pseudo AZ. Et vous êtes Big Sur.

---

42 Réseau d'ordinateurs infectés et contrôlés à distance par un pirate informatique (Confiker est un ver informatique apparu fin novembre 2008).

– *Fiye!*

Azi sent qu'il perd le peu de courage qu'il est parvenu à rassembler. Pour commencer, il n'est pas du tout certain de s'adresser à la bonne personne. Ensuite, même si c'est bien Big Sur qui aboie dans cet interphone, il y a de fortes chances pour qu'il l'envoie paître, voire qu'il lui balance un PC d'occasion sur la tête. Mais ça vaut la peine d'essayer.

– Votre mère, ma mère, personne d'autre ne peut être au courant de ça. Vous n'auriez jamais dû m'en parler. Mais vous l'avez fait.

Comme Azi, Mr Fuck the Government a perdu sa mère lorsqu'il était encore assez jeune. Azi ignore les circonstances de cette disparition ou l'âge exact de Big Sur au moment des faits – même lorsque leurs conversations sur IRC débordaient du cadre informatique, ils ne se montraient jamais aussi indiscrets –, mais il sait que la conjonction de ces deux informations constitue une preuve quasi irréfutable de son identité. Dans l'interphone, le ton déjà peu amène gagne encore quelques degrés d'acidité.

– *Malakas! Ai gamisou!*

– Je vous demande pardon?

– Sérieusement, mec, tu as besoin que je traduise? Personne ici ne t'a encore dit d'aller te faire foutre? *Edákrysen o Iesoús lit!* Dites-moi que je rêve! Et merde, entre. De toute façon, même si tu mens, je suis localisé et je l'ai dans l'os.

Les rideaux métalliques se relèvent l'un après l'autre avec une série de grincements aigus, dévoilant l'une des plus formidables bedaines qu'Azi ait jamais vue; une phénoménale étendue sphérique sur laquelle les mots délavés *Bob Seger & the Silver Bullet Band Against the Wind* s'étirent jusqu'à devenir presque illisibles. Mr Government (son diminutif) dévisage un instant Azi avant de lui faire signe d'entrer, refermant aussitôt le double rideau métallique derrière lui.

L'homme qui toise Azi est vraiment imposant. Il doit mesurer dans les un mètre quatre-vingt-quinze, et pas beaucoup moins en tour de taille. Avec ses avant-bras couverts de tatouages, on dirait un pirate pour livres d'enfant, du genre qui provoque quelques cauchemars. Sa voix est un lent roulement de tonnerre.

– Alors, c'est toi, AZ. La vache, tu es fringué comme… je ne sais même pas comme quoi, mec. Mais rien de cool, en tout cas.

– Ouaip. Et je suis vraiment, vraiment désolé de me pointer ici comme ça. Personne ne sait que je suis là. J'ai besoin d'un service.

Le magasin de Mr Government est soigneusement encombré, à la manière de ces quincailleries des années 1930. Une impressionnante quantité de composants électroniques est exposée, couvrant chaque mur du sol au plafond et formant un fouillis incompréhensible pour tout autre que le propriétaire des lieux. Le visage toujours aussi sévère, Mr Government invite Azi à pénétrer dans une arrière-boutique qui, par comparaison, donne un côté franchement minimaliste à la pièce qu'ils viennent de quitter : des cartons remplis jusqu'à la gueule par-dessus des caisses vomissantes par-dessus des sacs plastique gavés comme des oies, le tout parsemé de câbles enchevêtrés : des strates géologiques retraçant l'histoire de l'informatique.

Azi pourrait passer la journée dans un endroit pareil, à fouiller les monticules électroniques. C'est d'ailleurs un peu pour ça qu'il est venu, même si le géant barbu qui remplit entièrement le cadre de la porte risque d'avoir un autre point de vue sur la question. Mr Government se caresse pensivement la barbe avec le battoir qui lui sert de main – les tatouages sur ses avant-bras, réalise Azi, sont des circuits imprimés –, puis s'avance vers son hôte et lui inflige une chaleureuse étreinte qui lui broie les os et lui remonte le moral.

– Mon petit pote AZ. Dieu seul sait à quel point tu dois être dans la merde pour débarquer comme ça chez moi. Ne me dis rien. Sérieusement, mec, ne me dis rien, que ça reste entre toi et l'autre gros barbu, là-haut. Si tu me révèles quoi que ce soit, je serai forcé de te bouffer tout cru, ha ! ha !

Un rire d'ogre se propage sismiquement dans le torse de Mr Government.

– Pas la peine de faire cette tronche, je suis végétarien. Pythagore, l'homme du triangle rectangle, nous a ouvert la voie et je m'y suis engouffré. Tu as besoin de quoi ?

Azi déglutit, toussote et se racle la gorge avant de retrouver sa voix. Son cerveau semble être resté bloqué sur les proportions outrancières de l'homme qui se dresse devant lui.

– Du matos, de la bonne came. Un endroit plus que discret pour le planquer pendant quelques jours. J'ai des espèces, je peux payer.

L'imposante tête barbue dodeline un instant.

– De la sorcellerie de compétition, de la puissante magie… Qui qu'ils soient, je les plains déjà. Mille euros pour le matos, avec mon silence *ad vitam aeternam* en cadeau bonus. Sauf si une adaptation cinématographique est prévue, auquel cas j'insiste pour être joué par Dwayne Johnson. Le roc! Voilà un costaud au grand cœur. Fais-moi plaisir, prends ce qui te plaît et je t'indiquerai ensuite comment te rendre dans la cachette dont tu as besoin. J'adore ce que tu fais, AZ. Désolé de ne pas pouvoir t'y conduire moi-même, mais…

– Je sais, trop près de chez toi. Je te suis redevable, Big Sur. Je n'oublierai pas.

– Je ne sais pas ce qu'ils t'ont fait, mais fais-leur regretter d'être nés. En souvenir du bon vieux temps.

Une demi-heure plus tard, Azi repart muni d'un code dont il se sert pour déverrouiller une porte située juste derrière la boutique. Elle ouvre sur un escalier carrelé au premier palier duquel un second code permet d'ouvrir ce qui est encore un placard, mais qui ne va pas tarder à devenir le repère aveugle où il entassera son butin électronique.

Au cours des heures qui suivent, ses joyeuses fouilles lui permettent d'amasser suffisamment d'éléments qui – une fois associés à quelques appareils berlinois démontés et réassemblés avec un soin jaloux – vont lui permettre de faire à peu près tout ce qui se situe juste avant le déclenchement d'une guerre nucléaire. Du moins s'il se montre patient: aller trop vite est un luxe au-dessus de ses moyens, parce que tout repose sur l'invisibilité, ce qui dans le cas présent signifie faire un partage de connexion entre son nouveau laptop sous Linux et une sélection de *burner phones* dont il compte modifier plusieurs fois par jour les adresses MAC[43],

43 L'adresse MAC ou adresse physique est l'identifiant matériel unique d'un ordinateur ou d'une tablette ou d'un smartphone.

afin de les rendre encore plus impossibles à pister. Au cas où quelqu'un surveillerait les réseaux locaux, il compte passer d'un téléphone à l'autre toutes les six heures.

En plus de l'ordinateur portable, Azi cale deux écrans sur la surface étroite d'une étagère en métal, tandis que pare-feux logiciel et physique imbriquent leurs remparts comme des poupées russes autour de ses machines virtuelles. À moins que l'ordinateur ne soit allumé et déverrouillé par ses soins, tout reste entièrement crypté. Le mur qui donne sur la rue est équipé d'une large grille d'aération métallique à laquelle il a ajouté deux ventilateurs de bureau pour brasser l'air en l'absence de fenêtre, mais la température du réduit approche tout de même les trente degrés lorsqu'Azi en a terminé et que les machines mettent en marche leurs propres systèmes de refroidissement.

Il dispose d'environ deux fois moins d'espace que dans son abri de jardin, et il doit impérativement replier sa chaise pour avoir une chance d'ouvrir la porte. Pourtant, l'inconfort du placard secret et du squat d'Exárcheia lui procurent un prodigieux sentiment de liberté.

À sa propre surprise, la première chose que fait Azi après avoir testé la sécurité de son installation est d'envoyer un message à Ad. Même si ça ne lui prend qu'une poignée de minutes, jamais il n'aurait cru en consacrer autant à son ami d'enfance alors que tout lui semble plus urgent, en ce moment.

À l'époque où ils ourdissaient encore des plans pour conquérir le monde depuis leur QG d'East Croydon, aux alentours de 1997, Azi et Ad étaient convenus que poster anonymement un message très particulier sur le forum de discussion alt.folklore.urban indiquerait que l'un d'eux se trouve en danger de mort. Ils avaient baptisé ce S.O.S. « le signal Bat », à la fois parce qu'une référence à Batman était au sommet du cool version 1990 et parce que l'idée était de trouver un moyen simple et visible depuis n'importe où ; une silhouette reconnaissable entre mille dans le ciel numérique. C'est ensemble qu'ils avaient rédigé ces mots : *Salut tout le monde, quelqu'un se souvient de l'épisode de Batman qui se déroulait dans un abri de jardin de Croydon ?*

Le plus dingue dans tout ça n'est peut-être pas qu'Azi ait décidé de poster ce message, ni même qu'il s'en souvienne sans même avoir à fouiller sa mémoire, mais que le groupe de discussion existe encore après toutes ces années. Il tape donc le message, le publie, se traite d'incorrigible nostalgique et tourne son esprit vers des choses plus importantes.

Anna lui a dit de rester en contact « à travers leur ami commun », ce qui ne peut désigner que Jim. Il n'a pas envie d'alimenter les flux de Jim avec du contenu récent, mais aussitôt connecté il est soulagé de constater qu'Odi, ou peut-être Anna, a eu une idée extrêmement judicieuse : Jim s'est envoyé un message privé dans lequel Azi trouve une clef alphanumérique permettant des échanges cryptés, ainsi qu'une adresse électronique sur ProtonMail.

En d'autres termes, ils vont pouvoir communiquer par mails sécurisés dès qu'ils auront échangé les clefs. Azi se crée un tout nouveau compte ProtonMail, puis envoie un message qui contient deux mots et sa clef.

Salut, Jim.

Une réponse dans le style de Jim lui parvient dans l'heure.

Putain mais t'es qui, on se connaît ? C'est quoi, le nom du pub où mon vieux pote s'est torché avant de s'affaler sur la machine à sous ?

Demander de montrer patte blanche est une bonne idée. En théorie, le compte de Jim aurait pu avoir été piraté, à l'heure qu'il est. Azi répond avec le nom qui lui était passé par la tête, lors de ce dîner à Berlin.

Le Crown.

Un autre message apparaît moins de cinq minutes plus tard.

Ta situation présente ? On n'a aucune nouvelle de la fille.

Le cœur d'Azi tente de se faire la malle. Munira n'est pas morte, essaie-t-il de se convaincre. Son corps aurait sûrement été retrouvé si elle avait été tuée, parce que sa mort aurait été un avertissement sans frais. Donc, ceux qui l'ont enlevée la considèrent, d'une manière ou d'une autre, utile à leurs desseins. Donc, ils font en ce moment même quelque chose qui peut être pisté. Il y a de l'espoir.

Azi fait un rapport sélectif de ses actions et de ses pérégrinations depuis son départ de Berlin : juste assez pour les informer qu'il a quitté la capitale allemande et qu'il dispose de ressources technologiques ; qu'il n'est pas (pour autant qu'il puisse en juger) en danger imminent ; qu'il fera tout ce qui est en son pouvoir pour les aider tout en conservant sa liberté d'action. Pas question de retourner à Berlin maintenant qu'il a recouvré son indépendance, du moins pas tant que les événements qui se sont déroulés là-bas resteront inexpliqués. Un quart d'heure passe avant que la réponse ne s'affiche sur l'écran.

Bien que ce canal de communication soit sécurisé, nous limiterons l'envoi d'informations pendant que notre sécurité interne fait l'objet des vérifications nécessaires. Les intrusions que nous avons subies restent à ce jour inexpliquées. Notre structure est désormais privée d'une grande part de son autonomie. Fais ce que tu peux pour retrouver la fille, mais ne perds pas de vue notre combat principal – les noms sur la liste, la menace qu'ils représentent. De très nombreuses vies seront encore perdues si nous ne parvenons pas à démanteler Gomorrhe. Tiens-nous au courant dès qu'il y a du nouveau et fais attention à toi.

Ça ressemble à peu près à ce à quoi il s'attendait, même si apprendre que leur structure a perdu une partie de son autonomie pique sa curiosité : voilà qui semble indiquer que d'autres services de renseignement majeurs sont entrés dans la danse. Cela dit, ça serait arrivé tôt ou tard : vu l'ampleur que prend cette affaire, ça ne pouvait pas rester éternellement un terrain de jeu réservé à Odi et Anna. Ça ne l'a peut-être d'ailleurs jamais été.

Gomorrhe est la clef de tout ça, et il semblerait que personne ne sache qu'Azi est parvenu à s'en faire ouvrir les portes. À l'exception, bien sûr, de ceux qui administrent cette sinistre place de marché. Maintenant qu'il possède le matériel dont il avait besoin pour se draper à nouveau dans sa cape d'AZ, il peut détruire le *burner phone* dont il s'est servi à Berlin. Mais le temps dont il dispose pour rester à Athènes sans courir de grands risques ne se compte pas moins en journées. Il doit agir vite.

Selon Azi, ce sont probablement les islamistes qui détiennent Munira, qu'ils pourchassaient dans l'espoir de réparer la terrible erreur de l'avoir laissée s'enfuir avec les modalités d'accès. Après tout, ils doivent avoir des hommes en Europe et une bonne dose de respect terrifié pour ceux qui se cachent derrière Gomorrhe. Puisque Munira ne semble pas avoir été tuée, c'est que ses ravisseurs ont davantage soif d'informations que de vengeance. Ce qu'Azi doit faire, à présent, c'est rester calme, s'éclaircir les idées, faire des choix et agir en conséquence.

Il se tourne vers l'écran et s'étonne d'y trouver un nouveau message d'Anna et Odi.

On a pensé que tu aimerais savoir: c'est grâce à ça qu'on t'a trouvé.

Azi examine prudemment la pièce jointe, qui se révèle être le profil d'un compte de réseau social en mémoire cache : une archive Internet de la page d'accueil d'Azi Bello sur le site Friends United[44], brièvement restée en ligne au début des années 2000. Il n'y a presque aucune information sur cette page. Une photo en première année d'université, quelques mots sur ses études en informatique, une blague pas franchement drôle, une adresse e-mail. Presque rien, mais juste assez pour conduire un enquêteur déterminé et disposant des ressources suffisantes jusqu'à une maison de banlieue où vit encore l'homme qui a créé ce profil. Une erreur horriblement banale.

Le seul problème, c'est qu'Azi ne s'est jamais inscrit sur ce site.

44 Site web britannique, équivalent de « Copains d'avant ».

24.

Azi parcourt en long et en large la pièce jointe qui a mené Odi et Anna jusqu'à lui : son profil sur un site de réseautage social auquel il ne s'est jamais inscrit. Qu'est-ce que cela veut dire ? C'est un faux parfaitement exécuté, un travail d'expert, mais au-delà du savoir-faire du faussaire, c'est un monde sans fin d'hypothèses déconcertantes qui s'ouvre à lui.

Anna et Odi cherchent-ils à le mettre à l'épreuve ? À le piéger ? À le manipuler ? Quelqu'un a-t-il voulu lui nuire, ou simplement lui donner un avertissement ? À moins que cette page ne soit qu'un élément d'un projet plus vaste, plus sophistiqué ? Il inspecte minutieusement la pièce jointe, à l'abri de ses machines virtuelles et d'un tas de proxys[45], mais elle ne contient pas de code malveillant. Simplement de vieilles informations sur son compte, toutes parfaitement exactes, que personne n'aurait jamais dû obtenir – et encore moins rassembler en une contrefaçon si brillamment compromettante.

---

45 Machine jouant le rôle d'intermédiaire entre l'ordinateur et l'Internet (l'affichage de l'adresse IP du proxy au lieu de celle de l'ordinateur permet de rester anonyme).

Il faudra un jour qu'il comprenne d'où ça vient, mais pour le moment il doit aller de l'avant. Il a la capacité matérielle et la liberté d'agir, et Munira a besoin de lui. Ce qui compte est l'avenir, pas le passé. Azi s'efforce de se concentrer, mais toutes les pistes qu'il explore semblent déboucher sur des impasses. Bientôt, une sensation de froid nerveux s'empare de lui pour ne plus le lâcher.

À Berlin, des moyens extraordinaires ont dû être mis en œuvre pour étouffer la tuerie : tous ces morts sont enveloppés dans les brumes épaisses d'un silence média absolu, et les événements semblent avoir échappé au regard de la vidéosurveillance comme à celui des voisins, qui ne font mention d'aucun incident étrange sur les réseaux sociaux. À croire qu'il ne s'est rien passé.

Ses tentatives pour trouver des traces récentes de Munira ou de son double Sigma s'avèrent infructueuses, tout comme ses explorations de forums parfaitement répugnants qui auraient pu contenir quelques précieuses informations sur Gomorrhe. Azi traque même son ami d'enfance en ligne – Ad semble avoir adopté un enviable style de vie californien, sain et décontracté, même si son ancien complice est tout à fait capable d'avoir fabriqué ce décor de toutes pièces.

Au bout de longues heures enfermées dans son placard surchauffé, le découragement et l'épuisement le ramènent au squat à l'heure de l'extinction des feux. Des voix basses diffusent dans la pénombre leurs langues inconnues, partageant le récit de Dieu sait quelles horreurs. Si la journée a débuté par quelques succès, les déceptions sur lesquelles elle s'achève font longtemps obstacle au sommeil d'Azi.

Le lendemain matin, il décide de répéter son manège de la veille, comme on joue les mêmes chiffres au loto, dans l'espoir que la chance lui sourira davantage : pitance matinale sous la forme d'un bol de porridge, caféine sous la forme d'un breuvage d'une déconcertante douceur, camaraderie sous la forme d'une causerie sur l'art de la discrétion numérique. Mais en chemin vers la cuisine, il se fige dans l'escalier en entendant une voix qui claironne au bas des marches le nom de son ami d'enfance.

– Adam ! Adam Walker !

Azi a un instant de doute, un brusque vertige à l'idée de perdre la raison, avant de se souvenir qu'il a travesti son identité : aux yeux de tout le monde ici, il *est* Adam Walker. Et celle qui l'interpelle n'est autre que le redoutable Dr Eleni, à demi cachée derrière deux énormes sacs plastique remplis de vêtements.

– *Kalimera,* Adam Walker ! Bonjour ! Alors, avez-vous trouvé un moyen de vous rendre utile ? Mon Dieu, que vous est-il arrivé ? C'est à peine si je vous reconnais ! Tenez, ajoute-t-elle lorsqu'il la rejoint au pied de l'escalier, ce sont des vêtements pour les bouts de chou, à l'étage supérieur. En voilà une occasion de vous rendre utile, si ce n'est pas encore fait. Vous allez porter les sacs, et moi je vais vous accompagner tout en gardant un œil sur mon colis le plus précieux.

Azi s'empare des sacs – ils contiennent de quoi vêtir une armée de bambins – et compose un air encore plus perplexe qu'il ne l'est réellement.

– Heu… avec plaisir. Et ce précieux colis, on peut savoir ce que c'est ?

Le Dr Eleni pousse un soupir théâtral, puis opère un léger mouvement de rotation qui fait onduler sa robe longue et révèle un tout petit garçon qui fixe Azi du regard, agrippé aux jambes de sa mère. Elle le soulève de terre et l'installe dans ses bras.

– C'est mon enfant, le plus jeune. Pourquoi faites-vous cette tête ? Vous avez déjà vu un enfant, non ? Il s'appelle Nikasios, le prénom de son grand-père paternel. Un Chypriote. Ce petit bonhomme est venu aider *mama* au travail, parce que le grand *papakis* a oublié que c'était à son tour de le garder. Je viens voir comment se portent mes protégées qui vivent à l'étage, celles qui ne peuvent pas se rendre à mon cabinet.

De son bras libre, elle illustre ces mots d'un geste convexe dans lequel Azi reconnaît, après un temps de réflexion, l'arrondi d'un ventre enceint.

– Ce garçon me grignote les oreilles.

– Je vous demande pardon ?

– En criant, en réclamant des bonbons. Un homme, quoi. Maintenant il est tranquille, mes oreilles ne courent pas de danger, j'en profite pour le câliner. Allez, montez-moi ces sacs, qu'on en finisse.

Elle lance le menton vers le haut des marches.

– On monte ! On monte ! *Viasou*, c'est parti !

Une fois les sacs de vêtements livrés, Azi s'attarde un instant à la porte du dortoir réservé aux familles, tandis que la cuisine de l'appartement lui renvoie les échos d'un monologue en grec débité à toute vitesse. La version anglaise suit dans la foulée : *Pas de viande, aucune sorte de viande, jamais avec cette chaleur, d'accord ? C'est ça que vous appelez vous laver les mains ? Je n'appelle pas ça se laver les mains, moi : j'appelle ça donner une douche à vos bactéries !* Lorsqu'il se décide à la rejoindre dans la cuisine, le Dr Eleni continue à morigéner un groupe de femmes enceintes, un bol de porridge dans une main tandis que l'autre s'efforce de contenir sa progéniture qui ne sera pas restée tranquille bien longtemps.

Azi fait la queue pour recevoir une tasse de café moussu, puis regarde Nikasios se jeter au sol et se tortiller aux pieds de sa mère qui vient de s'asseoir sur un banc. Il opte pour un ton décontracté.

– Je vais dispenser un peu de mon savoir, tout à l'heure. Vous viendrez m'écouter ?

– Peut-être, si vous ne craignez pas que les cris de cet énergumène, voire une odeur entêtante de *kaka*, ne fassent fuir votre auditoire.

Le petit garçon babille joyeusement, étreignant les jambes de sa maman. Azi, qui s'est très rarement trouvé en présence d'un si jeune enfant, estime son âge entre un et quatre ans – dans l'attente d'une enquête plus poussée. Il adresse au petit être gazouillant un sourire qu'il espère innocent, et qui a pour effet de le faire aussitôt fondre en larmes. Sans même baisser les yeux, le Dr Eleni se saisit de son fils et l'assoit sur ses genoux.

– Il est très sociable, mais c'est l'heure de la sieste dont il aimerait pouvoir se passer. À cet âge, ils ont tendance à se battre contre le sommeil. Parce que la vie serait bien trop simple si nous faisions ce qui est bon pour nous ! Ça vous évoque quelque chose, peut-être ? Prêt pour ta *pipila*, mon trésor sucré ?

Elle lui présente une tétine que Nikasios accepte au bout de trois tentatives, suçant le caoutchouc en observant Azi avec attention, comme s'il se demandait si cet inconnu débraillé recelait un potentiel de distraction. Azi reste bouche bée devant ce regard scrutateur, mais le sommeil vient couper court au face-à-face : progressivement, les yeux du petit garçon se renversent, ses paupières battent puis se ferment. Le Dr Eleni relève le visage.

– Adam, vous venez d'assister à un petit miracle. *Thauma*, une merveille ! N'allez surtout pas imaginer que ça se passe toujours comme ça. Peut-être votre visage a-t-il eu un effet magique sur mon garçon. Ou soporifique. La façon dont êtes fagoté, c'est hideux, mon ami. Vous êtes censé éclairer vos compagnons d'infortune de vos lumières, n'est-ce pas ? Vous devriez vous y mettre, si vous voulez que je vienne vous écouter. Le cycle de sommeil de Nikasios dure une demi-heure.

Azi hoche la tête. Il y a quelque chose dans le spectacle d'un enfant gagné par le sommeil qui n'appelle ni commentaire ni réflexion. Il faut encore quelques minutes à Azi, et une nouvelle tasse de café, pour convoquer cet état de vigilance un peu paranoïaque qu'exige le sujet du jour.

Ce matin, le thème de sa causerie est la surveillance numérique et la meilleure façon d'y échapper. De nombreux manifestants savent désormais que la police utilise des dispositifs électroniques baptisés de noms agressifs tels que StingRay, Wolfpack, Gossamer ou Swamp Box afin d'imiter les antennes relais auxquelles les téléphones portables se connectent pour recevoir ou passer des appels.

Cela permet aux forces de l'ordre d'aspirer l'IMSI[46] de tous les possesseurs de téléphone mobile présents dans la zone où se déroule la manifestation, puis de les comparer avec d'autres données pour chercher des correspondances, l'ensemble de ces informations volées étant ensuite stockées pour l'éternité dans des donjons numériques auxquels le citoyen lambda n'aura jamais accès. Voilà pourquoi l'anonymat d'un *burner phone* est une excellente idée, doublée d'un acte de liberté.

Ce qui inquiète Azi n'est pas tant le spoofing des antennes relais, dont vous préservent quelques simples mesures de précaution, que tout ce qu'on ne peut pas déconnecter : la singularité d'un visage, d'une démarche, la vitesse à laquelle on frappe les touches de son clavier, le compte mail personnel que vous avez consulté une seule fois il y a cinq ans, persuadé d'avoir pris des mesures de sécurité suffisantes. Pour la plupart des gens, ces vulnérabilités sont leurs inconnues inconnues : des choses qu'ils ignorent ignorer. Une fois qu'on a conscience du problème, toutes ces failles peuvent être corrigées, mais au prix de mesures drastiques. D'où le thème d'ouverture de sa causerie : comment empêcher les machines de vous identifier à l'aide des technologies de correspondances faciales. Il n'a pas vraiment le temps de développer.

– Pourquoi voulez-vous qu'on se tatoue le visage ?

La qualité de son anglais vaut au Dr Eleni l'honneur d'être le porte-parole de l'assemblée, exprimant au nom de tous

46 Acronyme de *International Mobile Subscriber Identity* : numéro d'identifiant unique attribué à tout mobile ayant accès au réseau cellulaire.

une incrédulité que le ton de sa voix exprime sans détours par-dessus la masse endormie de son enfant.

Azi s'efforce d'avoir l'air ravi de la chance qui lui est donnée de préciser sa pensée.

– J'ai parlé de tatouages temporaires, C'est pour échapper à la reconnaissance faciale. La police, le gouvernement… ils ont accès aux documents administratifs de tous les citoyens et donc à leur photo, n'est-ce pas ?

– C'est pour ça que les gens portent des capuches, des masques.

– Sauf qu'on ne peut pas vivre en permanence masqué ou encapuchonné. Et puis ça s'arrache, un masque. Ça se baisse, une capuche. Alors que marquer son visage avec quelque chose comme ça peut empêcher une machine de vous reconnaître. Regardez, j'ai dessiné un exemple…

Azi brandit la feuille de papier qu'il tient à la main, conscient qu'elle ne rend pas hommage à ses talents de dessinateur.

– … et vous pourrez en trouver de meilleurs sur Internet. Ce que je veux vous dire, c'est que ça fonctionne. La plupart du temps, en tout cas. Vous avez sans doute remarqué que j'ai changé mon apparence. Vêtements, cheveux, chaussures… Ça n'a plus rien à voir avec le look que j'avais en arrivant ici. Si vous voulez tromper les machines, il faut modifier votre silhouette, vos proportions, toutes ces petites choses que vous faites naturellement et qui vous caractérisent objectivement aux yeux d'un programme informatique.

Azi porte une main timide à son crâne rasé. Ce qui importe, se dit-il, c'est qu'il serait difficile pour n'importe qui, logiciel compris, de faire le rapprochement entre l'homme qui a fui Berlin et ce pseudo-anarchiste recueilli dans un squat athénien. Le fait que le moindre centimètre carré de son corps le démange, soit affligé d'une abominable raideur, ou souffre d'une combinaison de ces deux tourments est complètement hors sujet. Avant qu'il ne puisse reprendre, une autre voix l'interpelle depuis le fond de la salle.

– Croit-on vraiment que l'avenir de nos actions réside dans la dissimulation ? Que c'est à l'abri de masques que nous allons combattre l'oppression étatique ? Nous n'avons pas honte de ce que nous sommes ! Les politiciens sont corrompus, le gouvernement est corrompu ! Pour éduquer les masses, nous ne pouvons pas nous cacher derrière un masque ou des tatouages. Les grandes figures des mouvements d'émancipation populaire n'ont jamais eu besoin de dissimuler leur visage pour inciter les gens à réfléchir…

Vêtu de ce qui semble être un pyjama de chanvre, le contradicteur est un jeune homme à la barbe échevelée dont le ton péremptoire indique qu'il s'est depuis longtemps convaincu de la pertinence absolue de ses propres points de vue. C'est le problème, quand on s'adresse à une assemblée d'anarchistes, songe Azi, et à plus forte raison d'anarchistes grecs : on ne peut rien énoncer qui ne soit aussitôt contesté. Il s'apprête à répondre, mais le Dr Eleni lui coupe l'herbe sous le pied.

– Tais-toi, Kostas ! On sait tous ce que tu penses, tu t'es suffisamment exprimé pour que nul ici n'ignore tes opinions. Je n'avance pas masquée, je ne suis pas une criminelle. Je suis médecin et j'exerce dans un cabinet dont l'adresse n'a rien de secret. Mais j'ai vu ce qui se passe avec la police, la façon dont elle traite les manifestants. Peut-être devrait-on laisser M. Walker nous dire comment éviter les ennuis et rester en sécurité. Sinon, les gens vont manger du bois. C'est une expression grecque…

Azi fait la grimace, soucieux de reprendre le fil de sa causerie.

– Je comprends, dit-il. Sinon, les gens vont se faire frapper. Avec des bâtons.

Comme Azi l'a déjà remarqué, les anarchistes athéniens présentent une grande variété de profils. Mais la plupart sont d'accord pour dire qu'une barre de fer est aussi nécessaire qu'un bouquet de fleurs pour faire la révolution, sans parler des casques de moto, des matraques et des boucliers anti-émeute « empruntés » à la police. Arrestations et passages à tabac sont routiniers dans le cercle du militantisme le plus acharné, où lancer des pierres sur les autorités est considéré comme un éloquent mode d'expression politique. Quant à la mince frange de ceux qui prônent la non-violence, leur voix est difficilement audible quand les coups de matraque des représentants de l'État pleuvent sur votre tête. Azi opte pour une autre approche.

– Écoutez, je vous propose de voir les masques comme une idée. Une notion plutôt qu'un objet physique, d'accord ? Que vous vouliez éviter d'être reconnu, ou que vous souhaitiez simplement éviter les ennuis, vous vous efforcez dans les deux cas de dissimuler un schéma de comportement. Mais pour que ce soit efficace, il faut d'abord comprendre quels types de comportements les machines sont capables de détecter. La façon dont vous pianotez sur le clavier d'un ordinateur, c'est un schéma de comportement. Vos ennemis sont capables de le détecter et de s'en servir pour surveiller vos activités sur le Net. Mais je peux vous montrer comment installer un module d'extension qui nivelle la cadence à laquelle vous frappez les touches. Pour ce qui est de l'équipement informatique… La première chose, c'est d'avoir un système d'exploitation qui ne laisse aucune trace. Il y a quelque chose qui s'appelle Tails et qui constitue un bon début. Je mettrai toutes les infos sur un wiki. Pour ce qui est des achats… À chaque fois que vous achetez quelque chose en ligne, que vous utilisez une carte de crédit, vous vous inscrivez dans un schéma de comportement…

– Tu ne nous apprends, rien, là. On est des anarchistes !

Ces mots, lancés d'une voix sonore par le barbu du fond de la salle, entrent manifestement dans la catégorie « humour ». Les rires se superposent au rythme des traductions qui se propagent parmi la trentaine de personnes réunies pour écouter Azi. Il enchaîne avec un sourire de circonstance.

– D'accord, d'accord… N'empêche que vous avez besoin d'un moyen de faire des achats, même s'ils sont rares, et ni la navigation anonyme ni les cryptomonnaies ne suffisent à garantir votre sécurité… À moins d'utiliser les deux à la fois et de savoir comment masquer les nœuds à travers lesquels vous accédez à ce qui vous intéresse. Franchement, voler et pirater n'est pas si compliqué…

Il soupire tandis que s'invite sous son crâne l'image d'un monde parallèle dans lequel il aurait pu passer la dernière décennie à se servir comme dans un magasin sans limite, à pousser des rires sardoniques et à acheter des Ferrari.

– … mais assembler des systèmes protégés, corriger des défauts, rester parfaitement anonyme… ça, ce n'est pas de la tarte. La plupart du temps, c'est un boulot ingrat. Les statistiques ne jouent pas en votre faveur, ce qui explique que le stress permanent soit le seul vrai moyen d'assurer sa sécurité. Je m'éloigne du sujet, là… heu… le stress permanent, ouais. Sinon, ils vous auront. Quelqu'un vous aura. Quoi que vous puissiez imaginer de ce qui se trame dans les ténèbres du Net, vous êtes à côté de la plaque. Parce que c'est pire.

Le Dr Eleni soulève les sourcils, comme pour dire : *Le stress permanent, hein ? Essaie un peu la vie de médecin, mon gars, tu m'en diras des nouvelles.* Alors qu'Azi ose un sourire, une voix qu'il ne connaît pas s'élève tout au fond de la salle.

– Quelqu'un est venu poser des questions, à propos d'un type dans ton genre. Dis-nous, à quoi ou à qui tu cherches à échapper en venant ici ? Quel genre de problème es-tu venu apporter dans notre squat ?

L'espace de quelques secondes, Azi reste bouche bée. Il finit par la refermer et, s'appuyant sur une table proche pour retrouver un peu d'équilibre, il parvient à croasser une unique syllabe.

– Qui ?

Mais la salle n'a pas de réponse à lui fournir. Avant qu'il puisse découvrir qui vient de parler – avant qu'il puisse prononcer une autre parole –, Nikasios emplit la moindre parcelle d'air de pleurs retentissants. Le Dr Eleni se lève pour calmer son enfant, quelques débats s'improvisent simultanément ici et là, et une douzaine de participants décident qu'il est l'heure d'aller boire une tasse de thé.

Ne sachant que faire d'autre, Azi marmonne des paroles inintelligibles, se faufile vers la sortie et gagne la rue aussi vite que possible.

25.

À une époque, apprend Kabir de la bouche bavarde du directeur de l'hôtel où il est descendu dans l'après-midi avec le Dr Tal et Mohammed l'Allemand, les étrangers désireux de se battre aux côtés de l'État islamique étaient accueillis à bras ouverts des deux côtés de la frontière. C'était alors un business florissant, poursuit l'homme qui les a rejoints à la table où ils finissent de dîner. Chaque jour, une bonne dizaine de nouvelles recrues séjournaient dans les hôtels situés du côté turc de la frontière, s'équipaient d'armes et de bandanas noirs obligeamment vendus par des entrepreneurs locaux, puis se reposaient quelques jours pendant que les intermédiaires faisaient ce qu'ils avaient à faire.

Ce récit correspond à peu près à ce qu'ont vécu Kabir et son cousin en novembre dernier, et il pensait que ça se passait toujours comme ça. Kabir et Hamid avaient attendu quelques jours du côté turc, jusqu'à ce qu'un message discret leur parvienne tard dans la soirée, indiquant que les fixeurs avaient fini d'organiser le passage. S'en était suivi un trajet en taxi pour rejoindre la frontière, un slalom oppressant entre des mines antipersonnel, puis le confort d'un autre taxi et d'un hôtel, dernière étape avant le recrutement officiel. Le chemin était bien balisé – certains touchant leur commission quand d'autres affichaient un désintéressement stratégique –, et un passage sécurisé dans le sens opposé pouvait être organisé par les mêmes canaux.

Aujourd'hui, les choses ont changé. Les nouvelles recrues continuent à affluer, mais le gouvernement turc s'est mis à s'intéresser plus activement au maintien de la paix dans la région, peut-être parce qu'un certain nombre de pays voisins, mais aussi plus lointains, se sont officiellement émus de l'intensification des combats au cours de l'été. Kabir a vaguement conscience que les opposants à l'État islamique pourraient représenter une menace s'ils s'unissaient au lieu de laisser la guerre civile déchirer la Syrie. Avec des centaines de milliers de gens qui continuent à fuir à la fois le chaos de la guerre civile et la rigueur morale de l'État islamique, le moment est particulièrement mal choisi pour rejoindre la cohorte des réfugiés promis à une interminable et misérable errance.

Ce qu'il doit trouver, ce sont des gens avec des relations haut placées et un véritable intérêt pour les informations planquées dans son postérieur. Et un plan est né de ce constat : si Mohammed et le Dr Tal décidaient d'y aller sans lui et que le passage de la frontière tournait mal pour eux (si mal qu'on ne les revoyait plus jamais), Kabir se retrouverait libre de négocier son destin comme il l'entend. Sans compter qu'il serait également libre d'aller à la selle sans devoir répéter l'abominable processus consistant à retirer puis à réinsérer la clef USB, ce qui en soi pourrait justifier le meurtre de deux hommes.

Une fois qu'il en a terminé avec ses jérémiades liminaires, le directeur de l'hôtel chante les louanges de la sœur fictive de Mohammed l'Allemand, insistant sur le courage de la jeune femme et suggérant discrètement que tout est envisageable avec l'aide d'Allah et de quelques billets de banque. Ce à quoi le Dr Tal lui répond que l'État islamique paiera ce qu'il estime raisonnable, et que dans tous les cas contribuer au succès de cette mission sacrée, avec ou sans rétribution, vaut mieux que d'encourir la mort promise à ceux dont la foi laisse à désirer. Il se trouve que le directeur de l'établissement partage entièrement cet avis.

Après une tasse de café des plus déplaisantes – le café n'est bon nulle part de ce côté-ci de la frontière, mais le jus de chaussette servi dans cet hôtel réussit l'exploit d'être à la fois âcre et insipide –, ils se retirent dans trois chambres adjacentes avec une jolie vue sur les toits qu'embrasent les derniers feux du soleil.

Seuls de rares maisons éventrées et le grondement lointain de véhicules blindés rappellent qu'ils ne sont pas en vacances, mais Kabir ne compte pas se laisser endormir par l'illusion de paix qui flotte ici : il sait qu'il n'a aucune marge d'erreur. Il va devoir agir vite et de façon décisive s'il veut mener à bien son dessein criminel, parce qu'il n'y aura pas de deuxième chance. La ville frontalière dans laquelle ils se trouvent, Jarablous, est une voie de ravitaillement vitale pour l'État islamique, et la prison située au sous-sol de son centre de recrutement a mauvaise réputation, même selon les critères locaux : l'exécution y est considérée largement préférable à l'incarcération. Heureusement, la connexion

Wi-Fi dont il profite via un VPN[47] devrait lui permettre – après qu'il aura fait semblant, pour la dernière fois, de comploter avec Mohammed dans la salle de bain qu'ils partagent – d'effectuer quelques discrètes recherches en ligne sur son téléphone. Malheureusement, Mohammed est à la fois terrifié et avide de paroles rassurantes que Kabir n'a nulle envie de lui prodiguer.

– Frère, tu es sûr que ces informations ont de la valeur ? Celles sur ta clef USB ? Qu'on sera bien reçus ?

– Inch'Allah, oui mon frère. Mais c'est pour plus tard. Ton histoire, ta sœur, le lieu du rendez-vous… Tu te sens prêt à jouer ton rôle ? Tu ne vas pas flancher et tout raconter à ton ami le docteur ?

– Frère Kabir ! Je veux retrouver ma famille, mon pays. Et je sais qu'on est morts s'il soupçonne quoi que ce soit. J'ai prié, j'ai essayé de trouver la paix. Mais j'ai peur. C'est comme s'il voyait tout. Comme si, dans son regard, j'étais déjà mort…

Et ainsi de suite. Kabir le laisse parler, n'écoutant que d'une oreille, et encore, tandis que Mohammed, transpirant et tremblant, murmure des paroles de piété et évoque les êtres qui lui sont chers. Au bout d'un moment, il consent à lui raconter ce qu'il veut entendre ; qu'ils vont passer la frontière ensemble, organiser un rendez-vous avec sa sœur inventée dans la ville frontalière turque, puis sauter dans un taxi et dire adieu à tout jamais au Dr Tal et à la guerre sainte. C'est un plan qui pourrait peut-être fonctionner,

---

47 Acronyme de *Virtual Private Network* (réseau privé virtuel), VPN désigne un réseau crypté dans le réseau Internet permettant une navigation anonyme.

va savoir. Mais Kabir n'a aucune envie de savoir. Ils tirent deux fois la chasse, ouvrent les robinets le temps qu'il faut pour se laver les mains, puis échangent une accolade virile en guise d'au revoir ou d'adieu.

De retour dans sa chambre, il sort son fidèle iPhone, l'allume, mais il semble y avoir un problème. Il l'éteint, le rallume… ça ne fonctionne toujours pas. Il a beau tapoter l'écran, rien ne se passe. Il le met en charge, patiente, puis essaie de lancer Safari, sans succès. Jurant entre ses dents, il le trimbale dans la chambre au bout de son bras tendu, dans l'espoir de capter un signal plus fort qui lui rendra vie. Toujours rien. Il lâche une nouvelle bordée de jurons, moins discrète cette fois-ci, mais c'est peine perdue. Il va devoir attendre demain matin.

Et trouver un moyen de gagner du temps.

26.

D'un seul coup, il ne reste plus rien des quelques jours dont Azi pensait pouvoir disposer. Impossible de retourner au squat pour mener l'enquête, impossible de savoir qui est venu poser des questions à son sujet. Il n'a nulle part où aller en dehors de son placard transformé en salle de crise, et il passe près d'une heure à s'en approcher de la façon la plus tortueuse qui soit, plongeant brusquement dans une boutique, se plaquant à l'angle d'un mur, regardant sans cesse par-dessus son épaule, s'efforçant de ne pas rester paralysé sous l'effet de la panique et de résister à l'envie de s'allonger de tout son long sur le trottoir, accablé de désespoir.

Après tout, ce n'est peut-être qu'une fausse alerte, murmure soudain une voix en lui. Juste des paroles en l'air. Mais Azi s'empresse de chasser cette pensée trop réconfortante pour être honnête, préférant polariser ses réflexions sur les prochaines vingt-quatre heures. Eau minérale, paquets de chips, fruits et biscuits apéritifs, réglés en espèces à la caisse d'une épicerie. À peine sorti, il revient sur ses pas pour acheter un seau. C'est comme retourner dans ce camion, se dit-il, frissonnant au souvenir de la caisse en bois – sauf que cette fois-ci, c'est lui qui se trouve au volant. Il a un ordinateur et une connexion Internet ; il a sa liberté d'action et il a de l'espoir.

Le désespoir n'est pas permis.

De retour dans la petite pièce, il reste quasiment immobile pendant une heure, transpirant à grosses gouttes, passant en revue toutes sortes de scénarios et implorant son cerveau de retrouver un peu de calme ; de quitter le physique et de se laisser glisser dans le numérique. Bientôt, il se sent gagné par une concentration familière, l'esprit progressivement absorbé par le flux d'informations, par l'envie de sonder et de mettre à l'épreuve les faiblesses du monde qui s'étend à l'infini derrière son écran.

Pas de sillage de données[48] à Berlin. Aucune nouvelle d'Odi et Anna depuis leurs messages de la veille, et rester à l'écart des trahisons et convulsions internes avec lesquelles ils sont sûrement aux prises lui convient très bien. Un silence enveloppe aussi Gomorrhe et Sigma, et il est assez certain qu'ouvrir depuis Athènes les portes de la plus sombre des places de marché ne lui attirera que des ennuis. Mais, songe-t-il brusquement, il dispose d'un autre lien avec Munira : quelque chose qui la relie directement avec les gens qu'il soupçonne de l'avoir enlevée. Sa famille.

Azi sait que son cousin, Mohammed Hamid Husam, est né à Bradford et a perdu la vie à Raqqa en début d'année, alors qu'il combattait dans les rangs de l'État islamique. C'est l'une des premières choses qu'elle lui a confiées. Mais il le sait aussi parce que quelqu'un a immortalisé le cadavre

48 Traces générées par les activités en ligne.

de Mohammed Hamid Husam quelques instants après qu'une balle avait creusé un trou dans son front, une photo saisissante qui s'était rapidement propagée sur la toile ; gorgée des métadonnées que l'iPhone 5 du photographe avait insérées dans son fichier image.

Les métadonnées sont les meilleures amies du fouineur : des couches d'informations *à propos* de l'information, enregistrées par défaut pendant la création d'un fichier. Et dans le cas du format EXIF des fichiers générés par un iPhone à chaque fois qu'il prend une photo, ces métadonnées contiennent un tas de renseignements qui peuvent s'avérer précieux, tels que les coordonnées GPS du lieu où l'image a été saisie, le modèle du téléphone, l'heure et la date de la prise de vue. Le propriétaire du portable qui a photographié la mort du cousin de Munira n'a pas songé à désactiver cette fonction, à moins que l'État islamique, pour une raison ou une autre, n'ait pas jugé bon qu'il la neutralise. Toujours est-il que tout est là, à la disposition d'Azi : une mine d'informations qu'il va se faire un plaisir d'exploiter.

Assez vite, Azi en vient à soupçonner que le propriétaire de l'iPhone n'est autre que Kabir Asim Kamal, l'autre cousin de Munira, non seulement parce qu'il sait que les deux hommes sont partis ensemble pour la Syrie, mais aussi parce qu'on peut lire *Rendez-vous au paradis, cousin* sur l'une des toutes premières légendes associées à la fameuse photo. Pour le plus grand bonheur d'Azi, Kabir semble aussi prolifique avec son smartphone que négligent avec les réglages de ses paramètres de confidentialité. Et dans le domaine où excelle AZ, négligence rime avec opportunités.

Il lance un programme de fouilles de données, un bout de code conçu pour sonder le web à la recherche de fichiers images dont les métadonnées correspondent à celles générées par le téléphone de Kabir, à une période et dans une zone géographique données (nord de la Syrie pendant l'année en cours). Cela devrait lui permettre de trouver toutes les images que Kabir a mises en ligne sans restriction d'accès, mais aussi, avec un brin de codage astucieux, les traces furtives d'un grand nombre d'autres espaces numériques beaucoup moins publics où elles ont circulé. Parce qu'il ne doit pas y avoir beaucoup de gens dans le nord de la Syrie qui ont partagé des photos prises avec un iPhone 5 privé de mises à jour système depuis près de deux ans, songe Azi, il ne devrait pas récolter trop de faux positifs dans les résultats de sa recherche. En admettant que Kabir ait toujours utilisé le même téléphone, bien sûr. Et qu'il ne soit pas mort à l'heure qu'il est, en train de pourrir dans un fossé.

S'efforçant de contenir son excitation à chaque fois qu'une nouvelle image apparaît, Azi finit par récolter une douzaine de photographies, la plupart associées aux comptes de réseaux sociaux d'une petite célébrité djihadiste – un chirurgien qui poste un curieux mélange de poses narcissiques et de portraits de chiens errants. Selon les images les plus récentes, Kabir et le chirurgien se trouveraient à proximité de la frontière, à l'ouest d'Alep, en compagnie d'au moins un autre homme. Les légendes et les hashtags ne sont pas d'une grande aide, mais le simple fait de pouvoir trouver autant de fichiers est une information en soi. Manifestement, ces gens sont impliqués d'une manière ou d'une autre dans la propagande de l'organisation islamiste. Et manifestement,

Kabir aime beaucoup son téléphone, sans doute un peu trop pour son bien.

Une fois les fouilles numériques terminées, Azi inspecte l'éventail d'images récoltées : les magasins, les visages et les panneaux plus ou moins nets en toile de fond ; les grilles et les clôtures de fer barbelé. Combien de bombardements stratégiques ont-ils pu être menés à bien grâce à un djihadiste écervelé partageant un selfie accompagné des coordonnées GPS du complexe militaire ultrasecret visible à l'arrière-plan ? Kabir Asim Kamal ne figure que très rarement sur les photos prises par son appareil, mais il y en a une sur laquelle il fixe son propre objectif à bout de bras, sa main libre indiquant ce qui semble être un nouveau quartier résidentiel. *Encore un triomphe pour le grand et glorieux EI*, claironne la légende.

Tout le monde sur cette image semble malheureux et terrifié, et nul plus que Kabir : un visage émacié, brûlé par le soleil sous une barbe mitée ; des yeux d'insomniaque enfoncés dans leurs orbites. Ce Britannique exilé de son plein gré n'a pas l'air de s'amuser comme un fou. Et son iPhone semble avoir un accès direct aux comptes que son pote le chirurgien photogénique a ouverts sur les réseaux sociaux.

Azi fait jouer ses doigts crispés dans l'air étouffant de la pièce aveugle. L'après-midi touche à sa fin, et il sent la peur qui rôde à la lisière de sa concentration – besoin animal d'effacer les traces de son passage et de fuir. Refoulant l'instinct de conservation, il se penche sur le regard pixélisé de Kabir ; sur son visage vieilli avant l'heure par la fatigue, et peut-être la trouille. Publiée depuis seulement quelques heures, la plus récente des photos a été prise près de la ville frontalière où, suppose Azi, il passera la nuit avec ses compagnons. Voilà qui lui convient parfaitement. Comme le sait toute force de police qui se respecte, les petites heures du matin sont idéales pour donner le maximum d'impact psychologique à une intervention – et Azi n'a aucune intention de piquer un somme avant d'avoir mené à bien son projet.

Il se met à sélectionner ses outils. L'heure est venue de prendre contact.

27.

Quelques heures après que Kabir a enfin réussi à trouver le sommeil, enveloppé dans la moiteur de sa transpiration et la texture rêche d'un drap d'hôtel bon marché, une sonorité inattendue le réveille : un iMessage cherche à attirer son attention sur son écran verrouillé, bruyamment annoncé par les vibrations et les vociférations d'une sonnerie, alors qu'il croyait son téléphone hors service.

Kabir tâtonne à la recherche de l'appareil, entre soulagement de voir l'iPhone reprendre vie et colère d'être arraché au sommeil que lui ont octroyé ses derniers cachets. Il essaie de faire taire l'alerte, de nettoyer l'écran de cette intrusion, mais le message reste là. Il se relève sur un coude, se frotte les yeux, lit le message. Le relit une fois, puis deux. Rien de ce qu'il tente ne parvient à chasser les mots qui emplissent l'écran.

Bonjour Kabir. J'espère que tu passes un bon moment à Jarablous. Je sais qui tu es. Je sais où tu es. Je sais ce que tu fais. Tu vas suivre mes instructions à la lettre, et ça commence maintenant. Réponds-moi pour me dire que tu comprends.

Ne fais rien d'autre. Sans réponse de ta part dans l'heure, tu seras mort avant le lever du soleil.

Au terme des cinquante-neuf minutes les plus longues de sa vie – au cours desquelles son iPhone est resté la plupart du temps au fond du tiroir de la table de chevet, tapi comme un reptile, pendant que Kabir faisait les cent pas dans la chambre en proie à de croissantes bouffées de panique –, il envoie deux mots en guise de réponse à son mystérieux et menaçant correspondant.

Je comprends.

Que peut-il faire d'autre ? Si les huit mois qu'il a passés au sein d'une organisation autoritaire et fondamentaliste lui ont appris une chose – en dehors de l'art de la coupe franche dans les vidéos de propagande –, c'est que tout ce que vous dites ou faites peut finir par se retourner contre vous. Voilà pourquoi il faut toujours prendre soin d'en dire le moins possible. Au bout de quelques minutes, une réponse apparaît sur son téléphone désormais contrôlé par un inconnu.

Il était moins une, mais tu as pris la bonne décision. Je vais te montrer ce que je peux faire. Rends-toi à la réception de l'hôtel. Comporte-toi comme si tu t'attendais à tout ce qui va se produire. Rien ne t'arrivera si tu fais ce que je te dis.

Kabir est parcouru d'un frisson. C'est un démon, se surprend-il à penser. Un *sheitan* venu le tourmenter avec des paroles malicieuses murmurées dans son téléphone. Ou plus probablement un hackeur, corrige aussitôt une autre part de lui-même, quelqu'un qui travaille pour ou contre le Califat et qui, pour d'impénétrables raisons, a décidé de s'en prendre à lui. Malheureusement, la distinction entre ces deux possibilités n'est pas aussi nette qu'il le souhaiterait.

Kabir quitte sa chambre et descend l'escalier qui mène à la réception de l'hôtel. Il n'est pas loin d'une heure du matin, et seul le veilleur de nuit rôde en bas. D'un mouvement de tête, il salue Kabir qui va se recroqueviller sur les ruines d'un canapé en cuir placé près de la porte d'entrée, s'efforçant de ne pas avoir l'air d'un type qui serre un iPhone possédé dans sa main. Dix minutes ont passé sans autre événement notable que la mort d'un insecte écrasé par le pied nerveux de Kabir, quand quatre hommes armés pénètrent tranquillement dans l'hôtel. Ils font un signe au veilleur de nuit, lequel vient leur remettre une note manuscrite. Toujours sans prononcer une parole, deux d'entre eux s'engouffrent dans l'ascenseur, les deux autres empruntant l'escalier.

Cinq minutes plus tard, des bruits étouffés se font entendre à l'étage, mélange de coups et de cris, puis deux des quatre hommes armés descendent l'escalier avec leurs victimes menottées. Malgré leurs visages recouverts d'un sac de jute, Kabir reconnaît Mohammed l'Allemand, voûté et saignant à travers la toile, et le Dr Tal, qui ne semble pas blessé. Les hommes quittent aussitôt l'hôtel avec leurs prisonniers, aussi silencieusement qu'ils y sont entrés. Le veilleur adresse une mimique à Kabir, comme pour s'excuser du dérangement. Quelques minutes plus tard, un nouveau message s'affiche sur l'iPhone.

J'espère que tu as apprécié ma petite démonstration. Tes compagnons de voyage étaient des traîtres, mais je ne t'apprends rien : c'est toi qui les as dénoncés. Tu as attiré l'attention sur les secrets qu'ils partageaient en ligne, sur les contacts qu'ils entretenaient avec vos ennemis. Tu es un héros ! Réponds que tu as compris, et retourne dans ta chambre où tu attendras mes instructions.

Kabir tape *J'ai compris*, puis prend l'ascenseur pour regagner sa chambre. Les portes voisines sont en morceaux. À l'intérieur, l'autre moitié du quatuor armé est à l'œuvre, fouillant sans ménagement, un homme dans chaque chambre. Celle de Kabir n'a pas été visitée, mais à travers les murs fins il entend d'incessants bruits de brisures, de déchirures. Son iPhone a beau être poisseux de sueur, il refuse de le poser. L'esprit vide, il se laisse tomber sur le rebord du lit et fixe l'écran du regard dans l'attente d'un autre message qui finit par arriver au bout d'une demi-heure.

Ce que je leur ai fait subir, je peux te le faire subir, Kabir. Aujourd'hui tu es un héros, mais demain tu pourrais prendre la place de ceux que tu viens de trahir, s'ils se montrent convaincants. J'ai les moyens de les aider à l'être, tu sais. Si tu veux échapper à ce triste sort, il va falloir que tu fasses tout ce que je te demande, et que tu le fasses exactement comme je te l'aurai demandé. Réponds que tu as compris.

Kabir répond. Cinq nouvelles minutes passent.

Parfait. Il faut qu'on se parle. Tu vas recevoir un appel dans les dix prochaines minutes. Réponds honnêtement aux questions que je te poserai. Je saurai si tu mens. Si tu ne dis pas la vérité, j'enverrai ces hommes te chercher dans ta chambre, et tu ne seras pas traité aussi gentiment que tes amis. Confirme-moi tout de suite tes nom, prénom, date et lieu de naissance, adresse du domicile en Angleterre, parents, frères et sœurs. J'attends ta réponse.

Résonnant toujours des bruits voisins de perquisition, la chambre de Kabir a soudain des allures de cellule, et l'atmosphère irrespirable d'un enfer personnel. Sûrement ses errances ont-elles mérité cette horrible conclusion. Kabir va chercher une bouteille d'eau fraîche dans le minibar, en boit quelques gorgées, puis fait grincer ses dents jusqu'à ce que la douleur de sa molaire pourrie occulte toute autre sensation et que le monde ne se résume plus qu'à quelques nerfs hurlant leur misère. Après quoi, il fait exactement ce que le *sheitan* lui a dit de faire.

Contre la peau visqueuse de sa main droite, le téléphone vibre. Numéro inconnu. Kabir attend que se dispersent les éclats de lumière qui dansent devant ses yeux, avale une nouvelle gorgée d'eau horriblement froide, et décroche.

28.

Azi n'avait pas eu de mal à prendre le contrôle du téléphone de Kabir Asim Kamal, une fois les données rassemblées. Tout est une question de schémas de comportement : ces erreurs qu'on répète, encore et encore, à son insu. Kabir a posté ses photos sur une sélection de comptes de réseaux sociaux dont aucun n'est à son nom, mais qui sont tous associés à la même adresse électronique. Un e-mail qui s'est avéré identique à celui qui accompagnait une annonce publiée deux ans plus tôt sur Craigslist[49], et dans laquelle il proposait ses services de technicien audiovisuel. En à peine une demi-heure, Azi avait assemblé les éléments nécessaires à une opération d'hameçonnage : un e-mail informant Kabir que quelqu'un avait tenté de s'introduire sur l'un de ses comptes, et qu'il devait confirmer son identité et modifier son mot de passe en cliquant sur le lien.

Le lien en question débouchait sur une réplique parfaite du site prétendument à l'origine de cette vérification, mais Azi n'avait même pas eu besoin que Kabir fournisse les données

---

49 Site web de petites annonces.

d'accès à son compte. Le simple fait de cliquer sur le lien avait libéré un paquet de malwares expressément conçus pour briser les défenses d'un iPhone 5 que son propriétaire aurait négligé de maintenir à jour. D'une simplicité risible. Le programme malveillant contenait même un menu déroulant bien pratique proposant notamment des ransomwares avec plusieurs niveaux d'extorsion financière, ainsi qu'un amusant bouton virtuel « Foutre les jetons ».

La première tâche à laquelle s'était attelé Azi avait été de convertir l'iPhone de Kabir en dispositif de surveillance audio et vidéo parfaitement fonctionnel, sans pour autant en altérer les performances. Tant que sa batterie était chargée, tous les sons à portée du micro de l'appareil lui étaient transmis. Et apparemment, Kabir était le genre de personne qui aimait avoir son portable toujours sous la main.

Azi ne s'était pas trompé en estimant que le trio se rendait dans la ville frontalière. Il avait commencé sa surveillance peu de temps après que ses cibles s'étaient installées dans un hôtel de Jarablous, déterminant leur emplacement à quelques mètres près. Puis, repoussant ses fantasmes de vengeance et de justice dans un coin de son cerveau, il s'était installé aussi confortablement que possible dans sa minuscule chaise pliante, les yeux fermés pour mieux s'imprégner de la conversation des trois hommes.

Ils s'exprimaient essentiellement en anglais, ce qui lui avait grandement facilité la tâche – même le responsable de l'hôtel se débrouillait plutôt bien –, et il ne lui avait pas fallu longtemps pour finaliser son plan d'attaque. D'après ce qu'il avait compris, les trois hommes étaient venus là pour rencontrer, de l'autre côté de la frontière, la sœur de celui qui s'appelait Mohammed. Le rendez-vous était prévu pour le lendemain (sauf s'ils ne trouvaient pas de fixeurs de confiance), ce qui avait contraint Azi à agir sans attendre. Isoler, terrifier, exiger : c'était l'ordre de déroulement de son plan.

La première action d'Azi avait été d'alimenter le très populaire fil d'actualité du Dr Tal avec du contenu antidaté mais pas encore publié exprimant la rage du chirurgien envers l'État islamique, de sorte à donner l'impression qu'il s'apprêtait à rendre publique, une fois de l'autre côté de la frontière, son imminente désertion sur fond de profonde désillusion. *Je suis venu faire la guerre sainte, mais je n'ai rien trouvé de sacré ici, sinon de sacrés crétins #NiqueLeCalifat* était une des trouvailles préférées d'Azi, parce qu'elle lui avait permis de donner un sens nouveau à la pose ambiguë que le Dr Tal prenait devant une centrale électrique en compagnie de son pote Mohammed. *Mo et moi on se tire d'ici et vous ne pourrez rien faire pour nous en empêcher #AttrapeMoiSiTuPeux* n'était pas mal non plus.

Azi avait ensuite utilisé les comptes de Kabir pour envoyer une série d'e-mails et de messages urgents et horrifiés aux contacts les plus haut placés qu'il avait pu exhumer du répertoire piraté, adoptant le style lèche-bottes prisé pour les échanges officiels.

Qu'Allah vous garde, très respectés commandants. Je vous écris pour vous prévenir d'une tentative imminente de désertion ; une trahison de notre cause sacrée par des hommes en qui j'avais confiance, mais dont je connais désormais le vrai et vil visage, qui est celui du mal qui ronge leurs cœurs. Je joins à ces mots des captures d'écrans de messages impies sur le point d'être publiés, ainsi que tous les détails qui vous permettront de vérifier par vous-même la véracité de ces accusations. Je vous en supplie, très respectés commandants, veuillez agir vite. À mes humbles prières adressées à la sagesse de votre jugement, je joins également l'adresse de l'hôtel, ainsi que les renseignements nécessaires pour localiser facilement les chambres de ces traîtres.

Et ainsi de suite. Une fois qu'on a fouillé parmi des centaines et des centaines d'e-mails de djihadistes pour s'imprégner du juste ton et glaner des détails convaincants, il est incroyablement facile de se glisser dans la peau du personnage. L'apprentissage statistique[50] pourrait sans doute proposer une imitation tout à fait correcte, mais Azi a toujours prisé la touche personnelle.

Lorsque tout ça avait été fait, Azi avait paralysé l'iPhone et mis la dernière main à l'opération. Prétendant être Kabir, il avait travaillé en liaison avec les autorités locales, désormais réveillées et sur le pied de guerre, acceptant au nom du valeureux dénonciateur leur proposition d'attendre dans le hall d'entrée à une heure convenue, pendant que les traîtres étaient arrêtés à l'étage. Pour ne rien laisser au hasard, Azi avait prévenu l'homme qui tenait la réception de l'hôtel, avant d'écrire un premier SMS à Kabir.

Tout s'était passé comme sur des roulettes. À présent que les dés sont jetés, il ne lui reste plus qu'à avoir une petite

50 Également appelé « apprentissage automatique » ou *machine learning*, l'apprentissage statistique désigne la technologie qui permet aux machines – sans qu'elles aient été programmées explicitement à cet effet – d'apprendre seules à partir de données fournies.

conversation téléphonique avec un djihadiste si terrifié et déboussolé qu'il parvient à peine à parler.

– Kabir. Kabir Asim Kamal.

– Je… Oui…

– Kabir Asim Kamal. Confirme tes nom et prénoms.

Azi avait hésité à modifier sa voix à l'aide d'un logiciel, mais il se dit que tout compte fait, il a eu raison de ne pas le faire : la fureur la rend suffisamment glaçante comme ça.

– Confirme ou cette conversation va prendre fin, et ta vie avec.

– Je suis… Oui, c'est moi, c'est bien moi.

– À partir de maintenant, tu travailles pour moi et tu fais exactement ce que je te dis de faire, compris ?

La voix de Kabir tremble à travers les grésillements de la liaison téléphonique.

– Oui, monsieur. J'ai compris.

– Je vais te poser des questions. Réponds la vérité. Tu as un cousin ?

– Il est… Oui, mais il est mort. Il a été tué.

– Tu as d'autres cousins ?

– En Angleterre, oui. Deux jeunes cousins.

– Dix et quinze ans, je sais. Je mets ton honnêteté à l'épreuve, Kabir. Quand as-tu quitté l'Angleterre pour rejoindre les rangs de l'État islamique ?

Il y a un court silence à l'autre bout du fil, suivi de mots qui se bousculent, portés par une voix paniquée qui monte dans les aigus.

– Je ne sais plus, s'il vous plaît, je n'arrive pas à m'en souvenir… L'année dernière, après les feux d'artifice, la *Guy Fawkes Night*[51], en… en novembre. Je suis parti en novembre, avec mon cousin.

– Nom et prénoms du cousin ? Date de sa mort ?

– Janvier… Il est mort mi-janvier. Il s'appelait Hamid. Mohammed Hamid Husam. J'étais avec lui quand il s'est fait tuer. S'il vous plaît, monsieur…

– Tu as dit la vérité, c'est bien. Mais tu as un autre cousin. Ou plutôt une cousine.

– Non, non… Seulement ceux dont je vous ai parlé. Je vous le jure.

– Menteur. Je sais quand tu mens et je le saurai toujours.

Azi parle d'une voix de plus en plus dure, de plus en plus rapide, intensifiant la pression de l'interrogatoire au fur et à mesure qu'il s'approche de la seule question qui l'intéresse.

– Non ! Je dis la vérité, Allah m'en est témoin !

– Munira Kahn. La fille unique de ton oncle paternel. C'est ta cousine, elle aussi.

– Je ne comprends pas. S'il vous plaît…

– C'est ta cousine, oui ou non ?

– Oui. Enfin, elle l'était. Je vous en prie…

Il y a un truc qui cloche, mais Azi ne laisse transparaître aucun trouble : juste une colère froide, implacable.

– Explique.

– Ils étaient très pauvres, et ils ont eu cette fille… Elle était toute petite…

– Explique.

---

51 Événement qui célèbre l'anniversaire de la « Conspiration des poudres », épisode de l'histoire britannique au cours duquel des catholiques anglais tentèrent de faire sauter le parlement.

– Elle est morte.

Là, songe Azi, on est bien au-delà du truc qui cloche. Sa réponse est un souffle glacé, à peine audible.

– Impossible.

– Elle est morte, je le jure devant le prophète ! Avant son premier anniversaire.

La voix de Kabir tremble tellement qu'Azi peine à le comprendre. Pourtant, il ne perçoit nulle trace de duperie dans ses mots – seulement la volonté désespérée de satisfaire son interlocuteur.

– Tu fais erreur. Ou tu mens.

– Non, s'il vous plaît. Vous devez me croire. Munira, c'était son prénom. Elle est décédée. Un grand malheur, elle n'avait même pas un an…

Azi se raidit, change de position sur sa chaise soudain redevenue inconfortable, se pétrit le front de sa main libre. C'est impossible. Qu'est-ce que cela peut bien vouloir dire ? Sa mémoire remonte le temps jusqu'aux messages de Sigma, jusqu'à leur rencontre à Victoria Station. Il songe à la façon dont il a donné vie à Jim, à la façon dont on peut s'approprier une existence, étape par étape, en commençant par déterrer un enfant mort. Une phrase se met à tourner en boucle sous son crâne. *Munira Kahn n'existe pas. Munira Khan n'existe pas.* Un silence assourdissant emplit brusquement son esprit et il réalise, le cœur au bord des lèvres, que son bandage est poisseux de sang. Il doit absolument se reprendre, conserver la maîtrise des événements. Mais retrouver sa voix lui demande un immense effort.

– Je te crois.

Kabir explose de gratitude.

– Merci ! Au nom d'Allah le clément, le très miséricordieux, le…

– Assez.

Plus que tout, réalise Azi, il a envie de faire mal à l'homme qui se trouve à l'autre bout du fil. Comme si cela pouvait le soulager de sa propre douleur. Comme si cela pouvait effacer le coup violent que Kabir vient de lui porter malgré lui.

– Tu m'as dit la vérité. Ça signifie que tu peux m'être utile.

– Oui, bien sûr, tout ce que vous voulez. Mais qui êtes-vous ? Que voulez-vous ?

– Je veux des informations. Je ne suis pas un ami de l'État islamique.

Comme s'il avait attendu toute sa vie d'entendre quelqu'un prononcer cette phrase, une cavalcade de mots se bousculent dans la bouche de Kabir.

– Moi non plus, je ne suis pas leur ami ! J'étais justement sur le point de quitter la Syrie et de fournir des informations à ceux qui les combattent. Je les méprise et je veux aider l'occident. Si je suis venu ici, c'était juste pour mettre la main sur leurs secrets et tout raconter à leurs ennemis. Et des secrets, j'en ai découvert ! Je peux vous les envoyer ! Mon cousin, je le détestais. J'ai des informations ultraconfidentielles, là, en ma possession ! Je le jure, je n'ai fait que les espionner, ces chiens, et…

Azi ne peut en entendre davantage. *Munira Khan n'existe pas.* Il interrompt brutalement la diatribe de Kabir.

– Tant que tu me seras utile, je te garderai en vie. Je t'enverrai des instructions et tu obéiras. C'est aussi simple que ça. Ne quitte pas ta chambre, ne va nulle part avant que je te recontacte.

– Oui, comptez sur moi. Merci, mon frère. Merci !
– À bientôt, Kabir Asim Kamal.
Azi lance ces mots comme un crachat, met fin à la conversation et repose violemment le téléphone sur l'étagère métallique qui lui sert de bureau. Le choc répercute dans son bras une brutale vibration et résonne avec fracas dans le minuscule espace. Mais rien ne pénètre plus les sens d'Azi, accaparés par d'incessants murmures qu'il ne peut réduire au silence.

Munira Kahn n'existe pas.
Elle est morte depuis vingt ans.
Tu as donné ton cœur à un cadavre.

29.

Sans vraiment savoir où il va, Azi quitte sa cachette et s'aventure dans les ténèbres pâlissantes de la nuit. Les jours d'été commencent tôt ici, éclairant l'horizon de gris puis d'une succession de bleus, comme si le ciel noir dégivrait au soleil. Il inspire de grandes bouffées d'air et se met à courir à travers les rues désertes, s'autorisant bientôt le repos d'un mur contre lequel il s'adosse, hors d'haleine, avant de se laisser glisser sur le trottoir.

Une fois de plus, le monde s'écroule sous ses pieds. Le cousin de Munira – un lâche qui vendrait père et mère pour sauver sa peau – a sapé ses fondations.

Le bébé mort, l'adresse de résidence, les informations qu'il vient de glaner en suivant la trace numérique des données personnelles de Kabir… Tout ça ne peut être le fait de mensonges ou de coïncidences. Munira…. La jeune femme qui l'a ému et troublé, celle qu'il pensait essayer de sauver ; cette histoire n'était donc qu'une fiction. Un scénario fabriqué de toutes pièces pour le berner. Et il a tout gobé, du premier au dernier mot.

Le trottoir est froid à travers la mince épaisseur du pantalon, son revêtement sillonné de lézardes où prospèrent des herbes folles. Azi laisse courir un doigt sur l'une d'elles et remarque le rouge qui macule sa main. Il lui faut un instant pour se souvenir d'où vient ce sang. Le bandage crasseux pend lamentablement sur un sourcil, mais il n'a pas mal. D'ailleurs, il ne sent plus rien, sinon une impression de vide et la puanteur des rues sales mêlée à l'odeur rance de sa peau. Tous ses espoirs n'étaient que des mensonges.

Anna, Odi et Munira sont-ils de mèche ? Au vu de ce qui s'est passé à Berlin – les morts, les dégâts matériels, l'expression de leurs visages –, cela lui semble impossible. Munira devait donc être un piège dans lequel ils se sont tous précipités, et Azi n'aime pas ce que ça dit de lui : un appât stupide, gigotant pathétiquement sur l'hameçon de Munira. Comment cela a-t-il pu échapper à sa vigilance ?

Tête inclinée sur ses genoux, il connaît déjà la réponse à sa question. L'urgence et la contrainte ont produit leur effet. En créant un sentiment d'urgence qui élimine les autres choix d'action, vous engendrez une situation où votre interlocuteur n'a d'autre option que de faire ce que vous voulez qu'il fasse, même s'il a l'illusion d'avoir pris lui-même la décision. Il avait cru brouiller la clairvoyance de Munira à l'aide de cette technique élémentaire de manipulation, mais c'est lui qui a perdu sa lucidité sous l'effet de l'urgence et de la contrainte. L'arroseur arrosé. Même ses sentiments lui ont été dictés par quelqu'un d'autre – une idylle en trompe-l'œil taillée sur mesure pour un pigeon.

Cela fait maintenant soixante-douze heures qu'Azi s'est traîné à quatre pattes hors d'une caisse en bois déposée dans la banlieue d'Athènes.

Il aurait déjà dû quitter cette ville. Qui que soit réellement Munira, elle doit savoir qu'il n'est pas mort à Berlin. Elle sait peut-être même qu'il se trouve ici, et il se pourrait bien qu'elle ne soit pas la seule à détenir cette information. Et si c'était elle qui avait placé l'étrange dispositif de pistage qu'il a trouvé dans l'entrepôt ? Elle qui avait créé ce faux profil en cache ? Ça fait peut-être longtemps qu'elle a commencé à tisser sa toile autour de lui, se délectant par avance du chagrin d'amour qu'elle allait infliger à cette proie crédule. Il a accordé sa confiance à trop de gens, mis trop de gens en danger. Il a échoué.

S'efforçant de libérer son esprit de la brume de fatigue, de déception et de culpabilité qui l'oppresse, Azi se relève avec des gestes de vieillard et file d'un bon pas à travers les rues encore sombres, se dirigeant au hasard. Le simple fait de bouger lui fait du bien. *Tu pourrais te mettre à courir*, murmure une voix entre ses oreilles, *et ne plus t'arrêter pendant des heures ; avaler les kilomètres à grandes foulées jusqu'à ce qu'il n'y ait plus que des champs autour de toi ; tout laisser tomber, tout oublier pour devenir un être invisible et sans passé, définitivement à l'écart du monde.* Son corps réclame de grands espaces, mais aucun décor, aussi vaste soit-il, ne mettra d'ordre dans son chaos intérieur.

C'est alors que lui vient une pensée, une idée aux contours si familiers qu'elle devait être en lui depuis longtemps, attendant d'être remarquée. Abreuvant d'injures silencieuses la femme qui l'a trahi, Azi fait demi-tour et regagne à toutes jambes la rue Stournari dans les lueurs calmes du matin naissant.

Bientôt, ses pas résonnent sur les marches carrelées, et le voilà de retour dans le réduit aveugle depuis lequel il peut envoyer un message à une adresse électronique sécurisée qui attend de ses nouvelles.

J'ai des informations dont vous avez besoin, de toute urgence. Je suis à Athènes et on peut se voir aujourd'hui aux alentours de midi, heure locale. Vous devez me faire confiance. Retrouvez-moi…

Les doigts d'Azi se figent au-dessus du clavier. Il demande qu'on lui fasse confiance, mais lui, à qui peut-il faire confiance ? À personne, pour le moment. Et pourtant, ce qu'il fait est préférable au vide que les mots de Kabir ont ouvert sous ses pieds – préférable à la fuite et à la peur, seules perspectives que cette ville peut désormais lui offrir.

Il détient un avantage, un savoir, une information précieuse. Quelque chose qu'il est parvenu à extraire de cet enchevêtrement de mensonges et de mauvais choix. Un renseignement dont ils ont désespérément besoin : la duplicité de celle qui se fait appeler Munira.

Reste à organiser le rendez-vous : où et comment ? Il lui faut un environnement à l'opposé de ce qu'il est venu chercher ici : espace public, vidéosurveillance, sécurité ; la protection de milliers de smartphones aux mains d'inconnus toujours prompts à filmer le moindre incident. Un lieu d'où ne puisse jaillir nulle surprise ; un lieu sans recoin ni zones d'ombre où tout se dévoile et brille à l'éclat du jour.

… à l'Acropole, sur les marches du Parthénon. Si je ne connais pas le contact, qu'il me salue à distance, par mon prénom. Une seule personne, sans arme. Répondez à ce message pour confirmer. Je serai au rendez-vous. Apportez quelque chose à grignoter.

Azi Bello va ensevelir ses ennemis sous les ruines du palais des mensonges qu'ils se sont ingéniés à construire.

30.

– Vingt euros ! Vingt euros !

Le Dr Eleni se délecte manifestement de sa propre indignation. La sentant sur le point de se lancer dans une longue diatribe, Azi compose une mimique incrédule dans l'espoir qu'elle se calme en constatant qu'il partage sa désapprobation, sinon sa révolte.

– Vous avez raison, dit-il, ce n'est pas normal. Mais je vous invite.

– Ce n'est pas le problème, voyons ! C'est du vol. Du vol, vous m'entendez ? C'est encore plus cher que je le croyais !

Elle toise Azi d'un regard qui va au-delà de son habituelle brusquerie.

– Vous pouvez vous permettre de débourser quarante euros ? Alors, soit. Même si c'est une trahison au regard du gîte et du couvert dont vous avez bénéficié gracieusement. Mais votre crime est bénin en comparaison de la filouterie de l'État.

– Tout est bénin en comparaison de la filouterie de l'État.

Azi et le Dr Eleni savourent les délices d'une longue file d'attente sous une chaleur torride que l'ombre maigrelette d'une rangée d'arbres parvient à peine à apaiser. Encore un prix à payer pour visiter l'Acropole sous un beau soleil d'été, songe Azi, davantage contrarié par les affres du tourisme de masse que par le prix du billet d'entrée.

Son ton badin manque peut-être de naturel, mais il a décidé que faire preuve de légèreté, même simulée, était une meilleure tactique que de supplier à genoux le Dr Eleni de lui lâcher les basques si elle tient à la vie. C'est le genre de personne qui n'aime pas du tout qu'on lui dise ce qu'elle doit faire.

Les ennuis d'Azi ont commencé quand il est retourné au squat pour récupérer ses affaires en quatrième vitesse. Il était encore tôt, mais Eleni se trouvait déjà là, venue s'assurer de la bonne santé de ses patientes enceintes. Comme à son habitude, elle avait montré un vif intérêt pour à peu près tout ce que faisaient à peu près tous les résidents du squat et, Nikasios confié à la garde de son père, elle avait joué les sangsues dès qu'Azi avait eu le malheur de lui dire qu'il comptait visiter l'Acropole à l'heure du déjeuner.

Il avait essayé de tergiverser, de trouver un moyen de la décourager, de se montrer assez subtil pour lui faire changer d'avis sans déclencher son courroux. Mais sans doute s'est-il montré trop subtil, parce qu'elle est toujours là, pestant dans la longue file des touristes. Chassant une image de Nikasios endormi dans les bras de sa mère, il s'efforce de prendre le ton le plus normal possible, même s'il ne sait pas trop ce que cela veut dire.

– Alors, Eleni, vous pouvez me parler un peu de l'histoire de ce site ?

– Non.

– Je vous demande pardon ?

– Il n'y a pas écrit Wikipédia sur mon front, que je sache. Vous n'avez qu'à regarder sur votre téléphone. Je ne suis pas venue ici pour vous servir de guide.

Azi tente de monter d'un cran sur l'échelle du charme.

– Non, bien sûr… Mais c'est vous qui m'avez conseillé de venir ici. Et vous payer le billet est la moindre des choses. Après tout, vous m'avez offert vos bons soins, et c'est bien plus précieux. Merci de m'avoir accompagné, en tout cas.

– Je suis venue parce que je m'inquiète.

Il lui adresse un sourire, toujours sur le même registre.

– C'est très gentil de votre part, Eleni.

– Vous ne comprenez pas. Je vous ai accompagné parce que je m'inquiète que vous ne soyez pas celui que vous prétendez être. Vous avez déguerpi à toute vitesse, hier, et ce matin la visite aurait été encore plus éclair si je ne vous avais pas mis le grappin dessus. Je suis peut-être idiote de m'intéresser à ça, mais après tout c'est moi qui vous ai fait entrer dans ce squat, et je me sens responsable. Est-ce que vous espionnez les gens qui prennent soin de vous, M. Adam Walker ?

– Mon Dieu, non. Non, absolument pas ! Je vous le jure.

Il est sincèrement horrifié qu'elle puisse penser une chose pareille. Le mètre soixante-cinq du Dr Eleni se raidit tout entier et elle regarde Azi dans le blanc des yeux.

– Alors, *qui* espionnez-vous ?

– Personne, je vous assure. Je n'espionne rien ni personne.

– Ils ont essayé de m'enrôler, il y a quelque temps. Du fait de mon travail, de mon statut… C'étaient des flics en costume, très polis, presque amicaux. Ils voulaient que je les aide à faire un peu de surveillance, que je collecte des renseignements sur une certaine frange de ma patientèle. Dans l'intérêt de la sécurité du pays, m'ont-ils expliqué. Ils ont peur, Adam. Peur de la violence, des terroristes, de la colère des citoyens. Vous verrez, le pays sera bientôt dirigé par des hommes très différents.

Azi n'a pas encore renoncé à gagner les bonnes grâces du médecin.

– Pourquoi pas par des femmes ?

– Ça viendra, mais pour le moment, la politique est surtout une affaire d'hommes, ici. On est en Grèce, M. Walker. J'ai dit à ces policiers que je ne partagerai aucune information avec eux, que je continuerai à faire mon travail comme je l'ai toujours fait, en traitant avec respect tous ceux qui pénètrent dans mon cabinet, en les remettant sur pied du mieux que je peux et en m'efforçant de leur redonner un peu d'espoir. Comme je l'ai fait pour vous. Mais j'ai l'impression que vous avez fait preuve d'une certaine ingratitude.

Ils ne sont plus très loin du guichet, à présent, prêts pour la fouille des sacs. C'est une journée superbe, la plus belle depuis l'arrivée d'Azi, avec son ciel qui frissonne de lumière et sa terre morcelée d'ombres aux contours nets. Comparant les magnifiques vestiges qui se dressent devant lui sur le plateau rocheux et l'encombrement des rues qui filent à perte de vue en contrebas, Azi se demande si les deux derniers millénaires ont vraiment été synonymes de progrès. Bien sûr, admet-il pour lui-même, il faut se réjouir que les Grecs aient renoncé à la stratégie de l'esclavage pour édifier les infrastructures publiques. Jouant la carte de la conciliation contrite, il cherche le regard d'Eleni.

– Je suis désolé. C'est vrai que j'ai caché des choses. Mais je suis du côté des gens que j'ai côtoyés à Exárcheia. J'adore ce qui se passe dans ce quartier. Ce que j'ai dit sur le droit à la vie privée, sur la liberté, ce sont des choses auxquelles je crois profondément. J'ai mon jardin secret, c'est tout.

– Très bien, disons que je vous crois. Mais ça ne résout pas notre problème du moment. Vous n'êtes pas un très bon espion, n'est-ce pas ?

– Comment ça ? Je vous dis que je ne suis pas un espion !

– Ça se voit, dit Eleni avant de baisser la voix. Il y a un type derrière nous dans la file, celui avec le panama. Ne regardez pas ! Ou alors très discrètement… À votre avis, c'est possible que cet homme soit équipé d'un implant cochléaire ?

Azi la regarde avec des yeux ronds.

– Un quoi ?

– Les médecins remarquent ces choses. C'est un dispositif électronique qui permet aux sourds et aux personnes souffrant d'une perte auditive sévère de conserver un certain niveau d'audition. Tout le monde peut avoir ce genre de problème, bien sûr. Mais je doute que ce soit le cas de cet homme.

Elle s'interrompt et laisse passer quelques secondes de silence, mais très vite l'expression perplexe d'Azi l'incite à poursuivre.

– À propos de surdité, savez-vous qu'il n'est pire sourd que celui qui ne veut pas entendre ? Ça pourrait s'appliquer à votre cas, cher Adam. Je pense que le type au panama a une sorte d'oreillette très discrète. Et je pense qu'il nous suit. Mais je peux me tromper, bien sûr.

Azi en a entendu suffisamment comme ça.

– C'est bon, c'est bon. Vous devriez partir, Eleni. Tout de suite, c'est plus prudent.

– Oui, je devrais. Mais je crois que je vais rester avec vous. J'aimerais avoir quelques réponses. Et puis vous avez choisi un bon endroit pour rencontrer des gens dangereux. On a passé la sécurité, je pense que personne ne tentera de vous occire ici.

– Génial… maugrée Azi.

Il le sait, essayer d'imposer quoi que ce soit au Dr Eleni est une cause perdue. Il n'insiste pas, d'autant qu'une idée vient de lui traverser l'esprit.

– Dites-moi, est-ce que les sourds munis d'implants peuvent entendre ? Je veux dire, on pourrait peut-être faire un gros bruit pour voir s'il réagit ? Vous savez, comme lancer une balle à quelqu'un qu'on soupçonne d'être un faux aveugle, pour voir s'il a le réflexe de s'en saisir.

– Je viens de vous expliquer que l'implant permet justement de percevoir des sons. Sinon, pourquoi s'embêter à s'en faire poser un ?

– Ah oui… Bien sûr.

– Et quel genre de crétin lance une balle à un aveugle ? Vous allez trop au cinéma, mon vieux.

Naviguant au milieu d'une mer de casquettes, de shorts, de selfies et de sandales, Azi et Eleni crapahutent entre des blocs de pierre brûlants jusqu'aux vestiges doriques d'une civilisation qui fut, selon Eleni, *fasciste dans les grandes lignes, mais qui a quand même eu des bonnes idées.* L'homme au panama fait de sporadiques apparitions au loin, mais il finit bientôt par disparaître, englouti par la foule. Même la masse criarde des touristes ne parvient pas à déséquilibrer la géométrie des lieux, leur domination sur le paysage alentour, la sensation tenace que ce plateau rocheux n'appartient pas tant à la ville qu'au ciel et aux montagnes. Ne sachant que dire d'autre, Azi décide de partager la seule chose un peu originale qu'il connaisse sur le bâtiment qui se dresse devant eux.

– Vous savez qu'elles ne sont pas vraiment droites ? Je parle des colonnes du Parthénon. Elles ont été délibérément construites un peu inclinées vers l'intérieur, et toutes n'ont pas exactement le même diamètre.

– Et j'imagine que je suis censée vous demander la raison qui a poussé les architectes à faire ce choix ?

– Je vais vous le dire, que vous me le demandiez ou non. Ils ont fait ça parce que l'œil humain déforme la réalité face à des lignes parfaitement horizontales ou verticales. Et l'association d'une colonne légèrement inclinée vers l'intérieur et d'une base un peu convexe crée une courbe qui corrige le défaut de notre vision. C'est une illusion d'optique. Vous voyez, Eleni, vos ancêtres savaient que pour donner l'apparence de la perfection, il faut construire quelque chose qui n'est pas parfait.

– D'accord, je reconnais que c'est une information intéressante. Ce qui explique sans doute que tous les Grecs apprennent ça à l'école primaire. Mais merci de me donner un cours sur ma propre culture.

Azi n'ouvre plus trop la bouche après ça, se contentant de tourner la tête en tous sens, de plus en plus émerveillé par la beauté du site. Ils sont maintenant au pied des marches du Parthénon, en compagnie de quelques centaines d'autres visiteurs. Le soleil cogne sur le haut des têtes et la fine toile du bob qu'Azi a vissé sur son crâne chauve – acheté deux euros ce matin à un vendeur à la sauvette – peine à le protéger. Brisées par endroit, trois immenses marches mènent à huit colonnes cannelées qui soutiennent les vestiges de la façade. De près, tout semble démesuré, construit pour des géants. Le vertige de la lumière zénithale, la chaleur implacable et la foule bigarrée se superposent sous le crâne brûlant d'Azi, formant une sorte de compression. Il s'arrête de marcher, peinant à trouver sa respiration, puis se tourne vers Eleni.

– Vous avez entendu ?

Ils se figent un instant. Une voix crie bien son prénom, quelque part à la gauche des marches.

– Eleni, j'attendais un signal, et je crois l'avoir entendu. Je dois aller rencontrer quelqu'un, maintenant. Par là-bas, ajoute-t-il avec un geste vague. Restez ici, s'il vous plaît.

– Cette fois-ci, et cette fois-ci seulement, je vais faire ce que vous me demandez. Mais je vous ai à l'œil.

Azi se fraye un passage parmi les touristes en direction de la voix qui s'élève, ferme et sonore, mais suffisamment détendue pour n'attirer qu'une attention distraite. Il s'agit bien de l'homme au panama, nonchalamment adossé à un énorme bloc de pierre, en lisière de la zone accessible au public. Il repère Azi et agite la main comme s'il venait de retrouver un ami.

– Azi !

– Et vous êtes ?

– Odi et Anna vous prient de les excuser de n'avoir pu se déplacer. Ils vous passent le bonjour. Allez, suivez-moi, la visite est terminée.

Azi hésite un instant, notant que l'homme est bien plus proche de lui qu'il ne l'était cinq secondes plus tôt.

– D'accord, mais… heu… On peut peut-être prendre le temps de mieux se connaître avant de passer aux choses sérieuses ? Odi et Anna, mon prénom… c'est bien. Mais vous n'avez rien d'autre pour moi ?

L'homme semble trouver ça drôle.

– Bien sûr, où avais-je la tête ? Vous vouliez quelque chose à grignoter. Vous aimez le baklava ?

– Je déteste. Mais c'est gentil de proposer.

Azi amorce un pas de recul, mais avant même d'avoir pu compléter son mouvement, il sent une main se plaquer contre son flanc et une légère pression, accompagnée d'une sensation de fraîcheur. *Bizarre,* songe-t-il machinalement, *je ne me souviens pas que j'avais une bouteille dans la poche.* Et pourtant un liquide semble se répandre sur sa peau et imprégner ses vêtements. Il baisse les yeux et voit du sang à l'endroit où l'homme a posé sa main, une petite flaque chaude et poisseuse qui leste le tissu fin de son T-shirt. D'abord, il ne sent rien. Puis une douleur le gagne – une douleur horrible, paralysante, qui lui fauche les jambes et le met à genoux. L'homme s'avance vers lui avec l'expression soucieuse de quelqu'un qui voit son ami faire un malaise sous un soleil impitoyable.

Derrière lui, Azi entend le cri d'une femme, ses jurons déchirant l'air suffocant. Autour la foule ondule, gonfle et s'étire, puis la vague se brise sous l'effet de la panique. Azi ignore comment se dit « terroriste » en grec, mais il est à peu près certain que ce mot se répercute dans une cacophonie de langues sur l'ensemble du site, les touristes dévalant les hauteurs de l'Acropole en rangs désordonnés.

L'homme au panama hésite – ça ne dure qu'un instant, mais Azi en profite pour se relever et tituber vers la femme qui crie. Il voit son visage, à présent, et reconnaît Eleni. Elle le regarde, doigt pointé dans sa direction. Ses traits crispés n'expriment pas de panique, mais une grande détermination. Contournant une mère qui étreint ses enfants, l'homme au panama le rejoint. Azi a de plus en plus de mal à se mouvoir – ses jambes semblent sur le point de céder à nouveau. De toute façon, même si la vie ne s'écoulait pas de son flanc droit, il n'aurait aucune chance d'échapper à ce type.

Avec le sentiment frustrant de ne rien comprendre à sa propre fin, Azi s'accroche désespérément à ses derniers fragments de lucidité. Mais le déroulement de cette séquence finale devient de plus en plus incohérent, les images qu'il perçoit sautant comme celles d'un vieux film en Super 8. Derrière l'homme au panama apparaissent brusquement les dreadlocks tentaculaires d'un touriste. Il tient dans ses mains quelque chose qu'Azi discerne mal, une masse floue qui lui fait songer à un morceau de marche du Parthénon. Le rasta lève ce bloc à bout de bras, bien au-dessus de l'enchevêtrement savant de ses cheveux, puis le baisse d'un seul coup, frappant l'arrière du crâne de l'homme chapeauté qui s'effondre sur Azi, le plaquant durement sur le sol irrégulier. Le corps qui le recouvre devient flasque au terme de quelques soubresauts et Azi entend bientôt, au-dessus de lui, deux voix calmes émerger du chaos.

– J'ai crié. C'est la seule chose que j'ai trouvée pour empêcher cet imbécile de mourir.

Eleni tend la main au rasta.

– Eleni, enchantée.

– J'ai dû improviser, moi aussi. Ravi de faire votre connaissance, Eleni. Je m'appelle Odi.

Et puis viennent les ténèbres.

31.

Au bout de près de deux jours de silence, Kabir est au bout du rouleau. Il a résisté tant bien que mal durant les premières vingt-quatre heures, mais il a fini par envoyer une douzaine de messages avec son iPhone piraté, à l'affût d'une réponse du *sheitan* tapi à l'autre bout du fil, cette entité omnipotente qui, dans son esprit tourmenté, a pris une forme démoniaque où s'agrègent les figures fantasmées de l'agent secret, du hackeur et de la machine implacable. Ses premiers messages n'étaient composés que de quelques mots, mais le dernier en date se répand en supplications et promesses sur tout un paragraphe. Ses mains étaient devenues de plus en plus moites au fur et à mesure qu'il le rédigeait et corrigeait cent fois, espérant trouver les mots magiques qui lui vaudraient quelques explications. Rien n'est jamais venu.

Bravant l'interdiction de ne pas quitter sa chambre, Kabir est descendu tôt ce matin, s'efforçant de ne pas regarder les stigmates de la fouille subie par les chambres voisines. Filant jusqu'à l'épicerie la plus proche pour s'approvisionner en eau et nourriture, il a brièvement hésité à prendre ses jambes à son cou et à passer la frontière, mais s'est finalement résolu à regagner l'hôtel.

Son comportement est suspect, mais il s'en fiche. Rien n'a d'importance à part s'assurer que son téléphone a du réseau et qu'il est suffisamment chargé. Il ne lit pas ses mails ni ne se connecte aux réseaux sociaux, persuadé que ses faits et gestes sont étroitement surveillés. S'agit-il d'une mise à l'épreuve ? D'un châtiment ? D'un jeu malsain ? La peur le rend à moitié fou, mais aussi l'ennui. Chaque minute semble passer plus lentement que la précédente.

Finalement, il ne peut plus supporter de rester entre ces quatre murs. Snobant l'ascenseur qui le rend claustrophobe, Kabir dévale l'escalier et erre un instant dans le hall d'entrée, à la recherche du directeur. Il finit par le repérer dans le petit bureau aménagé derrière la réception, sa volubilité naturelle tarie par les récents événements. Les arrestations à la nuit tombée ne sont pas bonnes pour les affaires. Surjouant une approximation d'autorité, Kabir ordonne à l'homme de laisser son ordinateur connecté sur le compte administrateur et de débarrasser le plancher.

Une fois la porte du bureau fermée à clef, il prend une profonde respiration et se rend dans les minuscules toilettes attenantes pour une opération qu'il s'afflige d'avoir dû répéter si souvent, depuis son départ de Raqqa, qu'elle en est devenue routinière. Déféquer une clef USB comporte bien des aspects désagréables, et fouiller parmi ses excréments est assurément l'un d'entre eux. Pourtant, même s'il trouve ça répugnant, Kabir estime que ce n'est pas le pire. Ce qu'il redoute le plus est le soin qu'il doit ensuite mettre à réensacher, étanchéifier, lubrifier et réinsérer. Au moins, aujourd'hui, il va faire usage de cette clef. Kabir la récupère, la déballe et l'inspecte, puis se lave et se sèche soigneusement les mains avant de l'introduire dans le vieux PC sous Windows qui trône fièrement sur le bureau du directeur. Pendant que l'ordinateur ouvre une fenêtre contenant les fichiers, il sort son téléphone et rédige un message destiné au démon.

J'envoie quelques fichiers par e-mail à ma propre adresse, les meilleurs que j'ai pu dénicher ! Je sais que vous pourrez y accéder. Je les ai cryptés : Kabir123456. S'il vous plaît, je vous en supplie, répondez-moi. Je ferai n'importe quoi. D'autres fichiers, des noms, tout ce que vous voulez. Je vous en prie.

Respirant aussi régulièrement que possible pour calmer le tremblement de ses mains, Kabir puise l'équivalent d'une vingtaine de mégaoctets parmi les fichiers les plus confidentiels issus de ses fouilles numériques, les copie dans un nouveau dossier, puis se connecte à sa messagerie web. Une dizaine de minutes plus tard, il s'est envoyé les fichiers en pièces jointes. Encore cinq minutes, et il a effacé toute trace de son passage sur l'ordinateur de l'hôtel. Mission accomplie. Kabir contemple l'écran de son iPhone, s'autorisant un infime sentiment d'espoir. Ce qu'il vient de faire est assez malin, pense-t-il. Et c'est tellement agréable d'être passé à l'action après toutes ces heures à ne rien faire qu'attendre et subir.

Des éclats de voix viennent perturber son petit moment d'autosatisfaction. Des hommes dans le hall d'entrée crient sur le directeur et le bombardent de questions. Ça parle trop vite, trop fort, pour que Kabir comprenne. Il bat en retraite dans les toilettes et se dépêche de mettre son téléphone dans la pochette où se trouve déjà la clef USB, refermant soigneusement l'emballage avant de l'enfoncer dans le siphon des W.C. À peine en a-t-il terminé que deux hommes vêtus de noir déboulent dans le bureau. Derrière eux, Kabir distingue la silhouette du Dr Tal.

– C'est lui, dit tranquillement le chirurgien.

Avant que Kabir ne puisse fournir un mot d'explication, sa tête est violemment projetée en arrière sous l'effet d'un coup de poing qui s'abat sur l'arête de son nez. Un nouveau crochet le cueille à l'estomac et le contraint à s'accroupir, plié vers l'avant, le deuxième homme se mettant aussitôt à le frapper à coups de pied.

– Arrêtez, s'il vous plaît.

C'est à nouveau la voix du Dr Tal. Au prix d'un grand effort, Kabir parvient à relever la tête au moment où son ancien protecteur vient se placer devant lui. Tout n'est peut-être pas perdu. Il est sûrement encore temps de s'expliquer, de trouver les mots pour convaincre. *C'est un terrible malentendu. Nous sommes tous des victimes, dans cette affaire.* Oui, il reste forcément de l'espoir.

Le Dr Tal fait un petit signe de tête et les deux hommes reculent de quelques pas, respectueusement, comme s'ils lui laissaient l'honneur d'exécuter une tâche dont ils auraient aimé se charger eux-mêmes. Avec une élégante économie de gestes, le Dr Tal sort de sa poche une paire de gants chirurgicaux qu'il enfile posément avant de s'accroupir à hauteur de Kabir. Il s'adresse à lui d'un ton plein de sollicitude.

– Dis-moi, Kabir, ta dent te fait toujours souffrir ?

– Dr Tal, je peux vous expli…
– Laisse-moi y jeter un œil.
D'une main, le chirurgien saisit la mâchoire inférieure de Kabir et la tire précautionneusement vers le bas. Le latex de son gant, sec et chaud, fait remonter des souvenirs d'enfance : la blancheur d'un cabinet de dentiste, la mère de Kabir restée dans la salle d'attente. Une fois la consultation terminée, Kabir se rinçait la bouche et crachait un liquide rose dans un petit lavabo. Il promettait toujours à sa maman d'être sage et courageux. Kabir se met à pleurer.
– Je la vois.
La poigne tranquille du Dr Tal est bien pire que les coups. Sans se presser, avec la minutie propre à sa profession, les doigts du chirurgien inspectent ses dents une à une.
– Deuxième molaire supérieure, numéro sept. Ça se présente très mal.
Kabir goûte à présent le sel de ses larmes qui coulent dans sa bouche ouverte. Les doigts gantés s'y meuvent avec méthode et confiance.
– Je vais te dire pourquoi je méprise les dentistes. Ce sont de simples… techniciens. Chez moi, ça a toujours été une vocation, tu comprends ?
Kabir hoche la tête avec un son de gorge.
– Tant mieux. Ça m'importe que tu comprennes ça.
La main se retire de sa bouche, referme sa mâchoire et reste posée, légère, sur sa joue.
– Je les ai convaincus de ne pas t'interroger. Tu pourrais penser qu'il s'agit d'une faveur…
Sans briser son paisible débit, le Dr Tal lui assène un coup de poing au visage, précisément à l'endroit où se trouve sa

molaire pourrie. Kabir manque de s'évanouir sous l'intensité de la douleur, détournant vivement la tête par réflexe, et la protégeant de ses bras.

Le Dr Tal ne semble pas y prêter attention.

– … mais je ne souhaite tout simplement pas que tu restes en vie.

Sans le quitter du regard, le Dr Tal écarte les bras de Kabir et se met à le rouer de coups, des deux poings à présent. Les os se brisent. Du sang et des larmes mêlés à des fragments de dents. Kabir recherche désespérément les mots qui lui sauveraient la vie, mais seuls des gargouillis et des bulles de salive rouge commentent son supplice.

Au bout d'un moment, le Dr Tal met un terme au déluge de coups pour inspecter son travail. Fracture de la mâchoire supérieure, de la mandibule, de l'os zygomatique, du plancher orbital et du nez. Du fluide s'écoule par les yeux. Il hoche la tête, puis se met à cheval sur Kabir et entreprend de l'étrangler, écrasant de tout son poids le corps qui se débat en vain. Il ne desserre l'étau de ses mains qu'une fois certain qu'il ne reste plus un souffle de vie dans le corps du traître. Ça prend quelques minutes, mais le chirurgien n'est pas pressé.

Satisfait de son travail, il se relève, retire ses gants en latex et les jette négligemment sur le cadavre.

– Fouillez le corps et la chambre. Ensuite, pendez-le. Cette ordure mérite un public.

Les deux hommes en noir se mettent au travail. Posément, le Dr Tal sort son téléphone et prend quelques photos.

32

La jeune femme sirote du whisky de vingt ans d'âge aux frais d'un inconnu qui la dévore des yeux, savourant la douce brûlure aux notes de vanille miellée tout en regardant le bar se remplir d'hommes d'affaires, certains le regard avide, d'autres suintant la solitude, d'autres encore castrés par leur ordinateur portable, leur smartphone ou leur tablette.

Elle a grandi dans le parfum léger de ces enceintes protégées ; halls d'hôtels éternellement impeccables, appartements d'ambassade, réceptions diplomatiques, restaurants de luxe privatisés. Soumis aux intempéries du monde extérieur derrière le triple vitrage, les pauvres tentaient désespérément de s'agripper au revêtement parfaitement lisse du capitalisme. Elle les observait depuis l'intérieur de la merveilleuse coquille, scolarisée parmi les enfants de la meilleure société ; fils de dictateurs, héritières de fortunes industrielles, cousins de la famille royale. C'était amusant. Puis elle a découvert en elle quelque chose qui n'avait pas sa place dans cet univers, et sa vie est devenue beaucoup plus intéressante.

Ses employeurs ont une maxime : « *Ce n'est pas mon problème » est une notion qui n'existe pas.* Être professionnel signifie s'approprier l'ensemble des problèmes que vous rencontrez. Si vous créez plus de problèmes que vous n'en résolvez, quelqu'un d'autre interviendra pour résoudre le problème que vous êtes devenu. Un silencieux à l'arrière du crâne, un tir de précision à longue distance, des toxines à action rapide ou un couteau à l'angle de pénétration savamment calculé. Parfois quelques mots suffisent – les mots qui conviennent, prononcés sur le ton qui convient, au bon endroit et au bon moment.

Ce serait ironique que des mots mettent fin à sa carrière, elle dont les armes préférées ont toujours été les histoires. C'est fou ce qu'on peut arriver à accomplir en s'appuyant sur un arc narratif éculé. C'est fou ce qu'un nom et un postulat peuvent conduire quelqu'un à croire. Fou à quel point les gens sont capables de se mentir à eux-mêmes par peur panique des dénouements malheureux. Comme des enfants de cinq ans, ils corrigent automatiquement le récit avec leur propre imaginaire pour le plier à leurs désirs.

Et pourtant, quelque chose n'a pas fonctionné avec Azi Bello. Dans l'histoire qu'elle a écrite, ce personnage était censé mourir à Berlin. Puis il était censé mourir à Athènes. Et voilà qu'à présent il s'acharne à ne pas mourir dans une chambre d'hôpital sous haute surveillance, échangeant des informations avec le gratin des services de renseignement. Ce qui n'est pas vraiment un problème, mais peut-être suffisamment quand même pour créer un certain malaise. Quel dommage. Si elle n'avait pas estimé qu'Azi était le genre d'homme à se complaire dans le désir inassouvi, il aurait pu faire un bon partenaire sexuel. Ça, et le fait qu'elle était censée être une fille sage, éduquée selon les principes stricts d'une famille musulmane.

Heureusement, Azi et ses gardiens sont plus semblables qu'ils ne le pensent, se rejoignant pour vouloir préserver à tout prix l'avenir d'une menace déjà périmée : pour mener une guerre totale contre les épouvantails du passé. Terroristes, fanatiques, grands criminels : les ennemis les plus aisément identifiables par les électeurs. Et puis, comme tout garçon avec un gros cerveau et une maman morte trop tôt, Azi veut voler au secours de la fille et endosser les habits du héros. Et ça le rend aussi prévisible qu'un mauvais roman.

Elle sait parfaitement ce qu'elle doit faire. Le moment est venu de mettre en scène le retour de l'intrépide Munira Khan, en danger et distractive, et de la laisser conduire ses protecteurs d'autrefois vers quelque chose de véritablement horrible. Quelques messages et ils recommenceront à courir après des ombres. Et elle n'aura besoin d'entretenir l'illusion que pendant deux journées.

Son verre de whisky est vide et le type qui l'a offert demande si elle en veut un autre. Elle veut bien, merci. Ça fait passer le temps et ça l'aide à oublier les récentes déconvenues. Quelles que soient les informations qu'Azi pense avoir trouvées – quoi que son escapade grecque ait pu lui permettre d'exhumer –, tout ça n'aura bientôt plus d'importance.

Elle regrette presque de ne pas pouvoir assister à ça.

33.

Azi a erré aux marges de la conscience pendant une période indéterminée. Il semble à présent remonter vers la réalité, abandonnant en route des couches de rêve et de paranoïa. *Quel dommage,* se surprend-il à penser tandis qu'il distingue de plus en plus nettement un plafond blanc éclairé par la lumière douce d'un globe translucide. Il y avait quelque chose d'agréable à naviguer dans les limbes de sa pensée sans rien savoir de ce qui se passait à l'extérieur. Il s'arrache peu à peu à cet état indécis, certain que le confort de son ignorance appartient déjà au passé : le monde réel ne va pas tarder à réclamer toute son attention.

L'espace d'un instant, il se demande s'il est de retour dans la salle d'attente du Dr Eleni, mais il se rend vite compte qu'il est allongé, la bouche pâteuse de sommeil. Il essaie de tourner la tête pour regarder autour de lui, n'y parvient pas, et panique brièvement avant de prendre conscience du tas d'oreillers soigneusement agencés sous son crâne. *Je dois avoir très mal,* se dit-il. Pourtant, il n'éprouve rien d'autre qu'une impression pesante de chaleur. *Je suis sous sédatifs.* Le jour où il s'est cassé le bras en chutant de vélo sur le trottoir lui revient en mémoire. Il avait neuf ans. Après l'affolement et la douleur atroce, inconnue, l'hôpital s'était chargé de faire disparaître toutes ces horribles sensations et Azi avait rouvert l'œil dans une chambre semblable à celle-ci. Dans un semblable état de confusion hébétée. *Je me demande s'ils ont prévenu maman... Si elle est déjà là...* Mais elle est morte, bien sûr, il s'en souvient à présent; une absence béante qu'il nie parfois dans les premières secondes du réveil.

– Azi? Je vais repositionner tes oreillers et mettre le lit en position assise, d'accord?

C'est Anna, dont la voix est inhabituellement douce. Il répond d'un grognement – impossible de mieux faire.

Sous ses épaules, le lit se redresse laborieusement avec un gémissement métallique. La chambre est claire bien que dépourvue de fenêtre, et l'imposant matériel médical amassé le long d'un mur semble beaucoup trop futuriste pour appartenir à un hôpital public. Anna remonte le lit à l'aide d'une télécommande qu'elle manipule au bout d'un épais câble gris. Une fois Azi redressé selon l'angle désiré et le dernier oreiller soumis à l'aide de quelques tapes quasi maternelles, Anna se laisse tomber sur une chaise en bois et reprend:

– Je n'ai pas beaucoup de temps. Tu arrives à comprendre ce que je dis?

Azi hoche la tête.

– Et parler, tu peux?

Le premier essai n'a pas été concluant, mais rien ne s'oppose à une nouvelle tentative. Ses lèvres sont desséchées et il a l'impression que sa langue a été remplacée par un corps étranger, aussi énorme qu'inamovible. Au prix d'un grand effort, il les met en action.

– Difficilement.

– Ça fait deux jours que tu es ici, ce qui dans notre monde est une très longue période. Mais maintenant tu es de retour parmi nous et je crois que tu as quelque chose à me dire.

Ce sont peut-être ces deux journées passées à dormir, ou les médicaments, ou l'impression d'avoir accumulé les expériences de mort imminente, ces derniers temps, mais le fait est qu'il s'est réveillé avec les idées inhabituellement claires. Les mots sont bien alignés dans son esprit, prêts à être prononcés. Il fait signe à Anna de lui passer le gobelet d'eau posé sur la table de chevet, puis boit de longues gorgées sans la quitter des yeux. Lorsqu'il estime les traits d'Anna suffisamment attentifs et son propre gosier suffisamment hydraté, il reprend sa respiration et se met à parler.

– Donc… Je suis parvenu à contacter Kabir, le cousin de Munira qui se trouve en Syrie. Comme vous le savez, son autre cousin a été tué il y a plusieurs mois. J'ai tout vérifié, je l'ai localisé et je l'ai terrorisé jusqu'à ce qu'il ne soit plus en état de me mentir. Et ensuite, je l'ai interrogé. Kabir ne connaît pas Munira. Enfin, il a bien une cousine prénommée Munira, mais il ne l'a jamais rencontrée. Il a simplement entendu parler d'elle. Et vous savez pourquoi ? Parce que la vraie Munira est morte avant d'avoir soufflé sa première bougie.

– Continue.

Le visage d'Anna est indéchiffrable.

– J'étais certain que Kabir m'avait dit la vérité, mais j'ai quand même vérifié. Elle nous a bien piégés. La personne qui s'est présentée comme Munira Kahn a volé l'identité de ce bébé décédé, j'en suis certain. Elle a volé la vie de quelqu'un d'autre, exactement comme je l'ai fait avec Jim. Cette fille que vous avez cru surveiller ; cette fille que vous avez fait venir à Berlin… En fait, elle avait tout planifié. Les preuves sont sur mon ordinateur, dans une cachette à Exárcheia. Je peux vous le montrer. Oh, merde !

D'un bond, l'esprit d'Azi s'est retrouvé en Syrie.

– Oh, merde ? répète Anna.

Ses traits sont toujours indéchiffrables, mais à présent elle le scrute, penchée vers lui. Il est probablement filmé, chacune de ses paroles enregistrée, et il se pourrait bien qu'il fasse l'objet d'un « protocole exceptionnel de détention », selon le terme officiel qui désigne le transfert d'un prisonnier hors de tout cadre judiciaire – et qui n'annonce généralement rien de bon. Mais Azi s'en moque. Du moins pour le moment.

– Je n'ai jamais recontacté Kabir en Syrie. Il est sans doute mort à l'heure qu'il est, ou à moitié fou de peur dans la chambre d'hôtel d'où je lui ai interdit de sortir. À moins qu'il ne confesse ses crimes sous la torture.

Anna le regarde attentivement pendant encore quelques secondes, puis se renverse sur le dossier de sa chaise, bras croisés.

– Dans tous les cas, il peut attendre. Vas-y, continue. Convaincs-moi.

D'un trait, Azi vide l'eau qui reste au fond de son gobelet.

– Cette page de Friends United en mémoire cache que vous m'avez envoyée… C'était la première fois que je la voyais. Ce qui veut dire que quelqu'un voulait que vous me trouviez. Mais la personne qui a fait ça devait d'abord s'assurer que vous soyez à ma recherche. Alors elle a balancé mon nom mine de rien, en se faisant passer pour une hackeuse aux abois. Planifier un truc pareil demande de gros efforts d'organisation. Vos ennemis voulaient sûrement vous prendre quelque chose, et ils étaient très motivés pour l'obtenir. Alors ils vous ont fait miroiter une irrésistible récompense…

Azi s'interrompt un instant pour mettre de l'ordre dans les mots qui se bousculent dans sa tête.

– Ils vous ont fait miroiter la possibilité d'accéder au darknet le plus dangereux du monde, en vous amenant à croire que cette brillante idée venait de vous.

Anna reste immobile sur sa chaise.

– Que voulaient-ils ?

C'est à partir de là que les idées d'Azi deviennent moins claires. Mais il n'a aucune raison de s'arrêter en si bon chemin.

– Mon hypothèse, c'est qu'ils s'intéressaient à votre structure. Et ils sont parvenus à vous convaincre de les conduire vous-même dans votre QG. Pourquoi avez-vous enlevé Munira en pleine rue à Berlin ?

Anna reste muette.

– Pour la mettre à l'abri, j'imagine. Une alerte. Ennemis dans les parages. Alors vous l'avez arrachée au soi-disant danger et vous l'avez conduite précisément là où elle souhaitait aller. Et elle a guidé ses potes jusqu'à cet entrepôt, mis votre bunker secret sous espionnage électronique, et disséqué tous vos gadgets high-tech pendant que votre attention était détournée par les explosions. Elle a découvert tout ce que vous saviez, et elle s'est volatilisée dans la nature, abandonnant votre structure violée, discréditée et…

– C'est bon, Azi. Ça suffira comme ça.

L'espace d'un instant, Azi pense qu'elle va le frapper. Mais très vite, il comprend que ce n'est pas de la colère qui crispe le visage d'Anna, mais plutôt quelque chose de l'ordre de la honte. Elle détourne le regard le temps de se reprendre, puis se remet à parler comme si rien ne s'était passé.

– Ce dont tu parles est le résultat de plusieurs années d'une opération de renseignement au cours de laquelle nous t'avons identifié et promu au statut d'agent civil. Il y a des choses qui ne collent pas dans ton hypothèse. Pour commencer, l'identité des terroristes : ces informations que Munira t'a envoyées avant que tu ne la rencontres. Ceux qui sont derrière Gomorrhe n'exposeraient jamais ni leur darknet ni leurs clients de cette façon-là. Ces renseignements sont authentiques à cent pour cent, Azi. En ce moment même, une petite armée surveille les djihadistes qui ont acquis ces identités européennes. Chaque jour qui passe sans agir est un risque que l'on prend.

Azi ne sait que répondre à ça. Mais ça ne remet pas en question ce dont il est certain.

– Regardez les faits, Anna. Munira Kahn est une fausse identité, et ce n'est pas du travail d'amateur. C'est par elle que vous m'avez trouvé, ce qui fait de moi… un autre élément du puzzle. Comment pensez-vous que ce type ait pu se substituer à vous, pour le rendez-vous de l'Acropole ? Il savait tout ce que vous saviez, tout ce qui se trouvait dans le message que je vous ai envoyé. Vous vous êtes fait hacker.

Il s'interrompt un instant, puis aboie un rire plus amer que gai.

– Ouais, vous vous êtes fait posséder.

Malgré lui, malgré tout, Azi éprouve un soupçon de satisfaction à lui dire ça. Anna ne mord pas à l'hameçon.

– On s'est fait pirater, c'est vrai. Mais ça a pu arriver lors de l'assaut, quand ils ont enlevé Munira. Les dégâts matériels et humains, ce n'était peut-être qu'une diversion. Munira n'était pas nécessairement dans le coup.

Azi sent la colère le gagner à travers la brume ouatée des analgésiques.

– Comment auraient-ils pu savoir où elle se trouvait ? Vous ne pigez donc pas ? Ils n'auraient jamais pu avoir la moindre information si elle n'avait pas disposé d'un moyen d'envoyer des messages, de communiquer son emplacement, de leur transmettre toutes les infos nécessaires. Elle nous a tous possédés ! Et ensuite…

La seule chose qu'Azi ne leur ait pas encore dite, réalise-t-il, c'est qu'il a pu accéder à Gomorrhe lorsqu'il se trouvait à Berlin. Mais avant qu'il puisse parler, Anna prend une décision.

– Je n'avais pas prévu de t'en parler, Azi, mais on a eu des nouvelles de Munira.

Ces mots chassent toute autre pensée de son esprit. Il ne peut pas supporter que les mensonges de Munira le suivent jusqu'ici. Jusque dans cette chambre blanche, jusque sur son lit de douleur. Ou qu'il puisse s'être trompé.

– Quelles nouvelles ? Qui vous les a fournies ? Par quels moyens ? En fait, je vais vous dire : je m'en fous. C'est une menteuse, une mystificatrice. Elle travaille pour eux et toute son histoire n'est qu'un vaste attrape-couillon !

Ses mains sont devenues des poings, ongles pressés contre ses paumes. On les lui a coupés, note-t-il dans un coin de sa tête. Il a été lavé, récuré, coiffé – emballé et expédié dans un endroit où il ne peut plus causer d'ennuis. Désespéré, il se tourne vers Anna.

– S'il vous plaît, croyez-moi. Ma version des faits est la seule qui soit plausible. J'ai un ordinateur, dans une planque à Athènes. Il faut un code pour entrer. Vous pourrez voir par vous-même tout ce que j'ai découvert.

Anna le considère pendant de longues secondes. Engourdi de fatigue et incapable de soutenir son regard, Azi laisse ses yeux vagabonder un instant autour de lui, avant de les poser sur son corps avachi, sur le tube qui plonge dans une veine de son bras. Puis il remarque, assis près de la porte, un homme qui lui présente son large dos et son cou de taureau à demi englouti par le col d'une veste de costume. Finalement, Anna se penche vers lui.

– Peut-être que je te crois, Azi, dit-elle d'une voix plus basse. Mais d'autres ne te croiront pas. Et ça veut dire qu'on a un problème.

Elle se redresse, élevant la voix pour donner une directive, et l'armoire à glace vient la rejoindre. Anna sort un calepin et un stylo de sa poche, les tend à Azi et lui demande de noter tous les renseignements nécessaires pour accéder au contenu de l'ordinateur dont il vient de lui parler. Une fois le calepin récupéré, elle le confie au type en costume et le congédie.

Azi se laisse retomber sur les oreillers et demeure un instant interdit. À moins qu'il ne se fasse des idées, Anna vient de lui adresser sa version d'un sourire réconfortant. Ça reste à la frontière du rictus inquiétant, mais il lui semble percevoir dans son regard une solidarité dont il a terriblement besoin.

Ne sachant trop que dire ou faire, il se met à inspecter son corps pour la première fois depuis son réveil. Sa poitrine et son flanc droit sont momifiés par une abondance de bandages tendus à craquer. Il passe les mains sur le tissu blanc sans ressentir de douleur, touche son front sans rencontrer de pansement, et reporte son attention sur Anna.

– Est-ce que je suis… enfin, vous voyez… salement amoché ? Je vais conserver des séquelles ?

Elle secoue la tête.

– Étonnamment, non. Tu as été poignardé par une lame non métallique. Le coup suivant t'aurait sectionné la carotide, mais celui-là n'était destiné qu'à te mettre hors d'état de nuire. Ta copine médecin et Odi t'ont sauvé la vie.

Azi se redresse d'un bond.

– Merde, Eleni ! Est-ce qu'elle va bien ? Où est-elle ?

– Il y a beaucoup de choses que tu n'as pas besoin de savoir, Azi, et c'est l'une d'entre elles. Mais je peux te dire qu'elle va bien. Comme toi, elle a quitté ses occupations habituelles le temps d'une petite pause, qui a commencé par la signature de quelques accords de non-divulgation. Contrairement à toi, elle va bientôt rentrer chez elle.

Anna jette un coup d'œil à sa montre, la tapote, puis se lève.

– Tu ferais bien de te souvenir qu'aucun d'entre nous n'est maître de son destin, plus maintenant. Prépare-toi à partir d'ici dans l'heure qui vient.

Avec un sourire nerveux qui n'entrouvre même pas ses lèvres, Anna quitte la chambre.

Alors qu'il cherche une meilleure position, Azi remarque un bandage qui recouvre un bout de son bras gauche, à bonne distance de toute blessure dont il parvient à se souvenir. Apparemment, l'opération liée au coup de couteau n'est pas l'unique soin chirurgical dont il a fait l'objet pendant qu'il était inconscient. Sous la gaze, une petite bosse dure lui soulève sa peau, suggérant une explication : un dispositif de pistage sous-cutané qui, à en juger par sa taille, est doté de fonctions très puissantes.

Quelqu'un veut s'assurer qu'il ne partira plus en vadrouille.

34.

Ils quittent les lieux une heure plus tard, escortés par le malabar qui gardait la chambre, doublé d'un autre qui pourrait bien être son jumeau. Les bandages élastiques qui traversent en diagonale le torse d'Azi lui permettent de se mouvoir sans trop de difficulté, mais il n'est pas impatient de se retrouver dans l'obligation de piquer un sprint.

Quel que soit le genre d'établissement médical dans lequel il vient d'être soigné, il n'est pas ouvert au grand public. Après avoir serpenté dans les méandres d'une succession de couloirs qui semblent avoir été peints la veille, ils atteignent un parking où les attend un minibus fatigué dans lequel ils embarquent en deux temps trois mouvements, le véhicule démarrant aussitôt en trombe pour rejoindre les rues animées. À vive allure, ils traversent des banlieues de plus en plus sinistres et délabrées jusqu'à ce que le chauffeur coupe le moteur devant la façade miroir d'un immeuble de bureaux coincé entre deux bâtiments résidentiels.

Cet endroit, décide Azi, est suffisamment miteux pour dégager un certain charme, quoique d'un genre très éloigné du luxe de l'appartement berlinois et du vaste espace minimaliste de l'entrepôt. Contournant un bureau de réception assez ennuyeux pour trouver sa place à l'accueil de n'importe quelle entreprise de banlieue, ils pénètrent dans une pièce à la banalité presque agressive : meubles bon marché, dalles de moquette, plafonniers au néon. Une odeur de renfermé évoque un lieu rarement visité – un refuge pour plan B, voire C ou D.

Azi fouille la salle du regard à la recherche du genre de matériel qui fait saliver un hackeur d'East Croydon, mais il ne voit rien d'autre qu'une vieille photocopieuse et une cafetière électrique. Une division ultrasecrète d'un service de renseignement ne devrait-elle pas s'abstenir d'utiliser ce genre d'endroit, même en dernier recours, sous peine de perdre tout respect pour elle-même ? Il s'apprête à faire une remarque en ce sens quand il croise le regard particulièrement noir d'Anna, sans doute mis au point dans le seul but de le pétrifier sur place.

Ne serait-ce la vitesse d'exécution de chacune de leurs actions et une économie de mots confinant au silence, tout se déroule dans une ambiance presque ordinaire. Les deux gorilles partent garder la porte et Anna lui fait signe de venir s'asseoir face à elle, de l'autre côté d'une table au placage éraflé qui – pour une fois – n'est pas un modèle IKEA. Elle sort un téléphone Samsung de sa poche, le déverrouille et le pose devant elle. Ne sachant où elle veut en venir, Azi regarde ailleurs.

– Au fait, Odi est ici ? demande-t-il. Il m'a quand même sauvé la vie… encore une fois. J'aimerais le remercier.

Le regard d'Anna se voile.

– Il est retenu ailleurs, indépendamment de sa volonté. Comme nous le serons peut-être tous dans un avenir proche. Regarde ce téléphone, Azi. Regarde qui est connecté.

Azi se saisit du portable et l'examine un instant. C'est une configuration similaire au téléphone NADIR, mais avec davantage de fonctionnalités – une sélection d'applications sécurisées, parmi lesquelles un navigateur Internet sur mesure. Il clique et le visage de Jim vient le contempler depuis les profondeurs des forums de Defiance. Ce portable est l'un des appareils utilisés par Odi et Anna pour maintenir Jim en vie et s'assurer qu'il reste opérationnel. Azi n'est pas certain de comprendre ce que ça signifie.

– Vous êtes connectée en tant que Jim. Pourquoi ?

Elle agite un doigt en direction de l'écran.

– Va dans les messages privés, et ouvre le plus récent. Je veux que tu le lises.

Il s'exécute. Le dernier message est arrivé il y a une dizaine d'heures, alors qu'il était encore inconscient. Une seule phrase, envoyée en privé à Jim par un nouveau membre anonyme.

À l'aide, j'écris dans le noir, j'ai réussi à me cacher, vite venez me chercher près d'Istanbul je crois.

– Alors, c'est ça dont vous m'avez parlé… murmure Azi d'une voix étranglée. C'est elle qui a envoyé ce message.

Anna acquiesce d'un signe de tête.

– On a retrouvé les dispositifs de pistage qu'on avait placés sur elle, abandonnés en périphérie de Berlin. Mais on a réussi à tracer l'adresse IP du message, jusqu'à la frontière turque. Clairement, c'est censé être Munira. Clairement, on est censés croire qu'elle a trouvé un moyen de nous contacter, en tapant son message dans l'obscurité d'une cachette à l'aide d'un appareil emprunté ou volé. Quelque chose comme ça. Une sorte d'action héroïque et désespérée.

La voix d'Anna suinte le mépris. Les mots d'Azi ont encore du mal à contourner la boule qui s'est formée dans sa gorge.

– Pourquoi ?

– Parce que clairement, on est censés se lancer à sa recherche, toutes affaires cessantes, comme les idiots de service.

Elle se lève brusquement et se met à marcher de long en large dans la pièce. Un fauve qui chasse des ombres derrière les barreaux d'une cage, songe Azi. Si Munira passait la porte à cet instant, un seul regard d'Anna suffirait à faire fondre la peau de son joli visage. Elle reprend :

– Il est très important que Munira pense qu'on va faire exactement ce qu'elle attend de nous. Qu'elle continue à nous prendre pour des imbéciles. Mais… on ne maîtrise plus grand-chose, désormais. Nos collègues européens, les Américains ; ils s'interrogent sur ton sort. Et le mien. Ils ne font pas mystère de la suspicion qui pèse aujourd'hui sur tout ce que tu as pu toucher, mais aussi sur l'ensemble du travail effectué par ma structure.

Azi la regarde, songeant au trou béant dans le mur de l'entrepôt, aux cadavres avachis sous le rouge sang de l'éclairage d'urgence. Anna a perdu bien plus que lui. Avec une brève inspiration, il rassemble sa concentration.

– Le message de Munira… D'une certaine façon, c'est une bonne chose. Ce que je veux dire, c'est que ça ne faisait pas partie de son plan initial. Berlin était censé en être la conclusion. Du coup, elle est obligée de faire des heures sup, de terminer le boulot, de continuer à nous enfumer. Elle ne peut pas savoir ce qu'on a découvert sur elle et ça la rend vulnérable.

Anna cesse de faire les cent pas.

– J'aime ta façon de penser, Azi. Mais ne fais pas l'erreur de te focaliser uniquement sur elle. Ce n'est pas l'arbre qui nous intéresse, mais la forêt qui se cache derrière, à savoir Gomorrhe, les liens avec l'État islamique. Souviens-toi ; quoi qu'elle ait voulu accomplir, elle y est parvenue. Tout ce qu'elle fait, à présent, c'est peaufiner son travail – refermer les portes restées entrouvertes.

Leurs regards se croisent et ils gardent le silence, unis l'espace d'un instant par une forme de respect. Puis un des hommes en costume frappe à la porte et entre à l'invitation d'Anna, à qui il vient remettre un sac plastique de couleur sombre. Elle le tend à Azi. À l'intérieur se trouve le laptop qu'il utilisait dans son placard d'Exárcheia, livré à une vitesse presque surnaturelle. Il s'assouplit les doigts, une main après l'autre, puis pose l'ordinateur sur la table et lève les yeux vers Anna.

– OK, au boulot. Il y a des choses là-dedans qu'il faut que je vous montre : des messages, mes recherches, un homme en Syrie qui n'est peut-être pas encore mort. Attendez de voir ça, je…

Soudain, un vacarme se fait entendre derrière la porte. Les deux hommes en costume plongent simultanément la main sous leur veste bien coupée et dégainent une arme, interrogeant Anna du regard avant d'aller voir ce qui se passe. Le temps qu'Azi suive la scène des yeux, un pistolet est également apparu dans la main d'Anna. Elle l'agite par-dessus la table, lui faisant signe de battre en retraite vers le fond de la pièce, sa main libre disparaissant dans une poche, à la rencontre d'un objet qu'elle presse. Derrière eux, un pan de mur coulisse comme dans toute bonne scène d'espionnage, révélant une sorte de placard en béton.

– Je le savais ! lance Azi en jetant un regard admiratif à la niche secrète.

Il doit reconnaître que ça en jette.

– Je savais que ce trou à rats était un modèle toutes options !

– Azi, siffle Anna entre ses dents, s'il y a quoi que ce soit d'important que tu as oublié de me dire, c'est le moment de le faire.

Il prend le temps d'y réfléchir.

– C'est carrément impossible que ce qui se passe derrière cette porte ait quoi que ce soit à voir avec moi. Je veux dire... C'est vrai que j'ai réussi à accéder à Gomorrhe quand j'étais à Berlin, juste une visite éclair pour trouver quelqu'un qui puisse m'exfiltrer vers Athènes...

Tout en reculant vers le petit espace bétonné, Azi s'efforce d'adapter ses paroles à la succession d'expressions effarées qui s'affichent sur le visage d'Anna.

– Mais j'ai pris toutes les précautions nécessaires, j'ai effacé les traces de mon passage et je n'y suis jamais retourné.

Il se creuse la tête pour trouver d'autres mots susceptibles de la rassurer, mais la porte de la pièce s'ouvre à nouveau avant qu'il puisse ajouter quoi que ce soit, laissant apparaître un des hommes en costume. Il se précipite vers Anna, brandissant un téléphone portable.

– Un appel, madame. Un homme s'est présenté à la réception avec un message. On ne l'a pas laissé repartir, mais il m'a tout l'air d'un pauvre type, voyez, un quidam qui a reçu de l'argent anonymement pour apporter un message. Il voulait un numéro de téléphone, et comme il a précisé que c'était urgent, je lui ai donné celui de mon *burner*. Et maintenant j'ai quelqu'un au bout du fil. Un homme qui veut parler à Azi.

Le visage d'Anna exprime un mélange, chaque seconde plus intense, de stupéfaction et de colère. Elle parle vite, sans jamais quitter Azi des yeux.

– Haut-parleur, maintenant. Essayez de localiser l'appel. Je veux tout savoir sur le messager et je veux qu'on m'explique comment quelqu'un a pu nous trouver ici. Je veux voir cet ordinateur éteint et mis en sécurité, tout de suite. Je veux des réponses. Et surtout, Azi…

– Heu… oui ?

– Je veux que tu fasses exactement ce que je te dis, et que tu évites à partir de maintenant d'attendre la dernière putain de minute pour mentionner des informations incroyablement importantes. Tu as bien compris ? Et qui que soit ton interlocuteur, tu ne lui donnes aucune information. Que dalle. Contente-toi de le faire parler.

– Heu… d'accord. Comptez sur moi.

Le respect mutuel n'est plus qu'un lointain souvenir.

35.

La voix grésille à l'autre bout du fil, ténue et sans nul doute relayée par une succession de serveurs. Mais Azi la reconnaîtrait entre mille.

– Je suis sur haut-parleur, là ?

– Ouais. Oui.

– Je parle bien à Azi ?

– Oui.

– C'est vraiment toi, mec ? Tu sais qui est à l'appareil ?

– Heu…

Azi hésite. De toute évidence, ça ne peut être que lui. De toute évidence, il est parfaitement impossible que la personne à laquelle il pense puisse l'appeler ici.

– Ad ?

– En personne. Comment tu vas, petit branleur ?

– Pas mal. On fait aller, quoi.

– J'imagine que tu ne peux pas parler. N'empêche, je parie qu'ils veulent savoir comment j'ai fait pour te trouver... Tu sais quoi ? Hésite une fois pour oui, deux fois pour non. Ah, je déconne, mec. Je te fais marcher. Tu squattes les infos, tu sais. Les médias traditionnels, les posts des dingos conspirationnistes, les réseaux sociaux, et j'en passe. Tu es le sujet du moment, mec. Un vrai *trending topic*. D'accord, personne ne sait que c'est toi qui es derrière tout ça. Pour les gens, c'est juste un meurtre à l'Acropole, un rasta psychopathe qui écrabouille la tête d'un pauvre touriste avec un vestige de la Grèce antique. Attention, braves gens, le terrorisme se répand sur le monde, les Athéniens sont gagnés par la peur, blablabla. Mais moi je t'ai vu. Et après le signal Bat, j'ai fait le rapprochement. Je me suis dit que le moment était venu de te sauver les miches… Tu es bien silencieux, Azi.

À l'aide de sa main libre et d'une gestuelle explicite, Anna a réclamé un bloc-notes et un stylo à l'un de ses collaborateurs, avant de griffonner QUI EST-CE ? C'EST QUOI, LE SIGNAL BAT ? CE TYPE REPRÉSENTE-T-IL UNE MENACE ? en lettres majuscules. Azi secoue vigoureusement la tête, doigt pointé sur la dernière question, puis prend une grande inspiration et se met à parler.

– Eh bien, hum… C'est sûr que l'eau a coulé sous les ponts depuis qu'on a grandi ensemble à East Croydon et qu'on a eu l'idée du signal Bat, ce message secret pour indiquer à l'autre qu'on a des problèmes, et que, heu… et que tu as donc reçu, même si… s'il est clair que je ne t'ai fourni aucune information te permettant de me trouver ici, vu que je t'ai envoyé le signal Bat quand j'étais à Athènes, et qu'on n'a quasiment plus de contacts depuis, heu… depuis que tu t'es installé en Californie et que tu t'es mis à bosser avec des gens comme… c'est quoi, déjà, le nom de cet institut ?

– Azi, mon pote. Respire. Tu vas nous faire un malaise, là. Les gens autour de toi ne peuvent pas me voir, mais je leur adresse un petit coucou de la main. Salut, les gens autour d'Azi ! lance-t-il d'une voix sonore. Oui, je suis son ami d'enfance venu lui porter secours dans un moment difficile.

L'espace d'un instant, Azi a l'impression d'être dans la peau d'une des victimes des manipulations téléphoniques d'Ad, quinze ans plus tôt : enrôlé malgré lui dans le tour de passe-passe d'un autre. Puis quelque chose bascule en lui : il n'est plus un gamin, et son ami d'enfance a bifurqué vers quelque chose qu'Azi n'arrive plus à comprendre.

– Ad, dit-il d'une voix plus forte, plus ferme, tu n'as pas la moindre idée de ce qui se passe ici. Comment tu as fait pour me trouver ?

– Comment j'ai fait ? dit Ad d'un ton faussement surpris. Ma foi, j'ai reçu ton message – bien joué –, et puis le silence. Mais ensuite, il y a eu toute cette sanglante agitation à Athènes. Tu sais, j'ai failli ne pas te reconnaître avec ton look de clochard, mais quelqu'un a posté une vidéo sur Facebook où en gros on te voit pisser le sang pendant dix bonnes secondes. J'ai consulté les listes d'admission de tous les hôpitaux d'Athènes, mais aucune trace de mon vieux complice. J'ai fait pareil pour les cliniques, les établissements médicaux plus confidentiels, j'ai payé des gens pour surveiller quelques sorties, j'ai analysé les images des caméras qui filment les rues de la ville. Et enfin, pour le bouquet final, j'ai lancé mon armée de messagers à travers la ville pour multiplier les chances de frapper à la bonne porte. Et hop, le lapin est sorti du chapeau ! Aucun effort n'est trop grand pour aider un ami cher.

Trois gros points d'interrogation apparaissent sur le bloc-notes d'Anna, mais Azi sait ce qu'Ad veut dire par là. Quand arrive le moment du prestige – la conclusion d'un tour de magie –, pouvoir compter sur plusieurs possibilités peut être la clef d'un coup de théâtre réussi. Le prestidigitateur sort la carte que vous avez choisie d'une enveloppe fermée, confiée au préalable à un membre du public. Ce que vous ignorez, c'est qu'une autre enveloppe se trouve dans sa poche, une autre sous votre siège, une autre prête à être glissée subrepticement dans votre veste, une autre prête à tomber comme par enchantement du plafond, lancée par un comparse, etc. Chacune de ces enveloppes contient une carte différente connue du prestidigitateur, ce qui augmente d'autant les chances de réussir le tour. C'est comme remplir le maximum de cases dans une grille de loto.

D'une manière similaire, Ad s'est probablement assuré les services de dizaines d'Athéniens chargés de rôder autour du moindre hôpital, de la moindre clinique de la ville et de sa banlieue, à l'affût de tout véhicule susceptible de l'exfiltrer après son opération. Puis il a dû recruter encore bien plus de gens pour livrer le même message à toutes les adresses auxquelles ces véhicules se sont rendus. Ça lui a forcément coûté une petite fortune, mais trouver de l'argent n'a jamais semblé être un problème pour son ami. Azi se demande brièvement s'il n'est pas toujours dans son lit d'hôpital, en proie à quelque mauvais rêve.

Anna pousse un juron entre ses dents, puis approche son visage du téléphone.

– Vous pouvez vous adresser directement à moi, maintenant, dit-elle. Je veille sur Azi. Il ne court plus de danger.

Ad paraît soudain un peu moins sûr de lui.

– Écoutez, vous savez qui je suis maintenant. J'ai sûrement tort de me mêler de ça, mais Azi a besoin de moi, et on ne laisse pas tomber un ami d'enfance. Quelque chose a sérieusement merdé, pas vrai ? Vous pensez qu'il ne faut surtout rien me dire, mais moi je vais vous révéler un truc qui va changer votre façon de voir les choses. Tu es bien assis, mec ? C'est à propos d'une fille.

– On vous écoute, dit Anna.

– Donc, j'ai travaillé pour cette boîte, l'Existential Institute, pendant un moment. Et il y a un an environ, il est arrivé ce qui finit toujours par arriver : ils m'ont annoncé qu'ils souhaitaient mettre un terme à notre collaboration. On s'est séparés d'un commun accord, ou plutôt d'un commun désaccord. Mais à l'époque où je bossais pour eux, j'ai rencontré une fille incroyable avec qui je me suis tout de suite senti à l'aise. Je me suis vraiment confié à elle. Je lui ai raconté des trucs dont je n'avais jamais parlé à personne. Des trucs intenses, très intimes, enfin bref. Et j'ai parlé de toi à quelques reprises, Azi. J'ai partagé quelques épisodes de notre amitié avec elle, tu vois. On pourrait dire que je l'ai invitée dans ton abri de jardin.

Azi ne peut s'empêcher d'intervenir.

– Putain, Ad ! Qu'est-ce que tu lui as dit sur moi ? Tu peux me la décrire ? Attends… Est-ce que vous étiez, tu sais, ensemble ?

– Droit au but, hein ? Non, on n'était pas, tu sais, *ensemble.* En fait, on ne s'est jamais rencontrés IRL[52]. Il y a une appli pour les gens qui bossent dans les boîtes technologiques

52 Acronyme de *In Real Life* : dans la vraie vie, en chair et en os.

de la baie, Geek Elite, ça permet de ne pas perdre de temps avec les normaux. On s'est rencontrés sur cette appli, on a discuté, on a sympathisé, et à force de se raconter nos vies tous les jours en ligne, on a eu envie d'entendre nos voix. Tu sais comment c'est. Elle était incroyable, mec. Et totalement à sa place dans notre petit monde. Je veux dire, elle connaissait bien la scène hackeur et on s'est même trouvé des connaissances communes. Et puis un jour, elle m'a dit qu'elle avait un problème et qu'elle devait partir. Ça m'a foutu les boules, mais jamais je n'aurais imaginé qu'elle s'était payé ma fiole… sauf qu'elle a commis une erreur. J'ai pigé qu'elle s'était foutu de ma gueule quand j'ai, heu, espionné un collègue qui utilisait la même appli. Il dialoguait avec une autre fille dont les phrases avaient une tournure familière. Du coup, je me suis penché sur nos échanges, j'ai comparé, et mes craintes se sont confirmées. Une superbe démonstration d'harponnage. Elle faisait son marché dans notre entreprise, à la recherche de geeks qui traînaient avec des hackeurs britanniques. Identités multiples, recherches en amont sur la cible, scénarios éprouvés ou personnalisés, ingénierie sociale… j'en passe et des meilleures. Ça a dû me prendre pas loin de deux cents putains d'heures pour éplucher l'intégralité des messages et faire la lumière sur sa façon de procéder. À la fin, j'ai dû automatiser et élaborer une recherche sémantique…

– Merci, l'interrompt Anna. On a compris l'idée générale. Ce qu'on veut savoir, c'est *pourquoi* on est en train de parler de ça avec vous.

– Voilà ce qui m'a amené jusqu'ici : appel au secours d'Azi. Baston à coups de morceaux du Parthénon. Désinformation flagrante et bourrage de mou officiel sur la réalité des événements. Et enfin : moi qui ai passé les derniers dix-huit mois de ma vie à me demander pourquoi cette fille s'était tellement intéressée à ce que je fabriquais à East Croydon. Réponse : tout ça a un lien direct avec ce qui t'arrive en ce moment, Azi, et que j'attends d'ailleurs que tu m'expliques. Au fait…

– Quoi ? aboie Anna.

– J'entends être rémunéré pour mes bons services. Je peux vous envoyer mes coordonnées bancaires tout de suite, si vous voulez.

Il semble attendre une réaction, puis reprend quand rien ne vient :

– Je ne vous ai pas révélé tout ce que je sais. Le prénom Rachel vous dit quelque chose ?

Anna et Azi répondent tous les deux par la négative. Silence à l'autre bout du fil, et Ad reprend la parole d'une voix un peu moins assurée :

– Bon, je suppose que… On sait qu'elle utilise tout un tas de foutus pseudos, pas vrai ? N'empêche. Je sais des trucs.

Azi lève les yeux au ciel.

Via une connexion Internet sécurisée d'une vitesse fulgurante, Azi a désormais établi que l'iPhone de Kabir n'est plus en ligne, qu'une des dernières actions du djihadiste a été de lui donner accès à vingt mégaoctets de diverses données confidentielles dérobées à l'État islamique, et qu'Ad souhaite poursuivre un dialogue qu'il est pour le moment le seul à alimenter, à travers une série de messages sécurisés de plus en plus irritants.

Tu ne comptes vraiment rien me dire, mec ? Après tout le boulot que je me suis tapé ? Tes camarades de jeu vont forcément faire preuve d'un peu de gratitude. Je veux dire, ce n'est pas comme si j'avais parlé de ce que j'ai découvert à quelqu'un d'autre. Même si je pourrais le faire.

Anna semble violemment agacée par à peu près tout ce qui s'est passé au cours de la dernière demi-heure, mais au moins elle continue à écouter Azi.

– Est-ce que ton ami nous menace ? Tu le crois capable de révéler publiquement ce qu'il croit savoir ?

Après s'être isolée un long moment pour téléphoner sur une ligne sécurisée, elle est revenue s'asseoir face à lui. Sur son ordinateur, Azi compulse les fichiers envoyés par Kabir, des écrans de données défilant sous ses yeux tandis qu'il s'efforce de donner un sens à l'étrange amourette en ligne dont Ad a fait les frais. Il répond avec circonspection aux questions d'Anna, plus très sûr d'être la personne la mieux indiquée pour comprendre l'homme qu'est devenu son ami d'enfance.

– En fait, c'est un emmerdeur dans son genre, mais au fond pas méchant. Enfin, je crois. Il est juste très orgueilleux et têtu, vous voyez ? Je pense qu'il se sent coupable. On a été proches pendant longtemps, on a vécu des choses fortes, et à certains égards on s'est construits ensemble. Et puis il s'est barré en Californie. Honnêtement, je n'aurais jamais cru qu'il se souviendrait du signal Bat.

– Très touchant. Mais ce que j'ai besoin de savoir, c'est s'il faut que je le prenne au sérieux. Et si oui, à quel point je dois le prendre au sérieux ?

– D'ordinaire, je ne prends rien de ce que dit Ad vraiment au sérieux. Mais là, le contexte est différent. Cette appli de rencontres, cette fille qui extorquait des informations… tout ça est plutôt bizarre.

Il tourne l'ordinateur pour qu'Anna puisse voir l'écran.

– Regardez, je suis en train de jeter un œil aux fichiers que Kabir m'a envoyés juste avant de disparaître de mon radar, et peut-être bien de la surface de la terre. Il faut faire le tri, mais il y a des choses intéressantes. Des renseignements sur des itinéraires de trafic, des informations de routage, des logs. Quelques infos en lien avec l'opération Gomorrhe – j'imagine qu'ils ont dû mobiliser d'énormes ressources pour simuler toutes ces morts, et envoyer ensuite les djihadistes en Europe. Vous remarquez quelque chose d'étrange ?

Anna balaie l'air d'une main impatiente.

– Pas le temps de jouer aux devinettes. Alors ?

– Les adresses IP. La plupart des connexions transitent par des darknets, mais les nœuds de sortie ne sont pas tous masqués. C'est du travail bâclé ; ces données n'auraient pas dû être conservées. Ils utilisaient peut-être une version antérieure du client Gomorrhe ? Quoi qu'il en soit, les emplacements des nœuds de réseau ne sont pas logiques. Certains se sont localisés en Syrie et au Moyen-Orient, mais il y en a aussi une tonne de l'autre côté de la planète. En Californie.

Azi lui indique l'onglet où s'affiche une carte du monde sur laquelle il a réparti tous les nœuds visibles. La Syrie et la Californie sont illuminées comme des constellations jumelles. Entre elles, quelques points lumineux disséminés ici et là.

Anna, qui s'est levée de sa chaise pour mieux voir, lui lance un regard tranchant.

– Qu'est-ce que ça veut dire, Azi ?

– Je n'en sais rien. J'ai besoin de plus de données, de plus de temps. Mais je me demande si Ad n'est pas le maillon manquant. Entre moi, Munira et tout le reste.

– Ou alors c'est juste un crétin qui fourre son nez là où il ne devrait pas.

Azi reste un instant silencieux, s'efforçant de considérer les faits sous l'angle de la logique.

– Non, je ne crois pas. Vous m'avez trouvé à cause de la version cache d'une page de Friends United qui a été créée à l'aide d'anciennes informations, toutes parfaitement exactes. Qui a pu procurer ces renseignements à ceux qui sont à l'origine de cette mystification ? Je ne vois personne d'autre qu'Ad. J'y ai bien réfléchi, et pour moi il est l'unique source possible. Mais Ad n'aurait jamais fabriqué cette page lui-même, ni donné volontairement ces infos pour me nuire. Ce qui veut dire que quelqu'un les lui a soutirées d'une manière ou d'une autre. Quelqu'un d'assez doué pour le cibler et le mener en bateau – ce qui n'est pas aussi simple que vous pourriez le croire. Quelqu'un comme Munira.

Anna semble pensive.

– Dirais-tu que ton ami est du genre précautionneux, ou plutôt enclin à une certaine suffisance ?

– Certainement pas précautionneux. Obsessionnel, brillant, sans aucun doute. Mais la notion même de précaution lui échappe complétement.

– C'est bien ce qui me semblait. J'ai eu une petite conversation avec des amis américains – ceux qui sont encore disposés à m'écouter. Ton ami va bientôt avoir une désagréable surprise.

– De quoi parlez-vous ?

– Tu verras. Son IP est loin d'être aussi bien spoofé qu'il l'imagine.

Azi ne répond rien, se demandant avec un brin de nostalgie quand il a bu un café digne de ce nom pour la dernière fois, et s'il aura jamais l'occasion d'avaler un breuvage suffisamment caféiné pour dissiper la matière brouillardeuse qui fermente sous son crâne. Anna se rassoit tandis que les malabars en costumes font une brève apparition. Un autre message d'Ad s'affiche sur l'écran.

Deux hommes me regardent taper ces mots à l'arrière de la voiture dans laquelle on m'a prié de monter, et j'aperçois un autre duo de gentlemen tout aussi souriants à travers les vitres. Ils m'ont expliqué que tout se passerait bien pour moi si je t'envoyais un message t'informant de mon désir impérieux de vous aider, toi et tes nouveaux potes. Voilà qui est fait.

Azi se tourne vers Anna, mais elle lui fait signe de se taire avant même qu'il puisse ouvrir la bouche. Quelques minutes passent dans un épais silence, puis un dernier message lui parvient.

Heu, mec… dans quel merdier tu m'as entraîné ?

Anna le couve d'un regard attentif.

– Azi, tu es déjà allé en Californie ?

36.

Elle fait défiler le briefing sur l'écran, ne le lisant qu'en diagonale, concentrée sur sa respiration lente tandis qu'elle s'efforce de réguler son pouls. La voix de son collègue grésille dans les haut-parleurs du laptop, avide, sondant sa volonté, à l'affût de la moindre faiblesse.

– Tu es toujours là, Amira ? Tu as réfléchi à ma proposition ?

Il est pitoyable, se dit-elle : obsédé par l'envie de remporter un jeu auquel elle n'a même pas envie de jouer. L'appeler par son véritable prénom est un signe de désespoir – une ultime provocation en guise de baroud d'honneur. Ça veut dire qu'il a brûlé ses dernières cartouches. Elle boit une lente gorgée de thé avant de lui répondre.

– C'est trop aimable à toi, Michael, mais je n'ai ni envie ni besoin de ton aide. Comme tu le sais, je m'enorgueillis de toujours nettoyer derrière moi. Sans compter que Dresde n'est pas la porte à côté. Ça te ferait une trotte pour venir jusqu'ici.

Les haut-parleurs relaient un début de phrase bafouillée et aussitôt conclue par un toussotement. Il devait vraiment croire qu'elle ignorait où il se trouvait – qu'elle n'avait pas accès à ce niveau d'information. Juste un autre crétin, comme ce tueur d'opérette à Athènes. Elle se réjouit que l'intervention d'Odi se soit avérée fatale, même si ça a créé quelques désagréments. Face à l'échec, la mort est la plus élégante des réponses. Elle s'autorise à glisser un soupçon de sollicitude dans sa voix.

– Michael ? Je te trouve bien silencieux, tout à coup. Sois tranquille, je sais où te trouver si d'aventure j'avais besoin d'assistance. En attendant, tu as du pain sur la planche. Je vais t'envoyer le fichier du dossier allemand après cet appel. Je compte sur toi pour l'examiner attentivement.

– Bien sûr.

Il essaie de jouer au type impassible, mais son flegme sonne faux. Il n'a tout simplement pas le truc. Après une nouvelle gorgée de thé, elle met fin à la conversation et concentre son attention sur le briefing.

Un nom s'affiche en haut de la première page – Tomi Christian –, suivi d'une biographie résumée. Tomi Christian, fondateur et dirigeant du parti allemand Defiance, né en 1969 à Görlitz, ville frontalière de la Pologne. Tomi Christian, considéré comme le prochain dirigeant de la nation la plus peuplée et la plus prospère de l'Union européenne, surfant jusqu'au sommet de l'État sur une vague de haine savamment entretenue.

La situation était très différente en 1969. Tomi a vu le jour dans l'atmosphère viciée de la RDA, traînant comme un boulet une histoire que son gouvernement était trop pauvre pour dépasser. Il avait grandi dans ce décor de rues pavées, d'églises laissées à l'abandon et de façades de style gothique et baroque, du côté est d'une frontière tracée le long de la rivière Neisse au terme de ce que les Russes avaient appelé la Grande Guerre patriotique, et qui avait scindé la ville. Cet héritage avait tout à la fois marqué ses jeunes années et servi de ferment aux actions qu'il entreprendrait à l'âge adulte. Séparation, pauvreté, culpabilité, humiliation. Une ville coupée en deux, exilée de son propre passé.

Tomi rêvait d'unification. Pas seulement des deux parties de sa ville à cheval sur la rivière, mais de l'Allemagne toute entière. Il rêvait d'un pays qui renoue avec sa puissance et sa fierté d'antan, d'une histoire qui retrouve un lustre digne des plus belles productions hollywoodiennes, d'une Europe prospère et conforme à la légende d'un glorieux passé où tout allait forcément mieux. Pendant un temps, il s'était autorisé à espérer, et le dépit de voir ses espoirs trahis n'en avait été que plus violent : ses compatriotes ignorés par la classe dirigeante, leurs valeurs bafouées, leur mode de vie abandonné, une nouvelle invasion d'immigrants accueillis à bras ouverts sur la terre de leurs ancêtres, avec des idéologies et des religions étrangères aux traditions allemandes.

Tomi avait vu son pays recouvrer puis gaspiller sa liberté. Alors, il avait fondé son propre mouvement politique. Un message d'espoir pour le vrai peuple allemand. Une promesse de rendre à ses compatriotes la maîtrise du destin de l'Allemagne unifiée, faite avec ce doigté, cet art de ne pas y toucher, qui n'appartiennent qu'à lui. Cette légèreté gracieuse dont il sait envelopper les propos les plus radicaux est l'un de ses grands atouts : charme accessible, humour taillé sur mesure pour les micros et les caméras, mépris amusé pour ceux qui, à Berlin et Bruxelles, n'ont cessé de le sous-estimer. Toutes les apparences de l'ouverture d'esprit.

Aujourd'hui, Tomi s'apprête à retourner dans sa ville natale, tout auréolé de gloire. Très bientôt, il s'adressera à une foule de journalistes et de partisans massés sur l'Untermarkt, au cœur de la vieille ville. Ils se presseront par milliers sur les pavés de la place rectangulaire pour écouter le savant mélange de plaisanteries et de convictions qui porte ses discours ; pour être les témoins de son apothéose. C'est l'ancienne RDA, et non Berlin, qui sera le terreau de la renaissance de la nation. Dix mille militants communiant dans la ferveur de ses paroles et préparant le terrain pour un million d'adhérents supplémentaires. Dix mille militants attisant le bûcher funéraire qui consumera bientôt les formations politiques qui se partagent le pouvoir depuis trop longtemps.

Et si toutes les actions prévues dans ce briefing sont menées à bien, ce qui ne manquera pas d'arriver, cette foule conquise participera à un divertissement que nul n'a anticipé : le spectacle que Gomorrhe veut présenter au monde. Un massacre, même si les victimes ne seront pas innocentes. Une nuit de cristal et des longs couteaux.

Elle sirote une dernière gorgée de thé, étudiant distraitement la disposition des feuilles au fond de sa tasse tout en savourant la morsure tannique des ultimes gouttes. Le premier message de Munira Kahn a reçu une réponse – la promesse d'une assistance à n'importe quel prix, d'un raid de preux chevaliers résolus à porter le fer dans l'antre même du dragon. Minutieusement, elle se met à réfléchir à la prochaine phase de sa prétendue capture.

Amira nettoie toujours derrière elle. D'un point de vue purement technique, la mort d'Azi Bello n'est pas nécessaire. Mais pourquoi se priver d'un tel plaisir ?

37.

Pour une raison qu'il finira bien par connaître un jour ou – plus probablement – l'autre, Azi patiente sur le cuir d'un gros fauteuil formidablement inconfortable, dans le salon d'un immense appartement situé au deuxième étage d'un immeuble apparemment désert de la baie de San Francisco.

Les lieux sont décorés dans le style espagnol ou peut-être mexicain, voire, tout bien considéré, dans un regrettable mélange des deux : azulejos aux motifs colorés, murs blanchis à la chaux, meubles massifs en bois sombre ornés de métal travaillé. Ad est assis face à lui dans un fauteuil plus modeste, mais sans doute pas moins inconfortable, balançant distraitement ses jambes tandis qu'il tapote l'écran d'une tablette. Ils n'ont pas échangé un mot.

Cela fait maintenant quatre heures qu'Azi a atterri en Californie. Chaperonné par un Odi qui semblait avoir perdu l'usage de la parole, il avait transité par Londres, empruntant deux vols commerciaux – ce qui, lui avait assuré Anna, était l'expression d'une courtoisie profonde et à peine méritée de la part de leur hôtes américains. Au cours de ces vingt heures de voyage, Azi avait regardé cinq films, lu deux thrillers d'aéroport, pris trois repas sur de minuscules plateaux en plastique, bu d'innombrables mini-cannettes de Canada Dry et, d'une façon générale, s'était vautré dans le déni. La réalité avait repris ses droits sous la forme d'un imposant SUV noir rempli de types silencieux en costumes, garé un peu à l'écart de la sortie Arrivées internationales. Ils avaient été transportés dans cet appartement où Ad se trouvait déjà. Odi s'était retranché sans un mot dans la cuisine. Rien n'avait été expliqué.

Cela fait maintenant trois ou quatre minutes qu'Azi attend face à son ami d'enfance quand celui-ci daigne enfin lever les yeux, s'exprimant d'une voix qui hésite entre l'hystérie et l'insolence.

– J'imagine qu'ils achètent ces bâtiments aux enchères. Des hôtels en faillite, des immeubles saisis. Bon marché et super moches. Des cachots à bon prix.

Le sourire qu'Azi s'efforce de composer n'atteint jamais ses lèvres.

– J'essaie de prendre mes aises ici, de me sentir chez moi, reprend Ad. Mais ce n'est pas gagné, vu que c'est une prison. Surveillance complète, applis verrouillées… je ne peux même pas regarder BBC iPlayer sur ce putain de truc.

Ad fait mine de balancer la tablette à travers le salon, avant de se résoudre à la poser brutalement sur le plateau carrelé d'un guéridon.

– Bien sûr, il y a des types dehors, très discrets. Et personne ne s'est donné la peine de me dire quoi que ce soit, à part que je me suis foutu dans la merde. Mais toi, tu étais le mec qui n'avait jamais d'ennuis, le mec qui voulait vivre dans un abri de jardin... Et regarde où tu en es, maintenant ! Je veux dire, mec... Regarde ta dégaine.

Le silence qui suit incite Azi à considérer son apparence. Il a le crâne rasé, les oreilles fraîchement percées, le corps propre mais comme s'il était passé dans une essoreuse. Ses vêtements amples et sombres gonflent bizarrement au-dessus de ses bandages. Il a l'air à la fois plus dur au mal et plus vulnérable que le jeune homme arraché quelques jours plus tôt à son abri de jardin. Et c'est exactement comme ça qu'il se sent.

Tandis que le silence entre eux s'épaissit, Azi promène lentement le regard sur Ad. Ce qui est peut-être le plus choquant, c'est à quel point Ad est à son avantage. L'adolescent qui s'était envolé pour la Californie fin 1990 n'était qu'un désordre d'os pointus, tout en coudes et genoux, fagoté comme l'as de pique. L'homme qui lui fait face incarne le triomphe des soins dentaires à l'américaine, des régimes hyperprotéinés et des coachs sportifs, voire des coachs en relooking : ses cheveux sont savamment décoiffés, et son ensemble T-shirt et jean skinny coûte probablement plus cher que toute la garde-robe d'Azi.

Il inspire un grand coup avant de parler.

– Ça me fait plaisir de te voir, Ad. Vraiment. Tu as l'air carrément en forme.

Ad semble pris au dépourvu par la sincérité avec laquelle Azi a prononcé ces mots.

– Moi aussi, ça me fait plaisir de te voir, mec. D'accord, tu as foutu toute ma vie en l'air et tu as vraiment l'air d'un putain de clodo, mais bon... Ça me fait plaisir de te voir.

Cette fois-ci, Azi parvient à esquisser un sourire.

– Je n'ai peut-être pas aussi fière allure que toi, mais il faut dire que j'ai failli mourir à deux reprises en l'espace de seulement quelques jours. Je me suis fait tirer dessus et j'ai été poignardé.

Il quitte son fauteuil et relève son T-shirt, dévoilant les mètres de bandages qui semblent le maintenir en un seul morceau et auxquels s'ajoute, remarque-t-il, une topographie émergente de ses récents déboires, faite d'écorchures et d'hématomes qui marquent en noir et jaune les parties non bandées de sa peau. Le spectacle arrache un sifflement à Ad.

– Eh ben merde, alors. Ils ne t'ont pas raté. Jusqu'où *on* est dans le pétrin ? Bite ? Ventre ? Cou ?

Toujours le même, songe Azi. Le fauteur de troubles qui n'aime pas que les troubles viennent frapper à sa porte.

– Plus haut. Je ne sais même pas par où commencer, mais je vais essayer de ne rien oublier. Mise en garde amicale : le simple fait qu'ils me laissent te parler signifie qu'ils ne comptent pas te relâcher dans la nature avant un bon moment.

Ad hoche une tête résignée.

– Tant pis, mec. Ou peut-être tant mieux, après tout : j'attendais qu'un truc intéressant vienne bousculer mon quotidien.

Lorsque Odi consent à quitter la cuisine, Azi a eu le temps de relater l'essentiel de ses mésaventures à son ami – Anna, Odi, Munira, Berlin, Athènes, Kabir, Gomorrhe –, marquant à l'occasion une pause pour laisser Ad pousser des jurons incrédules, se lever d'un bond, se rasseoir, et se lancer dans de brèves et amères envolées sur l'humour merdique de l'univers.

Odi s'avance les bras chargés d'un plateau sur lequel un saladier rempli de pâtes côtoie des assiettes et des couverts pour trois. Il dépose le tout sur la grande table basse qui trône pesamment au milieu du salon – autre exemple frappant de laideur mobilière. Porcelaine et métal argenté rejoignent bientôt la surface émaillée de la table avec un fracas aigu. Adoptant ce ton faussement cordial qu'Azi a déjà entendu dans l'appartement de Berlin, Odi leur fait signe de le rejoindre.

– Allez, les gars, venez manger un morceau. Détendez-vous. Je vous apporte de l'eau dans deux minutes. Un peu de musique ?

Apparemment, ce n'est pas une question : Odi a déjà placé son portable sur une station d'accueil et un morceau de Daft Punk s'échappe d'une paire d'enceintes Bluetooth, son funk mélancolique résonnant contre les azulejos qui ornent les murs. Odi s'assoit le premier et enfourne une sérieuse quantité de pâtes dans sa bouche avant de parler.

– Allez-y, messieurs. Détendez-vous et remplissez-vous la panse. La bouche, surtout. Nos gestes et nos paroles sont surveillés, mais la musique et la nourriture mastiquée les empêcheront de nous entendre et de lire sur nos lèvres. Et si on a l'air suffisamment détendus, ça ne les inquiétera pas plus que ça. En d'autres termes, ayez l'air naturel, servez-vous généreusement et parlez la bouche pleine.

Ad lui lance un regard de pure hostilité.

– Azi m'a briefé à ton sujet, *Odi*. Bon, maintenant que tu nous tiens dans ta pogne, si tu m'expliquais ce que signifient toutes ces conneries d'enlèvement, de détention illégale et de petits jeux d'espions à la mords-moi le nœud ?

Odi regarde Ad, puis éclate de rire. À part se vider de son sang, c'est sans doute la chose la plus spontanée qu'Azi l'ait jamais vu faire. Il se calme au bout d'un moment, pousse un long soupir qui tremble d'un dernier rire, puis se remplit la bouche de pâtes et se tourne vers Ad.

– Je vous tiens dans ma pogne, hein ? Si seulement c'était vrai. Je ne suis pas votre geôlier, mon vieux. On est détenus tous les trois entre ces murs. Dans une heure environ, ils vont venir nous chercher, Azi et moi, pour qu'on aille plaider notre cause. Puis retour ici. Après quoi, on sera informés de ce qu'ils comptent faire de nous. Ils ont des… griefs à notre encontre. Pour différentes raisons, on est tous les trois dans leur viseur.

Ad fixe Odi du regard, puis Azi, puis les pâtes qui pendent sur les dents de sa fourchette, l'air également dérouté par les uns et les autres.

– Et qui au juste se cache derrière ce *ils* ? intervient Azi.

Odi soupire, reprenant son sérieux.

– La NSA, essentiellement. Des gens qui aiment tout savoir, encore plus que l'ensemble des autres services de renseignement réunis. Sauf qu'on a passé l'année écoulée à mettre la main sur des infos dont ils n'ont même pas entendu parler. Et maintenant, il se trouve qu'on s'est fait infiltrer, qu'on a perdu un agent précieux et qu'on en a laissé un autre se lancer dans une carrière free-lance – je parle respectivement de Munira et de toi ; qu'on a dû faire non pas un, mais deux nettoyages de grande ampleur – je parle de l'entrepôt de Berlin et de l'Acropole ; et qu'on a brusquement déclaré, en nous basant sur des preuves fournies par un membre de l'État islamique, qu'en réalité les choses sérieuses se passaient aux États-Unis. Sans compter que tu as réussi à accéder à la place de marché la plus dangereuse du Darknet dans notre dos. J'ai oublié quelque chose ?

– Des hordes de terroristes disséminés dans toute l'Europe sous des identités brillamment contrefaites ? ne peut s'empêcher d'ajouter Azi, essentiellement à l'intention d'Ad.

Odi secoue la tête.

– C'est le cadet de nos soucis. En Europe, les services secrets des pays concernés sont sur le coup. Ils ne les lâchent pas d'une semelle, même s'il est vrai que les Américains sont loin d'être d'accord avec la façon dont cette menace est gérée. Ils peuvent se montrer très insistants quand ils souhaitent qu'on passe à l'action.

Odi se tourne vers Ad, qui s'est mis à fouiller le salon du regard, comme s'il s'attendait à ce que des types hilares déboulent en hurlant *Surprise ! C'était une blague !* Mais si la pièce ne manque sûrement pas de caméras cachées, ceux qui se trouvent derrière n'ont sans doute qu'un goût modéré pour les plaisanteries potaches.

– On traîne quelques casseroles, reprend Odi. Mais on a deux avantages sur les Américains. Le premier, c'est qu'ils pensent avoir la parfaite maîtrise de la situation, et il est toujours dangereux de croire qu'on sait tout. Le second, c'est ce lien qu'on n'a pas encore trouvé entre toi…

Il lance le menton vers Ad, qui a un mouvement de recul.

– … et Gomorrhe. Si on parvient à comprendre ce que c'est, je pense qu'on peut reprendre la main. Je dispose de quelques ressources.

Pendant un moment, il n'y a rien que la voix robotique de Daft Punk qui s'écoule tristement à travers les enceintes. Puis Ad laisse tomber sa fourchette dans son assiette de pâtes, bondit sur ses pieds, et se met à arpenter le salon de long en large. Lorsqu'il se met à parler, sa voix est à peine plus haute qu'un murmure, à peine moins intense qu'un hurlement.

– Ouais, bon, à propos de tout ça… Il y a des trucs que… Putain, il faut que je vide mon sac. Va savoir pourquoi, j'ai une vraie aversion pour le risque de torture et de mort et pour, vous voyez, toute forme de danger aussi élevé qu'indéterminé – tout ça au service d'une cause dont j'ignore tout. Et puis, il y a cette façon de parler, ces *je dispose de quelques ressources* ; le genre de phrase à laquelle on ajoute mentalement des points de suspension et un petit rire sardonique. Le genre de phrase qu'un teuton malveillant peut balancer à un personnage secondaire avant de lui exploser tragiquement la tronche d'un coup de Glock. Combien de fois tu as dit qu'on a essayé de te buter, Azi ? J'ai une certaine affection pour ma tête et pour ce truc merdique qu'on appelle la vie.

Azi fait des gestes d'apaisement des deux mains.

– Je comprends ce que tu ressens, Ad. Je suis passé par là, moi aussi. Je sais que tout ça te semble complètement absurde, mais…

– Non, mec. Tu m'excuseras de ne pas prendre de gants, mais ça fait près de quinze ans qu'on ne s'est pas vus, je sais que dalle sur tous ces gens, je me suis carrément fait enlever, et personne ne m'a filé de blé pour jouer dans cette pièce de théâtre, que je sache. Alors pourquoi je devrais rester ici, à écouter toutes ces conneries qui ne me concernent pas ?

Ad s'est mis à trembler, nouant et dénouant ses doigts au-dessus de la table basse. La scène est d'une troublante familiarité, comme une rafale d'air brûlant directement soufflée depuis un abri de jardin de Croydon, à la fin des années 1990.

Adolescent, Azi ne savait pas comment réagir face aux accès de fureur d'Ad, à sa brusque agressivité. Peu importait l'objet du désaccord, il ne parvenait jamais à puiser en lui l'intensité nécessaire pour faire jeu égal avec celle de son ami. Mais aujourd'hui, c'est surtout de la tristesse que lui inspire la colère d'Ad. Il y a tant de choses qu'Azi pourrait lui dire. Mais à quoi bon ? Il sait que les mots ne seront pas d'un grand secours, parce qu'il n'existe aucune explication satisfaisante à leur présence ici, sinon que les circonstances les ont privés de leur liberté de choix.

Ad dit des choses parfaitement raisonnables et parfaitement hors sujet. La vie telle qu'il la connaissait est finie, tout comme celle d'Azi a pris fin à l'instant où Anna a franchi la porte de son abri de jardin. Ce qui compte à présent, c'est de savoir si et comment ils parviendront à faire face à leur nouvelle existence.

Odi, qui a ponctué la diatribe d'Ad de petits hochements de tête, semble lui aussi dans un état d'esprit compatissant.

– Ta réaction est parfaitement justifiée, Adam. Si tu veux, on pourra reparler de tout ça quand on reviendra de notre réunion, Azi et moi. D'ici là, termine ton repas, s'il te plaît, et repose-toi un peu. Il est tard.

Ad n'a pas l'intention de se laisser amadouer.

– Ne prends pas ce ton condescendant avec moi ! Je veux sortir. Prendre l'air. Putain, je veux foutre le camp de cet appart' !

– Il n'y a nulle part où se promener à pied, dans le coin, dit Odi d'une voix monocorde. Personne ne marche, par ici. Tu le remarques encore, ça ? Ça doit te sembler normal, depuis le temps que tu vis en Californie, mais c'est un truc que je trouve…

– T'es dingue, mec, l'interrompt Ad. Vous êtes dingues tous les deux. Tu sais ce que ça m'a coûté pour te retrouver, Azi ? En temps et en fric ? En services qu'il m'a fallu demander ? Tu es la seule personne au monde pour qui je ferais une chose pareille. Ça faisait des années que je me préparais au cas où il se passerait un truc comme ça, et à quoi ça m'a mené ? Droit dans un piège, c'est ça ? Tu es le seul en qui j'avais confiance. Et regarde ce que tu as fait, pauvre *connard*. Regarde ce que tu as fait.

Les mains d'Ad se plaquent sur son visage, comme s'il cherchait à contenir sa colère dans les limites de son corps. Il esquisse quelques pas en direction de la porte d'entrée, se fige, fait volte-face puis rebrousse chemin, ses pas lourds résonnant sur le sol carrelé, sauf quand ils écrasent un tapis aux motifs violemment colorés.

– Je ne peux pas rester ici, dit-il. Je ne peux pas écouter un mot de plus. Je vais dans ma chambre.

Odi le suit des yeux avec un petit soupir, puis se tourne vers Azi avec une mimique de connivence.

– Chacun s'adapte à sa façon. Tu penses que ça l'aiderait si je le frappais ?

Azi prend le temps d'y réfléchir.

– Probablement pas, si j'en crois mon expérience.

38.

Odi et Azi quittent l'immeuble une heure plus tard, escortés dans la nuit californienne. L'air est sec, pollué par les odeurs et les bruits de circulation. Ils restent dehors à peine plus d'une minute, juste assez pour qu'Azi ait le temps de percevoir l'échelle anormalement grande des bâtiments et des routes, comme s'il rêvait d'un monde démesuré. D'un geste discret, Odi lui fait comprendre qu'il vaut mieux garder le silence.

De la carrosserie à l'habitacle, le véhicule dans lequel ils montent est identique à celui qui est venu les chercher à l'aéroport : une sorte de tank climatisé avec sièges en cuir noir, plus imposant que tout ce qu'Azi avait jusqu'alors rangé dans la catégorie « voiture ». On dirait un taxi londonien gonflé aux stéroïdes. Odi et lui sont assis côte à côte, séparés par un large accoudoir qui dissimule en son sein une demi-douzaine de petites bouteilles d'eau. Deux hommes en costume gris ont pris place à l'avant, cinquante pour cent plus larges dans toutes les directions que le duo d'Athènes, pourtant déjà impressionnant. Puisque personne n'a dit un mot sur leur destination, sur ce qu'on attend d'eux ou sur les règles qui s'appliquent dans ce monde de transferts réglés comme du papier à musique, Azi essaie de se détendre et de profiter de l'expérience.

Le SUV s'arrache avec aisance au trottoir, tout en puissance contenue. Derrière la courbure teintée de la lunette arrière, le paysage est une hallucination de phares qui zèbrent une autoroute à six voies. Ils doivent se trouver à mi-chemin d'une des côtes de la baie, et pour le moment ça ne ressemble en rien à ce qu'Azi imaginait depuis sa banlieue londonienne. Tout est trop grand pour être appréhendé. L'autoroute s'étend à perte de vue, océan de bitume qui semble narguer la mer, sur laquelle une énorme lune jaune surgie de nulle part couche son reflet comme une longue colonne. Ils rejoignent un chapelet de voitures, s'engouffrant avec elles sur un pont bas qui n'en finit pas de traverser la baie. Il n'y a pas d'étoiles, mais sur la terre ferme des lumières clignotent par paire, clins d'œil rouges adressés depuis le rivage.

La voiture finit par se garer dans une sorte de caverne en béton, sous une forteresse isolée par un enchevêtrement d'autoroutes, îlot de laideur au milieu du trafic. L'air du dehors est sans doute toujours chaud, mais Azi ne sent qu'une fraîcheur conditionnée alors qu'ils franchissent la porte en acier renforcé d'un ascenseur puis, au terme d'un rapide voyage vertical, des couloirs moquettés de beige aussi interminables que le Bay Bridge.

Odi et Azi marchent côte à côte derrière leur escorte en costume de ville. Le silence est toujours de rigueur tandis qu'ils sont soumis à une succession de procédures automatisées de sécurité : pavés numériques presque invisibles et caméras fondues dans le décor, dissimulées aux regards hostiles. C'est une sorte d'hôtel Formule 1 du renseignement, se surprend à penser Azi, un bâtiment débarrassé de toute prétention esthétique, à l'extérieur comme à l'intérieur, et dont la seule vocation est d'abriter des données. Ils n'ont pas croisé un seul être humain depuis leur arrivée et, réalise Azi, ils n'en croiseront sans doute jamais.

Après d'autres vérifications, ils sont conduits dans une salle de réunion toute en longueur. Livrés à eux-mêmes, ils vont se réfugier à l'extrémité d'une immense table en bois décorée en son centre d'une sphère en métal clair, posée sur un socle tripode. Azi s'efforce de ne pas se figurer un mage malveillant murmurant des incantations, courbé sur la surface étincelante du globe. L'image du diabolique devin est définitivement chassée par Odi qui approche la bouche de son oreille et prononce ses premières paroles depuis qu'ils ont quitté l'appartement.

– Ça va bientôt être à nous. Pas un mot tant que je ne te fais pas signe de parler. Laisse-moi me débrouiller avec leurs questions.

La sphère émet un grésillement, suivi d'un bourdonnement. L'un des colosses en costume leur fait signe de s'asseoir et une voix électroniquement modifiée, qui oscille de façon déroutante entre inflexions masculines et féminines, se met à parler partout à la fois dans la pièce.

– Odi. C'est bien comme ça que vous vous faites appeler aujourd'hui, n'est-ce pas ?

Odi acquiesce d'un signe de tête, le corps parfaitement immobile. La voix retentit plus fort dans la pièce.

– Pas de putain de hochement de tête. À haute et intelligible voix ! C'est comme ça qu'on procède. Vous comprenez ?

– Je comprends, répond Odi d'une voix claire et nette.

– Ça vaut mieux pour vous. On est les seuls qui soyons en mesure de faire quelque chose, vous savez. D'empêcher le monde de nous péter à la gueule. On vous a soutenus, on a soutenu votre boss. Et vous nous l'avez mis profond.

La voix d'Odi devient encore plus claire.

– Vous avez lu mon document d'analyse ?

Azi a l'impression que la salle retient littéralement son souffle, comme s'ils étaient piégés dans un bâtiment vivant, à la merci de son cerveau omnipotent qui voit, entend, et devine tout. Et le bâtiment a l'air furax.

– On ne peut pas utiliser le moindre élément de ce rapport. On ne peut pas avoir confiance dans le moindre mot que vous écrivez. Vous savez pourquoi ? Parce que vous n'êtes que des fils de pute arrogants qui pensez savoir tout mieux que tout le monde. L'Europe n'est qu'un nid à problèmes ! Vous allez être mis sur la touche jusqu'à ce que ce soit fini. Et maintenant, voici votre chance d'influer sur ce qui se passera ensuite. C'est à vous, Azi Bello. Parlez-nous de Gomorrhe.

Azi ouvre la bouche, mais Odi lui coupe la parole avant même qu'il ne la prenne.

– Il serait préférable qu'Azi rende compte plus tard. Il ne connaît pas la situation dans son ensemble.

Odi semble à présent avoir atteint un incompréhensible état de calme profond, ce qui n'a pas l'air d'être le cas des types qui les ont escortés jusqu'à cette salle. Azi sent qu'ils commencent à se raidir et à transpirer sous le gris anthracite de leurs costumes. Ce n'est pas comme ça que les choses sont censées se passer.

– Laissez-le s'exprimer, Odi.

– Non.

Un silence incrédule salue ces mots.

– Vous savez combien de personnes ont le droit de me dire non ?

Odi reste imperturbable.

– Je suis habilité à m'opposer à vos ordres. Mon supérieur hiérarchique…

– Je vous emmerde. Et j'emmerde votre boss. Vous êtes chez moi, maintenant. Les cibles européennes vont dégager. On va s'occuper d'elles, et on va utiliser la manière forte. Vous vous êtes planté dans les grandes largeurs, pendant des mois et des mois, au prix d'un gaspillage de dix millions de dollars et d'une demi-douzaine de vies humaines. Et maintenant, vous osez me demander un nouveau chèque en blanc ? Vous me prenez pour un imbécile ?

– Cette fille n'est pas celle qu'elle prétend être. Ses derniers messages ne sont qu'une technique de diversion. Le cœur de cette affaire se trouve ici, en Californie. C'est là qu'il faut creuser.

Quand la voix lui répond, elle a retrouvé son calme, dépouillée de sa colère comme d'un outil inefficace.

– Je ne vois aucune raison de prolonger cet entretien. Je prends des mesures sur-le-champ : des investigations sérieuses menées par une équipe sérieuse, et non à l'aide d'un ramassis d'intuitions et de hackeurs. J'ai défendu votre existence par le passé. Et si je peux à la rigueur supporter que vous me fassiez passer pour un idiot en guise de remerciements, je n'ai pas l'intention de voir mon soutien récompensé par un nouveau bain de sang. Sachez que…

Cette fois-ci, c'est Odi qui lui coupe la parole.
– J'aimerais qu'on revienne au…
– Assez. Mon équipe a étudié tout ce que vous nous avez transmis. Nous vous considérons comme aussi irresponsable qu'incontrôlable. Je mets un terme définitif à l'extraordinaire autonomie dont vous avez bénéficié. Idem pour la protection que vous offriez à cet homme et à son ami.
Sur ces mots, Odi et Azi sont priés de se lever et de rebrousser chemin, de nouveau escortés dans la nuit.

39.

C'est une question de principe : elle trouve au moins un défaut à chaque fois qu'elle fait appel au room service de l'hôtel. Dans la matinée, elle s'est plainte auprès du personnel que l'eau n'était pas suffisamment chaude pour permettre aux feuilles de thé d'infuser dans les règles de l'art, et qu'il lui fallait illico un nouveau plateau avec de la vaisselle en étain massif. La veille, l'assaisonnement de sa salade, servi à part comme elle l'avait expressément demandé, n'était pas à son goût. Ce soir, pour varier les plaisirs, elle prévoit de pester contre un couvert à la propreté prétendument douteuse et de s'émouvoir d'une serviette imparfaitement repassée. Après tout, personne n'imagine une experte en espionnage et infiltration faisant toute une histoire pour du linge de table froissé.

Une fois que l'employé d'étage en tenue blanche a quitté sa suite pour la seconde fois, laissant derrière lui une théière brûlante et un mot d'excuses du directeur de la restauration, elle sort un *burner phone* d'un compartiment dissimulé tout au fond de sa valise. Il est réservé à une seule et unique catégorie de contacts : les officiers supérieurs du renseignement de l'État islamique.

Du point de vue de ces fanatiques, elle leur fournit un service de tout premier plan via le darknet ultrasécurisé Gomorrhe ; service pour lequel ils ont déjà déboursé la coquette somme de dix millions de dollars. Ce service comprend le contournement de toutes les mesures conventionnelles de sécurité appliquées au franchissement des frontières et aux contrôles d'identité, l'implantation de fidèles agents de l'État susnommé à travers l'Europe, ainsi que la mise en place d'un réseau d'approvisionnement tout aussi ultrasécurisé, destiné à fournir le matériel nécessaire à la mission des terroristes.

De son point de vue à elle, cette version spécifique du client Gomorrhe installée par les islamistes fonctionne à la manière d'un logiciel de *snooping* qui lui donne un accès complet à leurs systèmes, ainsi que la possibilité de fausser à tout moment le processus d'enchères privées. Ce qui lui a permis de placer ses pions avec une extrême précision, révélant la position géographique de cinquante djihadistes infiltrés (qui, naturellement, sont depuis sous constante surveillance) tout en conservant une bonne vingtaine d'autres sous le coude, bien cachés, sur lesquels repose la réussite de son plan. À présent, il ne lui reste plus qu'à allumer la mèche et à faire quelques pas de recul.

Elle compose le numéro de son contact, attend que l'abruti décroche – il laisse toujours son téléphone sonner pendant au moins quinze secondes, sans doute pour se donner l'air occupé –, puis écoute l'intonation brusque d'une voix masculine la remettre à sa place.

– Vous êtes en retard.

Amira laisse échapper un petit soupir navré.

– Toutes mes excuses, monsieur. Cela ne se reproduira plus. J'ai été retenue par mes employeurs.

Lors de ses échanges avec des membres haut placés de l'État islamique, elle joue toujours le rôle de la subordonnée intimidée, convoquant à l'occasion la silhouette virile d'un « supérieur » masculin pour peaufiner l'illusion. Et pendant que ces crétins emphatiques la considèrent avec condescendance, Amira peut les scruter tout à loisir, à l'abri de son personnage d'inoffensive facilitatrice. Son interlocuteur du jour est l'un de ses préférés : un fanatique de moyenne importance pour qui l'idée de se faire berner par une femme est aussi saugrenue que de voir son téléphone se transformer en araignée géante.

– Tout est en place ? demande-t-il.

– Oui, monsieur. Le matériel, les accès requis, les falsifications nécessaires sur l'ensemble des systèmes et des listes de sécurité, tout. Les portes s'ouvriront les unes après les autres pour laisser passer vos hommes.

– Si ce n'était pas le cas, notre mécontentement saura traverser les mers et les océans pour vous retrouver. J'envie ces hommes, qui bientôt rejoindront le *jannah* après avoir durement frappé les *kouffar*. Il n'est pas d'œuvre plus louable.

Amira rassemble tout l'enthousiasme dont elle est capable.

– Il n'est pas de plus grand destin, monsieur !

On ne peut sûrement pas reprocher aux islamistes de ne pas traduire leurs paroles en actes. Cet homme, avec sa position enviable dans la hiérarchie de son organisation, sa cour servile et sa ville conquise, n'hésiterait pas à mourir pour ses idées. Il envie sincèrement les martyrs. Bien entendu, c'est ce qui le rend si utile pour Amira. Après un bref silence, il reprend :

– Nous avons rencontré une complication.

– Vraiment ? Je suis navrée de l'apprendre.

– Ce n'était pas grand-chose. Un traître, qui avait accès à certaines de nos données. Il est mort, à présent.

Cette fois-ci, elle n'a pas besoin de mimer l'enthousiasme.

– Voilà qui fait plaisir à entendre, monsieur.

Maintenant qu'il aborde le sujet du meurtre, Amira sent que l'homme est dans son élément. Il en devient loquace et sa voix prend des accents presque chantants.

– La découverte de cette traîtrise a fait briller la foi d'un de nos hommes d'un plus grand éclat. Il a tué ce renégat à mains nues, un acte de grande bravoure au service de la justice. Nous ne pensons pas avoir subi d'intrusion significative.

– Y a-t-il quoi que ce soit que nous puissions faire ? Souhaitez-vous que j'en parle à mes supérieurs, monsieur ?

Un petit gloussement satisfait lui répond.

– J'aimerais qu'ils sachent que le corps du traître est exposé à la vue de tous. En divers endroits à la fois. J'aimerais qu'ils sachent que nous ne serons pas trahis, et que c'est le sort qui attend ceux qui s'y essaient. Nous sommes guidés par la grâce divine.

La grâce divine, mon cul, songe-t-elle. Certains réseaux de l'État islamique présentent tellement de failles de sécurité qu'on se demande comment la NSA ne contrôle pas chacun d'entre eux.

– Comptez sur moi pour transmettre votre message, monsieur. Que la paix soit avec vous.

Il ne la gratifie pas des politesses d'usage avant de raccrocher, peut-être parce qu'il la considère elle aussi comme une *kâfir*, tout juste bonne à se faire violer par un bon islamiste, ou cinq chacun à leur tour, histoire de lui inculquer les principes de la docilité.

La philosophie de l'État islamique en matière d'égalité des sexes rend d'autant plus jouissif le pouvoir de vie et de mort qu'elle exerce sur ses hommes. Ses dirigeants sont persuadés d'avoir élaboré eux-mêmes le plan qu'elle a infusé en eux par le biais de discrètes manipulations de leurs messages ; par le biais de propositions et d'opportunités sur mesure concernant Gomorrhe ; par le biais d'une petite armée d'informateurs imaginaires – une bonne vieille technique toujours aussi efficace. Et le penchant des services secrets européens pour la surveillance au détriment de l'action n'a fait que lustrer l'or de cette opportunité.

Une fois le *burner phone* replacé dans son compartiment secret, elle manque de se brûler en voulant se servir du thé. La théière en étain est trop chaude pour qu'on en saisisse l'anse, même en l'attrapant à l'aide d'une serviette. Voilà une chose dont il faudra se plaindre. Ça a beau être le Four Seasons, sa façon de rabaisser subtilement les employés, de faire preuve d'une exigence toujours à la limite de l'exagération et, d'une manière générale, de toujours trouver quelque chose à redire, parvient à mettre en difficulté même le personnel le plus aguerri.

Elle doit impérativement donner le meilleur d'elle-même dans ce registre acrimonieux, une prestation mémorable étant requise pour masquer tout ce qui doit rester à l'abri des regards. On n'est jamais trop prudent. À ce propos, il faut qu'elle procède à quelques vérifications concernant ce traître dont les morceaux décorent désormais divers quartiers de Raqqa. Et qu'elle consacre un peu de temps aux messages de relance à l'intention d'Azi, Odi et consorts. Leurs dernières réponses sont loin d'être satisfaisantes.

40.

Il est huit heures du matin et, comme la veille, ils se font face dans les fauteuils du salon. Selon une tradition britannique qui a fait ses preuves, Azi a tendu à son ami une main silencieuse et réconciliatrice sous la forme d'un breuvage chaud. Selon une tradition similaire, Ad a accepté sans un mot l'offre de paix, portant le thé à ses lèvres avec juste ce qu'il faut de dédain pour ne pas rendre les armes trop vite. Puis il s'est penché sur la tablette, laissant Azi s'adresser à ses cheveux.

– L'entretien d'hier soir a été un désastre.

Cette entrée en matière n'est même pas récompensée d'un coup d'œil. Mais Azi est loin d'avoir épuisé le filon.

– Sauf qu'il me semble qu'Odi a tout fait pour que ce soit un désastre. Volontairement, je veux dire. Et maintenant on se retrouve tous les trois détenus ici en attendant, j'imagine, d'être transférés dans une prison moins confortable. Odi continue à communiquer avec nos hôtes, mais j'ai l'impression qu'il n'est pas dans leurs petits papiers. Du coup…

Azi s'interrompt, laissant les deux syllabes se balancer dans l'air comme un appât au bout d'une ligne, mais Ad fait furieusement glisser ses doigts sur la tablette, refusant de mordre à l'hameçon.

– … je me suis dit qu'on pourrait parler de cette boîte pour laquelle tu bossais, l'Institut je ne sais plus quoi. Là où tu travaillais quand tu t'es fait avoir par cette fille sur l'appli de rencontres. Tu sais, l'arnaque dont tu ne t'es rendu compte qu'après avoir lâché assez d'infos pour guider la moitié de la planète jusqu'à mon abri de jardin…

Cette fois-ci, Ad relève la tête, le visage émacié dans la lumière du jour, le regard creusé et souligné de cernes. Azi a de la peine pour lui, mais l'heure n'est pas aux gracieusetés. Ad reste un instant immobile, doigt suspendu au-dessus de l'écran, puis le poignarde plusieurs fois du majeur, avant de lancer la tablette sur les genoux d'Azi.

– Tiens, mon pote. Fais-toi plaisir.

Le site de l'Existential Institute s'affiche sur l'écran. Sur un fond bleu océan, la tête d'un chauve au crâne parfaitement lisse semble flotter à côté d'un bloc de texte. Le nom de l'institut s'étire en haut de la page, ses lettres élancées coiffant un slogan en italiques : *Sauver l'avenir de l'humanité.* Le texte qui suit est la profession de foi de l'homme chauve. Elle commence par ces mots : « Matin après matin, je me réveille inquiet de l'avenir de l'humanité ». *Moi aussi*, songe Azi, bien qu'il soupçonne que ce soit pour des raisons différentes. Il lève les yeux vers Ad et lui sourit affectueusement.

– Il est cool, ce site.

– Je sais, grogne Ad. J'ai participé à sa conception.

Le charme d'Azi n'a pas enregistré de succès depuis un bon moment, mais ça ne l'empêche pas d'insister.

– C'est superbe, Ad. Vraiment impressionnant. Tu t'es occupé de quoi ?

– Du *back-end*[53], évidemment.

Tout bien considéré, l'approche douce n'est sans doute pas la plus indiquée.

– Putain, Ad, grandis un peu. Ouais, c'est la merde et j'en suis vraiment désolé. Je regrette vraiment, sincèrement, profondément qu'on se retrouve dans cette situation pourrie, d'accord ? Mais on y est et on n'a pas beaucoup de temps pour agir. On risque d'être transférés dans un endroit où on aura encore moins de liberté d'action, et peut-être même d'être séparés.

Il marque une pause.

– S'il te plaît, parle-moi de l'Existential Institute.

Ad boit une longue gorgée de thé, puis une seconde qui vide son mug, avant de lever vers Azi une expression peinée, empreinte d'une sérieuse dose d'auto-apitoiement.

– Normalement, à cette heure-ci, je suis en plein cours de Bikram yoga. Bordel, Azi, ma vie est complètement foutue, c'est ça ? Je veux dire, j'avais déjà foiré quelques trucs, mais là c'est… Je ne sais même pas ce que c'est.

Il dévisage Azi qui le dévisage en retour, impassible.

Ad finit par détourner le regard.

– OK, c'est bon, tu as gagné. Qu'est-ce que tu veux savoir ?

D'un mouvement de tête, Azi désigne l'écran.

– Le chauve aux pommettes saillantes, c'est Érasme, n'est-ce pas ?

---

53 Le « *back-end* » est la partie invisible de la conception d'un site web, par opposition au « *front-end* » qui en est la partie visible, l'interface.

– Tu sais très bien que c'est lui. Tu as regardé ses conférences TED. Sans Érasme, l'institut n'existe pas.

– Alors, j'imagine que tu l'as rencontré ? Il est comment ?

Ad se renverse d'un air satisfait sur le dossier de son fauteuil. C'est plus fort que lui : il y a peu de choses qu'il aime davantage que de faire la leçon à Azi sur un sujet spécialisé qu'il connaît beaucoup mieux que son ami.

– On ne le rencontre pas. Ce n'est pas comme ça que ça se passe. Érasme n'a rien d'un imposteur, contrairement à certains connards qui bossent pour lui. Lui, c'est un pur génie. Il a récolté des milliards de dollars de dons pour son institut, et il est complètement sincère quand il parle de sauver le monde de tout ce qui menace de le détruire : effondrement écologique, pluie de météorites, guerre nucléaire, pandémie. Ma menace préférée : révolte de l'intelligence artificielle. Mec, c'était un boulot de rêve.

– Alors pourquoi tu es parti ?

– Oh, je t'en prie, Azi, tu me connais. Ils avaient une culture du secret qui me gonflait. J'ai fouiné ici et là, j'ai fait quelques trucs à ma sauce, tu sais… Des tours de passe-passe tellement bien ficelés qu'ils n'ont rien pu prouver. Mais ils ont eu des doutes et ils ont fini par se séparer de moi pour raisons médicales.

Ces mots prennent Azi au dépourvu.

– Comment ça, pour raisons médicales ? Quoi, ils t'ont viré parce que tu étais malade ? Ils n'ont pas le droit de faire ça.

Ad hausse les épaules.

– C'était un prétexte et ça arrangeait tout le monde. Je vais mieux, maintenant… En tout cas, il y avait des gens pas vraiment nets, là-bas. Ils étaient tous obsédés par *la mission*, ce qui finissait par faire froid dans le dos, tu vois. Seules les questions ultimes – les questions qui touchent au cœur de la condition humaine et à la survie de l'espèce – méritent notre attention. C'était leur philosophie.

Azi lui jette un regard en coin.

– C'est ce que tu penses, toi aussi ?

– Sûrement pas. C'était, genre… Les employés se prêtaient à une sorte de jeu interne, qui consistait à élaborer des scénarios. Ils appelaient ça des *cas de figure*. Des expériences de pensée sur l'avenir de l'humanité. Un type est devenu complètement obsédé par ce qu'il appelait une « attaque anti-fertilité » : un moyen de réduire la natalité. Pas avec des incitations financières à la con, ou je ne sais quoi, mais une action concrète pour que les gens aient moins de gosses, partout dans le monde. Des produits chimiques dans l'eau du robinet, des radiations, des maladies sélectionnées avec soin. Parce que selon lui, ce qui menaçait le plus la planète, c'était le nombre sans cesse croissant de ses habitants.

– Parce que c'était un sociopathe.

– Manifestement. Mais certains le prenaient au sérieux et l'encourageaient dans son délire. Des gens qui trouvaient que c'était une bonne idée. Qui pensaient sérieusement qu'un sociopathe peut vous aider à poser un regard plus lucide sur les grands problèmes de notre temps. De leur point de vue, si un type est psychologiquement incapable d'être sensible aux règles sociales qui guident nos émotions et nos sentiments, il est aussi plus apte à se projeter sur le très long terme et à considérer de possibles solutions, sans l'affect qui nous brouille la vue.

Le regard d'Ad se trouble, comme s'il se tournait à l'intérieur, vers ses souvenirs.

– Imagine un peu si ce taré mettait ses idées en pratique : qu'il balançait des bombes radiologiques, contaminait volontairement l'environnement avec un produit chimique ou lançait un programme mondial de stérilisation forcée. On le traiterait de criminel, de terroriste, tu es d'accord ?

La direction que prend cette conversation commence à mettre Azi mal à l'aise.

– Oui, je suis d'accord.

– Sauf que dans cent, deux cents ou trois cents ans, que diraient les gens qui auraient survécu grâce à lui ? Comment le jugerait l'histoire s'il s'avérait qu'il a sauvé la planète en inversant la courbe folle de la croissance démographique ? Il pourrait alors être considéré comme un héros.

Azi a soudain l'impression de s'être égaré parmi les fils de discussion d'un de ces forums où des gens qui en veulent à la terre entière commentent des livres qu'ils n'ont jamais lus.

– Ça ne fonctionne pas comme ça, Ad. Prétendre que nos actions seront reconnues à leur juste valeur à très long terme n'est qu'une façon de s'affranchir de toute morale et de s'autoriser n'importe quoi. Une façon de dire que la fin justifie les moyens. C'est délirant et dangereux.

Ad hausse les épaules.

– Quoi qu'il en soit, l'attaque anti-fertilité n'a pas résisté à une analyse sérieuse. C'était du grand n'importe quoi, et le type a quitté l'institut pour investir dans les chaînes de blocs[54]. Mais la vraie question, c'est que faut-il faire si tu sais quelque chose que le reste du monde ignore, ou que tu es clairvoyant à propos de quelque chose que presque tout le monde refuse de voir ou d'accepter ? Il y a des gens à l'institut pour qui seule compte la vue d'ensemble. Toutes ces choses qui nous préoccupent au quotidien, ils disent qu'elles sont complètement hors sujet. Qu'au bout du compte, nos misérables vies n'ont presque aucune valeur au regard d'une vision plus large de l'humanité et de sa survie.

– S'il te plaît, Ad, dis-moi que tu ne penses pas comme eux. Ne viens pas m'expliquer que des mesures extrêmes sont nécessaires pour sauver l'espèce humaine de l'extinction, avant de me parler de ton projet de stériliser quelques milliards de braves gens.

– Mec, ça m'a foutu les jetons. Je pensais qu'ils plaisantaient. Et ensuite, je me suis dit que c'était une forme de provocation, qu'ils essayaient de me choquer. Mais j'ai fini par comprendre qu'il y a des gens qui ont vraiment une toute autre façon de penser. Et les gars dont je te parle, ceux de l'institut, ils sont à l'avant-garde de cette façon de penser. Pirater la réalité, résoudre le monde.

Ad s'interrompt un instant, l'air songeur.

– Regarde ce bordel dans lequel tu te débats, Azi. L'Europe, le terrorisme, les nazis et toute cette connerie de Darknet. On dirait un peu un de leurs *cas de figure*. Une expérience de pensée qui aurait été transposée dans la réalité. Si quelqu'un

---

54 Technologie de stockage et de transmission d'informations qui fonctionne sans organe central de contrôle.

qui appartient à l'institut était impliqué dans tout ça, il y aurait un angle sous lequel tout prendrait un sens. Sous lequel tout deviendrait parfaitement logique.

Azi comprend ce qu'il veut dire.

– Le problème, dit-il, c'est que toute logique poussée suffisamment loin peut vous entraîner vers une étrange vision des choses. Dans un espace mental… bizarre.

– Là, tu piges le truc ! Et cet espace s'appelle la Californie, mec.

Pendant un moment, on croirait voir deux amis heureux de se retrouver après de longues années, comme si Azi s'était enfin décidé à sortir de son abri de jardin pour aller humer l'air de San Francisco. Puis la porte d'entrée s'ouvre et se referme avec un claquement, et Odi entre dans le salon, rayonnant de santé et d'enthousiasme, un petit sac à dos noir suspendu à l'épaule. Avec un sourire figé et les yeux éclairés d'un soupçon d'ironie, il regarde alternativement Ad et Azi.

– Messieurs, je vous souhaite le bonjour. Je suis ravi de vous trouver en si bons termes. Venez avec moi, s'il vous plaît. On va faire un tour, tous les trois.

Dehors, un chauffeur Uber – Yacine, à en croire l'application sur le téléphone d'Odi – les accueille avec d'interminables salamalecs censés traduire un profond enthousiasme. Odi adresse un signe entendu aux deux types en poste devant l'immeuble, puis invite Ad et Azi à monter dans le véhicule, un grand monospace bleu dont la carrosserie cabossée ne plaide pas en faveur des compétences de son chauffeur. Ils s'entassent à l'arrière, bientôt rejoints par Odi, qui fait coulisser la porte latérale et attache sa ceinture de sécurité, sourire toujours aux lèvres.

La journée est ensoleillée, et la lumière de plus en plus aveuglante. Ad et Odi portent tous les deux des lunettes de soleil, note Azi avec un temps de retard, songeant à son unique paire abandonnée au fond d'un tiroir de sa maison de Croydon. Il y a quelque chose dans la luminosité et la chaleur de l'air californien qui donne envie de se protéger ; une intensité croissante annonciatrice de maux de tête, même derrière les vitres d'une voiture. Au-delà du bitume et de l'eau se dessinent les plis de reliefs verdoyants, mais ces collines sont manifestement de pure décoration, destinées à être admirées distraitement à travers le pare-brise d'un véhicule climatisé, soumis à l'allure monotone du régulateur de vitesse.

Le silence règne dans l'habitacle pendant les premières minutes du trajet. Puis Yacine appuie sur une série de boutons situés sur le tableau de bord et se penche sur sa droite pour fouiller l'espace au pied du siège passager. Lorsqu'il se redresse, sa main agrippe un sac à dos identique à celui d'Odi, qu'il balance distraitement à l'arrière de la voiture. Odi rompt le silence avec un soupir.

– On est bons, là ?

– Oui, chef, dit Yacine avec un petit hochement de tête.

– D'accord, murmure Odi, davantage pour lui-même que pour les autres. C'est parti.

Avant qu'ils puissent poser la moindre question, Odi plonge la main dans le nouveau sac et en sort un MacBook de 2012 impeccablement décoré d'un assortiment d'autocollants. Il l'inspecte d'un air satisfait, le pose sur ses genoux, puis fouille à nouveau le sac dont il extrait un couteau à l'aspect inquiétant. L'objet est examiné sous toutes les coutures, soumis au test du doigt sur la lame, puis replacé dans son étui avant de disparaître dans une poche de pantalon. C'est à peu près à ce moment-là qu'Ad retrouve l'usage de la parole.

– On peut savoir ce qui se passe, bordel ?

Odi laisse échapper un soupir sec.

– Je vous ai dit que j'avais accès à quelques ressources. Eh bien, les voici : un vieil ami et un grand service.

À l'avant, Yacine proteste d'un petit geste empreint de modestie. Maintenant qu'il y prête attention, Azi remarque que les bras de leur chauffeur font à peu près la taille de ses propres cuisses, avec des biceps durs comme des blocs de métal qui étirent les manches en coton d'un polo jaune. *Génial*, songe-t-il, *encore un être humain incroyablement dangereux qui croise ma route.* Odi poursuit :

– Les Américains ne peuvent pas nous entendre, ce qui va prodigieusement les agacer. Ils savent qu'on manigance quelque chose et ils veulent voir ce qu'on fait, surtout après mon petit numéro d'hier soir. C'est pour ça qu'ils nous ont laissés sortir. Pour le moment, ils vont se contenter d'attendre et d'observer.

L'expression qui crispe le visage d'Ad semble indiquer qu'il songe sérieusement à ouvrir sa portière et à se jeter sur l'autoroute. Azi prend toutefois les choses avec plus de distance. Il faut dire qu'il a davantage d'expérience que son ami en matière d'effrayants coups de théâtre. L'effet de surprise passé, il a fini par se dire qu'il ne s'agit là que d'une péripétie de plus ; un rebondissement qu'Odi prend décidément un malin plaisir à mettre en scène en se gardant bien d'expliquer quoi que ce soit.

– OK, Odi, maintenant que tu t'es bien amusé, tu pourrais peut-être nous fournir quelques explications.

Odi a un petit rire nasal.

– Regardez-moi ça, Azi Bello est devenu adulte. Mais tu as raison, reprend-il d'un ton plus sérieux, je vous dois une explication. Pour le moment, on se contente de rouler. Je n'ai pas vraiment de plan en tête, mais plutôt la conviction que notre fenêtre d'action se rétrécit à la vitesse grand V. Adam, je voudrais que tu examines très attentivement ce que contient cet ordinateur. S'il te plaît.

Ad regarde Azi, puis Odi, puis le paysage qui file derrière la vitre. Enfin, il se décide à prendre le MacBook et à l'ouvrir. Odi pointe un doigt précis sur l'écran.

– Ça, mon cher, c'est une série d'adresses IP de nœuds de darknets. Azi les a compilées à partir de données de l'État islamique qu'on a pu récupérer. Comme tu peux le voir, elles proviennent de Californie, mais impossible de les localiser précisément. Pour nous, en tout cas. Mais quelque chose me dit qu'elles pourraient t'être plus familières.

Ad plonge le regard dans l'écran, faisant craquer l'un après l'autre l'ensemble de ses doigts. Azi avait oublié à quel point il déteste cette habitude. Mais il se souvient aussi que c'est un signe de concentration chez son ami et il serre les dents en attendant que ça cesse. Quelques minutes passent avant qu'Ad ne livre son verdict.

– Pas la moindre idée, désolé.

Odi contracte les lèvres, sa main droite se posant sur la poche dans laquelle est glissé le couteau.

– C'est décevant. Tu es bien sûr ?

Ad hoche une tête boudeuse, mais Azi est déjà en train de penser à haute voix.

– Cette machine est connectée, Odi ? OK. Oublions les adresses IP. Il faut qu'on mette le doigt sur le lien entre l'Existential Institute et tout le reste. Ad, on sait que quelqu'un t'a ciblé, ainsi que d'autres employés de l'institut, et que le but du jeu était de trouver un Britannique avec mon profil. Pourquoi ?

Azi marque une pause. Ni Odi ni Ad ne proposant de réponse, il poursuit sur sa lancée :

– Je pense qu'il s'agissait d'exercer un contrôle. Aucune marge d'erreur : une surveillance totale des employés ciblés, plus des infos sur un parfait pigeon britannique. La personne qui a mis cette opération sur pied savait *exactement* ce qu'elle devait faire pour que ça fonctionne. Ce qui veut dire qu'on parle de quelqu'un de monstrueusement intelligent, doté d'une fabuleuse vision à long terme, et souffrant probablement d'une indifférence psychopathique pour la vie humaine.

– Il va falloir resserrer la recherche, mec, maugrée Ad. Tu viens de brosser le profil psychologique de la moitié de la Silicon Valley.

Ça ne fait pas rire Azi.

– Ad, s'il te plaît. Ce que je suis en train de dire, c'est qu'il faut qu'on trouve un moyen de creuser cette piste, tout de suite. Et ça signifie qu'on doit aller faire un tour dans le système informatique de l'institut. Parce que je suis prêt à parier qu'il y a un lien avec le reste. Ad, je te connais. Tu peux nous aider sur ce coup-là, pas vrai ? Si tu le voulais vraiment, tu pourrais trouver une ruse pour nous faire entrer dans leur système.

Derrière le volant, Yacine lève les yeux vers le rétroviseur central et échange un regard avec Odi, avant de sortir de l'autoroute, puis de la reprendre en sens inverse. Ad inspire profondément.

– Les mecs, vous allez avoir ma peau.

Il aspire une nouvelle goulée d'air climatisé, comme si sa vie en dépendait.

– Il y a un moyen… C'est une sorte d'énorme hack, irréversible, qui pourrait briser à tout jamais ma carrière, voire m'envoyer derrière les barreaux jusqu'à la fin des temps. Peut-être l'ai-je déjà fait ? Peut-être que l'ours a déjà été tué et qu'on peut vendre sa putain de peau.

Malgré la colère et l'angoisse, une pointe de fierté perce dans sa voix.

– Tu te souviens, je t'ai dit qu'ils avaient une culture du secret, et que ça me gavait… Ils ont établi une procédure pour installer une nouvelle machine, et c'est *parfait*. Ils assemblent un terminal tout droit sorti d'usine, puis ils donnent une clef USB modifiée – flambant neuve elle aussi – à un employé de confiance qui se rend ensuite dans un lieu gardé secret. Et là, des portes sécurisées ouvrent sur un espace préservé qu'ils appellent « la zone pure » : *air gap*[55] complet, pas de connexions, pas de vulnérabilités. C'est là que se trouve le cœur du système d'exploitation.

Il s'interrompt, ménageant ses effets.

---

55 Mesure de sécurité qui consiste à isoler physiquement un système de tout réseau informatique afin de rendre impossible une tentative d'intrusion à distance.

– Tous les ordinateurs de la zone pure sont assemblés et configurés sur place, chaque ligne de code examinée minutieusement avant et après la compilation[56]. Il y a une clef de chiffrement pour tout. Et bien entendu, ils ont installé un périmètre de protection ultraprofessionnel : détecteurs de métaux, bornes anti-véhicules, barrière infrarouge. L'employé de confiance introduit sa clef USB dans un ordinateur de la zone pure, télécharge une copie immaculée du système d'exploitation, puis quitte la salle et va l'installer sur le nouvel ordinateur. Parfait. Sauf que…

Ad ne prend plus la peine de cacher la jubilation que lui procure sa propre ingéniosité.

– … j'ai trouvé le moyen de percer leurs défenses.

Conscient que l'usage demande qu'on interrompe le récit à ce moment précis par une question aussi interloquée qu'admirative, Azi se plie de bonne grâce aux conventions narratives.

– Comment ?

– Ça me fait plaisir que tu poses la question. Ça s'est fait en trois phases : une opération compliquée, une opération plus simple, et un truc ridicule. D'abord l'opération compliquée : j'ai piqué une des clefs USB modifiées et j'ai introduit une vulnérabilité dans les puces contrôleur qui exécutent le *firmware*[57]. Ensuite, l'opération plus simple : j'ai repéré l'itinéraire qu'empruntait l'employé de confiance. Et maintenant, le truc ridicule : le hasard faisant bien les choses, je l'ai croisé dans un couloir et j'ai provoqué une collision qui lui a fait

---

56 Transformation d'un code source lisible par un humain en fichier binaire exécutable par une machine.

57 Synonyme de « micrologiciel » ou « logiciel embarqué ».

lâcher sa clef USB. Et bien entendu – abracadabra ! –, c'est la mienne qu'il a récupérée. Prestidigitation ! Escamotage ! C'est tout con, mais ça a fonctionné.

– Brillant !

Pour une fois, Azi n'a pas à forcer son enthousiasme.

– Juste la bonne dose de stupidité pour mystifier des gens très intelligents, reprend-il. Et tu sais quoi ? C'est exactement ce dont on a besoin. Parce qu'ils sont à ta merci, Ad. Tu peux t'introduire dans le noyau de leur système d'exploitation, prendre le contrôle total. Pourquoi tu n'as rien dit avant ?

Ad baisse les yeux.

– Ce n'est qu'une preuve de concept. À chaque fois que j'ai songé à passer à la pratique, à l'instant même où je me suis imaginé en train d'activer la vulnérabilité, j'ai entendu des centaines d'alarmes résonner sous mon crâne. Qu'est-ce qui va se passer, à ton avis ? Je prends le contrôle du système de l'institut. Ils ne tardent pas à s'en apercevoir, mettent tout à l'arrêt, me traquent et me réclament des milliards de dollars devant les tribunaux.

Il se tait, le temps de donner un horrible concert de craquements de doigts.

– Bien sûr, je n'en ai plus rien à foutre, maintenant. Alors, faisons-le, mec.

41.

– Je vais commencer par la bonne nouvelle, dit Ad en s'humectant nerveusement les lèvres, signe qu'il est déjà préoccupé par la mauvaise. Je peux suivre le routage, et il y a de fortes chances pour que les adresses IP cartographiées par Azi proviennent de l'Existential Institute.

Azi enregistre l'information, notant au passage qu'il vit désormais dans un monde où apprendre qu'un institut californien ayant pignon sur rue pilote probablement un programme mondial d'atrocités à la demande entre dans la catégorie des bonnes nouvelles.

– La mauvaise nouvelle, poursuit Ad, c'est que je n'ai pu m'introduire que dans des réseaux secondaires. Si on veut plus d'informations, il va falloir accéder à leur système de *l'intérieur*. Depuis l'intérieur du bâtiment, je veux dire. Se glisser au fin fond de ses entrailles.

Azi fait de son mieux pour ne pas trahir son accablement.

– D'accord… Et combien de temps il nous reste ? Avant qu'ils, heu… tu sais… avant qu'ils s'aperçoivent de ton intrusion, qu'ils mettent tout à l'arrêt et qu'ils s'occupent de notre cas.

Ad ferme les yeux.

– Je dirais… entre une et deux heures. Mais plus probablement une.

– Je vois.

Cette fois-ci, Azi décide qu'il vaut sans doute mieux afficher ce qu'il ressent – avec un peu de chance, un accablement assumé incitera l'un des membres de leur petite bande à proposer un plan d'action extraordinairement intelligent. Odi et Yacine semblent toutefois avoir la tête ailleurs, engagés dans une conversation toute en murmures et gestuelle énigmatique. Yacine finit par donner une tape sur le bras d'Odi, comme on scelle un accord. Tout ça ne dit rien de bon à Azi.

– Dites donc, vous deux… J'espère que vous n'êtes pas en train de mijoter un coup tordu, genre baroud d'honneur sanglant. On a encore une bonne heure devant nous, avant de passer aux actions désespérées.

Odi se tourne vers lui.

– Bien sûr que non, mon ami. On cherchait juste un endroit sympa pour aller prendre le petit déjeuner.

Azi reste sans voix. Quelques minutes plus tard, le monospace s'extrait de la circulation et s'engage dans un vaste parking.

– Un *diner*, annonce Odi en guise d'explication, avant de faire signe à Ad de replacer le MacBook dans le sac à dos de substitution.

Dans l'esprit d'Azi, le mot *diner* évoque des images pittoresques de wagons chromés où une clientèle populaire partage des plats simples dans une ambiance animée. Mais le restaurant vers lequel les guide Odi est une sorte de boîte sans caractère posée dans le recoin d'un immense parking où s'alignent d'autres commerces semblablement dépourvus de charme.

Yacine se gare près de l'auvent qui ombrage la façade du restaurant et annonce qu'il attend dans la voiture. Avec une exaspérante nonchalance, Odi hisse le sac à dos sur son épaule et les invite à le suivre à l'intérieur.

Ils vont s'asseoir aussi loin que possible de la fenêtre et regardent Odi commander une tournée de cafés à volonté et de pancakes du jour. Ad semble sur le point de glisser de la banquette et de tomber en boule sur le sol. Azi parvient à donner le change, mais il a décidé qu'Odi recevra au moins une gifle dans les deux minutes qui suivent s'il ne cesse pas d'être tellement énigmatique. Dieu merci, l'Allemand pose le sac à dos sur la table et se met enfin à parler.

– Tu as dit qu'on avait environ une heure pour agir, c'est bien ça, Adam ?

Ad acquiesce d'un mouvement nerveux de la tête.

– Alors il faut qu'on réfléchisse ensemble. J'ai quelque chose dans ce sac qui va continuer à nous protéger des oreilles indiscrètes, du moins tant qu'on reste ici. Adam, c'est toi qui as le laptop ? Parfait. Tu es déjà venu manger dans ce restau ?

Nouveau mouvement nerveux, négatif celui-là.

– C'est ce que je pensais. On est juste en face de l'institut, mais je vois mal un de ses employés pousser la porte de ce genre de boui-boui.

Ad ne se donne même pas la peine de commenter. Pour reprendre les termes de la rubrique « Bien-être » du site web de l'Existential Institute, *le service de restauration de l'institut sert trois repas quotidiens principalement cuisinés avec des aliments frais à index glycémique bas, sans gluten, adaptés aux régimes végan et aux régimes hybrides paléo.* De quoi améliorer la santé des employés – du moins de ceux qui survivent à l'état d'émaciation qui leur pend au nez, songe Azi. Il est certain qu'aucun d'entre eux n'oserait, même dans leurs pires cauchemars, se faire surprendre ici en train de tremper une tranche de bacon croustillant dans une coupelle remplie de sirop de maïs riche en fructose, comme il le fait en ce moment même sous l'œil dégoûté d'Ad.

– Très bien, messieurs.

Odi adopte le ton d'un homme qui préside une réunion importante, mais somme toute routinière.

– Je vous ai emmenés ici, j'ai apporté un peu de matériel dont quelques gadgets potentiellement utiles que je n'ai pas encore sortis du sac. J'ignore comment nous allons nous y prendre pour pénétrer dans les profondeurs de cet institut, sans parler des profondeurs de son système informatique. Mais je suis certain qu'à nous trois, nous pouvons trouver une solution à ce problème d'ici, disons, les dix prochaines minutes.

Azi croque avec véhémence dans sa tranche de bacon. C'est peut-être le coup de fouet dû à tout ce sucre qu'il vient d'ingurgiter, mais il se sent soudain plein d'une inhabituelle ardeur, comme si c'était le genre de problèmes qu'il résolvait tous les matins au petit déjeuner.

– D'accord. Allons-y. Après tout, j'ai fait des trucs plus dingues au cours de la semaine écoulée. Ad, tu penses qu'il y a la moindre chance que tu puisses te faufiler à l'intérieur du bâtiment ?

Fixant d'un œil misérable la pile intacte de pancakes qui s'élève devant lui, Ad secoue la tête.

– Mec, c'est impossible. Ils me connaissent, ils surveillent tout. Je peux encore me faufiler ici et là avec ça, dit-il en tapotant affectueusement le capot de l'ordinateur, mais ma tronche est *persona non grata* sur l'ensemble du site. Et ils ne l'oublieront jamais. Et toi, Odi ?

Odi secoue la tête.

– J'ai un rôle essentiel à jouer ailleurs. Les Américains surveillent nos faits et gestes. Là, ils nous donnent du mou, mais c'est pour mieux nous pendre avec la corde. Ils savent qu'il y a un truc pas net, qu'on ne devrait pas être en mesure de bloquer leur système d'écoutes. Mais ils vont continuer à patienter, parce qu'ils pensent avoir tout anticipé. J'ai hâte de leur prouver le contraire.

– Alors, je suppose qu'il ne reste que moi, dit Azi. Mais pourquoi me laisseraient-ils ne serait-ce que passer la porte d'entrée ? Impossible, du moins pas sans une bonne raison…

Son regard se perd un instant dans le sirop de maïs.

– Ad, reprend-il finalement, il doit bien y avoir quelqu'un que l'Existential Institute accueillerait à bras ouverts s'il se pointait à l'improviste et demandait à être reçu par un membre de la direction, non ?

Ad semble trouver la situation un peu plus à son goût, maintenant qu'Azi est en première ligne, et lui derrière le clavier.

– Tu as peut-être mis le doigt sur un truc intéressant, mec. Attends un peu… ah, voilà. Jette un œil à ça.

L'ordinateur affiche un site à côté duquel celui de l'Existential Institute fait pâle figure. Sur un fond noir, deux mots en lettres rouges enflent et désenflent comme un cœur qui bat : *Total Knowledge*. Ad clique et fait apparaître une mission d'entreprise écrite dans une police animée par les mêmes effets visuels : *Parvenir à une compréhension totale de la condition humaine par le biais des données et de l'intelligence artificielle appliquée.*

– Ces connards, dit Ad avec un sourire entendu, sont depuis trois ans la cible d'acquisition prioritaire de l'institut. C'est une boîte britannique, valorisée à quelques centaines de millions de dollars, qui prétend maîtriser des techniques d'apprentissage approfondi capables de donner du sens à des yottaoctets de données non structurées. Je suppose que c'est du pipeau, mais ça fait trois ans qu'Érasme bande pour eux.

Azi pense voir où Ad veut en venir.

– Tu veux que je me fasse passer pour un responsable de cette boîte, c'est ça ?

– Tout juste, mec. C'est encore un hack bricolé à la dernière minute, mais avec la connexion dont je dispose sur cet ordi, je devrais pouvoir rediriger le trafic Internet généré depuis l'institut vers quelques sites web et résultats de recherche factices. Tu pourrais être, voyons voir… Le tout nouveau directeur de la technologie de Total Knowledge.

– Ça peut marcher !

Azi commence à se prendre au jeu.

– On pourrait dire que je suis venu dans le coin pour un rendez-vous, mais qu'il a été annulé à la dernière minute et que j'ai pensé que c'était peut-être l'occasion de discuter d'intérêts communs. Un entretien urgent et discret. Ils vont forcément demander à un de leurs responsables de me recevoir, non ?

Les doigts d'Ad s'agitent si vite sur le clavier qu'Azi a l'impression de voir flou.

– Ils vont te faire la danse du ventre, probablement accompagnée d'un bon lavage de cerveau. C'est comme la scientologie, mais version savant fou. Ces gens pensent sincèrement être les plus aptes à répondre aux grandes questions auxquelles fait face l'humanité. La seule différence avec les scientologues, c'est que les tarés de l'institut pourraient bien avoir raison.

– OK, OK. Je n'ai pas la dégaine de l'emploi, mais j'imagine que tu as pensé à ça, Odi ?

Odi lui adresse un sourire Émail Diamant.

– J'ai pensé à tout un tas de choses. L'une d'elles est un jeu de vêtements moins grotesques. Mais je crains que d'autres te plaisent moins.

Il tapote la poche dans laquelle se trouve le couteau.

– Suis-moi, on va se débarrasser de la plus importante d'entre elles.

Pendant qu'Ad continue à pianoter comme un furieux sur le clavier du MacBook – préparant la charge explosive qu'il destine à ses anciens employeurs, marmonne-t-il –, Azi suit Odi à distance respectable jusqu'à des toilettes étonnamment propres et spacieuses, accessibles aux personnes handicapées et aux bébés jouissant d'une bonne digestion.

Une fois la porte verrouillée, Odi déplie la table à langer et invite Azi à y poser son avant-bras gauche.

– Je ne vais pas te mentir, dit-il, ça va te faire un mal de chien. Mais ça va être rapide et précis, du moins si tu ne bouges pas. Tiens, regarde.

Il sort deux flacons, des rouleaux de bandage blanc et une paire de sangles en cuir. Ce n'est qu'alors qu'Azi comprend ce qui l'attend.

– Bordel de merde, Odi ! Tu vas enlever la balise de pistage. Tu vas ouvrir mon putain de bras !

Odi hoche la tête.

– Oh, mon Dieu, tu vas vraiment le faire. Je n'arrive pas à croire que tu vas me charcuter avec ce couteau. Il doit y avoir un autre moyen, Odi. S'il te plaît…

En guise de réponse, Odi lui enserre fermement l'avant-bras à l'aide d'une des sangles, pulvérise le contenu des flacons à la fois sur la lame du couteau et la peau d'Azi, puis lui désigne l'autre sangle.

– Tu la mords, dit-il. J'ai mis un anesthésique local et un antiseptique à l'endroit où je vais planter la lame. Une fois que je vais commencer à percer, tu vas morfler. Mais tu es assez fort pour supporter la douleur. Assieds-toi, s'il te plaît.

Azi s'installe comme il le peut sur l'abattant des toilettes, le bras tendu.

Après s'être consciencieusement lavé les mains, Odi bloque le sèche-mains électrique en position de marche avant de se saisir du couteau.

– Mords franchement, prévient-il par-dessus le vrombissement du souffle chaud. Et essaie de t'évader en pensées.

Avant qu'Azi ne puisse protester, Odi lui tend la sangle qu'il place entre ses dents avec le sentiment de jouer dans un mauvais western. S'il avait su, il aurait commandé du whisky à la place du sirop de maïs. L'Allemand se met à la tâche avec une inexorable minutie, retirant le bandage qui couvre l'endroit où le dispositif de pistage a été inséré.

Dessous, la peau n'est plus qu'une large ecchymose, une petite fente dessinant un trait verdâtre au centre d'une flaque aux couleurs bleutées. Odi lui sourit tandis que sa main gauche se referme sur son bras et que l'autre approche le couteau. Sans laisser à Azi le temps de prendre vraiment conscience de ce qui l'attend, il enfonce la lame dans la chair du bras.

Au début, ce n'est pas douloureux : un simple tiraillement suivi d'une sensation de pression, puis de froid intense. Azi détourne le regard, ses dents s'enfonçant dans le cuir de la sangle, les yeux rivés sur les horaires de nettoyage des toilettes : une feuille plastifiée avec une case à cocher à chaque passage de l'agent d'entretien. Les rangées de croix soigneusement tracées au feutre vert semblent indiquer que celle ou celui qui nettoie ces toilettes met un point d'honneur à bien faire son travail.

Puis la douleur arrive. Elle semble exploser tout près de l'os, une douleur crue, comme si on lui raclait l'intérieur du bras avec un griffoir. Tout de suite, c'est presque insupportable. Il lui faut une ou deux secondes pour réaliser que la plainte funèbre qui couvre la soufflerie du sèche-mains provient de sa bouche. Elle s'étire comme une note interminable et glacée, tandis qu'il jette sa tête d'un côté puis de l'autre, la gorge asséchée par le goût amer du cuir. C'est pire que de se faire poignarder – bien pire –, et il sent qu'il perd pied. Son bras tremble et se contracte sous la poigne intraitable d'Odi, des larmes noient ses yeux, ses jambes s'agitent frénétiquement et ses chaussures frappent durement le sol tandis que plus rien n'existe, sauf l'horreur de la torture.

Et puis c'est terminé. Un produit poisseux est appliqué sur sa peau, bientôt couverte d'un bandage. Odi lui tend deux comprimés qu'il gobe sans l'aide d'une gorgée d'eau, aussitôt qu'il parvient à débloquer ses mâchoires. Après avoir calmement essuyé la lame et rangé le couteau dans sa poche, Odi le gratifie d'un geste d'amitié virile, sous la forme d'une brève accolade.

– Je suis fier de toi.

L'espace d'un instant, Azi laisse trembler son corps dans les bras qui l'enveloppent. Puis Odi le libère et commence à sortir méthodiquement le contenu du sac à dos.

– Voici tes nouveaux habits, ainsi que des oreillettes pour toi et Adam, un *burner phone* que tu pourras utiliser pour le hack, et même des lunettes de soleil. Il y a quelques gadgets pour moi – pour la technique de diversion extrêmement sophistiquée que je m'apprête à déployer.

Ce n'est pas la première fois qu'Odi semble trouver un côté amusant à tout ça. Mais Azi s'en fiche, aujourd'hui. Il se masse la mâchoire, adossé au mur des toilettes, et adopte un ton qu'il espère courageux.

– OK, voyons si j'ai bien compris. Ad reste ici à jouer du clavier, prêt à découvrir la localisation précise des adresses IP de Gomorrhe et à rafler toutes leurs données – si tant est que je parvienne à pénétrer dans l'institut et à lui ouvrir un passage par lequel se faufiler. Et toi, pendant qu'on détourne les données, tu détournes l'attention. Le trio magique, quoi.

– C'est tout à fait ça, dit Odi en lui tendant un polo flambant neuf qu'Azi enfile difficilement, avec des grimaces de douleur.

– Une dernière chose, dit Azi une fois dans ses nouveaux habits. Il y a quelque chose que je devrais savoir avant que tu fasses ton petit numéro pour distraire les Américains ?

Le visage d'Odi s'éclaire d'un amusement presque enfantin.

– Juste que je plaisantais au sujet de la sophistication dudit numéro. Ta balise sous-cutanée est dans ma poche, où elle a rejoint ses deux copines miniatures qu'ils avaient placées sur ton ami. Je vais maintenant sortir par la porte arrière du restaurant devant laquelle Yacine m'attend avec son carrosse. Je vais faire en sorte que nos amis d'outre-Atlantique aient l'impression qu'on se fait la malle, tous autant qu'on est. L'art de la diversion porté à son sommet, comme tu peux le voir.

Odi lui tend la main avec une gravité inattendue, accompagnant sa poigne vigoureuse de quelques dernières paroles.

– On va te donner autant de temps que possible pour que tu puisses accomplir ta mission. Je compte sur toi, Azi. Et…

Odi hésite.

– Espérons que ton pote ne fasse pas tout foirer.

42.

Cinq minutes plus tard, sans qu'aucun gros balèze en costume de ville ne l'ait violemment intercepté, Azi traverse un pont suspendu au-dessus d'une autoroute baignée de soleil et pénètre sur le site de l'Existential Institute.

Odi est parti comme prévu, dans un crissement de pneus. Ad a ensuite inspecté en silence le nouveau look d'Azi – lunettes de soleil, casquette de baseball, jean skinny, polo Superdry, paire de Reebook des années 1980 –, avant de déclarer qu'il avait l'air d'un crétin, et qu'il était donc parfaitement crédible en directeur de la technologie.

En plus de nouvelles fringues et d'un bras douloureux, Azi a hérité d'une oreillette invisible, d'un *burner phone* gorgé de programmes malveillants et d'un nouveau nom.

Douglas Dingwall, sémillant directeur de la technologie de Total Knowledge. Tout ça est tellement absurde qu'il n'a pas encore trouvé le moyen d'être mort de trouille.

Contrairement à ce qu'imaginait Azi, les bâtiments du site sont peu élevés, presque invisibles à distance, répartis entre l'autoroute et la baie sur un terrain qui n'était qu'une terre sauvage peuplée d'oiseaux marins avant que l'institut ne vienne s'y poser, comme un vaisseau spatial en mission de biosphérisation. Les lattes en bois d'un interminable brise-soleil coiffent et ombragent un chemin pédestre qui s'étire à travers une végétation luxuriante, aux côtés de petites routes goudronnées et de parkings. On se croirait davantage dans un jardin botanique qu'au siège social d'un institut technologique. Azi progresse sans rencontrer âme qui vive – ce qui, vu le temps limité dont il dispose, est un immense soulagement –, quand une voiturette de golf déboule de nulle part, dévalant le chemin dans sa direction.

– Salut, Doug ! Bienvenue chez nous ! Quelle belle journée, vraiment. Vous recevoir à l'institut, pouvoir discuter de tout ça – c'est super excitant. On est tous très enthousiastes. Je m'appelle Chuck et je suis tout à vous. Grimpez donc à bord !

Vêtu de façon étrangement similaire à Azi – lunettes de soleil, casquette de baseball, jean skinny, polo Lanvin, paire de baskets Common Project –, Chuck parvient à injecter une sincérité convaincante dans ses civilités. La santé, le naturel et l'enthousiasme étant les principaux marqueurs sociaux dans l'univers de la technologie, Azi en déduit qu'il doit occuper un poste important. C'est alors qu'Ad se met à lui parler comme s'il s'était installé à l'intérieur même de son cerveau.

C'est parti, mec. Tu es face à Charles Bartlett, directeur de Digital Evangelism. Le type le plus important sur qui j'ai pu mettre la main. Tu le rencontres pour échanger des idées, remuer de concert vos brillantes méninges, vous inspirer l'un l'autre.

Ad marque une courte pause.

Il est complètement dingue, mais pas idiot. Alors, reste sur tes gardes.

Azi grimpe sur le siège passager du petit véhicule électrique. Le Bâtiment Numéro Un, leur destination, a sensiblement la même taille et la même forme que deux hangars à avions longs courriers qu'on aurait soudés l'un à l'autre. Et tout ce qui se trouve autour semble avoir été bâti de sorte à respecter cette échelle. Le chemin sur lequel ils roulent serait qualifié de route secondaire en Angleterre. Gravée dans une feuille de métal mat, la carte du monde qui orne l'entrée du bâtiment s'élève à dix mètres de hauteur. Les parterres de fleurs, éparpillés ici et là entre des bâtiments plus modestes, sont entourés de rochers, de cascades et d'arbres dont les dimensions sont d'ordinaire associées à la notion de parc national. C'est presque comme si l'architecte et le paysagiste avaient délibérément créé une exagération comique, une moquerie du gigantisme d'entreprise.

Entre le soleil qui joue à cache-cache entre les lattes de bois, au-dessus de leurs têtes, et le bourdonnement du moteur électrique sous leurs sièges, ce trajet a un petit parfum de Disneyland. Le site tout entier, lui explique son guide avec des accents extatiques, est une cité-jardin, avec son eau constamment recyclée et ses potagers qui assurent l'essentiel de l'approvisionnement alimentaire. Pour faire bonne mesure, une série de robots géants peuvent remodeler à volonté la plupart des bâtiments afin de les adapter à l'évolution des activités. À ces mots, Azi ne peut s'empêcher d'intervenir.

– Pardon ? Vous avez dit des robots géants ?

– Oh oui ! Ils sont super cool. Des robots-grues géants, dissimulés dans le sol. Érasme est un dieu pour élaborer des processus de pérennisation. L'ampleur de sa vision, de son esprit…

Chuck laisse la phrase en suspens, perdu dans les limbes de son admiration. *Je t'avais bien dit qu'ils étaient givrés*, maugrée le fantôme d'Ad.

À en croire l'homme qui murmure à l'oreillette d'Azi, l'Existential Institute bénéficierait de dotations en constante progression dont le total dépasserait déjà les dix milliards de dollars, tirés de la poche de donateurs multimilliardaires qui regardent les conférences TED sur YouTube, à la recherche de causes en phase avec leurs ambitions. Aucune cause n'étant plus grande que la survie de l'humanité, il semblerait que les donations ne soient jamais plus généreuses que pour cette cause.

La voiturette finit par s'arrêter au pied d'un totem en cuivre vieilli. Azi est conduit sur une terrasse couverte d'un mélange de poutrelles de bois et d'acier, associées à des panneaux de métal bosselé. Une porte haute de trois mètres coulisse automatiquement à leur approche, ouvrant sur un monumental hall d'accueil au milieu duquel se tient un employé en chemise noire. Debout derrière un bureau de réception en verre sans nul doute recyclé, il pose un regard infiniment blasé sur le nouveau venu. Le candidat parfait pour tester la personnalité de Douglas Dingwall, songe Azi, qui a décidé de composer un personnage de Britannique taciturne et grognon. Quoi de mieux qu'un accueil franchement désagréable pour le mettre à l'épreuve ?

– Nom, psalmodie le réceptionniste morose.

– Douglas Dingwall, répond Azi d'un ton au moins aussi monocorde.

– Profession.

– Directeur de la technologie chez Total Knowledge, soupire Azi sans regarder le sous-fifre.

– Pièce d'identité. Passeport, carte d'identité ou permis de conduire.

C'est le moment où Azi doit être vraiment convaincant dans le registre de l'indignation méprisante. Il daigne enfin poser un œil incrédule sur le réceptionniste, comme si le type venait de lui réclamer un parchemin sur vélin.

– Pièce d'identité ? Vous n'êtes pas encore passés à l'identification dématérialisée ?

Sa réaction provoque une toux embarrassée qui l'incite à poursuivre.

– Honnêtement, je trouve ça comique. Je *suis* ma pièce d'identité : mon visage, mes yeux, mon corps, mes données. C'est tout ce que je porte sur moi, alors ne me faites pas perdre mon temps. Googlez-moi, putain, qu'on en finisse.

Le réceptionniste hésite, mais un geste frénétique de Chuck met fin à ses atermoiements. Il se met à pianoter sur son clavier et regarde apparaître sur son écran – du moins Azi l'espère-t-il – les redirections des résultats de recherche et du site web de Total Knowledge concoctées par Ad. Azi s'impatiente ostensiblement, son regard noir accusant alternativement Chuck, le réceptionniste et une sculpture abstraite en métal qui représente soit deux pingouins soit une femme nue déshonorée par l'imagination ou la maladresse de l'artiste.

Sous le regard de plus en plus pressant de Chuck, le réceptionniste fait défiler les résultats de recherche en levant les yeux au ciel, soucieux que nul n'ignore son opposition à cette entorse au règlement. Il finit toutefois par imprimer un badge qu'il tend à Azi, comme on dépose les armes au pied d'un ennemi. Chuck se précipite pour le clipser sur la poitrine de son invité avec des gestes saccadés de pantin.

– Je vais devoir vous escorter personnellement ! Très peu orthodoxe, mais c'est précisément ce qu'on adore chez vous, à Total Knowledge… Vous vivez les données. Vous respirez les données. Vous *êtes* les données ! C'est magnifique. Vous êtes donc mon invité très spécial, cher Doug. Et puisque c'est la première fois que vous venez ici, je vais vous demander toute votre attention. C'est le meilleur passage de la visite !

Oh, la vache, murmure Ad d'un ton moqueur, *tu vas avoir droit à la porte magique. Ce bon vieux Chuck doit être amoureux.*

Azi se demande pourquoi Ad lui parle d'une porte, mais le fait est que Chuck déploie le genre d'énergie charismatique qu'on réserve d'ordinaire aux entreprises de séduction. Avant qu'il ne puisse opposer un visage fermé à l'enthousiasme de son hôte, celui-ci plaque son propre badge d'identification contre la surface sombre d'un lecteur électronique. Face à eux, une paroi transparente d'une dizaine de mètres se met à onduler et à scintiller avant de se briser, sa surface se fissurant en une multitude de gros éclats de verre. Azi recule instinctivement tandis que les éclats se mettent à glisser tranquillement, entreprenant un lent voyage vers des niches dissimulées dans le mur. Chuck rayonne comme un prédicateur qui contemple la promesse du salut éternel.

– Bluffant, hein ? On ne l'ouvre pas pour tout le monde, vous savez. Il y a une porte normale, sur le côté. Seulement pour les invités de marque ! Érasme en a imaginé le concept et l'a fait breveter. *Where the ocean meets the sky*. C'est le nom qu'il lui a donné. Érasme adore l'océan. C'est une fenêtre sur l'éternité. Là où toute vie a commencé.

Azi fronce les sourcils. Ces mots lui sont familiers, mais où les a-t-il déjà entendus ?

– Rod Stewart ! lance-t-il brusquement.

– Quoi ?

– *Where the ocean meets the sky*. C'est tiré d'une chanson de Rod Stewart, c'est ça ? Celle qui commence avec de la cornemuse. Comment elle s'appelle, déjà ? Vous savez, le morceau qui a un petit côté country rock, version écossaise. Ah oui, j'y suis : *Rythm of My Heart*.

– Non, non, rien à voir.

– Érasme n'aime pas le rock britannique ?

– Il ne s'intéresse pas à ce genre de musique.

– Quel dommage. Je ne dis jamais non à un bon vieux tube de Rod Stewart. Ses morceaux du début des années 1990 sont assez imparables, je trouve.

Alors que les éclats de verre parviennent au terme de leur miraculeux voyage, Azi est satisfait de voir que Chuck a cessé de sourire.

– Alors, hein ? Qu'est-ce que vous en dites ?

Chuck lui donne une tape amicale sur l'épaule, puis soulève le casque de réalité virtuelle pour croiser le regard d'Azi. Pendant un moment, la pièce dans laquelle ils se trouvent est plongée dans une sorte d'hyper-réalité. Azi n'en revient pas de la perfection avec laquelle la vraie vie frappe sa rétine ; de la profondeur de ses couleurs et de ses textures. Il ressent le désir impérieux de passer les doigts dans les poils de l'espèce de moquette qui capitonne le plafond et la plupart des murs, avant de se souvenir que sa mission est de déstabiliser Chuck.

– Ça me donne envie de vomir, dit-il.

– Ah oui, je vois. Il y a des personnes à qui ça fait ça. Mais c'est quand même impressionnant, non ? Peu de gens ont eu la chance d'expérimenter ce que vous venez d'expérimenter. Les synergies avec vos propres recherches, les possibilités…

Une fois de plus, Chuck laisse sa phrase en suspens, le regard émerveillé et songeur. Ils se trouvent dans une pièce appelée « Salle de réalité virtuelle empathique » – un lieu, affirme Chuck, à la pointe des interactions homme-machine. C'est ainsi qu'Azi a perdu de précieuses minutes à vagabonder entre des représentations interactives de certains des écosystèmes les plus vulnérables de la planète, dans la peau d'une sorte de panda informe.

Chuck se montre vraiment très aimable avec Azi, sans jamais se départir d'un professionnalisme qu'il est impossible de ne pas admirer. Du point de vue de Chuck, Doug Dingwall est un homme qui se trouve face au destin de son espèce : un futur collègue à qui il offre la possibilité de jeter un coup d'œil à ce qu'on peut concevoir de mieux pour le bien de l'humanité.

Du point de vue d'Azi, Ad et lui ont une chance d'accomplir un extraordinaire tour de passe-passe en se rapprochant physiquement d'un réseau centralisé utilisé par un gros bonnet de l'institut – Chuck, en l'occurrence. Pour optimiser les chances de réussite, Chuck doit être aussi cognitivement diminué que possible, parce que, comme l'indiquent de nombreuses études ainsi que l'expérience personnelle d'Azi, c'est de cette façon-là qu'on parvient à berner quelqu'un d'ordinaire plus avisé.

Toutefois, la bonhomie assimilationniste de Chuck semble présenter un inquiétant caractère d'immunité à la lassitude.

– Depuis quelque temps déjà, l'institut a amorcé un tournant majeur vers la réalité virtuelle, dit-il, invitant Azi à replacer le casque devant ses yeux avant de le guider à travers un autre paysage asymétriquement rutilant. Investissements stratégiques, acquisitions. Voir, c'est croire !

– Ça ne risque pas d'être un problème si les gens se mettent à croire qu'ils sont des pandas ?

Azi se montre retors, mais le fait est qu'il n'aime vraiment pas la réalité virtuelle. Presque tous les scénarios de réalité virtuelle dépeignent un monde de liberté sans limite. Vous placez le casque magique devant vos yeux et vous voilà propulsé dans un univers de pure imagination : vous pouvez marcher sur la lune, voler en rase-motte au-dessus de villes étrangères, rejoindre des amis autour d'un feu de joie, sans risque de vous brûler… ni de vous réchauffer. À chaque fois qu'Azi a enfilé un de ces casques, ou qu'il a pris le temps de réfléchir à l'intérêt d'une telle expérience, il a eu le sentiment d'être face à une technologie d'enfermement et non d'évasion.

Dans la réalité virtuelle, l'interface est votre *corps*. Une version maladroite de vos mains manipule des objets irréels ;

tout doit être vu et expérimenté à travers les règles de l'incarnation. Dans la réalité virtuelle, il n'y a pas d'échappatoire à sa corporalité, pas de doigts qui dansent sur le clavier ni d'habiles mouvements de souris, pas de tâches multiples ni de cadres de référence entre lesquels jongler. Vous êtes à la merci de votre corps comme rarement dans la vie quotidienne. Et votre prison virtuelle est entièrement soumise au contrôle de quelqu'un d'autre. C'est le contraire de tout ce qu'Azi a cherché à accomplir en ligne depuis toutes ces années.

Pas étonnant, songe-t-il, que tant d'entreprises technologiques se prennent de passion pour un outil aussi coercitif. Pourquoi se donner la peine de changer le monde si on peut en créer une version virtuelle, pixel après pixel, qui servira parfaitement les projets de ceux qui l'ont imaginée ? Pourquoi laisser les gens se retrouver dans des espaces publics quand on peut construire une expérience collective de marque déposée ?

Azi rend le casque à Chuck avec un petit hochement de tête, conscient qu'il est temps de réagir aux consignes et conseils de plus en plus pressants d'Ad. *C'est le moment de passer à l'action, mec. Pas d'impro, tu dois t'en tenir à ce que je t'ai dit. Tu es peut-être capable de parler technologie avec tes potes hackeurs, mais le jargon de la Silicon Valley, c'est une toute autre histoire.*

Il cherche le regard de son hôte, composant une petite moue impressionnée.

– Je dois dire que je suis bluffé. Par la prouesse technologique, mais aussi par vous, Chuck. La vraie richesse d'une entreprise, ce sont d'abord ses têtes pensantes, pas vrai ?

Chuck acquiesce en silence, son corps se courbant sous le poids d'une approbation si entière qu'Azi s'inquiète qu'il ne tombe en avant.

– Chuck, je ne vais pas tourner autour du pot. J'aimerais qu'on discute du genre d'offres que vous nous avez faites par le passé. Donnez-moi quelques éléments concrets. Le contexte juridique, un aperçu du volet financier, ce genre de choses. Qu'on puisse voir comment faire avancer les choses. Vous pourriez faire ça pour moi ?

C'est beaucoup demander. Mais si Ad a vu juste, Total Knowledge est un véritable objet de désir pour l'Existential Institute – et tout le monde sait que les conversations informelles entre idéologues handicapés de l'émotion sont les piliers de l'innovation.

– Bien sûr, répond Chuck avec un grand sourire. Avec grand plaisir. Tout ça restant informel, nous sommes d'accord. Deux de nos meilleurs éléments travaillent à proximité de mon bureau. Ils peuvent fouiller un peu, ressortir quelques documents. Ces gamins travaillent à une vitesse… C'est hallucinant ! Il y a tellement de jeunes gens brillants qui ne demandent qu'à travailler pour nous. Ils sont formidables, vraiment. Par ici, je vous prie.

Azi lui emboîte le pas, mais Ad s'interpose aussitôt. *Attends ! Pas encore, mec. Désolé, il faut que je règle un truc. Deux minutes.* Azi se tourne vers Chuck qui s'engage déjà dans un long couloir aux tons pâles. Il aboie un seul et unique mot :

– Café !

– Je vous demande pardon ?

– Je ne dirais vraiment pas non à une tasse de café.

Toujours s'assurer que les mensonges flirtent avec la vérité.

– Bien entendu ! Mon Dieu, je manque à tous mes devoirs. Il ne faut pas m'en vouloir, c'est mon mois sans caféine. Comment vous l'aimez ?

– Aussi fort que possible.

Pour la première fois, Chuck semble avoir perdu de sa belle assurance. Qui aurait cru que réclamer une boisson chaude parviendrait à le faire sortir de sa zone de confort ? Azi pousse son avantage.

– Et on peut se voir un moment seuls dans votre bureau avant que vos collaborateurs nous rejoignent ? Juste vous et moi ?

– Bien sûr, bien sûr. Dites-moi, Doug…

Chuck semble avoir trouvé un sujet qui lui redonne le sourire.

– Vous connaissez le café nitro ? Tellement onctueux, c'est à peine croyable. C'est comme boire de la crème ! Ça vous changera la vie. Envie d'essayer ?

Azi acquiesce et suit Chuck jusqu'à une cuisine où il le regarde sortir ce qui ressemble à un accessoire pour film d'horreur – un injecteur d'azote liquide, apparemment. Une minute plus tard, il lui tend un gobelet transparent dans lequel repose un liquide marron boueux, complètement glacé. Azi sirote une gorgée du breuvage, d'une douceur savonneuse. C'est peut-être l'acte le plus gratuitement odieux jamais commis à l'encontre d'un innocent grain de café.

Chuck ayant semble-t-il retrouvé son équanimité, ils quittent la cuisine et s'enfoncent plus profondément dans les entrailles du bâtiment, longeant au passage plusieurs salles dont les noms se veulent sans doute inspirants, voire aspirationnels – *Éternité, Résilience, Intentionnalité.* Enfin, ils parviennent au bureau de Chuck. La pièce, qui ne doit pas faire loin de quarante mètres carrés, est dépourvue d'angles. Une moitié de cette énorme bulle est formée de verre, l'autre de béton. Comme tout le reste dans cette partie du bâtiment, elle semble creusée à même une falaise grise qui s'élève vertigineusement vers le toit végétalisé à travers un labyrinthe de passerelles, de puits de lumière et d'escaliers suspendus. Chuck embrasse l'immensité de la pièce d'un grand geste satisfait.

– Le cœur de l'action ! Derrière ce mur sont conduites les recherches de demain. C'est bluffant. La conquête de l'espace intérieur, aux frontières du conscient et de l'inconscient. Toute cette partie de notre propre univers qui reste à explorer. Pour Érasme, c'est là que le XXIe siècle sera gagné ou perdu. Cœurs et esprits, croyances et expériences, machines qui nous connaissent mieux que nous nous connaissons nous-mêmes… Mais tout ça dépasse même mes compétences. Entrez, entrez… Nous pouvons avoir notre petite discussion privée. J'ai prévenu mes gars par SMS. Ils travaillent juste à côté et ils seront là dans deux minutes.

Azi se répète une dernière fois les mots qu'Ad lui a soufflés à l'oreille, puis se lance.

– On bosse sur quelques trucs sympas. Intégration des systèmes. Cloud, big data[58], apprentissage statistique, IA[59],

58 Ensemble très volumineux de données qu'aucun outil classique de gestion de base de données ou de gestion de l'information ne peut vraiment traiter.
59 Acronyme d'Intelligence Artificielle.

IdO[60] – une approche hybride. Des choses vraiment malignes avec nos lacs de données[61], agrégation et analyse à haute vitesse, le tout basé sur des chaînes de blocs. On va bientôt faire un tour de table financier. À moins, bien sûr, que…

Azi s'interrompt, tentateur, avant de lancer à Chuck ce qu'il espère être un regard de conspirateur.

– Chuck, je viens de me souvenir d'une discussion que j'ai eue avec quelqu'un qui travaille chez vous. Il m'a dit que tous vos bureaux étaient équipés de systèmes à commande vocale ?

– Oui, c'est exact. Le système répond à l'empreinte vocale. Comme l'ordinateur de bord de l'Enterprise, dans *Star Trek*, vous sa…

– Je vais vous demander de bien vouloir couper ce système. Ce que je m'apprête à vous dire doit rester privé. Complètement privé.

Chuck plisse légèrement les yeux et avance le visage, comme s'il venait de humer quelque chose d'absolument délicieux. Azi sent qu'il a entièrement capté son attention : le moment qu'il attendait est venu. Tandis que Chuck hoche vigoureusement la tête, Azi place les doigts sur deux touches latérales du téléphone qui se trouve dans sa poche.

Si Ad et Azi ont tout bien configuré, ce téléphone va accomplir un petit tour de magie à l'instant où Doug Dingwall pressera simultanément ces deux touches : transmettre une parcelle de code embarquée dans un ultrason. Un hack connu sous le nom d'« attaque du dauphin ». Parce

60 Acronyme d'Internet des Objets.
61 Méthode de stockage des données utilisée par le big data.

que les ordinateurs sont capables de percevoir des gammes de fréquence indétectables à l'oreille humaine, on peut transmettre des instructions secrètes à un système à commande vocale en présence d'innombrables témoins. Azi était conscient de n'avoir aucune chance de pouvoir accéder à un ordinateur en réseau à l'intérieur de l'institut, mais Ad et lui ont fini par songer qu'il devait être possible de lancer une attaque du dauphin au moment précis où un responsable avec un haut niveau d'habilitation parlerait pour déverrouiller le système. Si le timing est parfait. Si le programme d'Ad fait son job.

Chuck, Dieu merci, est bien trop occupé à séduire le directeur de la technologie de Total Knowledge pour se méfier.

– Je comprends, je comprends parfaitement ! Considérez-moi comme un ami, Doug. C'est comme si c'était fait. Ordinateur, nom d'utilisateur Charles Bartlett. Valider.

Maintenant, vas-y, vas-y ! brame Ad dans son oreille.

– Activer le mode privé intégral, dit Chuck tandis qu'Azi appuie fermement sur les touches du téléphone.

Et rien ne se passe.

Silence radio dans l'oreillette et, puisque l'absence de tout son audible est l'un des principaux avantages du hack, aucun moyen de savoir si l'activation du téléphone a eu le moindre effet.

Jetant un coup d'œil en direction des très jeunes et très sérieux employés qu'il aperçoit maintenant derrière la porte vitrée du bureau de Chuck, Azi sirote l'ignoble café azoté en tâchant de prendre l'air innocent. Attablé non loin de là dans un *diner*, Ad devrait maintenant recevoir une notification cruciale : la confirmation qu'une porte dérobée est désormais ouverte dans le noyau du système d'exploitation de l'institut.

Azi tapote son oreillette, mine de rien. Trente secondes ont passé et il vient de prendre conscience que Chuck attend ses révélations avec une impatience vorace. Ce qui est problématique dans la mesure où, sans Ad pour lui souffler son texte, Azi n'a rien à dire.

Si le hack a fonctionné, se dit-il, Ad devrait revenir hanter son oreille d'une seconde à l'autre, nouvellement armé de privilèges d'administrateur lui permettant d'accéder au moindre réseau et à la moindre machine connectée sur l'ensemble du site de l'Existential Institute.

Azi s'efforce de rester calme. Maintenant qu'il y songe, l'idée que son ami d'enfance ait ce pouvoir a quelque chose de profondément inquiétant. Peut-on vraiment se fier à lui ? Peut-on vraiment espérer qu'il agisse avec ne serait-ce qu'un minimum de bon sens ?

Comme une réponse, des sirènes d'alarme retentissent.

43.

Si on sait lire les signes avant-coureurs, on sait quand les choses sont sur le point de mal tourner. D'abord, les coïncidences s'accumulent. Ensuite, on commence à se convaincre que tout va bien. Enfin, on refuse d'admettre que ce n'est pas le cas, bien que ça crève les yeux.

Amira s'emploie à stopper la gangrène dès la première étape de sa propagation. Parce que considérées bout à bout, les coïncidences qu'elle a mises au jour ressemblent à tout sauf à un hasard.

Après enquête, il s'est avéré que le traître étranglé dont l'État islamique a si joyeusement dispersé les membres n'était autre que le cousin de Munira Khan, et qu'il pourrait bien avoir subtilisé des fichiers qu'elle ne veut pas, mais alors pas du tout, voir tomber entre de mauvaises mains. Une situation des plus fâcheuses.

Il s'avère également qu'Azi et ses amis ne répondent pas aux déchirants messages de Munira avec l'enthousiasme et la naïveté espérés. Après un premier appel au secours rédigé dans le but de leur donner une idée approximative de l'endroit où elle se trouvait, elle avait saupoudré suffisamment d'indices dans les messages suivants pour dessiner les contours d'un récit tragique : la gente demoiselle saucissonnée dans le coffre d'un véhicule, transportée de lieu de perdition en lieu de perdition à travers le Moyen-Orient, griffonnant d'héroïques dépêches électroniques dans le noir.

Si tout s'était passé selon ses prévisions, au moins quelques saint-bernards auraient dû se précipiter vers les lieux qu'elle avait subtilement désignés. Au lieu de quoi, les promesses de sauvetage du début avaient fini par se tarir, laissant peu à peu place à l'indifférence. L'accès d'Amira au système informatique de l'Organisation avait fini par être suspendu après les événements d'Athènes, mais il fallait s'y attendre. Ce qu'elle n'arrive pas à comprendre, c'est pourquoi ils ne semblent plus se soucier de savoir si Munira Kahn est encore en vie.

C'est à peine s'il lui reste le temps de prendre de nouvelles dispositions, mais c'est le moment de montrer ses qualités d'adaptation. Peut-être sont-ils au courant, pour Munira. Et s'ils ont découvert la vérité à son sujet, ils ne vont pas s'arrêter en si bon chemin, fouillant et creusant sans fin pour trouver les preuves de ce qu'ils pensent avoir compris.

C'est doublement rageant, parce qu'au terme d'un long et complexe travail de préparation, elle est si proche du but. À travers l'Europe, les islamistes qu'elle a dénoncés sont sous constante surveillance. Et elle-même surveille la façon dont les Américains et les Européens les surveillent. Ces idiots sacrificiels seront capturés dans les heures qui viennent.

Du côté de Görlitz, en revanche, la seconde pièce de son puzzle se glisse parfaitement à sa place. Vingt-quatre autres djihadistes convergent en direction du meeting de Defiance avec suffisamment d'engins explosifs dans leurs fourgons très spéciaux pour massacrer dix fois la foule rassemblée sur les lieux. Ce sont eux qui vont marquer la conscience du monde au fer rouge ; eux dont l'acte va entraîner ces répercussions chaotiques si minutieusement planifiées par ses employeurs. L'histoire est en marche et plus rien ne peut l'arrêter.

Et pourtant. *Il y a des tigres sur la rive du fleuve et des crocodiles dans l'eau.* Ce conseil dispensé avec affection par sa grand-mère maternelle reste l'un des rares fragments de son enfance qui mérite d'être conservé dans sa mémoire. Oui, le danger est partout, de même que les crétins comme Michael. Abandonnant à regret la grande baignoire en marbre qui trône au centre d'une des salles de bain de sa suite, elle enfile un peignoir et extrait de sa valise une variété d'appareils dédiés : un pour chacune de ses identités ou facettes d'une opération.

Elle survole un récent message de l'État islamique : ils mettent à sac l'hôtel où séjournait le traître, sans doute frustrés de ne pas avoir trouvé suffisamment de gens à exécuter. Envoyé par ses contacts de Defiance, un second message lui indique que les préparatifs du rassemblement de cet après-midi se déroulent sans encombre. Ils regrettent simplement que Tomi ait donné des consignes fermes pour interdire le passage à tabac des protestataires antifascistes. Le troisième message provient du site de l'Existential Institute : une anomalie a été détectée dans le noyau du système d'exploitation et fait l'objet d'une enquête immédiate et approfondie.

Amira s'arrache distraitement quelques poils d'un sourcil, la douleur donnant une forme concrète au malaise qu'elle éprouve. Cette dernière coïncidence signifie que l'inaction n'est même plus envisageable. Avec une grimace, elle exhume le plus sécurisé et le moins utilisé des appareils dont elle dispose, l'allume et le déverrouille à l'aide de ses empreintes digitales, d'un mot de passe, de la reconnaissance faciale et d'une clef d'activation. L'appareil ressemble à n'importe quel smartphone du commerce, mais il ne peut communiquer qu'avec un seul et unique numéro sécurisé.

Chassant toute trace de tremblement de sa main comme de sa voix, elle compose ledit numéro et attend. Une longue minute passe avant qu'il ne décroche, mais ce n'est pas une question de statut. Cet homme n'a rien à prouver. Sa voix, quand il répond enfin, respire la confiance.

– Bonjour ma chère. Je viens juste de parler à Michael.

Elle sourit doucement.

– Et comment se porte mon collègue ?

– Pas si bien. J'espère que vous lui avez fait vos adieux. Cet homme ne prête pas assez attention aux détails. Il a menti, puis il m'a permis de découvrir qu'il avait menti, et enfin il a nié avoir menti. Triplement décevant.

Voilà qui la réconforte, même si c'est sans rapport avec ce qui la préoccupe pour l'heure.

– Je suis heureuse de vous informer que le plan n'a pas été compromis par son incompétence. Au fond, la présence de protestataires ne peut qu'accroître l'impact de notre projet.

Un silence pensif salue ses mots, puis :

– Vous avez raison, bien sûr. Je me méfie des complications inutiles, mais quelques cadavres d'antifascistes vont donner encore plus de piquant au tableau. Michael ne pourra malheureusement pas s'en réjouir avec nous.

Elle s'autorise un soupir.

– Quel dommage. J'aurais aimé pouvoir assister à ça. Pouvoir m'occuper de lui personnellement.

Il laisse échapper un petit rire.

– Si vous le souhaitez, je peux reporter. Vous pouvez le tuer vous-même.

– Ça me ferait très plaisir. Je vous remercie.

Assez papoté, songe-t-elle à regret. Le moment est venu de passer aux choses sérieuses.

– Je crains de devoir vous signaler quelques problèmes.

Le ton badin quitte aussitôt la voix de son interlocuteur.

– Que dois-je savoir ?

– Trois choses, dont deux concernent Munira : son cousin encore en vie a été exécuté en Syrie et l'Organisation ne cherche pas à la récupérer comme prévu. Pour la troisième, je ne vous apprends sûrement rien : le noyau du système d'exploitation de l'institut a détecté des erreurs urgentes.

– Que proposez-vous ?

Elle se durcit, concentrée sur sa colère.

– D'enquêter en personne. De vous tenir informé de tout ce que je pourrais découvrir. Et de n'écarter aucune éventualité.

– C'est d'accord. Personne d'autre que vous n'entre dans le centre de recherche, personne d'autre que vous n'en sort. Pas de témoin. Vous avez carte blanche pour gérer entièrement la situation. S'il y a des points de défaillance, c'est peut-être la dernière fois que nous nous parlons…

– Je comprends.

– Mais j'ai toute confiance en vous.

Elle pose la main sur la peau douce de sa joue.

– Merci, Érasme.

44.

– Avoue que c'était cool, les sirènes d'alarme.

– Non, ça n'avait rien de cool.

– Si je n'avais pas fait ça, comment j'aurais pu réussir à entrer sur le site ? Et à te faire sortir de ce bâtiment, maintenant que j'y pense ? Et puis je t'ai sauvé d'un grand moment de solitude ! Comme disait ce bon vieux Jésus, il n'y a pas de plus grand amour que de donner sa vie pour…

Azi s'exhorte à un semblant de calme : il doit absolument cesser d'agripper Ad aux épaules et de le secouer comme un prunier.

– Ce n'est pas ce qui était prévu, Ad ! On s'était pourtant mis d'accord. Tu devais piloter l'opération depuis le *diner*, me souffler mon texte dans l'oreillette et lancer le hack entre deux bouchées de pancake. Ne pas faire de vagues, c'était ça le plan ! S'introduire *discrètement* dans leur système. Comme leur nom l'indique, les sirènes d'alarme sont conçues pour alarmer la population. Pour alerter, attirer l'attention. On était censés se faufiler sur la pointe des pieds, et toi, tu…

Ad improvise un air d'honnête homme droit dans ses bottes. Son visage indigné ferait presque rire Azi s'il n'était pas si furieux.

– J'ai fait les choses à ma sauce, d'accord ? C'est mon hack, c'est moi qui prends les décisions. Tu étais sur la corde raide, mec. Trois secondes de plus bouchée bée, et Chuck serait sorti de son hypnose. Sans compter que ça…

Ad lance les bras pour désigner la scène de chaos qui les entoure.

– … c'est notre seule chance d'accéder à ces adresses IP.

Azi le regarde de la tête aux pieds, puis reporte l'attention sur la fourmilière dans laquelle son ami vient de donner un invraisemblable coup de pied. Il y a du vrai dans ce que dit Ad – même si déclencher simultanément la totalité des alarmes incendie *et* séisme, tout en désactivant l'intégralité du système de sécurité interne, peut sembler excessif. Sans parler du sort que son ami a jeté aux systèmes autonomes extérieurs, qui agissent désormais à leur guise : profitant de la défaillance technique qui a précipité Azi, Chuck et cinq mille autres employés vers les zones d'évacuation, quatre robots-grues ont émergé de leurs silos souterrains et sont à présent occupés à démolir le parc paysager, bloc par bloc. Avec des plaintes stridentes, des voiturettes électriques sillonnent en tous sens les chemins comme des arthropodes anarchiques, contraignant des légions d'évacués à se réfugier en catastrophe sur les parterres de fleurs et les étendues de gazon encore épargnés par la colère des grues.

Tout ce désordre a créé une diversion suffisante pour qu'Azi puisse fausser compagnie à Chuck et suivre les directives qu'Ad lui hurlait à travers l'oreillette, glissant entre les arbustes et les fleurs d'un talus jusqu'à une sculpture métallique – un ange, peut-être, ou alors un Airbus compressé – derrière laquelle ils se cachent à présent.

La vue d'un arbre d'une quinzaine de mètres brisé en menus morceaux par un bras métallique deux fois plus grand que lui constitue une scène qu'Azi ne risque pas d'oublier – ni de pardonner – de sitôt.

– J'en suis presque à me demander s'il ne s'agit pas d'une blague douteuse que tu rumines depuis qu'ils t'ont viré. C'est ta vengeance, c'est ça ? Ton grand éclat de rire ? Eh bien, c'est de la merde, Ad. Et on est dans la merde, parce que tu as merdé. Comment veux-tu qu'on entre et qu'on ressorte sans se faire choper ? Ils savent qu'il se passe un truc pas net, maintenant. Toutes les équipes de sécurité doivent être sur le pied de guerre. On est dans la merde, merde et *merde* !

Quand Azi s'est-il mis à ce point en colère pour la dernière fois ? La réponse le ramène inexorablement à Croydon, inexorablement à son adolescence, inexorablement à Ad. Après tout ce qu'il a vécu ces derniers jours, il y a quelque chose d'absurde et d'embarrassant à regarder le désastre se produire, accroupi derrière une hideuse sculpture en métal ; quelque chose de profondément stupide à parvenir si près du but après tant d'efforts, et à tout regarder s'effondrer dans une explosion d'humour rageur, un canular géant et vindicatif. Mais Ad ne cède pas un pouce de terrain.

– Il n'y a pas d'autre moyen, mec. Il va falloir que tu l'acceptes. Parce que figure-toi que la source de ces adresses IP de Gomorrhe jusqu'à laquelle tu veux tellement remonter ne se trouve pas dans le réseau principal, mais dans un putain de centre de recherche top secret : un bunker ultrasécurisé avec des couches et des couches de conneries automatisées qui protègent les lieux. La seule façon d'entrer dans ce bunker est une évacuation générale dans la panique, genre bordel complet et apocalypse imminente, tu piges ? Et c'est précisément le scénario que j'ai écrit pour toi et qu'on est en train de tourner. Pour *toi*, mec ! On est là ensemble, après toutes ces années, et toi…

L'émotion étrangle un instant la voix d'Ad qui secoue une tête rageuse, incrédule.

– … tu es toujours le même modèle de vertu, le même connard de donneur de leçons qu'à l'époque où on passait notre vie dans ton abri de jardin. Tu prends ce que je te donne et tu me le renvoies en pleine gueule. Espèce de sale con.

Azi fixe son ami du regard ; mince, bronzé, et fulminant au milieu du chaos, courbé derrière une grande sculpture abstraite dont le métal étincelle, bombardé de soleil, sur le site d'un institut californien brassant des milliards de dollars, à dix mille kilomètres et quinze années de distance de leur enfance. Et pourtant le passé est partout autour d'eux. La colère d'Ad, sa peur à lui – l'un comme l'autre sous le joug de ceux qu'ils étaient hier.

– Je suis désolé, Ad. Vraiment, excuse-moi. Tu as raison, c'est le seul moyen. C'est juste que… j'ai traversé des moments difficiles et ça…

Il lance la tête en direction du maelström.

– … ce n'est pas la façon dont j'avais imaginé nos retrouvailles.

Azi dévisage son ami, sourire aux lèvres. Ad lui oppose d'abord son visage renfrogné, puis ouvre grand les bras, souriant à son tour.

– C'est le moment où on se tombe dans les bras ? demande Azi d'un ton innocent.

– Dans tes rêves, mec. C'est le moment où on déchire tout.

– D'accord… Et on a combien de temps pour tout déchirer ?

Ad jette un œil à l'ordinateur serré sous son bras, puis au désordre qui n'en finit pas de se propager sur le site, avant de hausser les épaules.

– Si on se met à courir maintenant et qu'on parvient à traverser tous les sas, je dirais qu'il nous restera entre vingt et trente-cinq minutes, selon la vitesse d'intervention des forces de l'ordre.

Azi inspecte la trentaine de mètres qu'ils doivent parcourir à travers des massifs de fleurs ; une distance qu'ils devraient franchir sans encombre, si tant est qu'ils ne se fassent ni déchiqueter par les grues ni hacher menu par les robots-tondeuses déchaînés.

Ils se mettent à courir.

Qu'obtient-on quand on investit plus d'un milliard de dollars dans l'avenir de la réalité virtuelle, augmentée et mélangée ? Voilà une question qui ne s'était pas encore présentée à l'esprit d'Azi. Mais s'il se l'était posée, jamais il n'aurait imaginé qu'un investissement aussi conséquent puisse se matérialiser en une telle quantité d'espace vide.

Sprintant à travers les portes béantes d'une série de sas – immenses caissons de béton et d'acier que la panne générale provoquée par Ad a ouverts à tous les vents –, Azi et Ad ont finalement atteint le centre de recherche situé derrière la falaise où niche le bureau de Chuck. Azi s'était attendu à découvrir un décor similaire à ces couloirs, salles de réunion et autres mezzanines à travers lesquels son hôte l'avait guidé.

Au lieu de quoi, une fois franchie une dernière porte qui pivote en silence, ils débouchent dans un gigantesque espace sépulcral, si sombre et monumental qu'Azi ne parvient pas à en distinguer les limites.

– Bordel de merde. Tu es déjà venu ici ?

– Bien sûr que non. Personne ne vient ici, jamais. C'est entièrement automatisé, électroniquement barricadé… Si on est là, c'est seulement parce qu'ils n'ont pas imaginé, même dans leurs pires cauchemars, que quelqu'un parviendrait à prendre entièrement le contrôle du site.

– En faisant croire à un tremblement de terre.

Ad le regarde avec un sourire satisfait.

– Ouais. Les processus d'évacuation générale, ça se passe rarement bien.

Il n'y a pas d'écho dans cette salle, note Azi. Le son de leur voix est étouffé par cet étrange revêtement aux allures de moquette qui recouvre la moindre surface visible. Une sorte de « Salle de réalité virtuelle empathique » qui aurait enflé démesurément. C'est aussi, malgré leur attitude bravache, suffisamment étrange pour en devenir intimidant. La source de cette lumière falote à laquelle leurs yeux s'habituent progressivement reste invisible et, hormis quelques espaces cubiques, ni allées ni parois ne viennent organiser l'intérieur. Il faut un moment à Azi pour mettre le doigt sur ce que lui évoquent ces espaces : les pièces reconstituées des magasins IKEA. Ad lui indique une rampe lumineuse fixée au-dessus du cube le plus proche.

– Ce sont des boîtes de projection virtuelle. Technologie toute dernière génération. Tu te places à l'intérieur avec des lunettes spéciales et le dispositif suit le moindre de tes mouvements. Tu te retrouves dans une pièce virtuellement meublée, ou dans n'importe quel environnement qu'on veut te faire voir.

Chacune de ces boîtes fait la taille d'un abri de jardin de taille respectable, et pourtant l'échelle de cet espace sans fin leur donne des airs de jouets ; des briques de Lego dans la salle de jeux d'un géant en culottes courtes.

– Pourquoi c'est tellement énorme ? demande Azi, la main de son bras valide glissant sous son polo pour explorer les bandages.

C'est chaud et humide sous ses doigts, et ce n'est pas que de la transpiration. Courir est précisément ce dont son corps se passerait bien.

– Aucune idée, mec.

Ad plisse les yeux dans la pénombre.

– Il y a quelque chose qui consomme une énergie de dingue, ici, mais je ne pouvais accéder à aucune info de l'extérieur. C'est pour ça qu'on est là.

Azi s'efforce de se calmer et de rester lucide. Ils ont un plan, ils ont un objectif.

– OK. Pour les adresses IP, tu as resserré tes recherches jusque dans les limites de cette zone. Donc, on cherche une plateforme, quelque chose avec lequel on puisse entrer en réseau. Et on dispose d'une toute petite demi-heure pour le trouver, le pirater et siphonner le plus d'informations possible. Si on a de la chance, on pourra avoir accès à l'intégralité des données de Gomorrhe. Si on n'en a pas…

La détermination d'Azi se dilue dans la semi-obscurité. Derrière la boîte de projection la plus éloignée, il distingue une forme aux allures de squelette qui s'étire vers des hauteurs trop vertigineuses pour être visibles. Il est difficile d'estimer les distances dans un espace aussi sombre et démesuré, mais le plafond doit culminer à au moins quatre-vingt-dix mètres de hauteur. Et Azi ne serait pas étonné que deux, peut-être trois cents mètres le séparent du mur le plus éloigné. Après la végétation luxuriante et les mouvements de foule des espaces extérieurs, le sentiment de vide est déstabilisant.

La pénombre semble vivante, comme si une énergie s'y tapissait, une présence alien.

– Pourquoi il n'y a personne, Ad ? Je veux dire, pas même de traces humaines. On se croirait dans un mausolée.

Cramponné à l'ordinateur, Ad le rejoint en quelques foulées nerveuses.

– Un mausolée, hein ? Ça c'est une image parlante ! Allez, mec, on continue à avancer. Toutes ces histoires de réalité mélangée, même les boîtes de projection, c'est du réchauffé. Aujourd'hui, leurs recherches tournent toutes autour de l'automation[62]. Systèmes isolés, auto-monitoring[63]... Genre cette putain de monstruosité, là, même si je serais bien en peine de te dire ce que c'est.

De près, la silhouette aux airs de squelette prend la forme d'un énorme bras articulé portant une sphère, hissée à une trentaine de mètres du sol. Le tout repose sur un socle en porte-à-faux soutenu par l'acier noir de poutres cantilever. On dirait le membre chitineux d'un improbable insecte. Azi frissonne.

62 Gestion entièrement automatisée de vastes environnements informatiques.
63 Processus d'autosurveillance informatique.

– J'aimerais qu'on m'explique ce que ce truc a à voir avec la survie de l'humanité, dit-il.

Ad soulève le capot du laptop et pianote comme un possédé pendant un moment, avant d'émettre un petit sifflement.

– Que dalle, d'après ce que je peux en juger. Le magnifique MacBook d'Odi dispose d'un grand nombre de capteurs que tu ne trouveras pas dans le commerce, et ils me disent que ce *machin* a une activité électromagnétique de malade.

– Explication ?

Azi ne sait pas où Ad veut en venir, mais il sent que ça ne va pas lui plaire.

– La chose nous analyse. En ce moment même. Elle possède son propre réseau, ce qui signifie que je ne peux pas m'y introduire, à moins qu'il y ait un genre d'accès et que… Oh merde. Oh putain de merde.

– Quoi, oh putain de merde ?

L'esprit des lieux répond à la place d'Ad sous la forme d'un cauchemar de métal sifflant qui se déploie au-dessus d'eux. Tandis que la sphère est brusquement agitée de vagues lumineuses, le bras qui la porte se plie avec une précision surnaturelle. Ad et Azi échangent un court regard, se tournent à nouveau vers la bête réveillée, puis se mettent à courir.

Ils ne vont pas loin. À peine ont-ils parcouru une dizaine de mètres qu'Ad – qui devance Azi et ses plaies suintantes – s'arrête net avec des cris de terreur.

– Azi. Merde… Aide-moi ! C'est quoi, ce truc sur mon visage ? Putain, ça s'accroche à ma tronche, je n'arrive pas à l'enlever…

Azi est juste derrière lui.

– Quoi, qu'est-ce que c'est ? Qu'est-ce qui se passe, Ad ? Est-ce que ça va ?

D'une main, Ad s'agrippe le visage comme s'il voulait se l'arracher, mais Azi ne voit rien, doutant presque de la réalité de l'attaque jusqu'à ce qu'il rejoigne son ami et sente une sorte de ver de terre gluant se tortiller sur le haut de son propre corps. Ad continue à se débattre avec des grognements qui hésitent entre la rage et l'effroi, brandissant à présent son laptop comme une arme.

– C'est quoi, ce bordel ? Azi, putain, je ne peux pas me débarrasser de ces trucs, ils essaient de m'étouffer ! Au secours…

– Ad…

Azi fait un effort sur lui-même pour rester parfaitement immobile.

– Ad, arrête de bouger. Stop ! Je les sens, moi aussi. Putain, putain… Je crois que ce sont des câbles, des fils électriques, quelque chose comme ça. Essaie juste de ne pas t'agiter. De faire la statue.

S'aidant du poids de son corps, Azi parvient à se dégager de la chose qui s'accrochait à lui et tombe sur l'étrange revêtement qui couvre aussi le sol. Il lève les yeux vers le plafond, et le regrette aussitôt. Un nombre incalculable de minces lianes dégringolent de la sphère lumineuse, leurs extrémités bouclées s'arrêtant à moins d'un mètre du sol. Ad est bel et bien prisonnier, enchevêtré dans un fouillis de tentacules métalliques qui semblent le piéger par instinct.

On subit une attaque de robot-méduse, murmure une petite voix dans la tête d'Azi. *On est sur le point de se faire étouffer par une saloperie d'entité autonome indéterminée et, pour être honnête, je n'ai rien dans ma boîte à malices qui puisse me permettre de traiter ce genre de problème.* Les hurlements de plus en plus désespérés d'Ad sont entrecoupés, entre chaque respiration, de silences morbides. Azi le regarde un instant.

– Ad ! Ad, laisse tomber l'ordi. Si tu peux, laisse-le tomber par terre. Tout de suite !

Ad parvient à puiser un peu de rage au cœur de son supplice.

– Rien à foutre, de l'ordi ! Je suis en train de me faire bouffer par Cthulhu[64] !

S'efforçant de ne pas songer à ce qui pourrait l'attendre s'il échouait, Azi se redresse sur les coudes, puis se jette sur le MacBook. Il le saisit et tire de toutes ses forces, mais le laptop reste soumis à l'étreinte de ces vrilles dont les extrémités se mettent à rebiquer dans sa direction. Au bout de quelques secondes de lutte éreintante, Azi tombe brusquement en arrière, les mains crispées sur son butin.

Il ouvre l'ordinateur, l'écran éclairant faiblement les contorsions menaçantes d'un bouquet de lianes. Ad a cessé de crier. Azi lance un *sniffer*[65] qui analyse le plus vaste spectre électromagnétique possible, dans l'espoir d'identifier des paquets de données déchiffrables. Il lui faut quelque chose, n'importe quoi, qui lui permette d'accéder au système. Si cette chose est un prototype, si elle a été conçue pour être contrôlée, il pourrait y avoir une fissure dans son armure numérique.

---

64 Monstrueuse entité cosmique inventée par l'écrivain américain Howard Phillips Lovecraft dans sa nouvelle *L'Appel de Cthulhu*.

65 Logiciel permettant d'intercepter des données transitant sur un réseau, également appelé renifleur en français.

L'antre de la bête est à présent plongé dans le silence. Ad se tortille avec des soubresauts obscènes, comme un poisson au bout d'une ligne. Projetant des éclats de lumière, la lointaine sphère semble avoir entamé une lente descente, l'espace entre l'extrémité des tentacules et la tête d'Azi se comblant centimètre par centimètre. La chose a presque atteint les limites de son amplitude de mouvements, réalise-t-il, et exerce une forte contrainte sur les poutres en porte-à-faux, comme si elle voulait s'affranchir des restrictions imposées par son socle.

C'est alors qu'il repère la faille. Une simple routine[66] en marge du reste du programme, sorte de gardien régulateur : un système de coordonnées qui contrôle les mouvements du bras articulé. Trente secondes plus tard, il est entré, forçant l'arrêt du processus qui jusque-là conférait son autonomie à la sphère. Le bras fait un mouvement brusque vers le haut, les tentacules se raidissent et Ad tombe au sol après un ultime mouvement convulsif. Un silence terrible enveloppe la scène, quand soudain…

– Prends ça dans la tronche, sale connard de robot !

Pour quelqu'un qui semblait à l'article de la mort quelques secondes plus tôt, Ad semble étonnamment gaillard.

– C'est quoi, ce délire ? s'exclame Azi. Je croyais que tu avais été digéré !

– Biologie de l'évolution, mec. Je faisais le mort. Sans compter que j'avais la bouche remplie de spaghettis bioniques. Mais mon idée a fonctionné. J'ai fait semblant de ne plus respirer, et la chose m'a lâché.

---

66 Dans le domaine informatique, une routine est une entité qui encapsule une portion de code effectuant un traitement spécifique bien identifié et relativement indépendant du reste du programme.

Azi décide de ne pas le contredire.

– En tout cas, dit-il, c'était flippant.

Ad hoche la tête et se relève difficilement, puis aide Azi à faire de même. Au-dessus d'eux, la sphère scintille toujours au sommet du bras articulé, comme un astre lointain. La pluie de fines lianes qui se balance sous elle a quelque chose de beau, maintenant qu'elle n'est plus menaçante ; une averse métallique ondulant entre ombre et lumière. Ad s'est emparé de l'ordinateur pour explorer les entrailles informatiques de la méduse, ses yeux s'agrandissant au fur et à mesure qu'elle lui dévoile ses secrets.

– Les capteurs de ce monstre sont juste dingues, Azi. Diaboliquement génialement dingues. Ils sont capables d'analyser les composants chimiques dans l'air, les mouvements, les sons, les champs magnétiques. C'est comme un prédateur des abysses. Comme une arme. Va savoir ce qu'ils ont d'autre, là-dedans.

Parce que c'est inutile, Azi ne lui réplique pas qu'ils n'ont plus qu'un quart d'heure devant eux, et que leurs chances déjà très faibles d'accomplir la double prouesse de trouver la source de ces adresses IP et de quitter cet endroit vivants s'amenuisent chaque seconde un peu plus, au point qu'elles peuvent désormais être considérées comme à peu près nulles. Ils se trouvent dans un environnement démesuré, hostile, inhumain. Personne ne sait qu'ils sont ici, personne ne viendra les sauver, et la débâcle informatique qui a touché l'ensemble du site n'a manifestement pas affecté les monstres apprivoisés que l'institut dorlote dans le secret de cette crypte. Que peuvent-ils faire ?

Azi s'efforce de rassembler ses pensées, sa concentration.

– Ad, comment un endroit comme celui-là pourrait-il abriter un darknet planétaire ? Le site était toujours en chantier quand tu bossais ici, pas vrai ?

Ad lève les yeux par-dessus le capot du MacBook.

– Exact. Toutes sortes de constructions bizarroïdes avec des machines énormes, à l'extérieur comme à l'intérieur.

– D'accord, d'accord.

Une idée se forme dans l'esprit d'Azi, suffisamment absurde pour qu'il préfère ne pas trop y penser avant de l'énoncer.

– Bon, j'ai un… Je suppose qu'on peut appeler ça un plan. On va contrôler les mouvements de cette chose et lui ordonner de s'écraser au sol en répétant indéfiniment cette action. Ensuite, on s'éloignera d'une centaine de mètres, jusqu'aux boîtes de projection.

Ad ouvre de grands yeux.

– Dans l'absolu, je n'ai rien contre inciter cette saloperie de machine à se suicider, mais on va faire ça parce que… ?

– Parce que ce qu'on cherche ne se trouve pas dans cette salle. Ça se trouve en dessous.

Selon Azi, c'est d'une logique implacable. Du moins a-t-il pris en compte une série de données qu'il a poussées au bout de leur logique. Ad affirme que les adresses IP proviennent du centre de recherche. Et pourtant, ce bâtiment n'a été terminé que l'année dernière. Si l'Existential Institute administre son propre darknet depuis des années, les serveurs doivent être très bien cachés dans un espace forcément plus ancien que ce bâtiment. Et le seul site super sécurisé qui puisse correspondre à cette description se trouve directement sous eux.

Les lèvres figées dans un sourire nerveux, Ad configure un court délai de déclenchement pendant qu'ils sont toujours à portée du capteur de la méduse, puis ils s'élancent dans un sprint boiteux vers les boîtes de projection. Azi s'arrête au bout de trente mètres environ, le souffle bruyant et saccadé, une douleur remontant du flanc vers le bras. En dépit de son tête-à-tête avec les tentacules, c'est à peine si Ad respire un peu plus fort qu'en temps normal.

– Qu'est-ce que tu en penses ? halète Azi. Tu crois que la chose va acquérir une quantité de mouvement suffisante pour outrepasser ses limites structurelles ?

Avant qu'Ad ne puisse répondre à cette intéressante question technique, le globe lumineux se met à descendre à une vitesse vertigineuse, avant de disparaître. Puis une onde de choc les percute. Le revêtement intérieur absorbe presque entièrement le son, mais l'écho se propage jusque dans leurs os, vidant d'un seul coup l'air que contiennent leurs poumons. Un réflexe de panique les jette maladroitement vers une boîte de projection. Dans un coin de son esprit, Azi perçoit vaguement des grincements, des craquements, des crissements de métal et de béton, tandis que le bras géant s'abat à terre, encore et encore.

Même à cette distance, chacune des ondes de choc fait trembler le sol sous leurs pieds. Azi essaie de parler, mais les mots qu'il prononce se noient dans le vacarme. Des éclats de lumière déchirent la pénombre, quelque part dans sa vision périphérique. Ad lui crie silencieusement au visage, remarque-t-il soudain, le mouvement absurde de ses lèvres accompagné de gestes impérieux qui semblent l'enjoindre à déguerpir. À peine Azi a-t-il levé le pouce qu'un morceau du robot de la taille d'un piano à queue déboule à moins d'un mètre sur leur gauche, démolissant la moitié de la boîte de projection.

Azi s'élance, trébuche et tombe lourdement. Ad a suivi ces trois mêmes étapes une seconde avant lui. Le monde s'efface derrière les percussions violentes et têtues d'une machine qui s'anéantit implacablement. Est-ce du sang qui coule le long de son visage ? se demande Azi tandis qu'il se plaque au sol. Est-ce de la transpiration ? Ou peut-être des larmes ?

Sans doute les trois, une fois de plus.

45.

Crapahuter entre les vestiges d'un robot-méduse de la taille d'une maison qui vient de défoncer un sol en béton armé est encore moins amusant qu'on ne pourrait l'imaginer. En partie parce que le niveau de luminosité est si bas que la peur de trébucher sur des bouts de câbles, des morceaux de béton ou des débris métalliques tranchants vous étreint à chaque pas, mais aussi et surtout parce qu'Azi ignore s'il a vu juste ou s'il a simplement creusé un cratère à cent millions de dollars dans le sol d'un sinistre centre de recherche.

Finalement, il pousse un cri de triomphe, attirant Ad vers la brèche que la méduse a ouverte avant de s'immobiliser pour de bon. De la lumière sourd de la cavité, jetant des ombres sur les fragments de machine. Sur les rebords du cratère, les décombres se colorent d'un épais liquide que les deux hommes s'efforcent de dédaigner.

– Ad, par ici. Regarde !

Ils se frayent un chemin vers l'ouverture, joignant leurs forces pour déplacer une plaque de métal tordue. La lumière qui jaillit du cratère devient éblouissante, et il leur faut un moment avant d'être certains de bien voir ce qu'ils ont devant les yeux.

– Il y a quelque chose là-dessous, dit Azi d'un ton émerveillé.

La brèche lumineuse dans laquelle plongent leurs regards dévoile les contours austères d'un bunker en béton. En s'approchant plus près, Azi distingue un monticule de gravats qui souillent un sol parfaitement lisse, à trois ou quatre mètres en contrebas, sa surface brillante reflétant la lumière d'une batterie de projecteurs. Complètement sur la gauche, il aperçoit un bout de grillage métallique, caractéristique des cloisons de protection qui entourent les serveurs.

– C'est un centre de données ! On l'a trouvé !

Pour la seconde fois de la journée, Azi envisage de prendre Ad dans ses bras, avant de se raviser.

– OK, OK ! Je peux y arriver ! lance Ad.

– Qu'est-ce que tu fous ?

– Je me motive. Il doit y avoir trois mètres à tout casser entre ici et ce tas de gravats. Pas de temps à perdre, tu te souviens ? Je me rends utile.

– Attends ! Il faut qu'on en discute. Attends, tu ne peux…

Ad disparaît dans l'ouverture. L'instant d'après, un inquiétant bruit de chute et un cri de douleur remontent des profondeurs du bunker.

– Heu… Azi… Il se pourrait que je me sois quelque peu bousillé la cheville.

Azi pousse un grognement étouffé et se penche pour constater les dégâts.

– C'est du sang que je vois ?

– Possible. Un peu. Attends, je vais essayer de me mettre debout. Non, pas bon. Tant pis, je vais marcher comme un ivrogne. Putain, ça fait mal... Mais la bonne nouvelle, c'est que c'est bien un centre de données.

Au bout d'un moment, Ad parvient à tituber assez efficacement pour venir réceptionner le MacBook et aménager une zone moins accidentée où Azi atterrit sans trop aggraver le bilan médical de leur expédition, déjà suffisamment lourd comme ça : son bras et son torse irradient une douleur chaque seconde plus atroce, et Ad semble souffrir d'une foulure à la cheville – sans parler d'une main salement entaillée. Il parvient toujours à marcher, avec l'aide grimaçante d'Azi, mais leurs rêves d'action commando suivie de fuite éclair s'éloignent à vue d'œil. Azi a beau avoir perdu la notion du temps, il sait qu'il en reste très peu avant que leur mission ne tourne officiellement au fiasco.

Autour d'eux, la pièce baigne dans l'air conditionné. Derrière la grille de protection, les serveurs encagés respirent en rangs verticaux dans des baies noires, câbles et ventilateurs exposés. C'est une ferme de serveurs, dans toute sa brutale fonctionnalité : le dispositif caché derrière ce qu'on appelle comiquement le « cloud » ; nuage évocateur d'images duveteuses et aériennes, songe Azi, comme si tout ça était administré par une volée d'anges dodus, au son cristallin des harpes célestes. En réalité, la plupart des données mondiales résident dans ce type de bunkers sécurisés où des centaines de kilomètres de câbles de réseau connectent des milliers de cartes mères, aussi entassées que le permettent les lois de la thermodynamique.

Malgré les conduits de climatisation qui envahissent le plafond comme les racines d'un arbre fabuleux, une chaleur palpable émane des rangées de baies. Si tout ce qu'ils ont découvert est vrai, les informations que contiennent ces serveurs recèlent certains des secrets les plus jalousement gardés de la planète – et seul un grillage de protection en métal renforcé les sépare de ces données ultrasensibles. Enfin un obstacle qui ne va pas essayer de les tuer.

Avec un hochement de tête empreint d'une gravité toute professionnelle, Azi donne une petite tape sur le laptop qu'Ad serre à nouveau contre lui, puis exhume de sa poche l'un des derniers jouets qu'Odi leur a confiés: un kit de crochetage. Nul hackeur ne devrait en être dépourvu. C'est invraisemblable, songe Azi, que tant de dispositifs de sécurité informatique utilisent encore des systèmes de verrouillage physiques, alors que tout le monde sait qu'ils ne servent presque à rien.

Il ne lui faut pas longtemps pour crocheter la serrure de la grille de protection.

Ad appuyé sur son épaule, Azi pénètre dans la cage.

– Combien de temps, Ad?

– Combien de temps depuis que tu m'as posé la même question? Une minute. Combien de temps avant qu'on n'ait plus le temps? Moins quelques minutes et des poussières. Alors, je suis ravi d'avoir perdu de précieuses secondes à parler de ça, parce qu'ils sont probablement déjà juste au-dessus de nos têtes. On est cuits, mec.

Comme souvent avec le hacking, même les attaques les plus spectaculaires et les plus dangereuses se mettent vite à ressembler à un épineux devoir d'école. Le problème, c'est qu'ils ne seront pas collés en cas d'échec, mais probablement occis avant même d'avoir eu le temps de supplier leurs bourreaux. À moins, bien sûr, qu'ils ne soient d'abord torturés ou contraints de combattre à mains nues contre des monstres marins robotisés.

En d'autres termes, ils sont en train d'échouer stupidement au pied de la dernière haie. L'ordinateur est directement connecté à la ferme de serveurs, ce qui est la voie royale pour accéder à un système. Mais celui-ci est d'une telle ampleur et d'une telle complexité que rien n'est évident, facile ou rapide.

– Allez, Ad ! Tu vois quoi que ce soit qui ressemble à une liste maîtresse, une table de correspondance, une cartographie du système... Putain, tu trouves quelque chose, n'importe quoi ?

S'il parle si fort et si vite, ce n'est pas qu'il panique, se dit-il, mais simplement qu'il souhaite gagner du temps.

– J'essaie, bordel de merde. C'est tentaculaire, et tout est personnalisé : les routeurs, les protocoles, les puces de commutation. Une énergie de dingue, je me demande pourquoi ils ont besoin de tout ce jus. Combien de gens utilisent Gomorrhe ? C'est un truc énorme, ou quoi ? Mec, quel désastre absolu... Je ne suis même pas sûr de savoir ce que je cherche.

– Et le nom lui-même, tu as cherché ?

– Bien sûr que oui. Que dalle. Juste une architecture serveur super lourde, complexe et impénétrable qui héberge une gigatonne de bases de données en parallèle. Le genre de truc qu'on rencontre à tous les coins de rue, quoi.

Azi se retire un instant dans ses pensées, s'efforçant d'oublier qu'il vit peut-être ses derniers instants. Une idée remonte bientôt à la surface.

– Oublie ce que tu fais et cherche tout ce qui peut avoir un lien avec le nom Jim Denison.

Il vient de se souvenir de l'accord utilisateur qu'il avait dû approuver au nom de son double, lorsqu'il avait accédé à Gomorrhe : ce document mentionnait sa position géographique du moment, l'adresse de son domicile, les parrains dont il se recommandait, ainsi que la sanction à laquelle il s'exposait en cas de non-respect des règles du darknet. Et si cette personnalisation allait au-delà de cet accord ? Si elle s'étendait au logiciel lui-même ? Si la place de marché de ce darknet était totalement individualisée, spécifique à chacun de ses utilisateurs ?

Un moment passe, atrocement long, puis Ad lève les yeux vers lui.

– Mec... J'ai trouvé quelque chose ! Tiens, regarde.

Azi se penche sur l'écran.

– Qu'est-ce que je suis en train de regarder, Ad ? C'est quoi, toutes ces données ?

– C'est tout, absolument *tout* ce que ce Jim Denison a fait sur son téléphone, depuis l'instant où il l'a utilisé pour se connecter à Gomorrhe jusqu'à celui où l'appareil a cessé d'émettre. Plus une tonne de métadonnées, de références et de messages. Ce truc n'a rien à envier à Facebook. Il y a des routines pour espionner tout ce que fait l'utilisateur, les endroits où il se rend, le moindre aspect de sa vie dans lequel Gomorrhe parvient à s'immiscer. C'est comme, comme...

– La plus grande opération d'hameçonnage du monde. C'est un piège.

– C'est hallucinant. Imagine ce que tu peux faire quand tu es administrateur d'un truc pareil, les infos auxquelles tu as accès, les gens que tu tiens par les burnes… Conclusion, c'est ce dont on a besoin. Tout de suite. Les données d'accès d'un compte administrateur. Ensuite on pourra télécharger ses logs sur le laptop et foutre le camp d'ici par la première putain d'ouverture qu'on parviendra à ouvrir.

– Excellent ! Et j'ai une idée.

Azi se fige, front légèrement plissé, et attend que son cerveau enchaîne. Ce qu'il ne fait pas. Il se frappe les joues et passe plusieurs fois les mains sur son crâne rasé, comme s'il espérait qu'un massage puisse réveiller sa matière grise. Rien : encéphalogramme plat.

– Merde, en fait non. Je n'ai pas d'idée, dit-il avec une moue navrée. J'ai un gros blanc, là. Heu… j'ai besoin de quelques secondes. J'ai besoin de… C'est quoi, ça ? Tu as entendu ?

Derrière eux, ils perçoivent le son d'une lourde porte qui s'ouvre à bonne distance. Ils s'enfoncent plus loin dans la ferme de serveurs, vers une imposante baie de stockage, s'immobilisant suffisamment près des machines pour sentir leur chaleur. Azi s'accroupit à côté d'Ad toujours courbé sur le laptop, quand un raclement métallique se fait entendre, plus proche cette fois-ci, suivi d'un bruit de pas. Il n'y a nulle part où se cacher sous la lumière des projecteurs qui frappe la cage de protection : rien que des machines qui bourdonnent entre un ciel de conduits apparents et un sol de béton ciré.

Azi n'arrive pas à y croire. Être parvenus jusqu'ici, suffisamment près du but pour entendre battre le cœur de Gomorrhe… C'est insupportable. Ne sachant que faire d'autre tandis qu'il écoute les pas s'approcher, il se relève à demi comme pour protéger son ami. Bientôt, une voix de femme résonne jusqu'à lui, froide et distincte.

– Cessez ce que vous faites et montrez-moi vos mains. Je suis armée. Je veux voir…

La voix s'interrompt le temps d'une pause incrédule, puis reprend, désormais enveloppée d'une rage glacée :

– Je n'en reviens pas. Toi ici… Tu es pire qu'une maladie, Azi Bello. Les dégâts que tu as causés, le désordre que tu as semé…

Nouvelle pause.

– Je vais me faire un plaisir de m'occuper de ton cas.

46.

Azi se tourne vers celle qu'il a déjà reconnue sans oser se l'avouer tout à fait : la jeune femme qu'il appelait Munira et qui pointe sur lui le canon de son arme. La couleur de ses cheveux, ses vêtements, ce mépris amusé sur son visage… Tout en elle a changé. Et pourtant, c'est bien elle. Il savait déjà qu'avec Munira, tout n'avait été que mensonges. Mais il n'était pas préparé à ça.

– Munira ?

Elle incline légèrement la tête de côté.

– Plus maintenant. Tu l'as abandonnée à son triste sort, tu ne t'en souviens pas ?

Le regard d'Ad effectue de frénétiques allers-retours entre Azi et l'inconnue qui se tient immobile au seuil de la cage de protection. Azi inspire longuement l'air chaud des machines toutes proches, puis s'efforce de traduire en mots ce qu'il ressent.

– Qui es-tu ? Pourquoi tu fais ça ? Comment… Comment peux-tu faire une chose pareille ?

– Azi, mon garçon, tes questions sont adorablement naïves, mais je n'ai pas le temps d'y répondre. Toi, en revanche, tu vas me dire tout ce que j'ai besoin de savoir. Tout de suite, ajoute-t-elle d'une voix soudain dure.

– Et ensuite, tu vas nous tuer.

Il regarde ces lèvres qui s'étaient furtivement posées sur les siennes, à Berlin, esquisser un sourire moqueur.

– C'est assez probable, en effet. Tu as vu assez de films pour savoir comment ça se passe.

Elle racle le bout du canon le long de la grille métallique.

– Mais je peux te faire souffrir atrocement avant d'en finir avec toi, tu sais.

Une boule se forme dans la gorge d'Azi – quelque chose entre l'horreur et la nausée. Son corps a toujours envie d'étreindre cette femme, de sentir sa chaleur. Il s'entend parler comme s'il s'agissait d'un autre.

– Si… si on est déjà morts, pourquoi on te dirait quoi que ce soit ?

– Allons, Azi. Je viens de t'expliquer que parfois, la mort n'est pas ce qu'il y a de plus terrible. J'ai déjà connu ce genre de situation, tu sais. Tout le monde finit par parler. Plus ou moins vite, bien sûr, mais ça se termine toujours pareil.

La haine ; voilà le sentiment qu'il doit convoquer, dont il doit se servir comme d'un levier. Suffisamment de haine pour se donner du courage, pour gagner du temps – pour essayer de vivre et oublier qu'il n'y parviendra sûrement pas.

– Va te faire foutre, Munira. Ou qui que tu sois. Va te faire foutre. C'est terminé. On sait tout, et cet endroit est cerné. Tu es foutue.

Ces mots la font rire, comme si elle trouvait comique de le voir réciter son texte avec une telle application.

– Quel dur à cuire tu fais, Azi. Le roi du bluff! C'est impressionnant, vraiment. Mais je connais un raccourci qui mène toujours à la vérité. Adam… Regarde-moi. Eh oui, je sais tout de toi. Fais-moi un beau sourire.

Ad lève les yeux, lui offre un rictus sarcastique en guise de sourire, puis son majeur tendu en guise de rameau d'olivier.

– Désolé, machine. Tu n'es pas mon genre.

– Vraiment? À une époque, tu m'aimais bien, pourtant. Tu t'en souviens? Ça me fait tellement plaisir de pouvoir enfin faire ça.

Sans la moindre hésitation, elle pointe son pistolet sur lui et fait feu. La partie inférieure de la jambe d'Ad semble voler en éclats. Un son étrange, plus proche d'un gargouillis que d'un cri, s'échappe de la bouche d'Ad qui tombe en avant. Noir sous la lumière crue, du sang coule entre ses doigts agrippés à la blessure béante.

– Je t'avais prévenu, Azi. J'ai l'habitude de faire ce genre de chose. Il va mourir, mais ça va prendre un moment. Il reste encore plein de temps pour que je lui bousille l'autre jambe. Et ensuite les bras. Après, ce sera à ton tour.

Au cours de la semaine écoulée, Azi a été le témoin direct de plus de violence qu'il ne croyait possible d'en voir au cours de toute une vie. Mais là, c'est différent. C'est son ami qui souffre, et il a le pouvoir de mettre un terme à son supplice. Comme si elle s'adressait à un élève un peu long à la détente, Munira poursuit:

– Regarde bien. Je vais faire souffrir ton ami jusqu'à ce qu'il me supplie de le tuer. Je vais le mutiler tranquillement sous tes yeux. Moi, ça ne me fait ni chaud ni froid, tu sais.

Mais j'ai l'impression que tu n'as qu'un goût modéré pour ce genre de spectacle.

Azi regarde le grillage qui encage les serveurs, le sol en béton ciré, la lumière éblouissante qui éclabousse la scène d'horreur. Ad respire fort, le haut du corps secoué de sanglots enfantins.

– Munira… Ne fais pas ça, s'il te plaît. Dis-moi ce que tu veux et laisse-moi l'aider. Il va se vider de son sang.

Elle se met à parler vite, comme si elle énumérait les éléments d'une liste.

– Comment as-tu découvert que l'Existential Institute était impliqué ?

– Les adresses IP. En provenance de l'État islamique. J'ai manipulé ton prétendu cousin, Kabir. Il m'a envoyé des fichiers sur lesquels on peut voir des nœuds de sortie pour Gomorrhe localisés dans ce bâtiment.

– D'accord… dit-elle en hochant la tête. Et comment, au juste, êtes-vous parvenus à entrer ici ?

– Ad a introduit une vulnérabilité quand il travaillait pour l'institut. Dans le système principal – celui qui se trouve dans ce qu'ils appellent la zone pure. On l'a activé pour créer une diversion et nous ouvrir les portes.

– Et l'idée de défoncer le sol pour voir ce qui se trouve en dessous ? C'est une inspiration, j'imagine ?

Elle semble s'impatienter.

– Je ne suis pas stupide, Azi. Vous aviez une taupe dans l'institut. Son nom, tout de suite.

– Non, je te jure ! On n'a aucun contact dans l'institut. On a fait ça tous les deux.

Munira tourne son arme en direction d'Ad.

– Tu mens. Je te laisse une dernière chance et ensuite je lui explose l'autre jambe.

La vue d'Azi se met à lui jouer des tours. Tout est flou autour de lui, hormis le petit pistolet noir.

Ad relève la tête et leur présente son visage livide. D'abord, ses lèvres crispées ne laissent passer qu'une respiration tremblante, puis il parvient à former des mots.

– Qu'elle aille… se faire foutre… mec. Ne lui dis… rien.

Il a réussi à se redresser en position assise et semble, sans doute sous l'effet de l'adrénaline, reprendre un certain contrôle sur sa douleur. S'ils pouvaient tous les deux tenter quelque chose au même moment, songe Azi, peut-être auraient-ils une chance infime de s'en sortir. Il s'accroche de toutes ses forces à cet absurde espoir.

Dans l'air conditionné qui combat la chaleur des machines, le sang qui s'écoule de la jambe d'Ad emplit l'espace d'une odeur âcre. S'efforçant d'attirer l'attention de Munira, Azi élève la voix et la regarde droit dans les yeux.

– C'était nous et rien que nous ! Juste Ad et moi. Mais je…

Elle soupire et presse une nouvelle fois la détente. Azi perçoit un bruit d'os qui se brisent, suivi d'un son sourd et mouillé. Ad pousse des hurlements sauvages, sans retenue, qui n'ont plus rien d'humain. Il tombe face contre terre, les mains se portant sur ce qui était ses jambes et qui n'est plus désormais qu'une masse indistincte et sanglante. Azi esquisse un mouvement instinctif, mais l'arme est à présent pointée dans sa direction, le contraignant à l'immobilité.

– Alors, la mémoire te revient, Azi ?

– Oh non, oh non, Ad… Putain, c'est pas vrai... S'il te plaît, écoute-moi. On n'avait pas de taupe dans l'institut, personne, c'est la pure vérité ! Odi nous a filé un coup de main, d'accord ? Il est venu avec moi en Californie, on a fait le voyage ensemble depuis Athènes. Après ça, Ad s'est manifesté, parce que je lui avais envoyé un message. Les Américains ont refusé de nous aider. C'était juste Odi, Ad et moi, je le jure. Je t'en supplie, Munira, ne le tue pas. Je te dirai tout ce que tu veux savoir, mais ne lui tire plus dessus. S'il te plaît...

– Très bien. Qu'est-ce que tu as découvert sur Gomorrhe ?

– Rien ! On n'a pas eu le temps. On venait juste de commencer. Oh, non, s'il te plaît...

Le grognement sourd qui continue à sortir de la bouche entrouverte d'Ad prend toute la place dans le cerveau d'Azi. C'est la chose la plus épouvantable qu'il ait jamais entendue. Le pistolet pivote délicatement.

– Je vise son bras gauche. Dernière chance de me dire ce que tu as gardé pour toi. Surtout n'oublie rien.

– Je le jure, je le jure, j'ai tout dit… On a utilisé l'attaque du dauphin, on a pris le contrôle du robot-méduse pour défoncer le sol, j'ai crocheté la serrure de la grille de… S'il te plaît, laisse-moi l'aider. On ne peut pas l'abandonner comme ça.

Munira semble parvenir à une décision, comme si elle estimait avoir consacré suffisamment de temps comme ça à une tâche ingrate.

– Bon, ça devient ennuyeux, Azi. Tu as causé des dégâts incroyables. Mais sache que ça n'aura servi à rien, parce que tout ce que tu penses avoir compris ou découvert va disparaître avec toi. Je suppose que je pourrais te féliciter, mais je vais me contenter de te dire adieu.

Elle met une nouvelle fois Ad en joue, visant cette fois-ci la tête. Azi se met à parler à cent à l'heure, scrutant le visage de Munira à l'affût du moindre signe d'intérêt pour les mots qu'il déverse furieusement sur elle.

– Je t'en supplie ! Je te le demande à genoux. Écoute un peu, putain, écoute-moi, Sigma ! Je vais te dire un truc sur le service de renseignement qui emploie Odi. Et sur l'Existential Institute. Et sur Érasme, l'homme qui le dirige. Je sais quelque chose sur lui, quelque chose qu'on a découvert. Ne tue pas Ad, je t'en prie, laisse-moi te dire ce que je sais. C'est dans le laptop, regarde, s'il te plaît, laisse-moi te montrer…

Le service de renseignement qui emploie Odi, l'Existential Institute, Érasme… C'est une sorte de lecture à froid, technique prisée des escrocs et des spiritualistes. Mais ça fonctionne. Lorsqu'il a prononcé le nom du dirigeant de l'institut, Munira a involontairement écarquillé les yeux. *Érasme.* Il y a là quelque chose qui l'intéresse, qui lui importe pour une raison ou une autre. Quelque chose dont elle a peur, ou qu'elle aime, ou qu'elle a besoin de savoir.

Se laissant tomber à genoux sur le sol poisseux du sang de son ami d'enfance, Azi ne cesse de supplier et de répéter *Érasme, Érasme, Érasme*, avec des gestes implorants en direction du MacBook. À l'instant où son cinéma parvient à déporter un instant les yeux de Munira vers l'ordinateur, il se jette en avant et donne un violent coup de pied sur la porte métallique de la grille de protection.

La tête de Munira pivote instantanément, mais c'est trop tard. Elle se tient sur le seuil, et le mouvement imprimé par le coup de pied referme la porte avec un claquement, la verrouillant automatiquement devant elle. Il ne reste plus qu'à espérer que les mailles du grillage soient assez fines et résistantes pour empêcher les balles de les traverser. Retirant son polo qu'il déchire d'un geste rageur, Azi se tourne vers Ad sans prendre la peine de regarder la réaction de Munira. Mais alors qu'il tente désespérément de serrer les morceaux de tissu imbibés de sang autour des jambes déchiquetées, il réalise que Munira est en train de rire.

– Très malin, Azi. Une vraie technique d'espion. Non, vraiment, bravo. Ça va te permettre de mourir d'une autre façon, beaucoup plus amusante.

Sans se presser, elle rengaine son arme, croise les bras et adopte un ton monocorde.

– Ordinateur, nom d'utilisateur Amira Dewan, Valider. Forcer tous les protocoles. Verrouiller toutes les sorties. Lancer procédure vidage toutes cuves. Confirmer.

À ces mots, un bruit d'eau se fait entendre, comme la course folle d'un lointain torrent. Toujours occupé à improviser des garrots, Azi jette un dernier coup d'œil à la jeune femme.

– Adieu, Azi. Bientôt, cet espace sera entièrement sous l'eau, et vous avec. Mais ne t'en fais pas, vous n'allez pas mourir noyés. Vous serez électrocutés avant ça. Les serveurs seront grillés, vous serez grillés, et moi je siroterai un cocktail hors de prix dans une immense baignoire en marbre sans songer une seconde à tout ça, et encore moins à toi. D'ailleurs, j'ai déjà oublié ton existence.

Elle lui tourne le dos et s'éloigne, ses talons dessinant des rides à la surface des premières vaguelettes.

47.

Il lui avait fallu du temps pour convaincre Érasme que sa façon de faire était la bonne ; pour le persuader qu'elle pouvait maîtriser le calendrier, les attentes, les révélations. Mais elle y était parvenue, et à présent son plan va enfin trouver sa conclusion.

Quelque part en banlieue parisienne, quatre djihadistes lourdement armés à bord d'une camionnette blanche sont interceptés par un commando du RAID, sans qu'aucune perte humaine ne soit à déplorer. Les terroristes sont tous munis d'un passeport français et font l'objet d'une surveillance constante depuis que l'Organisation a eu vent de leur existence.

Dans différentes zones rurales situées à proximité de grandes villes allemandes, quatre groupes de jeunes hommes élégamment vêtus sont arrêtés alors qu'ils mettent la dernière touche aux préparatifs de ce qui semble n'être qu'un innocent week-end en camping-car flambant neuf. L'un de ces luxueux véhicules explose lorsqu'un djihadiste de dix-neuf ans échappe à la vigilance des policiers allemands et déclenche les charges explosives dont les sièges sont truffés.

Quatre membres du GSG 9[67] et l'ensemble des terroristes sont tués sur le coup, un cinquième policier décédant plus tard ce jour-là des suites de ses blessures.

Au sud de Berlin, six hommes réunis dans un banal bureau de banlieue sont maîtrisés à l'aide d'un gaz injecté à travers le système de ventilation, avant qu'ils ne puissent accéder à la caisse remplie d'armes automatiques entreposée depuis une semaine dans un cagibi attenant.

Vingt-quatre autres individus sont arrêtés aux quatre coins de la campagne française, allemande et italienne, sans incident majeur. Coordonnée entre les pays concernés, il s'agit de la plus vaste opération antiterroriste jamais menée en Europe. Si l'explosion du camping-car allemand et le suicide de deux djihadistes – l'un avec sa ceinture d'explosifs et l'autre avec un couteau – jettent une ombre sur le tableau, ce coup de filet a été conduit dans l'ensemble avec un grand professionnalisme. Certains pays européens déclarent l'état d'urgence. La presse et les réseaux sociaux s'emparent aussitôt de l'affaire et se perdent en conjectures alarmistes, souvent teintées de conspirationnisme. Le président de la République française, la chancelière fédérale d'Allemagne et le Premier ministre italien annoncent la tenue d'une conférence de presse commune au siège du conseil de l'Union européenne à Bruxelles, où d'autres dirigeants les rejoindront pour évoquer l'ampleur de la catastrophe à laquelle l'Europe vient d'échapper – et se féliciter officiellement de l'efficacité de leurs services secrets. En coulisses, plusieurs

67 Unité d'intervention d'élite de la police allemande, chargée notamment de la protection des frontières.

de ces organismes de sécurité intérieure jettent aux orties les règles auxquelles ils avaient cru jusque-là, abandonnent des procédures qu'ils estimaient efficaces, et remettent en question la sûreté de leurs systèmes informatiques.

Amira se réjouit d'en avoir terminé à temps avec Azi et son ami pour assister à ça en direct. Elle va bientôt devoir quitter son hôtel, mais un plan préparé de si longue date mérite qu'on en savoure toutes les répercussions. D'une certaine façon, son déroulement est simple. Il suit son cours avec une inéluctabilité mécanique. C'est la nature même des plans bien conçus : ils deviennent le seul avenir possible, parce qu'on a condamné tous les autres chemins que les événements pourraient emprunter.

Simplifier, simplifier et encore simplifier. Telle est sa devise, qui l'aide chaque jour à se défaire un peu plus de la peau froide de son enfance, comme un serpent qui mue. Quoi de plus inutile qu'une fille née dans le luxe et les traditions, un trophée qu'on fait briller pour servir des aspirations qui ne sont pas les siennes ? Defiance, c'est sa réponse à son enfance – une page tournée, une absence de regrets. À propos de Defiance, les premières explosions du bouquet final sont sur le point d'éclairer le ciel de Görlitz.

Malgré l'émotion populaire causée par la vague d'arrestations, le meeting de Tomi va se dérouler comme prévu, sa sécurité garantie par l'arrivée imminente de quatre fourgons blindés remplis de membres des troupes d'élite du centre de lutte antiterroriste d'Interpol. Les autres forces de sécurité, policières et militaires, sont discrètement invitées à quitter les lieux. Une petite foule pittoresque de protestataires antifascistes ne fera qu'ajouter à la confusion.

Alors que chacun est conscient que l'Europe vient d'échapper à une série d'attentats islamistes, quoi de plus rassurant que l'arrivée sur place d'hommes dont le métier est de protéger les populations contre ce type de menaces ? Le sort d'un État tient tout entier dans son monopole de violence, de sécurité et de vérification – et ce sont ces monopoles qu'Amira s'est promis de démanteler et de remodeler à sa façon.

Dans toute l'Europe, l'avènement d'un nouveau monde est en marche.

48.

À l'instant où Munira est partie, Azi s'est précipité sur l'ordinateur, ses doigts parcourant le clavier à toute vitesse. À présent, il se préoccupe uniquement de juguler comme il le peut les flots rouges qui s'échappent des jambes d'Ad. Miraculeusement, réduire son polo et le T-shirt d'Ad en lambeaux semble avoir produit un certain effet, une fois ces bouts de tissu serrés au-dessus des genoux, aussi fortement que le permettent des mains rendues glissantes par la profusion de sang. Azi s'emploie à réconforter son ami tremblant et hoquetant, lui murmurant à l'oreille qu'il va s'en sortir et autres doux mensonges auxquels lui-même s'efforce de croire.

Il attend d'être certain que l'hémorragie se réduit désormais à un filet pour oser se tourner vers l'ordinateur et voir si ce qu'il a tenté de faire a fonctionné. Ils ont créé une attaque du dauphin à partir de ce laptop et, en théorie, le hack reste prêt à jaillir des haut-parleurs – à retentir silencieusement – au moment précis décidé par Azi. S'il est parvenu à régler le déclenchement de l'attaque sur l'instant où Munira a donné ses instructions orales au système, le MacBook devrait pouvoir accéder à son compte d'administratrice.

Toujours en théorie.

Azi s'aperçoit que son ami le dévisage intensément, avec quelque chose dans le regard qui pourrait bien être de l'espoir. Ad vient de comprendre ce qu'il essaie de faire.

– Mec… ça a marché ?

– Tiens bon, Ad ! Je vérifie, je vérifie. J'attends que le système entre en communication avec ta routine. Ça va fonctionner.

– Si ça foire, fous le camp. Si tu peux.

– Arrête de dire des conneries. Pas question que je parte sans toi. De toute façon, ça va marcher. On est des bons. On est les meilleurs.

– N'oublie pas…

Incapable de finir sa phrase, Ad semble sombrer lentement dans l'inconscience.

– Ad ? Ad ! Reste avec moi ! Regarde, regarde, ça vient ! Accès, Amira Dewan… C'est bon !

Ils sont entrés. Azi peut le voir sur l'écran du MacBook. Un log des événements système générés par le compte principal d'Amira Dewan. Il est définitivement trop tard pour empêcher le centre de données d'être noyé sous l'eau – l'opération semble irréversible –, et la brèche ouverte par le robot-méduse est bien trop haute pour être atteinte par des hommes blessés, dont l'un grièvement. Mais il a repéré une fonction intitulée *Sortie neuf* que Munira a manifestement utilisée pour quitter les lieux.

Azi regarde la sortie neuf s'ouvrir quelques secondes sur l'écran, puis se refermer. Ça doit correspondre au moment où Munira est partie. Il attend les quelques secondes qu'il lui a fallu pour la franchir, et qui passent comme des heures. Puis il déclenche à nouveau le déverrouillage, regarde la porte s'ouvrir… et rester comme par miracle dans cette position.

Si Azi parvient à trouver un chemin jusqu'à cette porte avant que le ruisseau ne se fasse torrent, ils devraient pouvoir s'en sortir. Si tant est qu'il parvienne à traîner Ad le long de ce parcours. Si tant est que la femme qu'il doit désormais appeler Amira ne soit pas à l'affût quelque part, impatiente d'achever sa mission meurtrière. Si tant est que le sort qui les attend dehors ne s'avère pas aussi fatal que celui auquel ils sont promis ici.

Saisissant Ad par la taille en s'efforçant d'ignorer la douleur atroce qui hurle sous les vestiges de ses points de suture, Azi ouvre la grille de protection. Alors qu'il cherche à se mettre en mouvement, il s'aperçoit que son ami résiste, indiquant d'un bras mou le laptop toujours connecté aux serveurs.

– N'oublie pas, Azi… Pourquoi on est ici.

– Qu'est-ce que tu me chantes, Ad ? On n'est pas dans un film, là. Tu vas mourir si on ne sort pas très vite d'ici.

– On est venus… pour remporter la partie. Pour gagner, mec. Pour Gomorrhe.

– Rien à foutre de Gomorrhe. Rien à foutre de tout ça. Tu es en train de claquer, là !

Ad le repousse faiblement et lance une nouvelle fois son bras vers l'ordinateur.

– Alors comme ça, au moins… je ne crèverai pas… pour… pour rien.

Sans un minimum de coopération de sa part, Azi ne parviendra jamais à atteindre cette sortie. Même à demi-mort, Ad reste l'enfoiré le plus têtu du monde.

Maugréant des jurons, Azi se précipite sur le laptop, le soulevant juste à temps pour éviter le contact avec une interminable vaguelette qui vient lécher le bas des baies où s'empilent les serveurs. Combien de temps leur reste-t-il avant que le système central ne rende l'âme et condamne toutes les issues ? Combien de temps avant d'être électrocutés ? S'efforçant de bloquer ces pensées – de réduire le monde à cet écran et à ce clavier –, Azi s'immerge dans le compte d'Amira Dewan.

Comme il s'en était douté plus tôt en découvrant les données de Jim Denison conservées par Gomorrhe, cette femme peut suivre les moindres faits et gestes de chaque utilisateur du darknet. Un simple coup d'œil aux éléments enregistrés dans ces logs suffit pour comprendre qu'elle n'a cessé de créer des messages et du contenu, de manipuler les enchères, de se servir de Gomorrhe pour transformer ses utilisateurs en pantins dont elle tire les ficelles.

Avec une frénésie désespérée, Azi se met à copier des fichiers sur le laptop, enregistrant d'abord les logs les plus récents, les blocs de données codés par date et position géographique. Effondré au sol à côté de lui, Ad semble manquer d'air. Sa respiration se précipite, de plus en plus superficielle.

Sur l'écran, Azi reconnaît des informations qui figuraient sur les documents fuités que Sigma – nom sous lequel il la connaissait alors – lui avait communiqués lorsqu'elle avait sollicité une rencontre. Ce sont les noms des djihadistes qu'elle a livrés en révélant les informations nécessaires pour les appréhender. Dix millions de dollars dépensés en fausses identités européennes, et les destinataires de ses largesses ont été trahis par ce même darknet qui les approvisionnait. Quel objectif poursuit cette femme ?

La réponse ne tarde pas à venir sous la forme d'une vingtaine de noms et d'emplacements géographiques supplémentaires qu'il voit pour la première fois, le tout accompagné d'une liste de transactions et de messages dont les dates remontent jusqu'à aujourd'hui – le plus récent émis une demi-heure avant son arrivée dans le centre de données. Une seconde armée secrète de djihadistes. Azi vient de commencer à copier les fichiers quand un bruit le fait se retourner. À genoux dans un centimètre et demi d'eau, il se rue vers Ad qui s'est écroulé en avant. Des tourbillons rosis de sang se forment autour de son visage d'une effroyable pâleur. Il n'y a plus une seconde à perdre.

Arrachant l'ordinateur à son câble et le coinçant maladroitement contre son flanc, Azi attrape Ad sous l'épaule et tente de se relever. C'est impossible. Son ami est froid et somnolent, le regard dans le vague. Azi grimace sous l'effet de la douleur qui lui poignarde désormais toute la surface du torse. Le simple fait de respirer lui donne envie de hurler tandis qu'il se penche vers Ad et le gifle une fois, puis deux, avant de poser le front contre celui de son ami, s'adressant à lui avec toute la force de conviction qu'il parvient à rassembler.

– Accroche-toi à moi, Ad. Tu dois t'accrocher à moi. Passe les bras autour de mon cou.

Ad répond d'un grognement sourd.

– Ad. C'est le moment de vérité. La victoire ou l'échec. Ne les laisse pas gagner. Accroche-toi fort.

Mues par Dieu sait quelle force arrachée à l'abandon de la mort, les mains glacées d'Ad finissent par se nouer autour du cou d'Azi qui se relève lentement, se contorsionnant pour déplacer le poids sur son dos, avant de quitter la cage de protection courbé sous son fardeau. Il n'y a rien pour différencier une direction d'une autre si ce n'est le mouvement de l'eau sale qui suit l'inclinaison du sol et le ralentit encore un peu plus. Puisqu'ils se trouvent dans un espace souterrain, la sortie a certainement été aménagée du côté le plus haut.

Progressant à contre-courant, il se fraye un chemin le long des serveurs encagés, son torse nu luisant de sueur et de sang sous l'éclat impitoyable des projecteurs. Ad tient toujours bon, mais ce n'est qu'une question de minutes, de secondes sûrement, avant qu'il ne lâche prise.

Enfin, Azi la voit. Une porte sans doute creusée dans un mur extérieur, surplombée d'un numéro éclairé. Huit. Il tourne la tête à gauche, à droite, le pied mal assuré dans le courant contraire. L'eau lui arrive presque au genou, à présent, et sa démarche lourde est de plus en plus incertaine. Encore un numéro. Encore une porte. Azi refuse de voir le sang, les jambes détruites de son ami, les diodes des serveurs qui clignotent avant de s'assombrir. Il distingue un autre halo de lumière au-dessus d'une nouvelle porte, à une dizaine de mètres. Il marche, chancelle, ploie et tombe presque à genoux, puis se relève et reprend son chemin de croix, remontant le sol incliné et le courant, les traits tordus par l'effort et la douleur. Sortie numéro neuf. C'est ouvert. Et ensuite…

… Une rampe d'accès en béton, l'éblouissement de la lumière du jour, les derniers pas d'une montée titubante, et une scène de chaos absolu.

49.

Azi s'efforce de voir le bon côté des choses. Si se faire accueillir par une horde d'Américains armés jusqu'aux dents à l'air ultraefficaces et ultradangereux n'est pas un plaisir en soi, il est immensément soulagé qu'Ad soit immédiatement pris en charge, sa silhouette inerte disparaissant en un clin d'œil dans un énorme véhicule médicalisé.

Pour ce qui est de l'aspect moins plaisant de cet accueil musclé, les militaires s'occupent de lui avec une même célérité, plusieurs dizaines d'armes braquées sur son corps éreinté l'invitant fermement à rejoindre un fourgon aux allures de tank, le tout dans une ambiance de privation définitive de liberté. Lui est-il arrivé quoi que ce soit de notable, au cours des dernières vingt-quatre heures, qui n'ait été sous la menace d'une arme ?

Le site de l'Existential Institute semble subir une invasion militaire. Où qu'il le dirige, le regard d'Azi rencontre des grappes de femmes et d'hommes en uniforme qui courent dans tous les sens, comme des fourmis soldats mettant en pièces un nid rival. Protégés par un équipement de combat deux fois plus massif que tout ce qu'il a pu voir en Europe, ses gardes du corps le poussent sans ménagement sur un banc, avant de l'abandonner là, refermant la portière du fourgon avec un claquement sec. Azi se trouve dans un tombeau high-tech, un espace sans fenêtre aux parois d'acier rainurées, renflées au-dessus de longs bancs métalliques. Il a l'impression de respirer pour la première fois depuis qu'il a quitté le centre de données.

C'est seulement lorsque le véhicule se met en branle qu'il remarque l'homme assis face à lui. C'est Odi, le regard distraitement posé sur les plaques de métal qui couvrent le plafond. Ses mains sont menottées, reliées au sol par une lourde chaîne. Azi se met à parler à toute vitesse.

– Munira était avec nous, là, dans un centre de données secret utilisé pour Gomorrhe. Je crois que son vrai nom est Amira Dewan. Elle est sortie peu de temps avant nous. Est-ce qu'ils l'ont interceptée ?

– Je ne pense pas. Respire, Azi. Essaie de te calmer et de te concentrer.

Odi parle d'un ton tranquille, mais l'éclat de son regard trahit un sentiment d'urgence.

– Elle a dit quelque chose sur l'endroit où elle se rendait ? Qu'est-ce que tu as découvert, là-dessous ?

– Merde, merde… Ils peuvent écouter ce que je dis, bien sûr… Hé ! Vous m'entendez ?

Azi se met à tambouriner sur la paroi d'acier, élevant la voix par-dessus les impacts.

– Est-ce que vous m'entendez ? Elle nous a tiré dessus, elle a essayé de nous électrocuter, de nous noyer, de nous…

Il pose les mains sur ses cuisses, reprend sa respiration.

– Odi, elle tirait les ficelles dans l'ombre, elle manipulait tout le monde. Je pense qu'elle pilote ses opérations depuis un endroit proche d'ici. Elle a parlé d'une grande baignoire en marbre. C'est peut-être un hôtel ? Elle portait des fringues de luxe. On aurait dit… quelqu'un d'autre.

Azi prend le temps de regarder Odi – les menottes qui l'enchaînent au sol, les larges ecchymoses qui lui dévorent la moitié du visage.

– Votre petite diversion a été appréciée par nos amis américains, on dirait.

Odi lui adresse un grand sourire qui révèle une dent manquante.

– Oh, ils sont friands de nos petites surprises. D'où ces jolis bracelets. Alors, ça valait la peine qu'on se fasse caresser les côtes ?

Azi acquiesce de la tête.

– J'ai trouvé des preuves.

Il élève à nouveau la voix.

– Vous m'entendez ? Dans cet ordinateur, des preuves de tout ce qu'on essayait de vous dire. Et je vous conseille d'ouvrir grand les oreilles, parce que les nouvelles ne sont pas bonnes.

Il attend quelques secondes, puis sa voix redevient un murmure.

– Alors, Odi, c'est quoi ce bordel ? Ce fourgon et tout le reste ?

– Ça ? répond Odi d'une même voix basse. C'est un bureau mobile, un centre d'interrogation et un facilitateur de reddition. En Europe, on serait dans un préfabriqué, menottés à un radiateur. Maintenant, tu as capté leur attention. Regarde.

À l'avant du fourgon, la paroi s'ouvre en deux et révèle un écran qui s'étire quasiment du plancher au plafond. Au même moment, un panneau coulisse devant lui, mettant à sa disposition un support pour son ordinateur et un câble réseau.

Azi réveille le laptop, le connecte et commente à haute voix.

– D'accord, les gars. Voici les logs de la femme que vous connaissiez sous le nom de Munira : tout ce qu'elle a fait récemment via Gomorrhe. C'est elle qui menait la danse. Et ce darknet privé n'est qu'un piège depuis le début. Tous ces trucs parfaitement interdits et parfaitement irrésistibles qu'on trouve sur cette plateforme – ça sert d'appât pour attirer les utilisateurs dans le piège. Et ensuite, quelqu'un les manipule en coulisse. C'est ce qu'elle a fait avec l'État islamique : elle leur a fourni tout ce qu'elle avait promis de fournir, et ensuite elle les a trahis.

Il fait défiler des pages et des pages de données à toute vitesse.

– Voilà ce qui compte vraiment. Le plus urgent. Elle a balancé la plupart des terroristes infiltrés en Europe. Mais elle en a gardé une grosse vingtaine sous le coude. Regardez ces noms, ces identités... Quelle que soit la menace que vous cherchez à identifier, quelle que soit l'opération qui se trame, ces hommes en sont la clef.

À peine ces mots prononcés, l'énorme écran à l'avant du fourgon prend vie. Il se divise en plusieurs cases, chacune montrant des images issues d'un mélange de caméras de surveillance et de caméras-piétons : bouts de campagne européenne, intérieurs de véhicules blindés et de voitures de police, décors austères d'une série de pièces à l'allure officielle – et une brochette d'hommes en civil, les mains liées dans le dos à côté d'armes et de caisses de matériel étiquetées.

Odi lance le menton en direction de l'écran.

– Ce sont des retransmissions en provenance de toute l'Europe. L'arrestation des djihadistes dont on avait la liste.

Azi regarde alternativement les images et les données sur son ordinateur, le cerveau en ébullition. Pourquoi Amira a-t-elle délibérément dénoncé cinquante islamistes aux autorités, sachant que ces informations allaient mettre l'Europe en alerte maximale et donner un coup de projecteur à la capacité de nuisance de Gomorrhe ? Pourquoi jouer les indics et prévenir les services secrets ? La seule raison qui puisse expliquer cette démarche apparemment absurde, songe-t-il avec un frisson, c'est que tout ça n'est qu'un gambit – et que la véritable partie se gagne ailleurs. Où sont les fondamentalistes qu'elle n'a pas dénoncés ?

Azi se remet à fouiller parmi les données récoltées sur le compte d'Amira Dewan. Tous les membres de ce commando secret ont la nationalité et des adresses allemandes. Petit à petit, ce qu'il a sous les yeux commence à raconter une histoire.

– Odi, est-ce qu'un quelconque événement important est prévu aujourd'hui dans la partie la plus à l'est de l'Allemagne ? Une manifestation qui pourrait nécessiter la présence d'une unité spécialisée dans le contre-terrorisme ? Sachant que l'opération terroriste la plus importante qu'on ait jamais vue est apparemment déjouée en ce moment même dans le reste de l'Europe.

Odi hoche lentement la tête.

– Tu te souviens de notre vieux pote Tomi, le leader des nazillons de Defiance ? Il est sur le point de monter à la tribune d'un énorme meeting organisé par son parti. Ça se passe à Görlitz, la ville où il a grandi et où il a fondé son mouvement politique. Foule des grands jours, presse, gros bonnets du parti.

Azi se redresse d'un coup, comme sous l'effet d'une décharge électrique.

– C'est ça ! Il y a quatre véhicules blindés remplis de djihadistes qui font route vers Görlitz. Ils sont en possession de tous les documents nécessaires pour se faire passer pour un commando antiterroriste d'Interpol. Voilà son plan !

Il se frappe les mains l'une contre l'autre, comme s'il applaudissait l'avènement imminent de l'apocalypse.

– Elle a mis l'Europe en alerte maximale, elle nous a fait croire qu'on avait toutes les infos nécessaires pour protéger le Vieux continent des attentats islamistes, et pendant ce temps-là elle organisait secrètement l'intervention d'une vingtaine de faux policiers d'élite chargés d'assurer la sécurité du plus grand rassemblement politique de Defiance. Et Dieu sait ce que vont faire ces terroristes si le plan d'Amira fonctionne jusqu'au bout et qu'ils parviennent à prendre le contrôle de la sécurité du meeting. Assassiner Tomi ? Détruire la ville qui l'a vu naître ? Réduire en charpie des centaines, voire des milliers de gens ? Tout ça à la fois ?

Azi s'interrompt, comme s'il avait du mal à croire aux mots qui sortent de sa bouche.

C'est alors que sur toute la surface de l'écran géant, les caméras cessent de retransmettre les unes après les autres.

50.

Le fourgon ralentit puis s'immobilise. Azi reste penché au-dessus du laptop tandis que la double porte arrière s'ouvre avec un léger grincement, laissant apparaître trois hommes en costumes sombres et un décor de béton brut. À l'avant, les retransmissions ont cessé dans une bonne moitié des cases, transformant l'écran géant en échiquier de signaux perdus.

Les hommes grimpent à bord. Deux d'entre eux escortent une femme vêtue de noir, tandis que le troisième s'approche d'Odi pour lui ôter les menottes avec précaution, avant de s'éclipser. La femme n'est autre qu'Anna, ce qui pourrait expliquer pourquoi ses gardes du corps ont la tête de types à qui on aurait demandé de surveiller la grande sœur revêche d'Hannibal Lecter.

Le troisième homme se retire mais revient quelques instants plus tard, se présentant à l'arrière du fourgon les bras chargés d'une cantine métallique qu'il hisse sur le plancher. Ses collègues s'en emparent et la déposent aux pieds d'Odi avec un petit hochement de tête, avant de se retirer, refermant soigneusement la double porte derrière eux.

Odi ouvre aussitôt le coffre au trésor et en sort deux cannettes tièdes qu'il fourre dans les mains d'Anna et d'Azi. Puis il rejoint Anna qui vient de se glisser juste à côté d'Azi sur le banc métallique. Tous les trois bénéficient désormais d'une vue dégagée à la fois sur l'ordinateur portable et sur la mosaïque de l'écran géant, entièrement vide d'images à présent, et criblé de points parasites. Anna a l'apparence de quelqu'un qui n'a pas dormi depuis longtemps, mais sa voix vibre d'une énergie fébrile.

– Je suis arrivée en Californie dans des circonstances… inhabituelles. J'ai été relevée de ma mission de surveillance opérationnelle. Mais ils comptent à nouveau sur nous à partir de maintenant, en grande partie parce que tout ce qu'on a découvert – tout ce qui s'est passé jusqu'à aujourd'hui – constitue une situation inédite. Fais-moi un topo, Azi.

Azi avale de longues gorgées de soda pas assez frais et trop sucré, réalisant combien son corps a besoin de s'hydrater – combien il est proche de son point de rupture.

– Vous avez entendu ce que j'ai dit à propos de l'armée secrète d'Amira Dewan ? Les terroristes qui ont été l'objet de toutes vos attentions depuis que Sigma nous a transmis ces premiers fichiers fuités n'étaient qu'une diversion. Ceux qui comptent vraiment sont les membres du commando d'élite d'Interpol qui doit sécuriser le plus gros rassemblement politique de Defiance – en réalité des soldats de l'État islamique super entraînés, super embrigadés et super armés, assis sur une montagne d'explosifs. Je suppose que vous allez les atomiser avant qu'ils n'atomisent Görlitz ? Vous êtes sur le point d'intervenir, n'est-ce pas ?

Anna baisse la tête.

– Nous essayons de contacter les autorités de la région, mais sans grand succès. Presque tous les canaux officiels de communication sont HS, ainsi que la plupart des réseaux Internet et de téléphonie mobile locaux. Ce genre de panne générale ne devrait pas être possible, sauf que ça cadre bien avec le contrôle que Gomorrhe a été capable d'exercer ailleurs.

Elle marque une pause, relève la tête.

– Ce qui laisse la question la plus importante en suspens : *pourquoi ?* Étant donné le niveau de pouvoir qui est le leur, que pourrait leur apporter une telle opération ? Quel avantage qu'ils n'auraient pas encore acquis ? Nous essayons de comprendre ce qu'ils cherchent à accomplir.

Les pensées d'Azi foncent dans le brouillard, à la recherche d'une trouée. Tous les angles sous lesquels il considère cette affaire le ramènent à l'effrayant constat d'un système réduit en lambeaux : bases de données à caractère personnel, surveillance et espionnage, terrorisme et trafics en tout genre, le darknet Gomorrhe en lui-même. Lorsque cette journée s'achèvera, il ne restera plus rien en quoi croire, d'un côté comme de l'autre de la loi. Brusquement, le brouillard se dissipe.

– La peur, le chaos, le règne du désordre… c'est ça qu'ils veulent ! Que les gens perdent entièrement confiance dans les institutions et les systèmes existants. Ajoutez à ça une guerre de civilisation, et vous ouvrez une porte dérobée. L'occasion pour quelqu'un, quelque chose, d'occuper la place laissée vacante par la perte de toutes les illusions. Qui que soient ceux qui se cachent derrière Gomorrhe, ils veulent se substituer au vide qu'ils auront eux-mêmes créé. Et ça passe par le chaos.

Odi marmonne dans sa barbe.

– *C'est l'ampleur de la détresse qui paralyse notre vie politique, économique et sociale qui a inspiré notre programme de reconstruction.* Mars 1933. Une nouvelle loi forgée dans le tumulte d'une grave crise. *Gesetz zur Behebung der Not von Volk und Reich.* Loi allemande des pleins pouvoirs, « édictée en vue de remédier à la détresse du peuple et du Reich ».

– Des pleins pouvoirs pour qui ?

– Pour quelqu'un qui savait ce qu'un bain de sang peut vous rapporter. Le chancelier du Reich, Adolf Hitler.

Azi en a assez entendu comme ça.

– Ça ne va pas se produire. On peut empêcher ça ! Combattre le mal par le mal, les convictions par les convictions. C'est ce que vous m'avez enseigné, non ? S'il y a un meeting de Defiance, j'imagine qu'il va y avoir aussi une contre-manifestation ?

Odi se tourne vers Azi.

– Oui, en effet. Je crois que quelqu'un a essayé de les réduire au silence, mais ils ont trouvé un moyen de contourner les interdictions. Ils trouvent toujours un moyen.

– Bien sûr !

Azi se met à crier.

– Ils trouvent toujours un moyen, parce qu'ils sont comme moi ! Des hacktivistes[68], des idéalistes, des citoyens numériques. Des putains de mentalistes, pour certains d'entre eux, mais qui savent s'auto-organiser – se glisser dans les failles du système. Vous ne voyez donc pas qu'ils sont

68 Hackeurs qui se servent de leurs compétences en informatique pour combattre une certaine vision de la société et en favoriser une autre.

notre bras armé ? Grâce à eux, on a des hommes sur place, un réseau préservé, dont Gomorrhe n'a pas pu prendre le contrôle. Un réseau humain. Où sont les faux fourgons d'Interpol ?

Une carte apparaît aussitôt sur l'écran géant, aux côtés d'une mosaïque d'images fixes. On y voit une foule affluer le long de rues pittoresques. Quelques enfants hissés sur les épaules émergent entre les banderoles et les pancartes hérissées au-dessus de la marée humaine. Face à la masse des partisans de Defiance, la présence des protestataires est quasiment anecdotique. Tout semble calme, ordonné, presque idyllique.

Anna lance la main vers l'écran avec une mimique gênée qui ne lui ressemble pas.

– Ce sont les dernières images dont nous disposons. Elles datent d'une demi-heure environ. On a perdu la plupart de nos moyens de surveillance visuelle. La dernière fois qu'on a vu les fourgons d'Interpol, ils se dirigeaient vers cette rue, la Luisenstrasse. Il s'agit d'une voie longue et étroite bordée de boutiques et de logements qui mène à l'Untermarkt – la place que tu vois là, au milieu. C'est vers cette place que converge la foule. C'est le cœur du meeting, l'endroit où Tomi va faire son grand discours. Il devrait prendre la parole d'un moment à l'autre.

Azi étudie un moment la carte, puis se tourne vers Anna et Odi qui le dévisagent avec un air d'attente. Il vide le fond de sa cannette tandis que son regard effectue quelques allers-retours entre les deux écrans.

– Je vais faire passer le message. AZ a des contacts en Allemagne et ailleurs – des hacktivistes avec qui j'ai participé à des attaques, des gens engagés contre toute forme d'autoritarisme que j'ai croisés dans des forums de discussion. Je suis sûr que certains d'entre eux ont réussi à se connecter malgré la panne générale provoquée par Gomorrhe. Et ces gars-là forment une communauté, un réseau de réseaux. Ils peuvent faire circuler toutes les infos que je leur enverrai. C'est une sorte de système autoréplicatif capable de foutre une putain de raclée à n'importe qui.

Odi et Anna sont immobiles et silencieux. Il a capté toute leur attention. Azi préfère ne pas songer au nombre de personnes dont il tient la vie entre ses mains. Il ignore si ça va fonctionner, s'il est déjà trop tard, mais ce n'est pas ça qui va l'empêcher d'essayer. Chassant de son esprit le sourire narquois d'Amira et le corps ensanglanté d'Ad, il se met à taper sur le clavier.

Le meeting de Defiance est sur le point de subir une attaque terroriste. Faites passer l'info, informez la foule. Quatre fourgons d'Interpol se dirigent vers l'Untermarkt avec des terroristes islamistes à bord ! Il faut à tout prix les empêcher d'atteindre la place. Bloquez la Luisenstrasse ! Attention, les fourgons sont remplis d'explosifs et les terroristes lourdement armés. Ceci n'est ni une mauvaise plaisanterie ni une simple rumeur, mais une information vérifiée. Les autorités sont impuissantes. Prévenez autant de gens que possible et dites-leur de fuir. Bloquez les rues, utilisez tout ce que vous pouvez. Montrez-vous inventifs, rapides, courageux.

C'est trop long, songe Azi, et ça pourrait certainement être plus inspiré. Mais ce qui compte, c'est de relayer l'information, qu'elle circule partout et inonde tous les moyens de communication : le moindre forum de discussion, le moindre fil d'actualité, le moindre appareil piraté ; le moindre compte de messagerie sécurisé, le moindre hashtag. C'est du contre-terrorisme en temps réel. Se connectant partout où il le peut, AZ fait passer le message.

L'affichage du MacBook à présent dupliqué sur l'écran géant, Azi attend. Plusieurs secondes s'écoulent sans que rien ne se passe. Puis il le sent presque autant qu'il le voit : un frémissement, un bruissement, et enfin une soudaine déflagration de messages, de réponses, de partages, de questions, de démentis, de moqueries, d'accusations. Quelle que soit la mèche qu'il a allumée, elle a mis le feu aux poudres et déclenché un incendie qui se propage à toute vitesse. Dieu seul sait ce que le monde va faire de cette viralité. Dieu seul sait à quoi ressemblera le monde une fois que tout ça sera fini. Brusquement, au milieu de cette masse de contenu, il repère une vieille connaissance.

– Là ! C'est un hackeur que je connais. Je me souviens de son pseudo, Ursus. Il est sur place et il diffuse quelque chose en streaming sur un site fantôme[69]. On va regarder ce que c'est.

Azi clique et les deux écrans affichent l'image granuleuse et vacillante d'un smartphone qui filme aux abords de l'Untermarkt.

L'atmosphère idyllique des images précédentes a cédé la place au chaos. Visions de bousculades, de corps piétinés,

69 Site web créé pour répondre à une situation de crise. Conçu de longue date, il n'est activé qu'en cas d'urgence.

de courses désordonnées. Celui qui tient le téléphone court, lui aussi, tout en beuglant des directives en allemand. Pour autant qu'Azi puisse en juger, sa voix est celle d'un jeune homme à peine sorti de l'adolescence. Des pavés défilent, flous, sous ses baskets. Il trébuche sur une femme jetée à terre par le mouvement de foule, puis sur un homme âgé, l'un comme l'autre tentant désespérément de se protéger le visage à l'aide de leurs bras. Une cacophonie de hurlements paniqués, d'exclamations et de cris implorants emplit le fourgon à travers le micro du smartphone. Au milieu des corps renversés, quelques banderoles flottent encore de guingois comme les pavillons d'un navire sur le point de sombrer. Dans un coin de l'écran, une mer de bras tendus accueille des enfants qui passent de mains en mains. Il faut un moment à Azi pour comprendre que la foule a reçu son message et que les adultes s'efforcent de mettre les plus jeunes à l'abri.

Soudain, le véhicule satellite d'une chaîne de télévision déboule dans le champ de l'objectif, zigzaguant dangereusement à travers les piétons avant de tamponner violemment une barrière de trottoir et de finir sa course dans la vitrine d'une boutique de souvenirs. Le bruit du verre brisé arrache une grimace à Azi. L'instant d'après, le téléphone filme le chauffeur qui titube dans la rue. Le front zébré de sang, l'homme exécute d'étranges moulinets avec les bras. Anna fixe l'écran du regard, le visage blême.

– C'est l'anarchie. Ils vont mourir. Putain, ils vont tous *crever*.

Azi n'en est pas si certain. Quelque chose est en train de se passer.

– Regardez, c'est la Luisenstrasse ! Cette camionnette de la télé n'est pas la seule à s'être arrêtée là. Je pense que… Je pense que le chauffeur l'a fait exprès. Il devait être connecté à un des réseaux des protestataires, ou bien quelqu'un l'a prévenu. Ce n'était pas un accident.

Le propriétaire du smartphone à travers lequel ils assistent en direct aux événements de Görlitz a maintenant remonté une partie de la Luisenstrasse, progressant à contre-courant des gens qui s'enfuient tout en aboyant un commentaire haché que seul Odi doit être en mesure de comprendre. Il semble s'arrêter, la caméra de son appareil cessant un instant de tanguer et leur offrant pour la première fois une vision claire de la situation. Un extraordinaire amas de véhicules et d'autres éléments hétéroclites se dresse à l'endroit où la camionnette satellite s'est immobilisée : des vélos et des scooters, une statue en bronze renversée de côté, des tables et des chaises de café, deux petites voitures électriques, une balayeuse de voirie avec ses brosses rotatives, des conteneurs à ordures, une fontaine en métal…

– Ils font ce que je leur ai demandé ! La rue… elle est bloquée… Les véhicules d'Interpol ne pourront pas passer ! Ça fonctionne !

Azi s'interrompt, osant pour la première fois lever le nez de son écran. Mais Odi a remarqué quelque chose.

– Azi, attends… Regarde ! Les terroristes… On les aperçoit en haut de l'image… Je vois du mouvement du côté des fourgons blindés. Il faut que les gens foutent le camp tout de suite. Les djihadistes ont dû comprendre qu'ils sont coincés et ils vont…

Avant qu'il puisse terminer sa phrase, l'image se met à trembler puis à basculer comme si le téléphone avait failli échapper des mains de son propriétaire. Un des fourgons d'Interpol vient de foncer dans le barrage improvisé. La camionnette satellite se renverse sur le flanc, des tables et des chaises volent en éclats, percutés par l'énorme pare-buffle en métal. Le caméraman amateur s'éloigne, mais sans cesser de filmer. Le fourgon noir ne bouge plus et, pendant une ou deux secondes, rien ne semble se passer derrière son pare-brise grillagé. Puis la portière latérale coulisse d'un seul coup, libérant des hommes en tenue antiémeute qui grimpent sur le barrage. Ils sont deux, trois… cinq face à la foule, les mains crispées sur des armes automatiques de type Kalachnikov.

Odi et Anna regardent la scène en silence. Le son leur parvient morcelé et étouffé, mais ils peuvent toujours entendre les exclamations et les cris, de plus en plus paniqués tandis que la foule réalise ce qui est train de se passer. La bouche d'Odi s'ouvre lentement. Les doigts d'Azi pianotent doucement sur le clavier. Sur les deux écrans, les djihadistes lèvent leurs armes.

C'est alors que le téléphone tombe sur les pavés. Sa caméra continue de filmer, retransmettant l'image floue d'une pierre grise couverte d'une fine poussière qui tremble sous l'onde de choc. On n'entend plus la moindre voix, plus aucun son humain. Une minute passe. La lèvre d'Azi saigne à l'endroit où il l'a mordue. Une goutte de sang frappe le bord du laptop avec un bruit infime qui le fait tressaillir.

Soudain, l'appareil quitte le sol, filmant l'air chargé de poussière avant de pivoter et de retrouver un angle de vue similaire à celui d'avant sa chute. Il y a trop de poussière blanche pour bien voir, mais la Luisenstrasse n'est plus là. Seuls subsistent des décombres entre les silhouettes lugubres d'immeubles décharnés.

À deux ou trois mètres de l'objectif, le squelette du véhicule satellite est maintenant sur le toit, la tête en bronze de quelque illustre barbu profondément incrustée dans sa carrosserie. Partout des gens courent, crient, agitent les mains, trébuchent sur les gravats. Au moins ils sont en vie, ce qui n'est pas le cas des cinq hommes armés qui se tenaient à proximité immédiate du fourgon blindé, dont l'explosion a anéanti tout ce qui l'entourait. Azi est le premier à parler.

– Munira… Enfin, je veux dire Amira Dewan… C'est elle qui tirait les ficelles depuis son compte administrateur. Elle qui a orchestré l'attaque. Elle était en contact direct avec ces types. Alors j'ai dit à ceux qui étaient restés dans les fourgons que c'était maintenant ou jamais. Qu'ils devaient faire exploser les charges, déclencher une réaction en chaîne…

Il se tait un instant, s'efforçant de prendre la mesure des images qui s'affichent sur les écrans.

– Et j'ai pensé… Je me suis dit que les djihadistes et les immeubles subiraient l'essentiel des dégâts. La plupart des gens s'étaient déjà éloignés et les autres s'enfuyaient. Ils allaient perpétrer un massacre, on n'avait plus le temps, et j'ai pensé… j'ai pensé…

Parler lui devient impossible. Il pleure, à moins qu'il ne rie, ou qu'il ne glisse doucement dans la folie. De chaque côté du banc sur lequel ils sont assis, les parois d'acier du fourgon renvoient des reflets aux teintes arc-en-ciel. Ce qui semble se produire dans l'habitacle ne peut être qu'une illusion d'optique, un tour que lui joue son cerveau épuisé : le métal de la carrosserie paraît se dissoudre, se découper en pétales qui s'écartent, laissant passer une lumière froide.

Anna esquisse un mouvement, le premier depuis cinq minutes.

– Tu peux refermer la bouche, Azi. Ce n'est pas une hallucination.

Tournant brusquement la tête vers Anna comme si elle venait de le réveiller en sursaut, Azi réalise que le fourgon vient bien de s'ouvrir comme une fleur, laissant apparaître la salle en béton dans laquelle il avait été convoqué avec Odi. Des femmes en tailleur et des hommes en costume sont dispersés dans la pièce, rengainant armes ou téléphones. Tous fixent du regard les trois silhouettes assises dans le cœur métallique du fourgon.

Une voix sonore et asexuée emplit l'espace de tous côtés comme le bruit de l'océan.

– Monsieur Azi Bello. Odi, Anna.

Un court silence.

– Merci à vous trois.

51.

Ils viennent l'arrêter. Et, aussi contrariant que ce soit, il n'y a pas grand-chose qu'elle puisse y faire, à part se lancer dans une destruction systématique de tout ce qui pourrait les intéresser. C'est précisément ce à quoi elle est occupée, chassant d'une main impatiente les volutes de fumée poussiéreuse qui s'échappent de la plus grande de ses valises, transformée en incinérateur. Il lui reste peut-être dix minutes. Elle sera prête.

Amira est sur le point de détruire son dernier téléphone quand l'appareil se met à sonner. Elle décroche. Toutes les éventualités ont été envisagées, toutes les mesures nécessaires prises. Plus rien à ce stade ne peut être modifié.

– Érasme…

– Très chère…

Elle inspire profondément.

– Je suis désolée.

La voix d'Érasme est douce, compatissante.

– On ne peut plus rien y faire. Êtes-vous prête ?

– Bien entendu. Tout me désigne. Gomorrhe n'existe plus. J'ai hâte d'assister à votre prestation médiatique.

– Ce sera difficile. Mais nécessaire.

– Absolument.

– Il nous reste quelques minutes.

Il hésite, puis reprend d'un ton dans lequel Amira croit percevoir un soupçon de nostalgie.

– Vous vous souvenez de ce que je vous ai dit, quand nous nous sommes rencontrés pour la première fois ?

Inutile de répondre : il sait qu'elle s'en souvient. Érasme avait demandé à la rencontrer en personne. Un hôtel parisien, baignant dans la magnificence d'un luxe intemporel. Elle s'était attendue à voir entrer un de ces hommes dont les regards libidineux et les mains baladeuses avaient jalonné son adolescence : orgueil, lubricité et puissance chimiquement assistée en costume Armani. Au lieu de quoi un homme svelte s'était avancé vers elle et, sans élever la voix ni la quitter des yeux, lui avait parlé de leur place dans l'histoire. Ce qu'il avait dit ce jour-là avait changé sa vie.

L'histoire n'est pas écrite par les vainqueurs. Elle est écrite par les survivants. Regardez les juifs. Cinq mille ans de défaites et d'exil. Et pourtant, ils ont enduré. Le temps est seul juge, et ne connaît qu'un verdict : reste ou disparais. Tout ce qui compte pour une espèce, c'est de persévérer à travers le temps. De se maintenir en vie à travers l'éternité. Le reste est littérature.

Ni l'un ni l'autre ne prononce un mot pendant de longues secondes, sans qu'aucun malaise ne vienne se glisser entre eux. Leurs silences, au contraire, se parlent et se répondent. Finalement, Érasme reprend la parole.

– Vous allez devoir endurer. Ils vont essayer de vous briser.

– J'en ai conscience.

– Il va bientôt falloir nous quitter. Mais je viendrai vous chercher. Souvenez-vous-en.

Elle le croit.

– Je m'en souviendrai.

– Bien. Il y a quelque chose que j'aimerais vous faire entendre. Vous m'êtes chère, Amira. Considérez cela comme un cadeau.

Le micro de son portable se désactive, puis elle entend un téléphone sonner : une tonalité européenne. Ça sonne pendant une minute environ, avant qu'une voix grave et sonore ne finisse par retentir à l'autre bout du fil.

– *Hallo ?*

Érasme répond d'un ton qu'elle ne lui connaît pas. Un ton dépourvu de son habituelle assurance, presque docile.

– *Hallo, Tomi* ? C'est votre ami d'outre-Atlantique.

– *Gut. Zwei Minuten.* Vous pouvez parler.

– Je viens prendre des nouvelles. M'assurer que vous n'avez rien.

Brève et rauque, une toux éclate comme un coup de tonnerre.

– Vous savez que je vais bien. Ça ne s'est pas passé comme prévu.

– J'en suis désolé. Des complications inattendues se sont présentées.

– Peu importe. Ça fera son effet. Assez de sang pour m'ériger en héros. Assez de peur pour m'offrir une nation.

– Je suis fier d'avoir pu apporter ma pierre à l'édifice. Et bien entendu…

– Oui ?

– Ce n'est qu'un début. Ces ressources que je peux mettre à votre disposition… Avez-vous pris une décision ?

– Je vous ferai savoir ce que j'ai décidé. Quand je l'aurai décidé.

– Bien sûr, Herr Christian. Je suis à votre service.

Brusquement, l'homme qui parle avec Érasme semble mal à l'aise, comme s'il avait besoin d'expliquer quelque chose.

– C'était nécessaire, vous comprenez. S'il y avait eu un autre moyen… Chaque goutte de sang allemand versée me fait souffrir, comme si c'était mon propre sang.

– Je comprends parfaitement. *Die Deutschen immer vor den Ausländer.*

– *Und vor den Juden !* Sans parler de ces saloperies d'arabes. Bon, je dois vous laisser, maintenant.

– Longue vie, chancelier.

L'homme se tait, enfin sensible à la flatterie. Elle croit entendre le souffle d'orgueil qui gonfle sa poitrine.

– Pas encore. Bientôt.

Il raccroche et le micro d'Amira se réactive.

– Il reste cinq minutes avant qu'ils ne frappent à votre porte. Au revoir, ma chère. Soyez forte.

Elle éteint le téléphone, le place dans la valise et commet son dernier acte de destruction. Il ne reste rien. Érasme est intouchable. Jetant un œil au miroir en pied, elle ajuste sa robe d'un geste assuré, enfile les chaussures qu'elle a choisies pour l'occasion et se verse un verre de vin.

Azi Bello est vivant. C'est un problème. Une affaire personnelle, même – la première qu'elle n'a pas réussi à résoudre.

Portant le vin à ses lèvres, Amira Dewan salue son séduisant reflet. Même maintenant, tout se réduit à l'histoire qu'on raconte ; à la mobilisation de faits au service d'une cause.

Chaque fin est aussi un commencement.

52.

En l'espace de quelques minutes, au terme d'une succession d'événements dont les tenants et les aboutissants lui apparaîtront sans doute plus clairement dans les années à venir, Azi se retrouve assis dans un bureau au décor rassurant à force d'être banal, en face d'Anna et d'une tasse de café posée sur un bureau IKEA. Il ne se souvient pas précisément comment il est arrivé dans cette pièce aveugle ni à quel moment Odi a disparu du tableau, mais il se souvient des deux questions qui, plus que toutes autres, réclament une réponse. Et la femme qui le regarde a définitivement repris son rôle de personne qui en sait plus que lui.

– Donc, pour Ad…

– Vivant. Il devrait remarcher. Un jour.

– Et Munira ? Enfin… Amira, je veux dire.

– J'ai été informée de sa capture imminente. Ce n'est plus qu'une question de minutes. Le Four Seasons, dans la Silicon Valley.

Azi hésite quelques secondes. L'autre question est encore plus compliquée.

– Le meeting, Görlitz… Quel est le bilan ? Combien de morts ?

– Tu as sauvé des milliers de vies.

– Ouais. Mais ce n'est pas ce que je vous demande.

– C'est ce que je te réponds, parce que je ne suis pas en mesure de te dire autre chose.

– Des dizaines ? Des centaines ? Des…

Anna le regarde durement, les mains jointes sur le bureau. Puis, à la grande surprise d'Azi, elle baisse les yeux.

– Peut-être cent. Probablement un peu plus. Ce n'est encore qu'une estimation. C'est… Ça dépasse l'imagination. Je n'avais pas vu un tel spectacle de désolation depuis…

Elle hausse les épaules, reste un moment silencieuse, puis croise à nouveau son regard.

– Il faut que tu te reposes, Azi. Il y a des choses auxquelles tu ferais mieux de ne pas penser avant de t'être reposé.

C'est à son tour de hausser les épaules. Pour la première fois depuis qu'Anna est entrée dans son abri de jardin, la sensation de danger s'est calmée. C'est un sentiment étrange. Comme une gueule de bois provoquée par des excès dont le souvenir ne vous arracherait pas le moindre sourire. Devant lui se profile un avenir flou, inquiétant. Il y a tant d'horreurs à l'extérieur de son abri de jardin et, tapies derrière elles, des horreurs plus grandes encore. Mais elles peuvent attendre, du moins pour le moment.

– Et sinon ? demande-t-il. C'est quoi, la suite des événements ?

Elle lui lance un regard neutre.

– Je pourrais te demander quelle est la suite que tu souhaites leur donner, mais ce serait malhonnête de ma part. Tu ne reprendras pas le cours de ton ancienne vie, Azi.

Elle ne lui apprend rien, c'est pourquoi il s'étonne de sentir une boule se former dans sa gorge.

– Bien sûr.

– Ce qui m'intéresse, poursuit Anna en ignorant délibérément les émotions d'Azi, c'est ce qui motive les gens. La plupart des agents qui travaillent dans ce milieu – sécurité intérieure, NSA, opérations noires[70], opérations spéciales – se passionnent pour ce que les gens *font*. Ils sont obsédés par les faits, les actions. Ils s'intéressent au *quoi*, mais ils négligent le *pourquoi*. C'est mon domaine de prédilection.

– D'accord.

Azi ne voit pas sur quoi cette conversation va déboucher, mais il commence à avoir une solide expérience en conduite par temps de brouillard.

– *Pourquoi* est un mot dangereux. Il décortique les faits et vous emmène au-delà des apparences. Étant donné que tu en sais beaucoup trop et qu'on devrait normalement te réserver une place dans nos oubliettes pour s'assurer que tu ne raconteras rien, peut-être serais-tu intéressé par une prolongation de notre relation contractuelle ? Si tant est que nos hôtes décident de nous relâcher un jour dans la nature.

Azi ne savait pas à quoi s'attendre, mais il ne s'attendait sûrement pas à ça.

– Vous me proposez un job, là.

– Voilà précisément ce que je ne suis pas en train de faire. Je te propose de ne pas te mettre en prison avant d'avaler la clef.

---

70 Opérations secrètes (hors du cadre officiel) d'un gouvernement ou d'une agence gouvernementale.

– Avec un salaire ?

Anna sourit.

– Essaie de voir ça comme un boulot free-lance hyper select. Nous avons récemment recruté un médecin grec selon des modalités contractuelles similaires. Je pense que tu vas l'apprécier, même si mes informateurs m'assurent qu'elle projette de te botter le cul la prochaine fois qu'elle te verra.

– Eleni ? Vous êtes sérieuse, là ?

– Nous sommes ouverts aux nouveaux talents. Et je peux être très convaincante.

Azi esquisse un sourire.

– Sans blague.

Il boit une gorgée de café, le front un peu plissé.

– Une question, Anna. Est-ce que ça veut dire que vous allez pouvoir me révéler le nom de cette mystérieuse officine qui ne me propose pas de boulot ?

– On a un nom passe-partout. Opérations Internationales. Ça pourrait désigner n'importe quoi, ce qui était notre intention, bien sûr.

– Je vois. Eh bien, c'est plutôt pourri, comme nom. Il va falloir que je vous trouve quelque chose de plus cool.

Anna se lève et lui tend la main, serrant celle d'Azi juste assez longtemps et assez fort pour faire passer le message.

– Que ce soit bien clair, Azi Bello. Je me réserve le droit de te détruire si tu t'avises de trahir ma confiance. Ou de donner un surnom à ma structure.

Azi lève un sourcil.

– Je n'en attendais pas moins de vous, Anna.

Remerciements

Dans l'imagination populaire, écrire un roman ressemble souvent à ça : un auteur se cloître chez lui avec l'inspiration pour toute compagnie. Des mois, voire des années, passent jusqu'à ce qu'il émerge de son antre avec l'objet fini sous le bras, prêt à renouer avec le monde. Certains livres sont peut-être conçus de cette façon, mais ce n'est pas le cas de celui que vous avez entre les mains. Dès le départ, j'ai largement bénéficié de l'acuité d'esprit de mon agent littéraire, Jon Elek, comme du grand savoir-faire et de la passion de mon éditrice, Melissa Cox. Je leur suis immensément redevable, ainsi qu'aux équipes d'United Agents et d'Hachette qui ont mis leurs compétences au service de cet ouvrage, avec une mention particulière à Josh Kendall, mon éditeur américain ; à Lily Cooper, assistante d'édition chez Hachette Royaume-Uni ; à Susan Opie et Charlotte Webb qui ont relu et corrigé mon travail. Un grand merci. Mener cette aventure à bien avec vous a été un privilège, un étonnement émerveillé.

Ce roman a également été écrit au sein du maelström qu'est la vie de famille. Ma femme Cat est parvenue à jongler entre sa carrière, nos deux jeunes enfants et une bonne douzaine de lectures au fil de l'évolution du manuscrit, tout ça en supportant mes humeurs. Je n'aurais tout bonnement pas pu aller au bout de ce travail sans elle, ni sans le soutien moral et pratique de notre famille au sens large, dont les membres ont figuré parmi mes premiers et plus généreux lecteurs, aux côtés de ces amis qui m'ont aidé à y croire jusqu'au bout : Anton Irvine, Ziyad Marar, Susha Ireland, Jamie Bartlett.

Jamie est ici présent à double titre, parce que ses ouvrages non romanesques *The Dark Net* et *Radicals* figurent parmi ceux qui m'ont conduit au sujet de *Bienvenue à Gomorrhe* et qui ont nourri de faits la trame fictionnelle de mon livre. Le monde est en réalité infiniment plus étrange que tout ce que j'ai pu imaginer pour mon histoire, et ceux d'entre vous qui souhaitent en savoir plus devraient se tourner vers les écrits de Jamie, ainsi que vers ceux de Carl Miller, Evgeny Morozov, Jaron Lanier, Kevin Mitnick, Mikko Hyppönen, ou encore Thomas Rid, pour n'en citer que quelques-uns parmi les innombrables chercheurs qui n'hésitent pas à sonder le côté sombre de la technologie.

Je ne vais pas fournir ici une bibliographie, parce qu'il s'agit d'une œuvre de fiction qui joue délibérément avec la réalité – mélange de plausible et de fantastique, de faits historiques et de choses qui m'ont simplement amusé. Contrairement à la réalité, la fiction a l'obligation d'être crédible. Mais si son chemin doit suivre une certaine logique, l'auteur n'en reste pas moins libre de le tracer. J'espère avoir su l'émailler d'un peu d'esprit, d'un peu d'espoir, et de quelques lumières. Dieu sait que nous avons besoin des uns comme des autres.

COLLECTION HUGO THRILLER

FABRICE BARBEAU
Itinéraire d'une mort annoncée

DARCEY BELL
L'Ombre d'Emily (Disparue)

ROY BRAVERMAN
Hunter
Crow
Freeman

SANDRINE DESTOMBES
Les jumeaux de Piolenc
Le prieuré de Crest
Madame B

FRANCESCO DIMITRI
Le livre des choses cachées

LEE MATTHEW GOLDBERG
Mentor

ELLY GRIFFITHS
Le journal de Claire Cassidy

BEAR GRYLLS
Le tombeau d'acier
Les anges de feu

VINCENT HAUUY
Le tricycle rouge
Le brasier
Dans la toile
Survivre

JENNIFER HILLIER
Wonderland

MARTIN HOLMEN
Corps-à-corps
Compte à rebours

OLIVIA KIERNAN
Irrespirable
Les liens du sang

MICKAËL KOUDERO
La faim et la soif

CHRISTINA KOVAC
La journaliste

AMY LLOYD
Innocente

T.M. LOGAN
Holiday

LAURENT LOISON
Cyanure

JOHN MARRS
Âmes sœurs
Les passagers

ROZ NAY
Notre petit secret

B.A. PARIS
Derrière les portes
Défaillances
Dix petites poupées
Le dilemme

JACQUES PONS
Organigramme

ADRIAN J WALKER
The End of the World Running Club

DENIS ZOTT
Maudite

COLLECTION HUGO POCHE SUSPENSE

ALEXIS AUBENQUE
La fille de la plage
La fille de l'océan

MARION CABROL
La lionne rouge

SÉBASTIEN DIDIER
Je ne t'oublie pas
Les yeux bleus

LEE MATTHEW GOLDBERG
Mentor

OLIVIA KIERNAN
Irrespirable

LUDOVIC LANCIEN
Le singe d'Harlow

ROZ NAY
Notre petit secret

Imprimé en France par CPI
en septembre 2020

Dépôt légal : septembre 2020
N° d'édition : 01
N° d'impression : 2050491